吕翼 著

寒门

HAN
MEN

中国文史出版社

一

寒门里向外张望的目光，应该是多年之前就已经有的了。碓房村^①傍晚的天空，就是和其他地方的不一样。大堆大堆的云层，黑、红、蓝、紫多种颜色相互夹杂，或隐或现，或浓或淡，起起伏伏，参差交错，像山峦，像兽群，像神像仙，像滔天巨流，以蓝天作衬，构成了一幅多彩的、某位大师随意涂抹的印象派油画；又仿佛是个巨大的、即将燃尽的火盆，一堆堆木柴、煤块，在旺火过后，散发出绝望的最后的热量。热头^②远远地、高高地、在纷乱复杂的云层里探头探脑，在高高的白杨树间欲出不出、欲落不落，让人感觉到好像还有什么让它牵挂的心事。

这天的深处、云团的里层还有什么呢？这天外、天外的天外又还有什么呢？

四个孩子坐在高高的谷草堆旁，他们将看了很久的书扔在一边，先是掐谷草的芯，用来掏耳朵或者抠牙齿，再是眯着眼看这渐入黄昏、变幻莫测的天。谷草堆在秋老虎的暴晒后，更多的体香在慢慢释放，将几个孩子熏得有些受不了。两个男孩站起来，把靠近地面的草把抽出，一股久沤如烧酒的味道弥漫开来。很快，潮湿的草把里爬出一大群米汤虫，米汤虫有的大如拇指，有的小若米粒，像一只只曾溺于米汤里面的草鞋。它们安宁的生活遭到破坏，惊慌失措，无数、密集的脚在慌乱舞动，到处乱撞。两个女孩吓得尖叫起来。小一点的那个，叫冯春雨，站起来就

① 安装有舂谷的碓窝的房屋，叫作碓房。碓房村因舂谷的碓太多，故名。
② 方言，热头，太阳。

跑。大一点的这个，叫冯天香。冯天香跑了两步，又站住，回过头来，叉着腰骂：

冯维聪，冯天俊，小脚杆痒了咯！看我咋个收拾你！两个男孩一阵坏笑，寂寞之极，他们总得找些事来发泄一下才舒服。

一片灰雾带着风声，从白杨树间扑了下来，落了地才看清是一群麻雀。麻雀叽叽喳喳地跳来跳去，急雨似的啄食那满地的虫子。不一会儿就将米汤虫吃得一干二净。然后它们又扑扑扑地飞上谷草堆顶，左顾右盼，叽叽喳喳。冯天俊拾起一块土坷垃扔去，麻雀受惊，瞬间腾空，消失在纵横交错的白杨树林深处。

冯天香抬起头，叉着腰，噘着嘴，对着天空恶狠狠地骂道：坏麻雀！不得好死！

冯春雨说，姐，你怎么了你？冯天香哭丧着脸，指指自己的肩上，你看你看，麻雀屙屎在我的衣服上了！

冯春雨忙抓了一把谷草，小心地擦拭着冯天香衣服上的雀屎。冯天俊在一旁哈哈大笑，幸亏我躲得快，要不就掉在我身上了！你幸灾乐祸了！冯天香说，你也好不在哪！

大的那个男孩叫冯维聪，相对要懂事得多，为了转移大家所关注的事情，他将冯天俊背上的尘土拍掉，说，我们修天吧，把天修好，这种霉气就不会落在我们的身上。

好呀好呀！几个孩子快活地叫喊起来，接着就开始玩那种叫作修天的游戏。他们在场院的空地里画一个很大的、状如豆腐块的空格，再往里面画上大大的米字，以猜拳的方式决定修天的顺序。游戏的规则是，轮到的人一只脚着地，另一只脚踮起，蹦一下，将前面一块破瓦片踢一下，从格子的这头进去，从那头出来。瓦片出格、跳格或者占线即视为输，顺利从格子那头出来视为赢。玩了一会儿，两个男孩就不玩了，原因是他们腿脚没有女孩灵便，只输不赢。

两个男孩跑到场院的另一边。那里有一些石头凿成的碓窝，又大又厚，拙笨无比，半截被深深埋在土里，粗壮的麻栗树做成的碓棒高高扬起。两个男孩站了上去，一边踩，试图将那碓棒压起，一边念道：碓棒碓棒沉沉，春碓得要好男人；碓窝碓窝圆圆，舂出白米好过年……

冯天香说，还念什么饿痨经！冯维聪说，村里的大人们踩碓时，都是这样念的！冯春雨说，你们踩空碓呀，踩空碓是要被雷打的！

冯天俊说，那你就去家里端一簸谷来，我们舂些，好好吃上一顿。

冯天香说，嘴馋了也别做那样的梦，上个赶场天早让妈全背上街卖掉了！

冯天俊急了，卖掉？怎么又全都卖掉？冯天香说，还不是为了我们读书要交学费嘛！此话一出，几个人突然噤声，一个个像是口里塞满了麻核桃①。

两个女孩手拉手，转身就走。冯天俊对比他大一点的男孩说，冯维聪，你为什么不说话？是你的媳妇儿你就舍不得说？心疼了咯？

冯维聪说，我比你大，比你守规矩。我都知道害羞了。冯天俊摸摸空瘪瘪的肚子说，开开天，看看门，满天月亮半个星。半夜听见人咬狗，抓起狗来打石头。石头咬了我的手。孤魂野鬼满天走……

两个女孩站住，转过身来。冯天香说，嚼啥子牙巴骨，怨胀②！我们做饭去了，你们去河边把牛牵回来，别忘了给它饮水。今天的蒿菜拌苞谷饭，可是要加猪油的啊！要肿脖子就快点回家！

这年头，米饭肯定是没有吃的，能吃上蒿菜拌面已经不错了。蒿菜拌面太粗糙了，又是一大股苦味，绊舌头，要是真的加了猪油，吃进嘴里肯定少了阻碍，味儿也翻了过来。

冯天俊禁不住舔了舔嘴唇，说，今天是不是你们谁长小尾巴③了，还是家里有啥好事？

孩子们都纷纷摇头，他们不知道，今天晚上，伤心隐藏在暗处，他们的梦想在谷壳里拐了一个弯。

黑乎乎的木门内，枯黄的油灯，像是一颗慢慢滚动的黄豆，照亮的范围比一个拣豆的簸箕大不了多少。冯家六口人吃过加油的蒿菜拌面，紧缩在这片灯影里，决定着一件非比寻常的事。这六个人分别是冯敬谷、冯婶、冯天香、冯春雨、冯维聪、冯天俊。不管是做爹的冯敬谷、最小的儿子冯天俊，还是冯维聪的未婚媳妇儿冯春雨，一个个的神情都凝重得不行。

冯敬谷脸皮又黑又皱，头发乱如枯草，四十多岁的样子，事实上他却

① 用麻丝缩成的团，旧时用以塞住犯人嘴巴、不让其发声的刑具。
② 方言，讨厌，让人不舒服的意思。
③ 生日。

只有三十六岁。在烟锅里蹿出的老叶子烟的烧熏下，他的眼珠偶尔转动一下，脖颈偶尔转动一下，干皮火燎的唇偶尔翕动一下，脸却硬得像是白杨树的枯皮，没有表情。一步步熬过若干生涩的日子，本命年，正当年，他领着一家人，拉着穷家这辆笨重的牛车，在土地里一天天度过，天黑不一定归家，天亮前却硬得起床。

天天和太阳扳腰^①，却次次不知谁输谁赢。冯婶常常这样形容一家的生活。

冯天俊照爹的要求，把废弃的作业本撕下一页，平均分成四条，交给爹。爹拿掉一条，在油灯上引燃，扔在火塘里，火苗瞬间蹿起，纸条化为灰烬。爹转过背，将早已准备好的两粒米和一粒脱去米的谷壳，分别放在这三张纸里，做成阄。将油腻污黑的毡帽摘下，翻过来，敞口朝天，放在小木桌上，再将这三个阄放在里面，端起来摇了摇，再放下，再端起来摇了摇，再放下。

毡帽里的世界，很未知。冯天俊眨眨眼说，爹，还差一个。冯敬谷马着脸不说话。冯婶说，就三个。

冯天香的眼光在每个人的头上停了一下，说，我们是四个人。冯婶说，你爹和我商量了，冯春雨一定要读的，就不用拈了。冯天俊噘了噘嘴。冯春雨忙站起来说，叔，婶，我就不读了，我和你们一起下地，挣钱供他们，我可以一年喂出两头猪，积一厩粪，打一场谷……冯敬谷的烟锅明灭了两次。他将烟锅在火塘坎上磕了两磕，狠狠吐了一口痰，伸脚搓掉，说，咳！

冯婶伸起袖子，擦了擦眼，说，娃儿，家里穷，你爹这样做，实在没得办法。读书要紧，活命更要紧。眼下田里不出粮食，家里的米瓮都空了，木梁上的腊肉连个把儿也没有，信用社里欠着一大笔债。万礼智今天又上门催债，同时特别说到，村头的孔庙里的孔圣人要描金，每家要按人头交钱，我们一分钱也拿不出的了，这是件大事，可我们无能为力。你们要为你爹考虑，也要为我考虑。

冯敬谷白了冯婶一眼，将烟锅倒过，烟蒂落下，他将烟锅别进腰带，

---

① 摔跤。

挺了一下身说，拈。

灯芯毕剥地响了两声，长出两颗团团、黄黄的灯花，冯婶心里一喜，想是好事，便从盘头的发间取下一根缝衣针，将油灯挑亮，不想用力过重，灯一下子熄掉。整个屋子立即隐入了一片黑暗之中。

冯春雨鼓起腮帮，往火塘里吹了两口，将火里燃着的木柴头举起，小心把油灯点燃。

还是很暗，拨亮点，拨亮点！冯天俊叫道。冯天香啐了他一口说，要亮到城里去！城里有电灯！家里的煤油瓶里都空了！也不替大人着想！冯敬谷说，拈！

冯天俊猴急，他搓搓手说，让我先来吧。说着，就把手伸进毡帽。爹一巴掌打开他，嘿了一声。

冯婶说，牛耳朵先出还是牛角先出？从大到小，按顺序来！那我来吧，冯维聪自言自语道。他伸出手，犹豫了一下，又缩了回来，说，爹，我是老大，我都大人了，成人了，你看，我的手臂这么粗，个头也不小，放牛、挖地、拾粪、插秧、舂碓……哪样我做不成？我回来帮你，让他们去读。

爹丧着脸，看都不看他一眼，也不吭气。

冯维聪只好再次伸出手，伸进爹的毡帽，他闭上眼，拿起了一粒，手抖得厉害，那个小纸团，好像比一捆谷还重。第二个拈阄的是冯天香。之前，冯天香偷偷摸到供桌面前，跪在天地君亲师的牌位前作了个揖，闭上眼默念了几句什么。她暗自祈祷的时候，大伙的注意力都在爹的毡帽里，谁也没有理会她。

冯天香把手伸去，拿了一粒。她趁大家不注意，把手背在后面的黑暗里，将纸团抠开，一摸，手抖了一下。

她摸索着将里面的东西丢掉，站起来，往家里堆谷壳的角落里走去。

冯敬谷看了她一眼，回！冯天香连忙坐下。

第三个是冯天俊。冯天俊要哭了，一脸的难看。他嘟着嘴说，我就不拈了，先看他们俩拈了啥，如果他们中有一个的是谷壳，我就能读书了。

冯敬谷沉着脸说，拈！

冯天俊暗自嘀咕了一句，我这是脱掉裤子放屁，多一道手脚。他伸手将最后的一个阄拿起来。

冯春雨急了，站起来说，叔，你也让我拈阄吧！冯敬谷摇摇头。冯春雨噘着嘴说，你们没有把我当成是你们亲生的……冯婶嗔了她一句说，傻姑娘，你比我们亲生的还亲生……你拈什么呀，你肯定要读的，要不然我们咋对得起你爹。这显然是不公平的。两颗泪滴夺眶而出，冯春雨将头埋在暗地里抽泣了几声。

冯维聪捏了捏手里的纸团，说，看我的。他打开，里面是一粒米。

冯维聪脸上一喜，我可以读书了……可是，可是你们俩就有一个读不上书，不行不行。爹……

冯敬谷一脸的紧，依旧一言不发。冯婶说，下一个吧！冯天香不动，一家人都看着她。

冯天俊挤了挤眼睛，说，姐，搞不好，你的就是谷壳。冯天香说，我拈的本来就是谷壳。

冯婶说，你打开看。冯天香不动。冯敬谷说，开！

冯天香很不情愿地打开，纸团里却是空的。一家人都愣住了，冯敬谷把目光指向冯天俊，冯天俊只好乖乖打开纸包。纸包里是谷壳。冯天俊一下子哭了起来：呜呜，我读不成书了！我读不成书了！冯天香说，拿错了，拿错了，我的才是谷壳。

冯敬谷说，命！冯婶揉揉眼睛说，娃儿们，这是天意，不要怪自己，也不要怪爹妈……冯天香，你瞒不了我们，你的心思，妈懂。

碓房村是茫茫无边的乌蒙山区里一个小小村落，虽然隔酒州县城有五十多里，略显偏僻，周围是山，交通曲折，但怀抱着上千亩的良田沃土。那土层至少是上万年的堆积，黑得发亮，黑得发臭，一锄下去，只听"滋"的一声，一团黑泥就起来了，随手拾起，掰开一看，里面全是植物腐朽的根叶，湿湿的，软软的，绵绵的，松松的。村里人夸耀土地出种，不说能产啥，不说一根苞谷秆能背几个包、谷子一菀能长几根穗、豆子一荚能有几粒，只说：捡块石头也能榨出四两油！石头也能榨出油来，可见地力之好。你说庄稼能不长好吗？因了山势，日照时间也长，山垭口又常有冷风灌来，在一冷一热之间，庄稼品质就好，尤其是稻谷。入了秋，稻花的香味刚刚消散，新米就上市了。家家户户谷粮满仓，那谷用石碓石棒舂掉壳，米色不是白的，是油沁沁的，润，有点半透明，懂行的说那是玉的颜色。

放在砂锅里煮熟，盖一取掉，香味就直捣人心。启眼一看，那米粒居然颗颗直立，皮面上还浮着一层厚厚的脂——那是米油！吃碓房村的米，不伤菜，随便烤几个煳辣椒，煮碗淡水白菜，就能吃饱。早在清朝年间，这米就作为贡米，县衙门将这里的米全包了，不准外卖，谷子一脱穗就人背马驮、翻山涉水拉走。再有就是人少地多，就是民国十四年全国各地闹饥荒，死了不少人，这个地方都没有一个人被饿得丢命。

因为谷多，谷要脱壳，这里的石碓窝就多，几乎家家都有一个一抱大的碓窝。而生产队里，专门备下几大间房摆碓窝，数十个大碓窝，青石琢成，结实敦厚，一字摆开，大半截塞在土里。碓房村最大的碓窝一次可装谷一百斤，碓杆是用一抱多粗的麻栗树做成，沉重坚实，需要十个以上的壮汉才踩得动，才扬得起来。如果有妇女孩子参加，至少也得十五六人以上。这是何等的气势！这样的碓，一般都是要到年关将近，生产队里放假，农家户户准备好晒干的谷，拈了阄，排好号，依照顺序，才能开动的。

碓房人因此而深感得意。每每走到外地，有人问起，说，我呀，住碓房村！说者一脸得意，听者一脸敬意。碓房村的姑娘不外嫁，要嫁就嫁城里面，至少也是城郊。碓房村的儿子不愁娶媳妇，家家的男娃儿不到十五六岁，就有外村的人讨着好问上门来，说，给你家公子相个媳妇儿？碓房村人几乎没有打单身的，就是嘴有点斜，眼有点眯，个有点小的，都不愁娶。可是现在，刚解决了温饱，和温饱一样让人揪心的事出来了。冯家最大的孩子初中毕业，准备上高中。读高中要离开村子，到县城的完全中学去读。在外读书，要学费，要路费，要床铺费，要伙食费……费用一下子涨出太多，家里又实在太穷。可就在这节骨眼上，冯敬谷的岳父、岳母相继去世。请道士先生，扎纸火，买烟酒鞭炮，办猪羊祭，选坟山地，给抬丧的亲友们办饭……碓房村的这规矩，一点也不能少。农村人干啥都可以省钱，生娃可以省，结婚可以省，祝寿可以省，老人过世却是不能省的。少掉一项，即视为不孝，要被人指着鼻子、吐着唾沫骂的。其他家弟兄姐妹多的可以摊，凑份子，每人出点就可以解决。冯敬谷不行，岳父岳母膝下就只冯婶一个，什么事来了，只能一个人接招，是乌龟跌在石板上——硬抵硬。冯敬谷没有办法，又四下里借钱，给村邻借，跑到后山老家借，到信用社借，到处欠债，好歹总算将丧事办掉。办掉丧事，家里已经风飘雨摇，穷得叮当响。这是个馊得不能再馊的主意，但在特殊情况下，馊主意会悄然出世。唉，真是矮子骑大马，上下两难哪！

拈阄是冯婶提出来的。早先冯敬谷坚决不同意，因为他曾跪在岳父家先人的灵牌前发过誓，就是砸锅卖铁也要将这群儿女供出个人样。但当他砸了锅卖了铁也弄不回几个钱的时候，当他想卖血却找不到卖处的时候，才发现自己当年赌过的咒、发出的誓言是何等的软弱无力和毫无作用。冯婶跪在爹妈的坟前，祈求新亡人原谅冯敬谷，这事不能怪他，他为她们家的所作所为，早已超出一个倒插门女婿应尽的职责。他的承受之重，远远超过了他的能力。

冯敬谷叹了口气，算是勉强答应。

拈了阄，结果出来，但这事情并不是结束，而是开始。鸡已叫过头遍，一家人躺在各自的床上，睡不着。公鸡声嘶力竭的叫声，有点惊心动魄，夜鸹子在檐下叫了两声，扑扑地飞走。白杨树上有什么咕咚的一声落了下来。冯敬谷心里想着会不会是一颗星星，或者是树上一只睡死了的什么鸟。

一响一动，在这个夜里，像刀子一样在心里搠来搠去。冯敬谷披衣起床，给牛添草，然后坐在牛厩的门槛上，吧嗒吧嗒地抽烟。

偶尔一阵风来，门的两边，黄表纸写的丧联扑嗒作响。作为当家的，冯敬谷实在没有办法，一家子过到这样的份上，是他的无能。今年，还未到旧历八月，一股寒流从村庄背后的黑山垭口扑了下来，将整个坝子一巴掌按住。那几天，人都冷得发抖，更不用说生长正茂盛的各种植物。正在长嫩尖的蒿草全都弯了腰，正在扬花的谷穗一下子变黑，到了白露节气，谷穗全都直冲冲的，不灌浆，不勾头。碓房村人语：谷子不勾头，割去喂老牛。一年遭灾害，三年难伸展。碓房村村民们眼里的光像缺油的灯芯，全都暗了下去，说话低声软语，有气无力。

碓房村人历来都有送孩子读书的好习惯，从古到今，家家户户没少看到读书的好处，读书比种田好，读书比收谷好。古人不是说过，万般皆下品，唯有读书高吗？古人不是说过，书中自有颜如玉，书中自有黄金屋吗？一户人家，只要供出一个人参加工作，就糠箩跳米箩，就有好的吃，就有好的穿，就可以进城去看看稀奇——光宗耀祖哪！如果一家人，子女全都读出书，都吃国家粮，穿国家衣，那就说明，这家人祖坟埋在了龙脉上，后人发达了。

冯敬谷觉得自己的皮在一层一层脱掉，血慢慢被抽干，肉慢慢收紧，腰在一寸一寸地勾下去。他深知读书对于孩子一生的重要，他为他们奔波得太多了，但现在，他找不到钱给孩子读书，便只好采纳妻子提出的下策，这样的办法也算——不是办法的办法。但至少，可以保证家里有人读上书。这几个孩子都聪明，一个个读书都上心，筛掉谁都不忍心。孩子们在拈阄的时候，冯敬谷觉得自己的脸上有虱子在爬，有根小棍在往心里捅。一家之主将孩子们弄成这个样子，他羞呀！好长一段时间，他将眼睛紧紧闭上，不敢睁开。

冯天俊这孩子打小听话，成绩很好，从不惹事，也不让他操心。可他命孬，没拈到，当爹的疼在心里，但不能为他一个人而疼在脸上。

屋檐里一阵窸窸窣窣的躁动，冯敬谷知道是窝里的麻雀们受到了什么惊吓。

一个黑影慢慢朝冯敬谷移了过来，冯敬谷吃了一惊，随手拾起牛鞭就要劈下。黑影往旁边一闪，说，爹！

是冯天香！

冯敬谷说，咋？冯天香抽泣了两声，用手擦了擦眼露水①，牙齿紧紧咬住下唇。冯敬谷说，睡！

冯天香摇摇头，说，我睡不着，爹，你让我回家，帮你干活，让他们去上学。

冯敬谷说，不！冯天香说，爹，哥和弟他们学习都比我好，比我聪明，他们又都是男的，读出来给我们冯家争面子，传后。冯敬谷不作声。

冯天香说，我去打工，沿海那些大城市不是都在招女工吗？我挣钱供他们，你和妈就轻松了。

冯敬谷磕了磕烟杆，说，不！冯敬谷站起来，说了一个字：命！便进了屋。月光从高高的白杨树隙里照了下来，干净，却凉得透骨。

---

① 乡下人要强，泪水称为眼露水。

天刚露白，冯婶便起了床。屋子给打扫得干干净净，火塘里码了柴，生了火，猪食煮得啵啵响。干脆的白杨树根燃起的火苗，轻盈，淡蓝，一起一伏，还带着些香味儿。冯天香没影。冯婶想，香儿是不是担水去了，看看水桶，可里面装得满满的。冯婶想，香儿是不是去上厕所去了。可过了好一会，还是没见回来。她跑到檐后一看，还是没有。冯婶想，香儿是不是到外面白杨树下背书去了，可等阳光都将整片树林照得一片金黄的时候，香儿还是没在。

冯婶叫了声，香儿！香儿！没有回答。

冯婶急了，大声叫道，悖秋时①了！悖秋时了！天香不见了！

冯维聪听到妈的喊声，从楼上蹿下来，院里院外转了几圈，还是没有冯天香。回到屋子，见灶台上压着一张纸，冯维聪拿起来一看，大叫道：香姐走掉了！香姐打工去了！

那张纸上面写的是：

爹、妈：

　　哥和弟都是学习好的娃，又听话。家里穷，供不起，我情愿放弃自己的学业，打工供他们，也给你们减轻一点负担。你们不要找我，你们找不到我的。挣到钱，我会按时寄回。我对不起你们。维聪和天俊也要记住，你们要是读不出书来，我一辈子都不想见你们。

　　不读书是我的选择，是我自己的事，我不会怪你们的。

女儿冯天香

砍竹子遇上了节子②，冯婶一听，腿软了下去，抓天无路啊！冯敬谷正在牛厩里牵牛，准备下地，见此情形，脸僵住了，像块石板。

到了晌午时候，碓房村的二十多个男人全都拥进了五十里以外的酒州城，他们神色焦虑，步履匆匆，各自肩上背着一袋煮过的冷洋芋，撒网一样分布在县城的每一个路口和车站，以及每一家宾馆旅社。见到一个人就迎上去，向人家口述冯天香的长相、穿着、口音和她可能去的地方，末了小心地问，请问您见过这个人吗？

事实上直到太阳的余晖在酒州城消失，夜灯慢慢明朗，谁也没有得到

---

① 倒霉的意思。
② 做事遇到了麻烦。

一条值得参考的线索，冯天香的影子根本就没有见到。冯敬谷坐在长途车站一排排客车的缝隙间，头勾在了裤裆里。

冯天香今年十五岁，要强得不行。农村的苦没少吃，但一个女孩子在外，不知要遭遇多少霜雪雨露，不知会遇上多少艰难困苦和意外，那可不是万一，而是一万。

冯婶嗓子叫哑，眼睛哭肿，胸口哭痛，双腿发软，大脑一片空白。冯春雨跪在冯婶的膝前，说，婶，我一辈子都是你和冯叔的亲女儿……

还用说吗？这话肯定是多余的，而且在眼下显得多么无力。几天过后，冯天香还是没有任何音信。这帮汉子只好拖着沉重的脚步回到了碓房村。冯婶和冯敬谷将冯维聪、冯天俊和冯春雨叫到火塘边。冯婶咬咬牙说，你们三个听好，今年是荒年，我和你爹就是卖血、卖房、卖地、卖坟山，也要供你们三个，哪个半路上打退堂鼓，哪个读书不卖力，就从这个家里滚出去！

冯敬谷指了指供桌。三个孩子齐刷刷跪在天地君亲师的牌位下，齐声说，我保证好好学习，保证考上大学，不让爹妈背时倒灶①一辈子！

冯婶说，冯春雨，你还要给你爹保证。冯春雨回头对着外面漆黑的夜空磕了三个头说，爹，你在天有灵，我保证要好好读书，考上大学。您在天有灵，保佑我们一家平平安安……

冯春雨还没有说完，泪珠早吧嗒吧嗒往下掉。

二

冯天俊毛焦火辣、跌跌撞撞地往家跑，整个头上大汗淋漓，热气腾腾，像刚出笼的米糕，最严重的是，他脚上还弄掉了一只鞋。他一进院子，就大声武气、上气不接下气地吼，爹！爹！

冯敬谷正在给牛铡草，这头白花牯牛是家里最重要的劳动力，没有它

---

① 不走运气的意思。

田里的活儿就无法弄。当然冯敬谷待牛也好，像是亲兄弟一般。他是养牛好手，知道啥时给牛吃啥，牛什么时候吃什么草最长身体最长劲。这不，盛夏时节了，牛吃的草都是他当日里天不亮就起床、从田埂上割回的带露水的白花草。草嫩，但他还是给它铡得细细的，以便白花牯牛消化得更好些，对营养的吸收更充分些。他一边铡草，一边盘算着要不要去镇上打零工，听说那里最近要修几幢房，差几个挑砖、抹灰浆的人。

看到冯天俊那落荒而逃的样子，心里烦着，说，熊！冯天俊做什么事都总是惊乍乍的。

冯天俊喘着气说，今天是、今天是、旧历八月二十七，是、是孔圣人的生日。村头、庙里开始祭、祭孔圣人了！

祭孔圣人了！一听冯天俊的话，冯敬谷便将手里的谷草扔在地上，一边往外跑，一边指着院外的谷草堆说，快！

冯天俊知道爹的脾气，爹说快必须得快，不然打牛的鞭一瞬间就会落在光脚杆上。冯天俊还知道爹用手指的不仅仅是草堆，是人。他挥起手臂擦了擦汗，立马狂奔，像山上的羚羊，箭一样奔到谷草堆边。那里有一男一女，两人都十二三岁的样子，正靠着草堆读书，嘴里叽里咕噜，像和尚在念经。

冯天俊叫道，冯维聪！冯春雨！你们俩整啥子！又在谈恋爱咯？

冯维聪敏捷地扯着他的耳朵说，你欠揍！冯春雨也红着脸说，冯天俊，你乱说，你嘴痒了，我拿谷草给你唰唰！

冯天俊一边挣扎一边说，你们再整我！你们不想考上大学咯！冯维聪说，啥意思？冯天俊说，村头都在祭孔圣人了！爹让我来找你们！这可是不得了的大事！两个人不敢再和冯天俊闹，提着书包便死命往村头跑去。

村头那座小小的庙，也就是一人举手高，泥巴春的墙，谷草苫的顶，门也很简单，几根白杨树木条穿斗而成。但这小小的庙，却像是圣殿一样，给一群虔诚的人团团围住。那些人大多是青少年，大多是碓房村的孩子，也有一些家长掺和在里面。冯维聪拉着冯春雨不顾一切使劲儿往里钻，被挤的人大叫，硬是不让：挤什么挤！挤油渣！挤臭豆豉！冯维聪往高处挤不进去，便改变方式，蹲下来，缩紧身子，拉着冯春雨像狗一样往人腿的缝隙里钻。头上虽然给人踩了两下，给不满意他们这做法的人捶了两拳，鼻子里涌进的，全是脚汗味和屁的酸臭，但他俩却很快挤到了前面。

碓房村有三件宝。前两件和土地有关，与肚皮有关：碓窝、稻谷，这不用多说。第三件宝，说的是村庄精神世界里的东西，读书人说是上层建筑——孔庙。孔庙在某种程度上，地位比前两样高多了。村里的大姓许、赵、万在碓房村的历史，可以上溯十代人左右。几姓都出过举人、进士，秀才更是多一些。清朝前期还出过榜眼呢！前些年官大的也曾当到正厅，走到哪里，都前呼后拥的。随便有个工作的，比如医生呀，比如老师呀，乡镇的文书呀，每一家族都会有几个。家家户户供的是天地君亲师位，也有的直接供了文昌、朱衣、金甲和关帝。村头碓房旁边的庙里，一百多年前就塑了孔圣人，朝朝维护，代代供养，四方八里都赶来拜，香火好得很。此后风吹雨淋，坛冷庙破的确有些时日，但也有时来运转的时候。这不，政策一松，大伙想起的第一件事情就是复修孔庙。孔庙建好，逢年过节，特别是学生高考前后，香火缭绕，烛光熊熊，跪拜的人络绎不绝，人出人进，旺得很。

而孔圣人生日这天，村里人更是办得隆重有加，不可造次。此时，正殿门枋贴上了"碓房村祭孔典礼"的红纸横幅，前面的供桌上，供有牌位、香花、果品、茶、酒。供桌前设案，供有一个猪头，一个羊头和一只鸡。乡信用社的信贷员万礼智站在一个高高的木板凳上，一脸严肃。

在万礼智的授意下，民办教师赵成贵走上台子说，祭孔典礼开始，第一项仪程：迎圣，鸣炮！早候在外面的村民将成堆的火炮点燃，一时，火炮轰鸣，震耳欲聋。赵成贵说，第二项仪程：请圣。万礼智大步走上去，小心而又虔诚地上香、献爵、进馔，再将帛面向供桌高举过头三次。赵成贵叫人持帛在香案烛火上点燃，焚烧。袅袅炊烟中，赵成贵朗声说，请向至圣先师恭敬致礼！里里外外一大堆人，像是田野里的稻谷突然被割倒一样，齐刷刷地跪了下来。致礼之后，赵成贵说，请学生代表宣读祭文。万礼智捅了捅身边心不在焉的儿子万勇，万勇有些茫然，一动不动。万礼智一时性急，便扯着他的耳朵拖了过去。万勇从赵成贵手里接过早已准备好的祭文，大声朗读了起来：

伟哉孔子，至圣先师也！德炳天地。立"八德"而教万民；举"大学"

以正修身；遵"中庸"，明道和平……这个万勇，年龄上就小冯天俊两三岁，刚上小学三年级就给万礼智送到城里读书，基本就不回家的。村里人基本上都不认得他。要不是赵老师主持的时候说到他的名，从他的穿着、言行上看，村里人还以为他是来乡下走亲戚的城里娃儿呢！

火炮再次响起，惊天震地，这些村民用老墙土自制的炸药，火候足，质量好，威力何等了得，吓得一群人缩住身子，捂紧耳朵。冯春雨一脸张皇，往冯维聪身边挤，两个人的手紧紧攥在一起，掌心冒出了汗。

祭祀活动继续进行，往下就是诵先师赞。万礼智站在台子上，大声地说着。好像有些字读错了，好像有些字他不会读，中间停了几次，还拿着稿子给赵老师看，让赵老师读给他听。

当时维修孔庙时，村里人都凑有份子，有的出钱，有的出粮，有的是贴进几个工时，冯家也不例外。冯敬谷没有钱，但他起早贪黑，干了半月之久，心之虔诚，当然不用说了。外乡人来拜，就得出香火钱，村里拜神不用出这份钱，自己带香火就行。仪程进行到现在，冯维聪、冯天俊才突然想起忘记带香火，两弟兄便让冯春雨在这儿等着，连忙往家里跑。

冯敬谷把牛拴到安全的地方，火烧火燎地赶来时，祭神的仪式结束，人已散尽，庙门已关。冯敬谷气得鼻孔大张，胸脯起伏不停。

要知道，祭圣人落后于众人，等于没有祭。赵成贵举着一把长长的竹扫帚，收拾着外面的卫生。见冯敬谷来，赵成贵有些遗憾，也有些不自在。他给冯敬谷递了一支烟，冯敬谷摆摆手，不要。赵成贵叹了叹气，说，没得办法，是万礼智让关掉的。

冯维聪说，赵老师，祭孔圣人了，你也不事先通知一下。

赵成贵一脸歉意，万礼智说了，人由他通知，材料由我准备。至于他通知了哪些人，怎么通知的，我就不知道了。

冯天俊说，那你也得让他等等，其实村里还有好几家都没有赶上呢！

赵成贵说，他说时辰已过，一概不候。你要理解我啊！要不下次民办老师转正，他不会给我帮忙的。

冯敬谷回过头，正要和几个儿女说什么，赵成贵一把拉住他，敬谷，我琢磨啊，没有通知你们家，是因为上次凑款给圣人描金，你们家没有给。

冯敬谷一时想不起来了，这……冯维聪说，爹，那次正好是天香姐出走。万礼智这是在欺负穷家小户。那年冯家出了那么大的事啊，哪里还将这样的事记起，倒是万礼智，点点滴滴，一丝不苟啊！冯敬谷气得蓬乱的胡子一翘一翘。他冲着三个孩子，说了一个字：拜！

冯维聪、冯天俊、冯春雨按照爹的吩咐，在紧闭的庙门外，一口气磕了三十六个头。

回家的路上，冯天俊说，万礼智是小量虾子无血①，老是欺负我们家，之前不通知，之后不等人。

冯维聪说，爹，我们不一定非要去庙里祭，在家也可以。冯敬谷葵花叶大的手掌拍在他的头上，粪！爹的话，要就是不说，闷在心里，让你看他脸色。要就只一个字，但只要那个字一出，就像铁钉一样，钉下去就别想拔出来。

到了家里，避开爹钉子一样的眼光，冯天俊把冯维聪拉到檐后，将一块栎木塞进他的手里，说，哥，你手巧，花点时间雕一个菩萨，供在供桌上，我们天天拜不就得了？

冯维聪吓了一跳，想不到弟弟会说出这样的话。冯维聪说，那怎么行？

冯天俊说，咋不行？天底下的菩萨，哪个不是人造的？心里有，就有。心里觉得行，就行！

冯维聪说，小声点儿，担心被爹骂啊！冯天俊说，爹呀，嘿，他又没读过书，你管他！冯维聪说，我琢磨一下。冯维聪跑到村头的赵成贵老师家，找到赵婶。赵婶是村里的巫师，常和神呀、鬼呀的打交道，民间的规矩，她是懂的。村里村外，好多人家关于求神打卦的事，生老病死的事，家里东西丢失的事，一般都要问她。而她呢，常常眉闭眼倒、神秘分分，只要伸手掐指，十有八九能说出点道道。前几年被公社弄去上了学习班，不准她再欺骗广大人民群众。她就只好缩头脑袋做人，像条冻僵了的蛇，人前人后，一动不动。现在土地下户，大伙的注意力转移到自家的地里，少有人再关注她了。

赵婶听冯维聪这样一说，也很支持。先前她听赵老师说过这事，也觉

① 欺负人没有能力。

得万礼智做事太过。赵婶关上门，让冯维聪抱着那块木头坐在屋子正中，她洗干净手，燃了香，焚了纸，点了烛，闭上眼，咚咚咚地敲着羊皮鼓，一边念念有词。冯维聪听不懂，冯维聪也不必听懂。

最后一句，冯维聪听懂了。赵婶说的是，天神保佑，万代吉昌。

冯维聪按赵婶的吩咐，到河里洗了身体，焚了香，躲在楼上，将木头放置高位，一心一意，雕琢成孔圣人的像。

冯春雨说，维聪哥，我来帮你。冯维聪说，去！去！女孩儿，哪能掺和这事！冯春雨嘟着嘴，跑到檐后，伤心地哭起来。冯婶一边哄冯春雨一边骂，维聪，你这狗吃的！有话好好说不行吗？

有赵婶支持，冯敬谷没有吭气。孔圣人的塑像雕成后，赵婶择好吉日，将圣人像高高供在堂屋正中的木梁下边，燃香点烛，领着全家三叩九拜。祷告的时候，冯婶特意将冯春雨拉到前边，占了最好的位置。在屋外放火炮的时候，村里人赶来在外敲门，问他们家是生了娃？是老人祝寿？还是家有不测？

冯敬谷摆摆手，未置可否，一脸神秘。

三

冯春雨不是冯家所生。冯家之所以对冯春雨疼爱有加，是有原因的。

十多年前，碓房村的单身汉独眼赵四赶马车送木柴进酒州城。到了老城门洞，已是晌午。他口干舌渴，又累又饿，就将马喝住，拉了手刹，在城墙下凉粉摊前要了一大碗酸汤凉粉，蹲在一个谷草堆边就吃。那凉粉麻、辣、酸、凉，赵四吃得太爽，以至于前面站着一个人看他半天他都不知道。等他吃完抬起头，一个年轻妇女站在他面前，怀里还抱着一个包裹。那中年妇女一脸憔悴，一双大眼看着赵四的碗咕噜咕噜直转。那妇女虽然穿着破旧，但容貌还是不错的，圆脸、秀眉、薄唇、一口碎牙白白的，让人喜爱。这样的女人看自己，赵四便有些不自在，站起来伸出袖子擦擦嘴就走。赵四走了几步，想想，便又站住，回过头来，见那个女人还呆呆地看着自己，一脸的渴盼。赵四想女人是饿了，又没有钱，犹豫了一下，走回凉粉摊面前对摊主说，来个大碗。赵四对那个女人说，妹子，过来。那女人就走过去。赵四说，妹子，坐下。那女人就坐下。凉粉很快端来，那女人将包裹往膝上一放，接过就吃。女人那种饿比赵四还凶，几大口吃完，还将碗底的辣椒水喝得一干二净。赵四再叫了一碗，那女人又吃掉。赵四出于礼貌，问，还、还要吗？那女人又点点头，赵四只好又要了一碗。

不用算，赵四已经额外支出了三个大碗的钱。女人在那边吃凉粉，赵四这边暗里打自己的嘴巴，心里疼得像灌了辣椒水。都是自己多事，今天劳累了一天，收入全都泡汤。更重要的是，他还等着今天挣了钱，回去把村里小学盖房买瓦需要集资的钱交掉。赵四是独身，自然家里没有人受教育，他不想交，想赖。但在村里小学代课的弟弟赵成贵说，别的可以不交，但学校的费用一定要交。弟弟给他上了一堂课，说一家人，一族人，一个村庄，甚至一个民族，要发展，要壮大，首先就必须得重视教育。教育是有回报的，你付出了，流了汗，流了血，出了钱，你是会在合适的时候、合适的机会得到回报。为什么我们要重修孔庙？为什么我们要尊敬孔圣人？为什么我们政府要修学校、要不断地配备老师？就是这个道理。赵四说，兄弟，你说得没错，可是我孤身一人，发展壮大个屁！赵成贵有些恨铁不成钢，说，哥，你牙齿一大捧，吃过的盐比别人吃过的粮多，走过的桥比别人走过的路多，见识却不敢恭维。你呀，你就想这样一个人混一辈子？你就不想想你以后会娶个老婆，会有个娃儿？碓房村人孤寡一辈子，可从没有这个先例！赵四是个懂理的人，特别是听到弟弟说自己以后会有孩子受教育的话，心里很滋润，就满口答应：不就是点钱嘛，我赵四还是给得起的。说话的时候爽快，但一摸钱包，瘪得让人害羞。赵四一个人吃饱全家不饿。他偶尔整到点小钱，除掉交生产队里的，常常是小酒儿一壶就没了。不过他不急，他有他的办法。他自己养着一匹马，有一辆木辕车。往城里送木柴，一转可以赚五块钱，三天可以跑十五块钱。今天再跑一转，原本算着够交费了。可现在心一软，在一个和自己不相干的人面前软了一下心，就贴掉三碗凉粉钱。一碗一块，三碗就是三块！这样一来，包里的钱和要上缴的钱是隔着篾帽亲嘴，差着一大截了。

生产队里的最后期限就是明天，交不了给学校的钱，秋收时就要扣粮食，这是队里一贯的整法。

矮子骑大马，上下两难哪！心疼归心疼，男子汉说出的话就是吐出去的口水。赵四把手伸进了里层的口袋，那里塞着几张汗腻腻的小面额钞票。赵四挤了挤那只还可以转动的眼睛，咬咬牙，把钱给了。回过头来，那个女人已将碗底上的最后一口辣椒水喝掉，舌头好像还在碗口上转了一圈。女人转过身来，用衣袖擦了擦嘴，将那包裹搂紧，扑地给他磕了个头。赵四吓昏了，他从娘胎里出来后，还从来没有被别人这样尊敬过，只有他给别人磕头的份儿，哪有别人给他磕头的！不就是点凉粉嘛，至于吗！他脸红脖子粗，抖脚抖手将那女人拉起来。那女人开口说话了。她说，大哥，你是好人，谢谢你！赵四咧了咧嘴，却不知道说什么好。那女人犹豫了一下，好像是想了一会儿啥，才将手里的包裹递了过来，说，大哥，请帮我抱一下，我去解解手。

吃那么多，撑了，不拉才怪。赵四心里很烦，但他还是不由自主地伸手去接包裹，那包裹软软的，轻轻的。赵四张开独眼看去，原来是个孩子。孩子很小，脸上还毛茸茸的，估计也就三两个月的样子，小脸粉红粉红的，小眼睛叽里咕噜一眨一眨的。赵四突然与这样一个小生命如此亲近，有些不知所措。正在这时，孩子突然咕哇咕哇大哭起来。那女人走到街子的拐角处，听到哭声转回来，说，大哥，你抱得不对，我教你。女人接过孩子，做了一个抱孩子的动作，又将孩子给他。可赵四接过，那孩子又哭了起来。女人又将孩子接过去，哗地一下拉开胸脯，一坨白生生的奶子露了出来。她将小枣儿一样的奶头塞进孩子的嘴里，孩子嘟囔了一声，大口大口地吮吸起来，不哭了。

照道理，赵四这下就可以走了，他应该送他的木柴去。但赵四给女人吸引住了，女人也就二十多岁，那秀气的脸，丰满的胸，白嫩嫩的奶子，硬挺暗红的奶头，让他的独眼放起光来。他没少看到村里的妇女们奶孩子，但在村里，他只能远远地看，偷偷地看，如果看近了，看多了，必然要引起麻烦的。碓房村人看不起他，小瞧他，常常作践他。这样近，这样真实地看一个女人最诱人的部位，他还是第一次。他不仅看到，还嗅了女人奶汁的甜腥的味道。那种味道在太阳光下很浓，窒息得他都快难以呼吸。他喘气，他有点动不了了。

女人奶完孩子，抬起头来朝他笑笑，女人那种笑很好看，酒窝浅浅的，眉毛往上一挑，两颗眼珠子像是把自己的魂都给勾走了。女人掩住胸，扣上布疙瘩纽扣，将头发往后一捋，将孩子再一次递给赵四。赵四接过，把抱孩子的姿势调整好后，朝女人努了努嘴，说，你快一点，我还有事。

旁边车辕里的马早就不耐烦了，不停地刨蹄，打响鼻。女人很快在城门洞的深处消失。赵四将目光收回，眼下这个毛孩子，呼吸一起一伏，眼睛慢慢闭上了，赵四明显感觉到孩子的可爱，这孩子的眼一定是会像他妈一样好看。就是这孩子太小了，太轻了，这孩子比一块木柴还轻，应该和一个苞谷差不多重吧，和一个洋芋差不多重吧，和一个稻谷把子差不多重吧。

天呀，这么小的孩子，什么时候才会长大？负重的马又打了几次响鼻，嘞嘞地叫了两次，踢了几次蹄，努力转了几次身，企图将身上的负重甩掉。赵四喝道，你是皮子痒了咯，欠揍！马稳住了，可是左等右等，那女人还是没有来。赵四走到凉粉摊前，对摊主说，麻烦你帮助照顾一下这个娃儿，那女人来了，你给她就是，我还要送木柴进城。那摊主看了看孩子，又看了看城门洞的深处，说，我帮你照顾咯？那我照顾不完了！赵四说，这忙你帮就帮，不帮就算了，说啥子阴骘文①，我听不懂。那摊主说，那女人是送娃儿给你的，你不知道呀！你看她还在不在？说不定早就跑掉了！赵四不信，说，我给她买凉粉吃，她会害我？摊主说，你打开包裹看看，有没有其他东西？赵四将包孩子的包裹打开，果然在包裹的深处，还放着一小袋米粉，一张小纸条。赵四不识字，请摊主看。摊主一看，读给他听：感谢好心人，女儿生于今年三月二十六日，爹病死他乡，母贫穷无助，无力抚养，就送给你为儿。救人一命，胜修桥十座。

唉！赵四重重地叹了口气。他拍拍这只未瞎的眼，暗里骂自己是个全瞎，连这只眼也不管用了。没有办法，赵四只好找根草绳将孩子捆在背上，继续赶车送柴。

---

① 原意是因积阴功而使后人蒙福发达的文章。这里指晦涩难懂的话。

好不容易将木柴送掉。在回家的路上，那娃儿要不是饿了哭，就是拉屎了哭，直弄得赵四火冒，连吐口水，直叫倒霉。赵四想，我一个光棍汉，哪点好玩哪点留，哪点饿了哪点吃，哪点醉了哪点睡，何必整个油瓶来拖起，整得人生活不舒畅。他狠了狠心，将那娃儿放在地上就走，可走几步，那娃儿凄厉的哭声传来，像把小刀在他心坎上戳。他站住了。他想，我现在挣钱给学校买瓦，不就是以后要让自己的子女接受教育吗？想想自己的样子，想想自己的条件，想想自己的年纪，想想自己不可告人的隐私，要找一个女人为自己生儿育女，怕是做梦了。

　　傍晚开始刮北风了，赵四哆嗦了一下。赵四往回走，低头看那孩子，孩子的脸冷得发紫，赵四有些心疼，有些不忍。他弯下腰，将娃儿搂起来放在怀窝里。

　　月黑风高，赵四赶着摇摇晃晃的马车回到碓房村。冯婶说，饭都冷了，你怎个晚了才回来，我还以为你跌了崖，喂了狗。赵四喘着气，将孩子往火炕上一放，把情况一五一十说了。冯婶说，憨包四爷，送子观音看你善良，尽做好事，给你送娃来的呀，你好好待，当亲生的待，以后她给你养老。

　　打开包裹，那孩子粉嫩嫩的，一双眼睛骨碌碌转动。冯婶一看，是个女的。冯婶说，女的好！女的好！女的会疼爹疼娘。三岁多的冯维聪挤过去，伸手摸她的鼻子，那孩子居然咧开嘴笑。冯婶一巴掌将他打开：别扯淡，这样小的妹妹，经不起你瞎弄！

　　冯婶翻出一些破衣服拆掉，连夜做了些小衣裤。冯敬谷则清扫碓窝，从箩底里掏出些谷来，吭哧吭哧地舂出些米粉。

　　赵四说，我捡的娃儿，让你们劳累。冯婶说，我们有经验，几个娃一起带，大带小，也累不到哪里去。帮助你一下，以后老了，有人照顾你。

　　赵四说，狗有狗名，猪有猪名，给她取个名字吧。三个人想了半天，说了很多都不中。最后冯婶说，我们庄稼人一年到头靠的就是雨，春天有雨，庄稼就长得好，一年都好过，就叫春雨好了。

　　赵四一拍大腿说，准得，就这样定了。我们庄稼人，就巴不得老天下春雨……这娃，就是我这辈子的春雨。

　　那娃儿虽说是赵四捡来的，可赵四老粗一个，让他犁田耙地、插秧割谷可以，让他养牛赶马可以，可要让他打理才几个月的婴儿，实在是不行，照管大多是冯家的事。这天晚上，在冯家的桌子上，赵四饭吃饱了，酒喝足了，大着舌头说，这姑娘，以后就给维聪做媳妇。冯婶说，这事早着呢，以后再说吧！赵四说，是嫌她没娘？长得不好看？还是不配你们冯家？冯婶说，孩子大了，由得你呀？

冯敬谷端起酒碗，和赵四碰了一下，说，中。赵四说，还是男人爽快！

两亲家一饮而尽，这事就中了。冯家养起这个姑娘来，也就理直气壮，理所当然。事实上，冯家这时也是最艰难的时候。冯家老大冯天香五岁，冯维聪三岁，冯婶现在肚子里又怀上了一个，也真够她熬的。几个月后，冯天俊出世，一家人为了孩子，累得吐血。但看着这些孩子一个个长得健健康康，一天比一天大，再累，脸上渗出的，都是笑。

赵四爹妈早死，两个姐姐早嫁了人家，弟弟赵成贵结了婚，和他分了家，生活在半边。家穷，兄弟姐妹互相无法顾及，他没有人管，孤寡一个，没有住处，长年栖身于孔庙檐下，有人来烧香，他就帮助管管香火。人家走了，那些供品就算是他的。他倒也有点优哉乐哉。有一年，发生了一件对他来说非常要命的事。公社上的一些年轻人提着锄头、大锤、钢钎，一路狂奔，赶到碓房村，要将孔庙完全清除。在这之前，年轻气盛、常常以自我为中心、极好表现的万礼智也不知躲在什么地方，不见人影儿。不过，此前他曾找到赵四，凑近他的耳朵悄悄地说，眼下，我们碓房村最宝贵的东西，就只有孔庙了，但据眼下情况看，会有点小灾星……不管发生啥事，你都一定要保护好。

眼下见有人来，而且情况不妙，赵四从墙根脚爬起，把住门枋不让动。赵四梗着脖子，出着粗气说，孔庙是碓房村的文气，你要动一下我就和你们拼！话说到这里，已没有回旋的余地了。那领队的两眼冒火，说，我就不信你这黑杆杆秤①！领队一挥手，那帮人一拥而上，将他推翻，挥的挥铁锤，举的举锄头，轰轰隆隆就干了起来，一时间，墙倒泥飞，一片混乱。赵四心急了，爬起来，冲上去护孔圣人的泥像。那些人将他拖过来往外扔。赵四眼红了，不要命了，他像是一头愤怒的狮子，朝着

① 生硬，不服从。

领队扑了上去，又抓又扯，又扳又跳。这还了得！想蹚臂挡车，哪会有好结果！赵四讨的是一顿好打。在搏斗中，他的头部、胸部、腰部和四肢都受到数不清的、不知轻重的打击。一只眼当时就不见了，裆部被人狠狠地踹了几脚。

赵四的疼痛钻心刺骨，他眼冒金星，血脉偾张，大叫两声，当下就不省人事。赵四醒来时，发现自己躺在一间黑屋子里，全身疼痛，举手手动不了，抬脚脚失去了知觉。他大叫，叫声却微弱得像只蚊子在叫。他大哭，眼露水却早已流干。屋外静静的，偶尔有风吹过，偶尔有鸟叫上一两声，根本就没有人理会他。他努力了半天，终于爬到了门边。他摇门，门不动，他举手想捶门，手却酸疼，无法举起。

三天过后，门打开，他被人拖出大门外。冯敬谷叫了几个人来，将他抬回去。冯敬谷上山采了草药，加工后给他敷上，还给他洗、给他服。半个多月后，他勉强可以下地，可一只眼没了，下身也给损坏。他悄悄弄了好多次，可怎么弄，那东西就是起不来，成了无用的东西。

他访遍了乌蒙山区所有有名气的土医生，寻找到了无数的偏方，院墙角的草药渣堆得像个谷草堆，可他那东西就此软不拉叽，了无生气。他为此找到公社，公社里谁也不知道这事，谁也不理会他。他独自躲在被窝里哭，可哭也没有用，泪流得再多，也无法感动那东西的。

大伙只知道赵四被打得很惨，但真实情况赵四谁也没有告诉。几年后，冯敬谷把住在山里的表妹介绍给了他，他感动得眼露水吧嗒吧嗒往下掉。新婚之夜，他想尽一切办法，弄了半夜，还是行不了房事，他一夜叹息。那已经成为妻子的女人守了他三个月，天天夜里要他，采取各种方式逗引他，安慰他，鼓励他，可他最终还是以失败而告终。

那女人无可奈何，只好含恨改嫁，离开了他。独眼赵四本以为绝了后，不想却意外地有了这个女儿，乐得他嘴都合不拢。他以为这是他维护孔庙感动了上天，上天对他的眷顾，是他一生只做好事不干坏事所得的神佑。他起早贪黑，赶马车拉木柴挣钱，他要让女儿平平安安长大、读书，以后有出息。他相信碓房村的那句老话：做桩好事有桩好事等着。因此村里好多事，特别是关乎教育、关乎上学的事，他都毫不犹豫地挺身而出。原来是破罐破摔的人，就因为那个捡来的女儿，完全变了样。

四

突然就来了暴雨。风雨连天，洪水淹住整个田野，淹住了碓房村，淹住了教室的墙脚。那教室是牛厩改的，红土墙，根本就没有用石头砌过基脚。雨还没有停下，房子却一阵山崩地裂，垮了，差点将代课老师徐雅君和孩子们埋在里面。那时赵四就在墙根脚处躲雨，听到娃儿的尖叫，赵四第一个冲进去，将徐雅君和孩子们拖出来。他最后一次冲进去救出来的，是冯天香和冯维聪。赵四亲身经历了这样的事，想想有些后怕。在给生产队干活之余，一有空，他就拉着马车，进山沟里拉些石头来，准备凑齐后维修教室。

教室垮塌的事件引起了全生产队的重视，生产队长万礼智停了农活，召开了一下午的会，讲了教室的重要性，讲了读书的重要性，要求全生产队的人，不分男女，不分老幼，全都要参加修建学校。这样的话对于大伙来说，实属多余，因为大伙修学校的心情也是一样急切。万礼智暗地里找人算了一卦，确定了时间和方位。第二天一早，全队的劳动力都到齐，在早上八点过八分放了三串火炮，就开始铲土动工。

冯敬谷是春墙的师傅，他掌墙杵，两块木板做好的板是装土的重要工具。他站在里面，让大伙将潮湿均匀的土往里面倒，他结实有力的手握住墙杵，不停地往泥上春，一层一层地将泥捣碎，捣结实。一板满了，拆开，让拍墙的人用木拍打结实，接着再装另一板。徐雅君看到眼前这一幕，眼露水在眶里打转。万礼智说，姓徐的，你说两句嘛，不要哑巴卖屁股，日死不开腔。徐雅君动了动嘴唇，想说啥，还是没有说出来。冯婶说，徐老师是秀才遇到兵，有理说不清。万礼智说，烂尸，你说话要把握好，他是下放来碓房村改造的，来接受我们再教育的！啥秀才，识两个字有啥了不得！不要高抬他！

赵四心里烦着万礼智，听不下去，就说，嘴寡淡得很，唱首歌给你们听。说着，就扯声拽气地唱了《赌钱歌》：

正月里来是新年，弟兄邀约去赌钱，上场赢了几褡裢，又吃又嫖赛神仙；二月赌钱菜花黄，娘骂儿子不成行，七十二行都不学，端端要做赌钱郎；三月赌钱是清明，赌钱儿郎去上坟，香烛撂在坟台上，坟台脚下赌一场。

……

唱着唱着，赵四想起自己的生活，干涩的眼潮湿了。冯敬谷将手里燃着的老叶子锅递给他。他停下来，猛咂两口，看了看高处金色的稻草堆，接着唱了起来：

四月赌钱忙栽秧，赌钱儿郎秒老荒，牛儿拴在田坎上，槐荫树下赌一场；五月赌钱是端午，婆娘劝郎不要赌，要赌要赌真要赌，赢点儿钱过端午；六月赌钱热忙忙，赌钱儿郎睡木床，听见整得杯盘响，翻身起来赌一场。

……

赵四嘴皮发干，喉头发硬，他歇了下来。冯敬谷忙递给他土罐，他晃了晃，里面还有些茶汁。他抬起头，咕噜咕噜几口喝掉。好釅！他将喝进口里的茶叶片嚼碎吃掉，又接着唱：

七月赌钱热洋洋，哥也忙来妹也忙，哥哥忙着晒谷草，妹妹忙着洗衣裳；八月赌钱桂花香，赌钱儿郎卖田庄，田地房屋都卖尽，留点坟山祭高堂；九月赌钱九重阳，赌钱儿郎卖婆娘，妻儿老小都卖光，回到家里空荡荡。

……

赵四唱到这里，大家都停下手里的活。掌墙杵的停了下来，拍墙的停了下来，挑撮箕的停了下来，挖泥巴的停了下来，给干土洒水的停了下来。大伙都停了下来。停下来干吗呢？他们都动情了，一起跟着赵四唱了起来：

十月赌钱冷兮兮，赌钱儿郎穿单衣，手趴桌儿打颤颤，口头还喊幺二三；冬月赌钱冬月冬，赌钱儿郎去帮工，双手冻得稀巴烂，双脚冻得开裂缝；腊月赌钱又一年，双脚跪在爹面前，三百棍子随你打，后悔当初去赌钱。

歌唱完了，赵四在那里泪眼滂沱。一阵风过，他双手捂住，好半天没有拿开。

你们不要听他的……万礼智先还跟着唱，唱着唱着就停了下来。他大声制止，唱啥子哭丧调，扰乱军心！说完又好像觉得话有些重，回头对赵四说，男子眼露水如黄金，女人眼露水如猫尿，不哭了不哭了，好好干，今晚回家做个梦，讨个媳妇玩玩。

人穷志短，马瘦毛长。赵四常常是别人的笑料和打击的对象，别人糟蹋他，自然不敢嘴硬，也不会还嘴。他知道只有不说话，不吭气，不反对，不管干什么活都是踩着石头过河——脚踏实地，只有这样，才不会被人穷追猛打，收拾到底，否则呀，被踩在脚底还要搓两下。

房子就开始封顶。墙体红泥春成，五丈多高。万礼智满心欢喜，上了一担土，弯腰担起，一撑腰，准备上桥，桥是木桥，转弯抹角，从地上一直延伸到墙顶。万礼智这些天也是累得够了，虽然撑着在走，但脚上青筋暴起，颤抖不已。赵四几步蹿过来，说，队长，今天是最后一天了，你让我担一担。万礼智说，算了吧，你也不松活。徐雅君接过话说，队长，这几天你操心最多，太累了，你歇一会吧。赵四说，修学校，我高兴，力气总是用不完，你是队长，悠着点，带好我们就行了。说着硬从万礼智肩上将担子扯过来。

赵四为了体现自己的能耐，在梯子上走的时候，一步两踩，木杆搭成的梯子悠悠晃晃。

万礼智说，赵四真的不错，越活越年轻了，是该抽时间给狗日的找个婆娘。要不然他的劲儿没处使，放空挡时间长了，早晚要出事，坏掉谁家黄花闺女，谁也担待不起。

万礼智当然不知道赵四没有老婆的真正原因。

要得到万礼智的表扬，还真不容易。队里的活一干不走，万礼智常常会日妈捣娘骂上半天。不是骂这个拉屎的时间太长，系裤腰带的时间也要半个小时；就是骂那个箩筐太小，装的粪土才一大捧。

奸懒毒！万礼智说，队里的生产搞好不上去，就是这个尖屁股在作怪！

在墙板里倒掉泥巴，赵四担着空担往下走，吧嗒了一口烟说，队长，你领导得好，照这样下去，我们碓房村就有好日子过了。

万礼智说，你狗日的是斑马的脑壳，说起话来头头是道。赵四低声说，队长，我给你说句悄悄话。万礼智以为他要说啥绝密的事，把耳朵伸了过去，说！赵四说，我是捧灯泡给电麻了，我是热脸巴贴了你的冷屁股①咯？万礼智笑说，狗日的，说你，你还要扛根筒！万礼智脑壳一转，说，今天晚上就完工，得庆祝一下。赵四你打条狗煮好，我去镇上买十斤苞谷酒来庆贺庆贺。万礼智大声说，哪个不醉是牛日马下的！赵四说，队长，那就要把狗皮给我。万礼智说，你狗日的又要拿回去燎毛当肉吃？赵四说，不是，是想做个褥子，给我春雨垫睡。养她一场，给她个念想。

万礼智抓了抓头说，就、就应你这一回，下不为例，以后的要交生产队统一安排。

赵四随便吃了两坨洋芋，就在村子里找狗。碓房村的狗太多了，每家每户都喂有看门的狗。狗的性能力强，做那事厉害，繁殖力高，一窝常常要生四五只。每年春天暖风刮过，桃花开过，狗们群体相聚，群体做爱，谷草堆旁，田埂下，房檐后，杨树林里，也不避人，更不避狗，想做就做。做也就做了，可狗们不会避孕，不会少生优生，狗便大量繁殖。到处是饿狗咬瘦狗，大狗欺小狗，群狗撵独狗，本村狗欺负外村狗，场面烦人。但一定程度上也缓解了人们吃肉的压力，人们也就原谅了狗们做爱时的肆无忌惮。碓房村人想吃狗肉了，只要不让狗的主人知道，你吃了也就吃了。要是主人知道了，赔个不是，送回一只狗腿或者一张狗皮，就算了事。

赵四下得手，再恶的狗他都有办法搞掉。这不，赵四只用一块没有煮透的洋芋，就让一条大黄狗中了他的圈套。他的圈套是谷草搓的。圈套放在地上，中间放着那块散发着香气的洋芋坨。狗先是犹犹豫豫，试试探探，左察右看，确信没有危险了，才逐步向那香喷喷的洋芋靠近。它一伸进头，赵四就快速一拉，活结套在狗脖子里，狗越是挣扎，绳就套得越紧。赵四这时的反应是敏捷的，几步狂奔到一棵白杨树下，将绳往白杨树枝上一挂，拉住绳的另一头猛挣，狗就在死命地挣扎中离开地面。狗四脚腾空，没有着力点，而脖子又被紧紧勒住，不过一两分钟，就有气无力。赵四从屋里端一木瓢水来，往狗嘴里一倒，狗被呛住，四脚猛蹬，舌头长伸，身子软

---

① 好心对人，却受冷遇的意思。

了下来，一命呜呼。

徐雅君在旁边看了，说，天呀，你一个年轻人，忍心下这重手？

赵四说，姓徐的，你怕了？徐雅君说，我是觉得、狗也是条命。赵四摇摇头。这种读书人的内心，他永远也不懂。这年头，能有吃的就不错了。

赵四套的第二条狗，比第一条更大。赵四用的诱饵，是同一块洋芋，先前那狗，还没有吃掉这半块洋芋就送了命的。狗被套住，知大限已至，知赵四要它的命，转过身，目露凶光，朝他冲过来。赵四猝不及防，被狗撞翻，他顺势一滚，才逃离愤怒的狗嘴。真是耳朵上挂镰刀，让人害怕。等他站起来，狗已跑了好远。好在狗脖子上的绳子没有掉，赵四追上去，一把抓住，往一棵白杨树干上一绾，猛地一拉，狗就跑不掉了。赵四迅速脱下身上的毡褂，猛地罩住狗头。赵四跳过去，紧紧将它压在身下，死死扼住它的头，不让它喘气，也就三五分钟，狗脚一伸，舌头一耷，不再动弹。

两只都是公狗。赵四掏出剐皮的尖刀，喊喊嚓嚓便将狗皮剐掉，将肠肚掏出。村里的女人们早将大锅洗好，生了火，将水烧得滚烫，在村里的檐前屋后找了些野生的香菜、葱、蒜、生姜洗净，扔进锅里。狗皮剥掉，骨肉剔出，切成坨块，倒进滚锅。赵四将两只狗雀雀①剁下，洗干净，用谷草拴了，打上记号，"扑通"一声扔进锅里。他对给锅底添火的冯婶说，管好，这狗雀雀是送给万队长的。冯婶有些讨厌地说，他呀，尽占好。赵四嘘了一口说，小声点，让人告状，多不好。

不一会儿，狗肉的香慢慢溢出。又累又饿、好久不见荤的人们直往肚里咽口水，饥饿的小虫在肚肠里窜来窜去。

干完这些，赵四又回到春房的场地。因为累，也因为活路快完，人们渐渐懒散下来，但冯敬谷还在不停地干这干那。赵四嘘了一口气对冯敬谷说，我的活完了，我换一下你。

冯敬谷梭下墙，在一堆谷草边坐下来。这几天的活实在够整，连他这个不知苦累的年轻汉子都整趴下了，掌心的茧皮变得生硬，腰僵的又酸又疼。生产队里的人，平日里大多数钩心斗角，斤斤计较，为一根葱一棵蒜

---

① 狗的生殖器。

一分工分一铲土都要闹得筹筹翻，但在大事情上，一个个都看得开。为了孩子们读书有个好一点的教室、好的环境，再苦再累都值。冯敬谷反手捶了捶腰，笑了一下想睡，刚闭上眼，鼻子里飘来了一阵狗肉的香味，整得肠胃酸酸的，口水从干涩的嘴里慢慢沁出。冯敬谷努力不去想它，可饥饿却像只可恶的手一样紧紧攥住他的咽喉。他掏出烟袋，裹了一支草烟，塞进嘴里，火镰与火石猛撞，吱！吱！点燃火草，再将草烟点燃，猛吸一口，满口又香又辣。他闭上眼，醉。

迷糊间，冯敬谷觉得自己是躺在一片汪洋的水里，水波荡漾，一起一伏，全身酸痒，既难过又舒服。一会儿，他感觉到山顶上着了火，山脚下漫上了水，天在浮动，地在摇晃。睁开眼，明晃晃的太阳在头顶上转个不停。耳朵里听到有人叫道：墙倒了！墙倒了！喊叫声此起彼伏，杂乱无比。

冯敬谷不知道发生了什么事，挣扎着坐了起来。待眼睛适应了眼前的一切时，就看到了吓人的那一幕：教室那红色的新墙，在阳光下冒着腾腾的热气，像是一块巨大的刚出笼的豆腐，颤颤抖抖。这教室像豆腐并不重要，重要的是它已经有了裂缝，而且那裂缝越来越大，墙顶上的赵四摇摇晃晃，连叫都叫不出来。也就是一瞬间，赵四来不及丢掉手里的墙杵，随着轰隆隆的墙倒声，跌进了倒塌的泥墙中。

冯敬谷终于叫出声来，赵……人们很快就反应过来：是新春的墙垮了！参加劳动的近二十个壮汉，以及村里在场的女人、老人全都投入救人的劳动，人们举起锄、锹、镐、锨，不要命地刨土。一个多小时后，土刨开了。赵四埋在泥堆中，头压扁了，身上的骨头压碎了。那根墙杵，汗腻腻的，血淋淋的，还紧紧压在他汩汩流血的头上。

村外的路上，万礼智的酒来了，还没有喝，他就有了些醉意。从酒州买酒回来，他有些得意扬扬。到了村口，他特意将马鞭打了三个炸响。那酒瓮在马车上一摇一晃，酒香就冲了出来。车刚靠进场院，酒的先头部队继狗肉的香味之后，再一次冲进这些空肠寡肚的人的鼻子。要是以往，这一刻赵四或者其他某一个人，就会疯奔过来，抢先吱儿吱儿地抿上一小口，闭上眼，在他的叱骂声里快活地哼上一声。可现在，居然一个人也没有，居然是一点声音也没有。万礼智觉得奇怪，催马冲过去。

刚到场院边上，他一下子瘫倒在地：赵四出事了！赵四是为碓房村的教育献出生命的第一人。经徐雅君、冯敬谷为主一干人的强烈要求，赵四给葬在了碓房村后面黑山最向阳的地方。没有碑石，就用一块白杨树砍开削平，徐雅君用墨上书：碓房村的英雄——赵四。

那时的冯春雨太小，还不知道生活中的苦难是咋回事。

房子垮了，不可能就算了。碓房村的人在埋掉赵四的第二天，含着眼露水，再一次打理墙脚，支砌基石，支起墙板，干了起来。上次是急着完工，底脚的泥没有干，就忙着春上一层。这一次他们没有图快，春两天墙，歇下，干其他活，让墙上的水汽干掉，让墙体变得坚固，再接着往上春。也就是二十多天，教室的墙体再一次被塑了起来。这次的房子春得非常结实，待墙体干透，他们用谷草苫顶，用结实的栎木条做窗档，把白杨树木板铺在土墩上做课桌。

背着书包，孩子们蹦蹦跳跳地来了，碓房村新的教室就开始使用了。

五

碓房村人对教育的热爱感动了一个人。这个人就是徐雅君，听说是省里的下放干部。说是下放干部，其实并没有干部待遇，而是来接受贫下中农再教育的。此前，徐雅君对他们的印象可不是这样。徐雅君下来一年多了，离别了省城的妻子和十二岁的儿子，来到这样一个穷困而孤独的山地，他的内心苦闷到极点。看到村民们一张张麻木的脸，看到这个草木繁茂而精神世界荒芜的地方，他觉得自己一生就完了，没有出头之日。特别是在经历了好几次村民的批斗之后，他冷冷一笑，心血全冷。徐雅君倒下了，他不吃不喝，也不起床。早上上工的时候，万队长清点人数，少了一人，左看右看，知是徐雅君没在。万礼智就摸进屋来看，看到他真的动不了，就气呼呼地踢了一下门走掉。

徐雅君掉在了无边的黑暗之中，他知道，最黑暗的，不是这环境，而是人心！

只要身体能动，徐雅君还是不想继续躺下去。可是真的不行，他的伤痛太深。他的内心希望他能站起来，那破烂的床上，除了他从家里带来的简单行头外，就只有一堆稻草了。那些草之前是柔软而暖和的，劳累一天回来，最亲的就是它，不管以什么姿势躺在上面，都很舒服。人一动，那谷草淡淡的香味就咕咚地冒一下，舒服死了。可时间一长，那种新鲜感就没有了，时间再长，那谷草堆就成了藏蚊虫跳蚤的地方。徐雅君提出要些新草来换，万礼智眼睛鼓得牛卵子大：都不够耕牛过冬吃了，你还浪费！真他妈的徐雅君！

　　徐雅君是抱着木炭亲嘴，碰了一鼻子灰，不敢再说。外面的天黑掉，屋里却亮了一下。一个青年，二十多岁的样子，躲躲闪闪地来到徐雅君住的小茅屋前。他轻轻敲了三下门，徐雅君轻轻咳了一声。青年回过头看了看，确定无人，才挤进门，勾着腰，慢慢靠近他。青年将一个土大碗放在地铺前的土坯上，然后双手搀着他的背，将他扶坐起来。

　　那青年揭开盖，一股清香荡了过来。徐雅君心里一动，是米汤！青年说，是新米，我放牛去僻静的田湾里捡来的，用小碓窝磕出，刚熬的。

　　徐雅君知道，农民在收割的时候，常常会在大片的田野里遗漏下一些谷穗，但要将那些谷穗收集起来，脱谷熬粥，还真是够费些时日。徐雅君可是北京城楼上的麻雀——见过大世面的，米汤还没喝，两大滴泪就下来了。

　　泪水滴在碗里，徐雅君连同米汤一起喝下。这是他一生中喝到的最好的米粥呀！这是他一生中最营养的米粥！这米粥在他最寒冷的时候温暖了他。后来他才知道，这赵成贵老婆刚生孩子。他端来的米粥，原本是给媳妇催奶的。徐雅君那个感动，老脸上居然挂满眼露水。这青年是赵四的弟弟赵成贵。赵成贵虽然才二十多岁，背却有些驼，那是小时候生病，医生打青霉素过量导致的。赵成贵瘦瘦的，脑袋极小，四肢如柴，青筋暴突。生产队里开会，常常让他往边上站。万礼智曾说过，赵成贵这个样，影响了碓房村的形象，给社会主义抹黑呢！

　　徐雅君下来的那天，是赵四拉着马车接他来的。徐雅君跟在赵四马车的后面一步一趔。到了碓房村，大伙儿都看动物园里的猴似的看他。马车停下，谁也没有给他搬行李。大伙儿不是没有力气，而是不敢，有的是不愿意。都听说他是下来劳动改造的，一听心里就发毛，一听就知道这人有问题，是个怪物，哪敢动手！赵成贵不怕，赵成贵那小样，心却比村里人都宽得多。他帮徐雅君从马车上搬下行李。进屋时木箱落地，掉出一堆书来，赵成贵从此就盯上了。偶尔，赵成贵会拾一捧野菌，揣一袋野果来找他。赵成贵也不说啥，笑笑的，把手里的东西给了他，就半靠在墙边，眼睛不住地看他枕边放着的书。

这个赵成贵是碓房村唯一的暖色调。徐雅君见他喜欢书，平日里就教他写字，从横竖撇捺开始。赵成贵身体虚弱，干活不行，作为一个男人，但在生产队里拿的却是女人的工分。但他认字还快，他读过小学，有基础，每天能识五个字，有时要认到十来个字。徐雅君想，啥人有啥福，这干筋吊猴的人，却是有天养着……

现在徐雅君真的睡不起了，他自己扶着墙，慢慢撑起，挪到只有两根牛肋巴木棒拦着的"窗"边。而就在这时，他听到了外面的一阵阵喧闹，火炮噼里啪啦地响。从"窗"缝里看去，人很多，全聚集在生产队的场院中间。万礼智站在土埂的高处，说了几句话，大家就开始干，有的挥锄，有的挑担，有的洒水，还有几个则支起了墙板，墙杵上下杵动，干得热火朝天。

徐雅君听了半天，却不知道他们是要干什么。徐雅君从来就没有看到过乡下人舂房子是什么样子。

夜里赵成贵摸进屋来，又是给徐雅君送吃的，徐雅君问起，才知道是拆掉原来的牛厩修新学校。

太阳刚从山豁口处冒出来，碓房村的人就集中起来，他们大声说话，咳嗽、调笑，大锄地挖土，舂墙。说话声、铁锄和石头撞击发出的声音、舂墙声、拍板在墙体上拍打的声音……那些声音组合起来，激昂而亲切。他们光着上身，在阳光下，在徐徐吹动的风中，多么刚直和美好。人们在苦难中不倒的精神，全都在这里得到了体现。

徐雅君心里动了一下，那些可怜的人，好像有了些可爱。赵成贵说，其实、其实他们并不坏，他们是穷怕了，苦累了。徐雅君终于可以站起来了，终于可以一步一趔地走动，当他慢慢撑到修教室的现场，举起手里的锄头，和大伙儿平整场地的时候，碓房村的男人们全都放下手里的活，安静地，一动不动地看着他。就那么几十秒后，人们围了过来，簇拥着他，将他高高举起，呼喊着，尽管个个喉头发硬，鼻子发酸。

教室很快修好，屋子里还是潮湿的，泥土的生味还很浓，孩子们就忍不住了，都挤进了教室。徐雅君用一块红布做成一面国旗，用黄泥调色，在中间画了五角星，挂在新鲜的墙面上。

孩子们跟着他读书，那此长彼短的读书声，唱落了秋天的落叶，惊飞了一群群麻雀。

万礼智被大队部叫去谈了一下午的话，被狠狠刮了一回鼻子。大队支部书记拍桌子打板凳，指着他的鼻子，把他骂了个狗血淋头。万礼智回碓房村后，就不再是生产队长了。赵四作为一个根正苗红的贫下中农，被墙打死，他作为一个生产队的负责人，身上有着不可推卸的责任。在他和大伙一样，作为普通的一员出工的日子里，没有人和他说上一句话，没有人给他以同情和鼓励。

万礼智当生产队长的日子里，和外面的交往要多一些，见的世面多，一直觉得读书识字是最光荣、得体的事。认得字，不仅眼不瞎，还多了一双眼，走南闯北认得路，世世代代不受穷，特别是好多高级的会，台子上坐着的，全都是识字人。这些人也就因为识些字，就可以出远门有车坐；就可以饿了大块吃肉大碗喝酒；就可以自己不动手，大声武气地安排别人做事；就可以下雨下雪不出门，坐在办公室里抽烟喝茶一样拿工资；就可以一件衣服穿个把月不洗还看不出脏……万礼智识字不多，也就小学三年级的水平，但在碓房村这个弹丸之地，除了那些考上学校在外工作的人，他已经是人中龙凤了。

不久，信用社扩大规模，要找几个有点文化、会打算盘的人，万礼智作为备选的人，信用社的领导把他叫去，谈了几次。万礼智拍胸口给公社的领导说了些好话，做了些工作，就调到了信用社工作。

那也算是糠箩跳进米箩。

赵四走了，而他留下的春雨，不用说就留在了冯家。三个孩子已经让冯家整够了，再加上一个，够呛。

回头看冯家的故事，颇多酸楚。冯敬谷家原住后山的山沟里，那里更封闭，更落后，更穷。谷收时候，县里每年秋天都要通知他们帮助外面坝子里收谷。收好了，还要帮助把尾欠的事做好。这次，他来到碓房村，和碓房村的青壮年一道，担谷到酒州城交公定粮。到了城里的粮食局，早起时吃得撑满肚子的洋芋坨，在几十里的山路上一折腾，让他非常不好受，他忍受不住了，到处找方便的地方。这酒州城什么都多，就厕所不多，他找了半天，才找到一个厕所，连忙奔进去。他刚蹲下去，就听到有人"壳壳"地踩着硬底拖鞋进来。一听就是女人，冯敬谷急了，忙咳了两声。可这时外面晒场上清除瘪谷的扬风机正开足马力，鬼吼狼叫，淹没了他的假咳。冯敬谷只好快速提起裤子，正要逃走。可那人已经进来。那人可能也是急了，进来，也不往其他地方看，就往旁边矮矮的隔断里的另一个蹲位上蹲。冯敬谷只好勾着头缩了回去，不敢作声。过了一会儿，冯敬谷处理好遗留的问题，想赶快往外走，再次提起裤子站了起来。可就在这个时候，那个女的也站起来，弓着身子处理后事。

冯敬谷眼里一片肉白。那女人感觉到旁边有人，抬起头看到他，啊的一声，裤子还没有完全拉上就往外跑。女人一边跑，一边喊有流氓。粮站里人多，不一会儿，厕所门口就挤满了人，有骂的，有笑的，有袖着手看热闹的。大家把冯敬谷围了个死。冯敬谷要走走不开，要躲躲不了，要说说不出，脸红一下，紫一下，白一下。不知是谁，通知了站里的民兵。民兵不问青红皂白，拖着他要走。冯敬谷更是说不出话，全身发抖，不知所措。正在这时，厕所里又钻出一个女的，挂着一根拐杖，一跳一跳出来，大声嚷道，冯哥！冯哥！你给他们说实话吧！冯敬谷不知道什么是实话，不知道她说的这实话怎么说，嘴里只是嘟囔，我、我……

那女的是碓房村的胡三妹。胡三妹成分不好，是地主家的女儿，村里的人大多都不理她。胡三妹今早随队里的男人一起担谷进城，刚走了一半多路程，不想崴着脚，是冯敬谷一节一节地送，才将她的谷担一并送到粮站的。一路上，他们没少沟通，虽然初秋的天气有些凉，他们一直觉得很热乎，虽然几十里路在往日里很远，今天却不知不觉就到了。

现在遇上这麻烦事，胡三妹挤过来，开始说话了。胡三妹说，冯哥，你给他们实说，你是在女厕所里照顾我，让她误会了。

冯敬谷嘟囔，我……民兵看了看冯敬谷，怀疑说，是吗？冯敬谷点点头，又摇摇头，是、不……民兵看了看胡三妹说，是吗？胡三妹明确地说，是。又看了看那女人，说，是吗？那女人哭丧着脸说，他看了我的……

民兵火绿了，说，你们个个都是驮马放屁，吞吞吐吐，有话就说，干干脆脆地说！

万礼智挤了过来，说，哎！哎！你们在扯啥子筋①？我是他们的生产队长，我说一句话，冯敬谷是我们村请来帮忙的老实人。这个胡三妹，是教育好了的地主子女。他们还是嫩臭②，不狡猾，不会说假。

关键时候，万礼智的胳臂还是往里弯的。民兵又看了看那女人，说，你也不算好看，谁会犯这错呀！人家干活儿还来不及呢！谁看你呀！

众人一阵哄笑，那女人见事情的结果居然会是这样，捂着脸哭着跑了。

万礼智拍着冯敬谷的肩说，你来帮我们生产队的忙，我不能让他们欺负你！

这件事促成了冯敬谷和胡三妹的好事，两个人在一起，可算是冰糖煮黄连，同甘共苦了。胡三妹家里只她一个独姑娘，爹妈都老弱多病，没人照顾。两个年轻人心都在了一块，各自给家里的父母说了，同意了，再请村里赵四的妈出面做媒。歪锅配歪灶，年底，冯敬谷上门入赘，做了胡家的半个儿。这个上门入赘的男人，不言不语，起早贪黑，吃得亏，受得气，与邻里乡亲处得不赖。庄稼人嘛，只要有力气，只要把活儿整走，别的都是次要的。随着时间推移，冯敬谷慢慢融入了这个群体，在碓房村有了立锥之地。

早年的那次厕所事件，促使他对读书识字有着刻骨的理解，因为，那厕所的门上，明明就有红洋漆写着大大的"女"字，可他就认不得。冯敬谷老家那条件，根本就没有法让他有识字的机会，除了会放羊种地，他真的是扁担大的一字都不知道的。几个孩子出世后，他咬着牙巴骨，跪在胡家的牌位前，发誓一定要让孩子们读出书来。在取名上，他也很认真，分别给他们取过冯高中、冯大学、冯英才那样的名字。但意思太明，让人笑话。过年了，几个在外工作的读书人回碓房村，冯敬谷就整天黏在他们身边，请他们出主意。结果孩子们取的名字都不同凡响，除了姑娘叫冯天香外，大的儿子叫冯维聪，另一个儿子，取名天俊，不用多说，其义自明，

① 扯筋，扯皮，闹矛盾。
② 幼稚，没有经验。

34

也比他自己取的什么高中、大学那一类的，含蓄多了。

六

　　冯敬谷烟锅里的火籽儿一明一暗，他又开始想事儿了。碓房村人信风水，住屋有讲究，他们相信太阳光照进门窗的角度会影响一家人的运气，相信一大早看到女人的裤衩会霉运连连，相信蜘蛛在檐下结网眼是进财的征兆。而坟地则更有讲究，相信到了阴间的长者，会给后辈以看不见摸不着但却又实实在在地庇佑。如果长者的棺木埋在龙脉上，后辈就会通达顺畅，迟早是要出达官贵人。如果埋得不好，后人就会沟沟坎坎，厄运不断，甚至断子绝孙都有可能。冯敬谷在碓房村胡家入赘后，本是糠箩跳米箩，可奇怪的是，家里一直不顺，难以发达，一年到头，勤扒苦挣，年底谷堆还是小小的，碓窝里长时间空空的，钱荷包瘪瘪的。冯敬谷暗地里请阴阳先生将他和胡家的坟地都测了一下，阴阳先生只远远地看了一眼，就说他家祖坟位置太高，底子干硬，接不到地气。龙脉嘛，就更不用说了，沾不到边的。

　　冯敬谷给阴阳先生买了三双解放牌布鞋，抱去了一坛二十斤重的米酒和三捆老叶子烟。在冯敬谷反复恳求下，阴阳先生在碓房村附近的山山岭岭里走了三天。那个秋高气爽的晌午，阴阳先生绕回到村头的一块高地中间，将脚上那双走烂了的解放牌鞋子脱下，磕了磕里面的泥，背向一个大土埂，面对着碓房村上千亩的稻田，不走了。阴阳先生目光沉郁，白须飘然。风吹影动，阳光照耀，冯敬谷知道事情终于有了个结果，连忙将装着散装米酒的葫芦提来，打开，递给阴阳先生，再裹了一根叶子烟，点燃，双手递在他的手里。冯敬谷一脸虔诚，毕恭毕敬，不敢说话。

　　阴阳先生吱儿口酒，咂了几口烟，伸手推了推脸颊上的小眼镜，一屁股坐在土埂上说，我要折寿了！

　　此话一落，注定大功告成。冯敬谷一扑，趴跪在阴阳先生面前，说，谢……

冯婶也一下子丢掉手里的锄头，跪了下去，将冯敬谷想要表达的话说完，多谢师傅，我们一家做牛做马报答你！

抽了烟，喝了酒，阴阳先生掏出罗盘，不断调整位置，将地圈下，木桩在他的锤下深入泥土，铁锤打击木桩的声音在山地里沉闷而久远。冯敬谷为此拉钱借债，付出了六百六十块钱。这钱是用来给阴阳先生买老寿木和打碑立墓之用。阴阳先生为死人择地，奔波多年，都为他人，自己却无儿无女，这都是上天对他知晓阴阳、破译机密的严厉惩罚。冯敬谷出此巨资报答他，是情理之中的事，也是碓房村以至于酒州不成文的乡风民俗。

择了吉日吉时。月黑风高之夜，冯敬谷领着老大冯维聪，悄悄回到山里。爷儿俩将冯敬谷老爹的坟刨开，打开棺木，在电筒的微光下，安葬了多年的父亲已尸腐肉烂，只有白森森的朽骨一堆。一股恶臭扑来，冯维聪打了个寒战，差点闭气。冯敬谷烧了香烛，奠了酒，磕了头，把爹的骨头拾进早就备好的红布口袋里，再把坟堆掩好。

爷儿俩连夜将那一口袋骨头埋到阴阳先生选定的地方。因为秘密，也因为那块地是生产队的土地，之前没有报告过，他们未敢堆土成坟。

深深埋，不成堆，也是阴阳先生交代过的。冯维聪跪在爷爷的坟前，小声说，爷爷，请您在天之灵保佑我，保佑我们兄弟姐妹考取大学，光宗耀祖，给您绷面子①。

有了那天，我们再给你打碑立墓……冯维聪补充说。这里是一片庄稼地，他们掩盖了一切迹象，在坟头上种了几株苞谷。这是他们一家的秘密，应当久贮藏，生生世世。

在碓房村，万家是老户，至少从万礼智上数五代人就是碓房村的居民了。万家也出过些读书人，官至县衙，威风凛凛。但到了万礼智家这一代，他这一支头长势渐弱，人才不出。事实上是，从他爷爷那一代人开始，就没有一个吃过国家的俸禄。

万礼智常常为此忧虑，白天很劳累了，可晚上却睡不着。几个孩子他全送到学校读书，最小的儿子万勇，刚上小学三年级，勉强能够自理生活，

---

① 长脸，争光。

就给他送到酒州城里的一个小学，还租了一个房子给他住下。

在那间城市人的屋子里，他咬着牙巴骨，目露凶光，恶狠狠地说，你听着，读不出书来，我要你的狗命！

就是假期，他也不让万勇回来：好好看书，把每个问题都整清楚，争取考高分！这碓房村，乡旮旯，又不是天堂，回来喝风吃屁啊！

万礼智表面上是个乡村干部，不信巫信神，但暗地里却非常信风信水。万礼智的爹那年公社修水库时，又累又饿又生病，在工地上倒下去就没再起来。当时条件差，一抔黄土就地掩埋。万礼智当上生产队长后，感觉到通过不断的努力和调整，自家的人脉已动，开始有所发展了，也有条件了，就从酒州县城请来阴阳先生。那阴阳先生在碓房村一带转悠了好几天，摇了摇头。万礼智急了，忙问缘故。阴阳先生却不多说。万礼智失望了，这个夜里，他一直和阴阳先生喝酒，抽烟，聊天，讲自己的家族史，不断地和阴阳先生套近乎。

夜里躺下，老婆问万礼智收获。他叹了一口气：我是热脸巴贴人家的冷屁股啊！老婆哼了一声：报应！队里的人不是都天天贴你的冷屁股吗？我不是天天热心肠贴你的冷屁股吗？一句话噎得万礼智脸红脖粗，你这臭婆娘，主意不会出一个，连人话都不会说一句吗？

想了一夜，万礼智早早起床，担了两箩稻谷到碓房，让人舂了，细筛过糠，白玉一样的米装了两袋。阴阳先生一起床，他就送到阴阳先生面前：这是碓房村的本地米，到时带回去尝尝。阴阳先生终于笑了一下，并许诺再一次为他看地。阴阳先生站在高高的山梁上，看了两个时辰，终于定了一个地方，这里土厚山蛮，庄稼生长茂盛。苞谷秆迎风摇动，哗哗作响。风水先生将手里的竹竿往地上一插，说，就这。

阴阳先生的两个字，像颗铁钉，将飘了很久的东西一下钉了下来。万礼智一直以来的担心搁了下来，他满心欢喜。他虽然有一个年近七十的母亲，但他不能等母亲死才埋这里。地点一定，他就急着选日子，将爹的坟地挖开，把腐朽多年的骨头捡出，用红布口袋包了，再装了上好柏树棺木，抬到风水先生指定的地方。

万礼智做事，就从明处来，大操大办，可不像冯家偷偷摸摸。那天，冯敬谷也跟着帮忙，但他根本就不知道万家所选的坟地位置，他也不多问，甚至不说一句话，多年来的窘困生活已经将他磨成一个几近于哑巴的人，无须社交，也不必沟通。他们一群人唱着歌谣，抬着棺材，来到坟地时，冯敬谷才知道万家所选坟地的位置，急得脸发白，全身哆嗦。天哪！这事怎么会凑在一起？两个毫不相干的阴阳先生，没有沟通，没有交流，怎么就把坟地选在了同一个地方！

冯敬谷跑到万礼智面前，嘴唇乌紫，牙齿颤动。他说，别……

冯敬谷干活从不躲懒，不耍奸，万礼智是知道的，冯敬谷天不亮就来帮忙，想他是累够了，便让赵成贵拉他到坎下向阳的地方坐下，给他倒了半杯苞谷酒。赵成贵还给他递了一根叶子烟：累了，休息一下就好了！

冯敬谷推开赵成贵，撑起身来，努力想走过去。他说，别……赵成贵按住他说，万家的好事，你不能说别，喝吧，喝一口酒，暖暖身体就好了。冯敬谷喝了一口酒，还是全身发抖，甚至牙齿互相碰撞，咯咯作响。这和在秋天的谷场上筛谷身体晃动的程度相比，有过之而无不及。

赵成贵说，敬谷，你是不是生病了。你再喝一口酒，大大地喝一口，有点醉的感觉，闭上眼，好好休息一下。醒来就啥都没有了……这里的活，人多呢，也不缺你一个。

冯敬谷哪还能再喝酒！那边传来了锄头挖入泥土时沉闷的声响，众人的锄头已开始挖土了。

冯敬谷站起来就往那边奔，还没有走到，那里就传来了恐怖的、意外的尖叫。

原来，那边坟地里，众人拔了庄稼，挖开厚土，意外地发现，里面的土都是新土——此前有人动过土。再往下挖，居然从里面挖出一包尸骨！从红布的色泽上看，估计也很短。万礼智颓丧万分，气愤不已，牙齿咬得咯咯响，居然将牙齿咬碎了几块。

万礼智百思不得其解，他打小在碓房村长大，活了几十年，还不知道谁家在这里埋过人。没有办法，他只好将父亲尸骨送回原处埋好。一个上好的规划，给这意外击得粉碎。

从命理上说，这样的相克，对后人都是非常不利的。万礼智的老婆万姊开始骂人啦！她从天骂到地，从酒州骂到碓房，从山梁骂到草堆，从早上骂到晚上，甚至从一个人的如何形成骂到死无葬身之地，啥脏话都骂出来了。要知道，万婶可是碓房村的恶婆。

赵婶埋怨说，别骂了，别骂了，都骂烂了，臽都臽不起来了。赵成贵连忙捂住她的嘴，低声喝道，你多事！她听到了，还以为是你干的！

赵婶吓得吐吐舌头，只好闭嘴。纸是包不住火的，通过明察暗访，万礼智最后知道了是冯家干的事，那种恨呀，更是透骨。他要寻机报复，他冯家把事都做在前了，就怪不得他姓万的了，他万礼智做事，信奉稳、准、狠！

白露刚过，稻田一片金色，生产队里开始收谷。大片大片的谷子割倒在田野里，大捆大捆、穗头沉重的谷把被劳力们担到了场院上，场院上的谷把堆码得高高的，一层层，一茬茬，让人心生喜爱。这个时候，整个田野、整个场院都是新谷的香味。谷把全堆进场院后，队里的活主要就是掼谷子了——将穗头上的谷粒脱下来。碓房村人最好的办法就是，每人面前摆一块坚硬的石头，将被热头晒得脆脆的谷把子举得高高的，往上面猛掼，谷粒就会纷纷脱落。掼一下，谷粒就落下一片，再掼一下，谷粒又落下一片。阳光下，场院上，欢歌笑语中，金色的谷粒满天飞舞。

男人妇女们一个个都将往日轻便的鞋脱掉，穿上高筒的鞋，对这一种现象，表面上看是大伙儿不再走远路，打谷时对自己劳累了一年的脚的保护，但其真实目的都心照不宣，这是一个公开的秘密。打谷这活儿，是在村子中间的场院里干，隔家近，随时都可以往家里走走。厕屎撒尿、给孩子喂奶、给牛添草、猪下儿了、饭煮烟了……反正家里多的事，不回去不行，一早上回去一两次，队里也不是不允许的。掼了几天谷后，一个个走起路来，脚步都慢了下来，小心翼翼，生怕踩死蚂蚁似的。如果细心看，有的人还走一步龇一下嘴。是累的吗？不是。

冯敬谷这天回家，走得很慢，虽没有龇嘴，但脸上的神情还是像在忍着什么的。刚进院子，正要脱鞋，就见一个人蹲在自己的面前，矮矮矬矬的，却怒着目，龇着嘴，像是条恶狗。他吃了一惊，伸出去脱鞋的手缩了回来，已经退出一半的脚掌连忙又伸了进去。

那个人是万礼智。万礼智都不当队长了，万礼智都在镇里的信用社工作了，他蹲在这里干啥？

万礼智说，脱呀！冯敬谷不敢动，他不知如何是好。万礼智说，你脱呀！冯敬谷还是不敢动。

万礼智说，敬谷，我们是兄弟。先说明一下啊，我现在虽然不当生产队长了，我在信用社工作，可我也是乡里的监督员，我想监督谁就监督谁，我有这个权力！

冯敬谷张张口，想解释，万礼智一下子给打断了。万礼智说，这几天下来，你至少回家二十趟以上，就是今天早上，你也是第三次了。冯敬谷说，不……

万礼智说，别人都以为我们是朋友，但往往是朋友更害人，整人更凶，你这样做，我不监督，别人就会拿我问罪。

万礼智说，我觉得我们还是巷子里拉牛——直来直去的好点……可是，你不说话，也不脱鞋，我想帮你也没有办法。

万礼智一挥手，院墙后面跳出几个民兵，他们腰上挂了子弹袋，手里握着枪。

看来是早有准备的了。冯敬谷一看，脸都白了，你、我……

冯敬谷被夹在民兵中间，脚尖几乎不需要着地地往屋里走。"哗啦"一声，土墙下的瓮给翻了过来，一堆新谷哗地被倒在了堂屋中间。万礼智说，看看，姓冯的，这至少也有二十斤吧！你这样做，是不是坏了我们碓房村的名声？

万礼智让民兵将谷连同地上的灰土搂起，装进一个提篮里，用谷草绳拴住，挂在冯敬谷的脖子上。民兵一左一右，押着他一步一趔地往谷场上走。他行走困难，大伙都看在眼里，心吊得老高，不敢说话。

万礼智笑，说，兄弟，平日里你野兔都追得到，骡马都追得到，汽车都追得到，今天是咋个了？今天怎么走路这样慢？

冯敬谷是想说什么，可嘴唇哆嗦了两下，什么也说不出来。万礼智走在前，并不是到了场院就停了下来。他不停，后面的民兵也就不停，夹在中间的冯敬谷更不能停。万礼智顺着场院走，大步大步地走。后面的人也就跟着他，顺着场院走，大步大步地走。遇到草堆，他就踏过去，遇到谷堆，他就跳过去，后面的人依照而行。万礼智在前面笑，笑得开心，笑得自在，笑得发抖。冯敬谷则在后面像是要哭，脑门紧皱，牙关紧咬，他腿哆嗦，脸发白，虚汗一颗一颗往下掉。

整个场院的人都静静地站着，大家不说一句话。沉默，可怕的沉默。走了很长时间，沿着场院绕圈的人，不得不停下来。原来冯敬谷跌在地上了。

万礼智说，我没有说停呀！我也没有让你躺下呀！

冯敬谷不动。

万礼智说，真的走不动了？冯敬谷还是不动。万礼智说，我惹着你了，动一下总行吧。

大伙都觉得他动一下还是行的，就把冯敬谷扶了起来。万礼智说，走！冯敬谷真的走不动了，腿一动，他就龇牙咧嘴，浑身抽搐，全身冒汗。

万礼智叹了一口气说，唉，他走不动了，把他的鞋脱开，看看是怎么回事？

民兵们帮着冯敬谷把鞋脱开，冯敬谷的长筒鞋里哗啦啦地淌出一堆谷子。从鞋里倒出谷，这在情理之中，村民们不自觉地往后退，努力将自己的鞋往暗处缩。

民兵们倒着倒着，停住了。

呈现在大伙眼里的，是冯敬谷血肉模糊的双脚，那些血糊里，还粘着一颗颗谷粒。甚至，有的谷粒还钻进了冯敬谷的脚肉里。谷粒的壳，长着无数尖锐的刺，是保护大米的锋利的外衣。

万礼智一脸的苦相，敬谷兄，家里没有吃的，你说一声就是，会让你饿死？我们碓房村可从来没有人饿死过，虽然你是个外乡人，来白吃白占我们碓房村的一份，可我肯定不会让你饿死。你做出这等事，叫我咋个收场！你说，我该咋个办呀！

万礼智说，可是，我不能因为是自家弟兄，就坏了村里的规矩，大伙儿都还饿着肚子等新米，你倒好，轻轻巧巧就往家里送……

万礼智咬咬牙说，你向全体社员认个错，不要再做家贼了，罚一个月的工分，我保证向大队里申请，免除对你的处分，不让你进学习班。

不听，也不动，你不要狗戴帽子不服人尊敬啊！万礼智痛心地说。万礼智猫哭耗子那一套，大伙儿都明白，他做事的寡毒，大伙是领教过的。猫哭耗子——假慈悲，那个所谓的学习班，事实上是劳教班。公社里把有"问题"的人集中起来，白天干苦活，晚上还要搞政治学习，听领导训话，搞自我批评。进过学习班的人，几乎是脱了层皮。万礼智这一招，算是杀鸡唬猴，算是拍簸箕吓耗子。黄牛吃草帽，一肚子的烂圈圈啊！

冯敬谷说，我……他的嘴嚅动了好半天，又说，……错。他一说话就打结，像蹦谷，一次一颗，不多不少。

这个季节，其实大伙儿都往鞋子里装谷，只有冯敬谷运气不好，给收拾惨了。知道内情的人都知道，不是冯敬谷运气不好，是关于坟地的事，万礼智给他冯家的一个小小的回应。以后，这样的事还多哪！只要落在万礼智汤锅里，他冯敬谷，一个外乡人，一个木讷得话都说不伸展的人，会有好果子吃吗？

过了两天，冯敬谷卷了一床单薄的毯子，在民兵的押送下，去了公社办的学习班学习。在那里，他和其他进学习班的成员一道，为城里修学校，挖基础，扛石头，背砖块，抖水泥。一个月后回来时，脸上、背上、肩上脱了两层皮。没吃饱，没睡够，思想负担又重，整个人又瘦又小，冯婶拉着他就哭了半天。

山不转水转，水不转人转，谁也想不到，第二年，生产队的土地就承包到户了。

七

接了露水，沾了雨水，再有点点的阳光一照，孩子们就和田里的稻谷一起，一茬一茬地长大。冯维聪和冯春雨在县城里的酒州一中上高中，冯天俊在镇上读初中，开学时，三人的学费要一千多才够。可是现在，冯敬谷弄到手里的钱，只有两百来块，连一个人的学费都不够。

冯敬谷和冯婶躲在灶屋里商量学费的事。冯婶说，维聪和冯春雨是快熟的果子，再加把劲就成。天俊还小，要不，就让天俊回来，帮家里放放牛也好。冯敬谷猛咂了一口烟，生气地看了冯婶一眼，这样子有点面目可怖。以前他听了冯婶的话，做了那件错事，问题没有解决，却白白丢了冯天香。再这样下去，一家人的方向，离他的梦好像越来越远了。她这个人，本来心也好，人也好，小事上不糊涂，可大事上，居然会糊了心。头发长，见识短，大事还得自己做主。冯天香离家之后，冯敬谷吸取教训，暗地里咬牙撑住，三个儿一碗水端平，一个也不落下。他往地上吐了一口痰说，供！

冯婶没有看到冯敬谷难看的脸色，她说，供，拿啥供？天俊小，脑子灵活些，让他当农老二，在家种这一亩二分地，也亏不到哪里去的，给他修个房，买头牛，娶个媳妇，以后日子不会比我们差。

冯敬谷眼珠子都鼓了出来，看来他真的生气到了极点。冯敬谷声音突然很大，嘿！冯婶看清了冯敬谷的表情，知他反对，她说，哦，敬谷，我明白你的意思了。也是，要不以后天俊说我们偏心……我们就是睁眼瞎，一辈子吃尽了苦头，人家交给我们一块土地，我们守了大半辈子，可连边也走不出，连尽头都看不到……

冯婶一下子想起冯天香，眼露水控制不住，大滴大滴往下掉，哭出声来，都这么长时间了，也不知道冯天香在哪儿。

提起冯天香，冯敬谷两眼暴突，脸色生硬，菜刀生锈的那种颜色，他手里的烟锅狠狠挖在火塘坎上，冯婶连忙擦擦眼露水，止住哭声。

过了一会儿，冯婶又说，可是，一下子就要拿出这么多钱，咋个办？

冯敬谷指了指墙角。冯婶看去，雪天里，冯敬谷打的草墩还有十个。她算了算，那草墩每个两元，可以卖二十块钱。檐后的那堆谷草可能还有两拾斤，一斤五毛钱，可以卖十块。廊檐下那串辣椒，可以卖二十块。统共就只有五十块钱。

冯婶叹叹气说，可是，隔着篾帽亲嘴，还差得远哪！

冯敬谷看了看冯婶的头，那头发短而散乱，像野猪，滑稽又可怜。

冯婶摸摸头说，我的头发上个赶场天已经卖掉了，八块。冯敬谷说，猪。

冯婶说，厩头里那猪刚长骨架子，现在卖最多不会上一百块，不合算，再过三个月，谷糠打下来，加点苞谷皮，催催膘，要多卖二百多块钱。

冯敬谷透过门槛看了看门外树下拴着的那头牛。那头牛是土地承包到户时冯敬谷咬着牙给生产队买下来的。

冯婶说，你是要卖那头牛！家里这么多田，谁来耕？谁来耙？我们农家小户，一头牛，半个儿呀！找别家的牛，天价！

抽了一袋烟，冯敬谷将烟袋收了，说，借。便出了门。冯婶站起来，靠着门枋，看着瞬间消失的冯敬谷的背影，叹了一口气。

这巴掌大的村子，这几年为了娃儿读书的事，大家都在互相借钱。一见面，怕的就是说读书，怕的就是说借钱。村里的每家每户，冯家至少借过十次以上，春天借了，秋天又借，年前借了，年后又借。甚至是上次借了还没有还，这一次又来借了。村里人看着是来借钱的，就怕，能躲开就躲开，躲不了，一见面就先发话：他冯叔，正想找你借点钱，你就来了……

还能说啥！啥也说不成，相反还要反复解释自己现在困难重重，真的是没有钱可借。支支吾吾半天，就各自分开。借钱的事就不再提起，看来这一招还挺管用的。

事实上，冯家有钱。冯天香出去一年后，家里突然来了一笔邮寄款：八百块。八百块钱可是一笔不小的数，八百块等于一头牛、三头猪、三亩稻田的纯收入，或者一间土坯房的价值。镇上的邮递员怕跑路，碓房村的信件都是让万礼智或者赵成贵老师带回的。这次是万礼智带来的。万礼智领来了，却不自己送，他懒得和冯家打交道，他让婆娘送。万婶在院门外轻一脚重一脚地踢着冯家的门。冯婶听到门响得不正常，狗叫得不正常，正要发火，开门一看是万婶，脸上只好笑了起来，说：他婶，我还以为是哪个死娃娃不懂事，连进别家的门都不会客气一下！

万婶说，我还以为你们家没有人呢，再不开门老娘就送还给邮政局去！

冯婶一听，忙问，是啥子东西呀？万婶将手里绿绿的邮政汇款单扬了一下，却不给她，说，你们家在深圳有亲戚呀？冯婶说，没有没有，我们哪里高攀得起，咋会在城里有亲戚！万婶说，也没有朋友？冯婶还是想都没想，说，没有没有。万婶说，这就怪了，你家里来了一笔款子，是深圳寄来的。冯婶一头雾水，说，我们家、怕是寄错了吧？冯维聪出来了，一把从万婶手里夺过来，一看，说，是寄给我们家的，是我爹的名字。

万婶说，你这个小绝儿，动手动脚的，手放早①啦？是你们家的，你说出是谁寄的呀？

冯维聪说不出。万婶说，我帮你家想想呀，敢情是冯天香。她跑出去也这么久了，正式工作不可能有她的份，修房她肯定做不了，当搬运工扛麻袋也不可能，如果是做那种、就是守在屋子里就有人来找的那种生意，收入肯定就有啦！

冯婶说，他万婶，可别乱说呀！万婶一把又将汇款单抢过来说，如果不是，那我要收回去呀！冯维聪急了，伸手来抢，说，谁寄的，和你没有关系，你无权过问。上面明明白白写着收款人是我爹，你不给，要吃了不成！那可是违法的！

你看你这儿子，吃枪子了似的！万婶回过头对着冯婶说，碓房村要是有人进了弯馆②，可羞祖先了！说完，将手里的已经揉皱的汇款单往地上一扔，一摇一摆地走掉了。

万婶的每一句话都是咄咄句③，都在骂人。冯婶到邮局里问了一下，还是整不清汇款人是谁。退是找不到退处的，那上面根本就没有地址，也没有名字，她把它取出，存在信用社里。她要弄清楚，如果是冯天香寄的，还要看这钱的来路，如果脏了，就不用。如果来路对头，当然皆大欢喜，眼下正是用钱之际呢！如果是有人寄错了，要还人家的。冯家穷，但骨头还是硬的，不属于自家的东西，就不沾不惹。这么多年了，的确没有谁敢在钱上说冯家一个孬字。

那钱，她一分也没动。过了半年，又有汇款来了，这次比上次多，是两千块。以后陆续有汇款寄来，到现在已经有一万多块钱了。寄钱的人还是没有留名，而且每次都是变换着地点寄的，不留名，或者是一个从来就没有听说过的名字，汇款用过的名字有钱应芬、张兰、魏开英、黄秀……那钱寄的次数多了，给人的怀疑就是这钱的来路不正。村里人常常为此而挤眉弄眼，在背地里说三道四。冯敬谷是何等人，眼睛瞪得牛卵子大，在家要冯婶将钱想办法退回去，在外则吹胡子瞪眼睛，谁说一个字就举起榔

① 孩子生下来，还没有满月，就放出手来。不守规矩，闲不住的意思。
② 出卖色相的地方。
③ 指桑骂槐的话。

头样结实的拳头想揍人。可冯婶根本没有办法，被冯敬谷逼得眼睛里露水花花，就是没有办法还出去。后来，只要是听到有他们家汇款的时候，一家人紧张得仿佛房子着火、山洪暴发。那钱，就更不想动它了。

现在，冯敬谷跑了好些家，纸烟抽掉一包，好话说尽两筐，时间磨掉半夜，嘴上起了凉浆大泡，却一分钱也没有借到。冯敬谷在牛厩里转了好几转，拍拍牛背，回屋睡觉。

他主意已定。

冯维聪躲在里屋里听到了爹妈商量钱的事。爹妈为了他们读书，这样凑钱、愁钱已不是一次两次了。每一次爹妈的商量、争执，以至于由此展开的争吵，像刀在他的心尖上切来割去。那刀是钝刀，或者根本就没有口，划来拉去，让他内心生疼无比。他的伤口越来越大，越来越深，血流走得越来越多。他感觉到自己脑袋爆裂，心脏里的血都快干了，他感觉到自己好像是个累赘，死死地压住爹妈，致使他们喘不过气来，过不上一天好日子。爹妈也就四十多岁，却饱经风霜，满脸皱纹，骨瘦如柴，勾腰驼背，一眼看去，那样子像是六十挨边，可怜。

整个下午，他没有出门。这个家，顶上像是压了重重的锅，黑黑的，看不到头。

热头西斜，云的颜色开始发黑。他看了一回牛，摸它的角，它的头，它的背，它身上黑白相间的花斑。它轻一下、重一下地呼吸着，不停甩动着尾巴，用角轻轻地抵了他两下，表示亲热。

他背一个空空的竹篓，手里提一把镰刀，出门。冯婶说，聪儿，都晚了，你还要去哪？冯维聪说，我割草去……呃，谷穗上长虫了，让爹去买点敌敌畏回来喷一下。冯婶说，还没有听说这几天谷会生虫，我们碓房村的稻谷可不兴喷药……

冯维聪脸有些变形。他说，妈，我是骗你不成！腻虫，黑压压地全糊满了穗头，看着就有收成的了，你成心要放给虫吃咯？

冯婶说，敌敌畏还有，放在木柜下面的，那是打菜花虫的，要喷你爹会喷，不用你管。呃，药在木柜下。冯维聪说，花牯牛才五岁，正当年，你们不要卖掉它。冯婶说，谁卖牛啦！你管啥闲事，看书去！

冯维聪哪有心思看书，一个人低头出门，往田里走。八月的稻田，绿里透黄，稻穗扬花刚过，谷壳里开始灌浆，穗头渐重，有的开始偏头，微风一吹，就摇头晃脑，像是背书的孩子，记住了，就有些卖弄，背不了，就躲躲闪闪。

田埂上，嫩草疯长。好多作物，汲够营养，拼足了力，争取在秋天来临之前再长一气。冯维聪在柔软的草埂上坐下，稻的清香、各种草的味道弥漫过来，将他缠住。冯维聪猛吸两口，他看了看天，如果有条路可以通天，如果他可以一直往上走，那天的另一边，会是什么样子？能不能走到？

他闭上眼，睡了一会儿。有蚂蚁爬过他的脸，有小虫钻进他的衣服，痒痒的，睡不着，起来，往手心里吐了口水，拾起镰刀，开始割草。

唰唰唰，嫩绿的草叶在锋利刀口下纷纷倒伏。

太阳落山很快，冯维聪割得更快，月亮从东山口拱出来之前，他割了满满一背篓又嫩又绿的草。回到家，他给牛上了草，牛大口大口地吃，绿色的草汁从嘴角边漫出，他拍拍牛背，眼睛模糊，眨巴一下，眼露水包不住了，就落了出来，滚过腮帮。

这天夜里，冯家有两个男人整夜没睡。夜鸹子什么时候飞过，露珠什么时候开始，自白杨树上往瓦背上落，星星什么时候出来又隐退，他们全清楚。

树叶上还挂着露水，麻雀们还懒得出窝，冯敬谷就早早起床。踩着一地的潮湿来到万礼智家门口时，正好有一缕阳光从东边的山巅上落下来，把临东的树木和房角都照得通红。冯敬谷认为这是个好兆头，对于借钱便有了信心，在敲门的时候，用力比较大。万礼智家的门宽大，厚而且很结实，前些年从山里采伐木头时，冯敬谷就参与了的。当时，碓房村的男劳力全都去帮万礼智，从三十里外的林场里选了上好的化桃木运来，冯敬谷花了十天工夫打眼穿销、雕花刻木认真做好的。化桃树木质结实，细腻红润，不容易沁水腐烂，那道门应该是碓房村有史以来最好的木门了。

门还是没有开，里面也没有一点声音。冯敬谷用力更大，将门敲得山响。万家的黄狗奔了过来，从门缝里对着他咆哮，牙齿将门枋啃得咯吱咯吱。这时的院内喧哗无比，像是赶街，像是办红白喜事，像是娶亲，像是祝寿，又像是什么也不是。冯敬谷听到狗咬，就不再动。狗咬了一阵，见外面没有动静，它也就没有动静。冯敬谷听了一会儿，白杨树上一滴晨露，落进冯敬谷的脖子里。他禁不住打了个寒噤，伸出糙裂的手擦了擦，才想起自己的急，又敲门。他这下举起的不是手掌，而是拳头，不想拳头就打在了门环上，将手硌疼。门环铜铸，虎的图案，虎耸着耳，龇着嘴，瞪着眼，好像面前的人都是借它的白米还它的粗糠一样，露着要吃人的威严。冯敬谷也不管它，干脆一把抓住铜环，将环在门上猛拍。

一下，两下，三下，四下……院子里好像安静了下来。院里静下来后，"咚咚咚"的脚步声由远至近。这声音沉闷而坚固，像是春碓。门开了，冯敬谷脚刚跨进一只，就给人一把抓住衣领，提住。

那人说话了，那人是万礼智。

万礼智说，你啥子了！

冯敬谷干焦了一夜的嘴巴开了裂，一说话就疼。他说，我……

万礼智说，有屁就放，你不知道老子事多！冯敬谷说，借……

冯敬谷话还没有说完，万礼智愤怒的眼睛鼓了起来，他紧了紧冯敬谷的衣领，再用力往上一提，猛地一搡，冯敬谷支持不住，就跌了下去，屁股重重着地。冯敬谷跌下去，头还昂着。

万礼智说，我家这样重大的事，你还说绝……冯敬谷说，别……估计是冯敬谷的嘴巴有些木，说话不清楚，让万礼智听到的还是绝字。万礼智说，你大清早三番五次说我家绝，你狗日的家才绝！冯敬谷伸手阻拦万礼智踢过来的脚，哪里挡得住！万礼智的大头翻帮皮鞋在他的身上撞来击去。他只好缩回双手，紧紧护头。

头要紧，头比一切都重要。一顿好打。

头晕目眩，满脑金星，真是一场可怕的打击。冯敬谷也不知道是什么时候才停住。好半天，他动了动头，把眼睁开，知道自己被扔到了门外。万礼智讨婆娘的时候，他冯敬谷还给他扛过床架。万礼智不就是读过小学三年级，会写几个字，会打打算盘吗？万礼智当队长、当信用社的工作人员，尾巴就越翘越硬，还收拾他冯敬谷。事情过了也就过了，冯敬谷也没有计较啥，可他万礼智也太过分了。

是不是身份一变，就不认人了吗？就不是人了吗？就不让人活了吗？

有一个人颤抖着来扶他。原来是赵成贵。赵成贵说，敬谷呀，你憨包呀，人家万礼智大清早的，正在家祭孔子呢，你还说绝……

冯敬谷知道是误会了，他说的是借，怎么会是绝呢？但他现在没法说，他说不出话，动动嘴，疼得要命，勉强吐了一口，痰里全是血。再做那些无谓的解释，有必要吗？

赵成贵说，你回家吧，你被打的时候，我正给他们家念先师赞呢，出不来。

在村里借钱没有借到，给信用社借款的路也断了。

冯敬谷慢慢撑回家，垂头丧气。院里静静的，只有两只母鸡咯咯地叫着奔来，要吃谷粒。冯敬谷抬手想撵，却不料手疼得不行，钻心噬肺，只好吸着冷气，将手放下。

家里实在太静。冯敬谷叫，维——，聪——。维——，聪——。冯敬谷知道自己的叫声像是蚊子，可他没有办法叫得更大声一些。冯婶老早就领着冯春雨和冯天俊下地了，这冯敬谷是知道的。看看冯维聪常用的农具还在，下地穿的橡胶皮割的鞋还在，就知道这狗崽子还在睡觉。都一大早了还睡觉！懒得烧蛇吃了！冯敬谷气不打一处来，忍受着浑身的痛，摸索着上了楼梯。

木楼梯刚爬了一半，一大股农药味冲鼻而来，冯敬谷大叫：冯——！

冯维聪是喝农药了，半瓶敌敌畏全让他给喝掉。现在毒性开始发作。他双目圆瞪，满口白沫，全身哆嗦，全身在竭力地痉挛。由于难受，他猛扯头发，猛捶肚子，叫声凄厉而惨绝。冯敬谷忘记了自身的疼痛，一边叫他的名字，一边将他拖在楼门口，让他肚子朝下，倒地放着，将他的头放得最低，猛拍背，不停抠他的喉，迫使他呕吐。冯维聪叫，爹，你别救我！爹，你别救我！你让我死、你让我死！

穷人家的绳子，尽往细处断。冯敬谷很生气，本来就水肿的脸气得发青，举起生硬的手巴掌，给了冯维聪几耳光，冯敬谷不停地抠他的嗓子眼，挤他的肚子。也没折腾几下，冯维聪就哇哇地吐，翻江倒海，风起云涌，弄得满楼恶臭，让人无法呼吸。

冯婶、冯天俊、冯春雨，还有很多乡亲全都赶来，冯天俊在冯敬谷的厉喝下，配合着赵成贵，从厕所里打来一桶臭尿，灌进了冯维聪的嘴里。

奇臭无比，冯维聪再一次大呕。反反复复吐了几次，冯维聪吐得很彻底，吐完后，死鱼一样不动了。

伸手试试，还有气，见冯维聪活了过来，冯敬谷长长吐了口气，悠长而细弱地哼了一声，倒下，隔夜的面条一样，没有筋骨。

冯敬谷睡了半个月。这些天里，他不吃不喝，也不说一个字，他虾着腰，背朝外睡，连看都不看他们一眼。冯家两兄弟整日里守在他身边。冯维聪知道是自己得罪了爹，知道爹为了借钱给自己读书才被人暴打的，他撑着还没有恢复的身体守在爹的身边。

给爹擦身，爹不动。给爹喂粥，爹不张口。给爹说话，爹不理。冯维聪大滴大滴的眼露水流了下来。他咕咚一下跪在地上，哽咽着说，爹，我对不起你！我给你丢脸。冯敬谷不动。

冯敬谷是伤透心了，冯敬谷的心像是块石头。他的心原本是活的，软的，是有生命的，会动，扑通扑通。他的心是为希望而动，为梦想而活，为暗夜里远处的一道烛光而活，为儿女们将来的好日子而活。现在，那东西没有了，让儿子给破坏了。给心供血的血管被堵住了，河水干了，他的心就死了，硬了，像是化石，看是心，其实已经不动，没有了心的功能。

冯天俊也跪了下来，冯天俊说，爹，这件事也不全怪哥，怪我。

哥想吃药死掉，目的是不让你卖牛，不让我和春雨姐失学。冯天俊说，爹，哥还写了遗书，说你和妈太辛苦，你们这辈子的汗水和青春，怎么挣都填不满这读书路上的枯坑洞，都推不翻堵在这路上的大石头，与其让你们在苦海里熬，还不如给你们减掉包袱……

冯敬谷动了一下，还是不作声。

冯维聪说，爹，我知道你的心思，你的心半死了，你怕我说在嘴上不实靠。我现在就给你保证，我要是考不上大学，我就不是冯家的儿，不是你的血脉……

冯春雨也跪了下来，说，叔，是我害了你们一家，如果你还不原谅维聪哥，我就打工去，我就像天香姐姐一样离开你们，省得给你们添乱。

冯春雨说着就哭了起来。大约是冯春雨的眼露水和这席话起作用了，冯敬谷努力转了转头，咳了一声，两滴浑浊的泪流在皱纹里。冯敬谷挣扎着想起来，但他实在是太弱了，动了两下，还是不行，又只好将头放回枕头，闭上眼睛。村头的赵婶送了点钱来，那是她外出给人求神打卦送鬼神得到的一点收入。左凑右凑，冯敬谷手里的钱还是太少。如果供一个人读书，一学期的费用还是够的。经过反复商量，冯家决定，冯春雨先去报名，其他两个找到钱再说。书当然是要读的，不读不行，只不过是推迟点时间而已。

冯春雨不去。冯婶说，这次维聪考得不好，我和你爹的意思是，让他休息一下，明年再去读……刚这样说着，木门咚咚咚地响了几下，赵成贵气喘吁吁地跑了进来。赵成贵也是为了贷款刚从信用社回来，他把和冯婶拉到里屋，说，借钱的事，我已经有眉目了。

冯婶忙问，你是怎么借到的？赵成贵说，我借的是高利贷，一千块一个月赔五十。这个人是镇上开商店的人，他的钱呢，又是万礼智从信用社拿出来的。冯婶说，恁样缺德，还叫人嘛！他这是违法的，也没有谁告他！赵成贵说，不能告的，告了他知道了，就更不会给我们借钱了。

我们假装不知道这事，请万礼智担保，不就得了？冯婶说，利息这样高，咋个赔得起？赵成贵说，没有办法的了，只能先借来用用，我们只借两个月。

过两个月，从什么地方转一点来还掉不就得了？不抓紧点，再过两天，可能连高利贷也没有了，你们两口子商量好。要借我就去帮你们借。

赵成贵说，种庄稼误了才一年，孩子读书误的是一辈子。做家长的，不给他们铺平路，他们就是桌子底下放风筝——飞不出去的。

冯敬谷说，中。

八

时间就像田里的谷穗，转眼就熟了，黄了，就到底儿了。两年过去，冯维聪和冯春雨都高中毕业了。高考下来，冯春雨的感觉不错，这一次考试比任何一次学校内部组织的考试发挥还要好，最后一科考完，她将心中存疑的几个问题翻了教材对照过，和同学、老师们讨论过，眉头一下子展开，紧闭阴黑的心里透进了一缕阳光。

冯维聪感觉不是很好，一上考场，他就头疼。这种头疼不是第一次，早在他喝了农药、要逃离这个世界之后就有的了，而且常常犯，只是他不敢说，也不能。这种头疼有时是在夜里睡得正酣的时候突然袭来，他觉得自己是在夜空里，有着无限长度和无限纤细的铁针，一束一束地呼啸而来，以惊人的迅速、以麦芒一样的尖利深入他大脑的深处，让他半夜半夜地睡不着。有时是在早晨背书的时候，背着背着，那些句子刚从他的口里出来，又绕了个圈，固执地钻进他的耳朵里，末了却是什么也记不起来。进入高考的考场，拿起那决定命运的试卷，一眼看去，那些东西都很熟，此前都看过的，都做过的，可一提笔写下的，却不知道是对还是错。

冯维聪和冯春雨坐在小河边的柳树下，任微风轻轻拂过，任柳枝轻轻摇动，任夏日迷迷糊糊的阳光经树叶筛过之后，一片一片在他们身上拂来拂去。有几只麻雀，扑扑扑地飞来，在枝叶跳去跃来。冯春雨有些畏惧，往冯维聪身边缩，哥，我怕麻雀屙屎下来！

冯维聪伸出手臂，往冯春雨的头上护。要知道，麻雀屎掉在身上是不吉利的。

分数下来好些天了，冯春雨的分数在全县排列第三，而冯维聪的分数居然比冯春雨的分数低两百多分，排名应该是倒数了，可见冯维聪的差距有多大。

冯春雨说，哥，会不会是老师统计分数错了？冯维聪摇摇头，说，不会吧，高考可不是开玩笑的，老师们可是十分小心的。冯春雨说，要不，去学校开个证明，我们一起找教育局去查查，我陪你。

冯维聪说，我们，别说考试的事了。冯春雨靠在冯维聪的胸前，小声说，哥，你别伤心，我不会忘记你的。

冯维聪拍着冯春雨的肩说，我不伤心，你看我哪里伤心了！我高兴，我从心窝子里就高兴的。冯春雨说，哥，其实你比我聪明，学习比我好，只要坚持下来，你至少可以考上北大。冯维聪说，别说那么多。

冯春雨说，家里的活你做得太多了，你总是把时间留给我。要不，你复习一下，明年考，就考北京对外经贸大学，我在学校里等你。

冯春雨报考的第一志愿是北京对外经贸大学。冯维聪想了一下，说，别憨。总要有人供你，不管你考在哪，我都在家挣钱供你。

冯春雨把一只手交给冯维聪，两个人的手互相交叉，紧紧扣住，指头贴住指头。

冯春雨哭出声来，哥，不行，不行的。冯维聪叹了一口气。冯维聪常常叹气，小小年纪的他却像是个老头，笑声很少，常常叹气。冯维聪伸出另外一只手给她擦泪。冯春雨抓住了他的手，往她的心口上贴。

冯春雨的呼吸急促起来。冯春雨说，哥，你、你、亲一下我。冯维聪就亲了一下她。

冯维聪那亲，其实也就接触，额头与额头贴了一下。冯春雨说，不、哥……冯春雨努力地、固执地，终于找到了冯维聪的唇。嘴唇与嘴唇的接触，轻轻地，小心翼翼地，闪电一样，一瞬划过，立即离开。

这可是他们的第一吻啊！

冯春雨那唇，是一颗晶莹剔透的樱桃，会一碰即破，冯维聪心跳，他害怕。

冯春雨说，哥！冯维聪再一次亲了冯春雨。这一次冯维聪停留的时间要长一些。

冯维聪从她的额头吻到眼睫毛，从眼睫毛吻到鼻翼，再到她小巧而滑嫩的唇。这些都是在小说里看到了，在电影里看到的，学来就用，不想居然如此让人心醉。冯春雨的唇，像是春天白杨刚吐出的嫩叶，像金雀花①刚开的嘴儿，散发出清纯的芳香。初次的，甜嫩的，隐约的……

冯春雨的唇温温的，冯春雨的舌软软的，冯春雨的嘴里，甜甜的。

冯春雨说，哥，搂紧我！

冯春雨的呼吸急促起来。冯春雨满脸潮红，满脸发烫，浑身发抖。

冯春雨说，哥，你、要了我吧，你……冯春雨的跨度也太大了，此前他们可连手也很少拉，更没有说过什么情呀爱呀之类的话。冯维聪怎好接受，他内心有坎儿。冯春雨的呼吸越来越粗，越来越重。冯维聪动了一下，

---

① 豆科、紫雀花属匍匐草本，高 10～20 厘米，瓣端稍尖，势如雀嘴，色金黄。

他的血往上冲。冯春雨的呼吸，冯春雨的肌肤，冯春雨对他的真诚与渴望，都在促使他与冯春雨……

冯维聪看到的是怀里美丽的春雨妹妹。冯春雨看到的是英俊的维聪哥。

然而，也仅仅是一瞬间的事。冯维聪松开手，呼吸立即平静下来。冯春雨紧了紧自己的手，说，哥，我想过了，我早想好的……

冯维聪摇摇头说，妹，我不能，我不能的。

冯春雨扭头不理他，噘着嘴，抬头看天，天上的云薄，轻纱一样飘得很高。

隔着几块稻田，有条从村庄通往镇里的唯一道路，这条路再往前伸，是可以到县里、到省里，再到京城的。碓房村的少年们，无数次地看着这条通天的路，梦想着现实里的种种可能和不可能。

远远的田埂上，有一个人骑着自行车咔嗒咔嗒地过来。不用细看，一定是信用社的万礼智。村里只有万礼智一人有自行车，大轮子的永久牌自行车，既结实又威风。冯维聪懒得看，冯春雨也懒得看。他们有他们的事，他们沉醉在不需要万礼智这样的人进入的世界。他们需要和风，需要光影，但他们不需要万礼智。而烦人的是，万礼智居然脚一跷，停下车，隔着那片绿中带黄的谷田，大声说，哎，那不是冯春雨吗？

谷草丛里的两只麻雀受到惊吓，在他的叫声里突突飞走。冯维聪双手做枕，睡在草埂上，将眼皮翻起来看天上的云。冯春雨身子则是直了一下，小声嗯了一下，表示回答。那边又叫了一声，冯春雨！冯维聪说，你就答应他，看他又绕啥弯弯肠子。冯春雨就拉了拉衣服，站了起来，提高声音哎了一下，表示听见。万礼智说，冯春雨，县教育局打电话来，要你明天去开会。他没有提到冯维聪。

冯春雨有些慌张，说是我一个人吗？就你！万礼智又是脚一跷，跨上自行车，回头说，记住啦，我通知到了，有冯维聪做证。别说我没有通知到啊！到时有啥差错，跟我没有关系啊！

冯春雨说，啥子事啊？万礼智说，我怎么知道！你问我，我问谁啊？说完，咔嗒咔嗒地骑车走了。两个人的高温在这一瞬间遇上了冰。冯春雨说，也不知道是怎么回事。冯维聪说，看样子他不是骗人的，你就去吧！

54

冯春雨说，会不会是录取通知书来了？冯维聪说，也许是吧，都考过一个多月了，从时间上看，应该差不多了。

冯春雨说，那为啥只通知我，没有你呢？是不是你的过两天才会来，而我的先到了？

谁知道、呃，肯定我没有考上。冯维聪情绪有些低落。冯春雨忙伸手捂他的嘴，说，你说啥！看你这嘴，说点好听的！

夜已经很深了，冯春雨还睡不着，她就干脆起来，切煮第二天的猪食。不想冯维聪也没有睡着，坐在火塘坎上发呆。

冯春雨说，维聪哥。冯维聪抬起头来看看她。冯春雨说，你让我拜拜孔圣人。

冯维聪站起来，将供桌正中的红布掀开，孔子的木雕像立刻呈现。孔子的像小小、高高的，威严而慈祥，淡定从容。内心苦闷的时候，他们常常拜他，拜过了，内心的东西放下了，心里就好过了些。

冯春雨净手、燃香、焚纸、叩拜，一个一个的程序，一丝不苟。冯春雨在心里默默祷告，希望圣人能保佑自己顺利入学。

冯春雨说，维聪哥，你也拜一下吧！

冯维聪摇摇头说，让圣人保佑你得了。我差那么多分，再保佑也不起作用的。

第二天，天刚蒙蒙亮，地上开始有了白影，冯春雨就上路了。冯婶要冯维聪陪着冯春雨去。冯维聪坚决不去，他丧着脸说，人家的通知里又没有叫我去，我去了不好！冯婶说，不管开会还是办事，你在外面等不就得了。冯维聪说，冯春雨，我还是不去好了，你一个人去，如果方便的话，看看我的通知书有没有。说完，低头出门，牵着牛出了门。

冯春雨犹豫了一下，还是没有叫他，一个人走了。待冯春雨走了后，冯维聪却又后悔不迭，生怕冯春雨出什么事，他将牛拴在田坎边，穿过稻田，追出村子，踩过落满露水的草埂，爬上山冈。远远看去，哪里有冯春雨的影子！

冯维聪一屁股坐在略带凉意的朝晖里，喘着气，打自己的脸。

夕阳落地，天黑了下来。终于，冯春雨从模模糊糊的白杨树林里钻出来，大步大步地走向碓房村。冯春雨一脸的汗，一脸的兴奋。站在村口、望眼欲穿的冯婶一把搂住冯春雨：春儿，妈的心都还在脖嗓眼里吊着，担心死了！冯春雨喘了两口气，来不及说话，从内衣的兜里抠出一坨纸包来，她往冯婶手里一塞，说，妈，给你！

回到屋里，冯婶打开，在油灯下一看，一家人都木住了。那是一大沓钱！

冯春雨说，一万。冯维聪、冯天俊一脸惊讶、一脸疑惑地看着她。冯敬谷的脸立即下了霜。冯婶脸上的喜悦也褪了潮，她的手里握的不是钱，是一坨火，或者是一坨赃物。她双手颤抖，似托重物，她说，春雨，你是……

冯天俊说，姐，你是不是去歌舞厅了？

冯维聪说，你抢银行了？冯春雨哇的一声大哭，双手捧着脸冲出了门去。冯婶找回春雨，左哄右劝，她才止住伤心，说她在县教育局开会，她这次高考成绩名列全县第三，县长这次对前三名分别给了三万、两万、一万元的奖励。她得了一万，理所当然。这本来是件值得高兴的事，但她想不通得了奖回家，一家人却不理解她，不往好处想，净往坏处想。说着，她桃子般红肿的眼眶里又掉下了两滴泪水。

冯婶说，我们家还从没有得过这么多钱，错怪你了，有了这点钱，你的学费就够了。

冯春雨说，家里为了让我们读书，已经欠了好些钱了，把这点钱先拿去还账吧。

冯婶说，欠的账慢慢还……话还没有说完，冯敬谷嘿了一声，将烟锅在火坎上猛挖了两下，往地上狠狠地吐了口痰，冯婶知道冯敬谷有意见，就停了下来，不再吭气。

冯维聪这次没有考好，距本科线还差三十五分，只得到本地财贸学校的录取通知书。照平时的成绩，他和冯春雨的差距不是这样大。进了考场，他太把这考试当回事，心里高度紧张。第一次上考场就做题太专注，拿到试卷就不抬头，对每一道题都要反复考虑三次以上才下笔，交卷的铃声响了之后，他的最后一道阅读题还没有做，作文也才写了三行字。后来接着考的其他科，他已心急性躁，严重焦虑。考试这事，越当回事，越紧张，就越发挥不好。平心静气，沉着应对，对于思考和判断，对于回忆和记忆，都有好处。整场考试里，他大脑里都是考不取大学他们一家所面临的困境，都是整个碓房村的冷嘲热讽。整个视觉里，他看到的不是题目，而是爹妈头顶烈日、肩挑背驮的辛酸场面。那些场景不断再现，不断重叠，令他不安。

冯春雨报考北京对外贸易大学，被顺利录取。冯春雨是高兴的，冯天俊是高兴的，冯婶是高兴的。冯维聪表面不高兴，但内心是高兴的，他为自己考得不好而羞愧，为冯春雨考上了好的学校而欣慰。冯敬谷一面对着冯维聪不高兴，另一面对着冯春雨高兴。

一家人的脸，对着这个板，对着那个笑，就那么大的屋里，复杂着哪！

晚上睡在床上，冯婶对冯敬谷说，这下放心了，冯春雨考上了，也算是养她一场没白费劲。

冯敬谷说，嗯。冯婶眼睛一下子潮湿了，要是她的爹妈知道，看到冯春雨考上了大学，给他们争了气，该多好。冯敬谷叹了口气，唉！

冯婶说，就是这个维聪，恼火。我在想，是不是我们对他的要求太高，还是他上次吃敌敌畏，伤到脑壳里了？

冯敬谷的心像是给针戳了一下，眉头紧锁。

冯婶说，他爹，我知道你难过。你现在可不可以说说话了，你经常就一个字，想多听你一个字都难。

冯敬谷嗯了一下。冯婶说，你心头难过，你怕说话，还是那年你被打，脑子给打坏了，就说不出来？冯敬谷嗯了一声。

冯婶说，可是，我们夫妻间好多事儿仅靠一个字解决不了问题的。你能说，就多说点，把心里想说的都说出来，或许要好过一些。

冯敬谷干脆不做声，只是点点头。冯婶生气了，干脆转过身去，拉被子捂住自己的头说，这么黑的夜，你点头我也看不见！

再过几天，冯春雨就该离开碓房村，去遥远的北方上大学了。冯婶在灯下熬夜给她做鞋。冯天俊说，妈呀，你做啥鞋，买一双不就得了，在首都北京，哪个还穿这种土得直掉灰的鞋！

冯春雨忙说，天俊，你就是狗嘴里吐不出象牙！妈做的鞋，我就是爱穿，穿一辈子。

冯婶卖掉家里的两头猪，拉着冯春雨的手，领她上了乡街。冯春雨上了街，到了卖衣服的商店里，才知道冯婶的意思，挣脱她的手，说，妈，你别操心了，我不去读了。

冯婶睁大眼睛，很迷惑，说咋回事呀！冯春雨说，街上人多，回家去说。街上真的人多。密密麻麻的乡下人比肩接踵，人声鼎沸。他们在小得不能再小的街子上走了很多转，想买一件什么东西，也要看上几遍，货比三家，再小心地抠出发污的小面额钞票。他们在这里交易粮食、土特产和生产生活用品。三挤两挤，冯春雨就不在了。冯婶急了，见到熟人就问。那些人就笑，笑得有些不自然。万婶也在街上，她的脸上就多了些阴阳怪气。冯婶见到她，抓住她就问：万婶，你看见我家春雨了吗？

万婶笑了，说，我咋个会知道？她这样的年轻姑娘，可是人见人爱，大把的钱，有人会为她出，你急啥急！

冯婶说，你啥意思？

万婶说，我有啥意思，我啥意思也没有。我只是觉得，碓房村的姑娘从来没做过下等事，从来没有给村里人丢脸！这种伤风败俗的事，想不到也有人做了，当学生就这样，真的了不得了，以后怕要翻天。

冯婶说，你……万婶说，家教呀！家风里出！命中只有八角米，走遍天下难满升。

冯婶脸一下子寡白，气粗了起来，她伸手过去，一把抓住万婶的衣领，两个人在街心里就扭打了起来，一边互骂，一边互殴，从街心扭到街头，从街头扭到街尾。她们的头发辫子散了，脸抓破了，鼻子出血了，上衣的纽扣也撕开了。冯婶觉得累，觉得难受，气往上涌，血往上喷，她头晕了一下，就什么也不知道。

等她醒过来，却是满眼的白，周围人影幢幢，原来她躺在医院里。

她挣扎着要起来，却一点力气也没有。冯维聪说，妈，你和那女人认真干吗，谁不知道她的脏脾气。冯天俊说，妈，你开心一点好不好！你这样又伤钱又伤身体。冯婶又哭，说，耻死了，耻死了，你叫我咋个整呀！冯维聪说，妈，冯春雨是把她的奖金全拿到信用社，给我们家的借款还了一些。村里人不清楚，见冯春雨有这么多钱，以为冯春雨做了见不得人的事。

冯婶点点头，说，错怪冯春雨了。冯春雨蹲在墙角，哇哇大哭起来。

冯婶是大脑高度紧张，一急一怒，就迷糊了过去。医院做了简单的检查，听听心脏，量量血压，敲敲打打，也没有什么大问题，休息了一天，就出院了。农村人，能有啥大病？农村人，敢生啥大病！冯婶也不是那种骗人的人，没有问题，就出院了。冯天俊说要找万家赔钱，冯敬谷摇了摇头作罢。

回到家里，冯婶又开始走东家闯西家，借钱给冯春雨读大学。冯春雨却说，妈，我真的不想读大学了。冯婶吓了一跳，眼睛睁得大大的，不想读？你是咋个了？冯婶把满是厚茧的手放在冯春雨的额上试了试，姑娘呀，你发烧了咯？你是不是在说胡话？

冯春雨摇摇头说，不是，真的。冯春雨真的没有去读大学了，但她还是走进了学校，是县里第一中学的补习班。冯春雨是个有心计的姑娘，心里窝着一个主意。原来这次学校发了文件，并在报纸上、广播里、路边的标语上广为宣传：校长设了个大奖，说谁要是明年高考考中全省的状元，奖给的奖金是五万元，全省的榜眼，奖给三万元，全省的探花，奖给一万元。作为一校之长，他的目的当然是想让更多的学生进学校读书，他可以收更多的钱，做更多的事。十几万奖金的招牌打出，他可以收入好几百万呢，这个账一算就出来了。

冯春雨是冲着那钱去的。冯春雨考了那么好的学校没有去读，冯维聪考上的是市里的大专，就不知道该不该去读了。本来，他早去读，早参加工作领工资，对家里会有很多好处，但面对这样的局面，他真的很尴尬。

要不，干脆就不读了吧，在家里顶爹妈种那几亩水田，分担些苦累，也算是对爹妈的回报。但这种想法，爹肯定不会答应的。更有，冯春雨说，你当农民，我在大城市工作，你不担心我甩了你！

冯维聪赌气说，只要你过得比我好，甩就甩吧！冯春雨听他这话，生气了，不理他了。

话是这么说，但这脸谁丢得下！冯维聪走到哪里，都有人给他打招呼，都说，维聪呀，你这下可沾光了。沾光？我沾谁的光了？你媳妇呀，你小媳妇呀！她考了名牌大学了，到时候把你也接去北京享清福，只是布疙瘩衣裳、剪子口布鞋在北京怕穿不出来！冯维聪眼珠就鼓了起来，胸膛一起一伏的，拳头捏得咯咯响，想打人。

说话的人一边嘻嘻笑，一边叫道，冯维聪要打人了！一溜烟往杨树林里躲。冯维聪鬼火冒，抬起脚，奋力踹去，可天空太高，否则早被它踹个洞。抬起的脚只好踹那挡住他的白杨树。不想一脚踹去，倒崴了他的脚，皮破了不说，骨头还错了位。他抱住脚跟，自己试着复了位，龇着嘴吸了半天凉气，才一趔一趄地回家。

碓房村的男人可以输钱，但不能输气。冯春雨复读，学校承诺不要她的复读费。她要冯维聪和她在一个班，冯维聪没有同意。冯春雨说了几次，冯维聪甚至不给她好脸，她一气之下，卷起被子去了。

火塘边，冯敬谷弓着背睡在火板上。冯婶一边给冯敬谷揉背，一边回头对冯维聪说，行李我都给你准备好了，你还不走吗？

冯维聪还在赌气。他说，我们家里，能有冯春雨和天俊工作，就行了。

冯婶说，冯春雨是外姓，还没有正式办酒，还不算我们家里的人。你不抓紧，怕会飞掉呢！天俊还是黑火药，谁知道到时会不会打响。

冯维聪说，天俊比我聪明。冯婶说，你们几个都考上了，都有工作了，糠箩跳进米箩，穿双鞋子都不沾泥了，你爹我俩死了也闭眼。你姐那时学习好得很，我们认为她是姑娘，对她的重视不够，她有自卑心理，常常自己瞧不起自己，现在想起来后悔死了！对不起她呀！

冯敬谷突然一挺腰说，读！冯敬谷又说，考！

冯婶说，你和冯春雨在一起是有压力，但你好好复读一年，争取赶上她。

冯敬谷又说，读！冯敬谷的话一锤定音。

九

第二天，冯维聪就进了城，冯春雨在一中复读，他就在二中复读。两所中学一个在城东，一个在城西。中间相距十里，走路要一个小时，打车得十五分钟。他们俩约法三章，拉了钩。除了保证要好好读书外，其中之一就是，除非特殊情况，否则一个月最多只准见一次面。

冯维聪不停地告诫自己，一定要努力，一定要考上。原本活泼的他，话少了，原本满脸微笑，现在脸板得像糊上了一层糨糊。

要改变一个人，要给一个人教训，要杀杀一个人的锐气，最好的办法，就是让他去参加一场高考。

他下苦功了。早晨天不亮就起床，跑到大门边，就着看门的夜灯，背英语单词。夜里学校熄灯，他就点燃煤油灯，一个人坐在教室里看书解题。瞌睡来了，他往前扑，油灯烧了他的头发，头烧疼了，才吓得惊醒过来。

事实上，在酒州城里的学校，和他一样辛苦的学生到处都是。

晚上十二点左右，教室里的灯早灭了，还有一群一群的学生，在校园的路灯下专心致志地看书。大白天，有的学生看着看着书，写着写着作业，头倒在课桌上就睡着了。人才就是资源，人才就是动力，人才就是生产力。只要考上一个，国家就包分配，就给工作，就发工资。他们有了工作，有了平台，又会反哺于酒州的各项建设。政治也好，经济也好，文化教育也好，商贸信息也好，都一样。县政府领导非常清醒地认识到这一点，把每年高考的上线率、考入全国重点大学的百分率作为教学的硬指标，分配到每一所学校，也作为每年两会向人大代表和政协委员报告的重要内容。每一年里来自方方面面关于如何调整教育规划、如何加强校舍建设、如何培养人才的意见建议多如牛毛。校长担子重，每天都在擂中层领导，中层领导就擂班主任，班主任就擂科任老师、家长，科任老师和家长就擂学生，学生就擂自己的脑袋，抓自己的头发，扇自己的耳光，拍自己的胸口，踩自己的脚，骂自己的娘。层层签订责任状，层层召开动员会，层层加码，层层施压，每个学校都剑拔弩张，每个班级都风声鹤唳。教育局对各校实施校长聘任制，校长对学校中层干部和班主任实施聘任制，班主任又对科任老师实行聘任制。谁教书教得好，谁就有人争着要，谁的奖金就多，就受学校和社会的尊重。谁教得不好，谁就闲起，最后退回教育局，教育局就将这样的老师安排到几十里甚至上百里的乡下学校上课。优胜劣汰，中国整了几千年的法则现在依然实施，更加有效。一年结束，学生的成绩，就是发给老师薪水的重要依据。有的一年苦到头，可以比正常的多挣三五千块，而有的老师，因为所教学生成绩不好，比一般的要少几千块钱。教得好的下学期接着就有学校、家长、学生欢迎，走到哪都一脸春风，气宇轩昂，办啥事都风调雨顺，得意非常。教得不好的，在学校里受气，回家还闹家庭矛盾，同事孤立，家人嫌弃，心情愈加沉重，猥琐之至。

谁敢不努力教书呀！

八十年代中后期，能率先走出这一步，就只有酒州。而对于学生来说，特别是农村的学生来说，好好读书，好好考试，是自己的唯一出路。十年寒窗无人问，一朝成名天下知。再苦，再累，再穷，压力再大，只要过了高考那一根线，那一个坎，几年大学出来，国家就会分工，多多少少、好好孬孬，就会有个工作，就可以吃国家饭，穿国家衣，领国家的钱。家里欠着银行的、信用社的、亲戚朋友的，订个计划，几年就可以还清。再找个有工作的对象，成个家，这个时候，家长也年岁渐高，身体渐弱，要苦磨挣钱已不容易了，那就把老人接到集镇甚至城里，让他们穿件干净衣服，睡个干净床褥。一家人就会糠箩跳进米箩，一家人就可以割掉世世代代的穷根子，甩掉了穷帽子。日子好过不说，还光宗耀祖呢！

这个道理大伙都懂。懂这个道理的人都千方百计把孩子往好的学校送，找最好的老师教。当然，这样的学校，收费往往比其他学校高得多。但费用再高，也得去，而且要提前考虑。往往是这个学期还没有放假，下个学期的学校、班级和老师就得物色和确定好。慢上半拍，人数一定，就麻烦了。没有钱，卖掉猪，卖掉牛，卖掉房子，卖掉家里所有值钱的东西也要干。靠土地上收来的那点钱是不行的，家里值钱的东西也没有啥，那就借。向亲戚借，向朋友借，向信用社借。信用社是政府的信用社，信用社是为民解忧的信用社。再不行，就借高利贷，再没有办法，这也是个办法。

和冯维聪一起进城读二中的，还有赵成贵老师的儿子赵得位。赵得位名字的来历，和冯维聪、冯天俊异曲同工。赵成贵当年给儿子取名，在借鉴了村里孩子的取名、特别是冯氏兄弟的取名后想，不管再聪明、再俊秀，考上了大学，都要有位子才行，都要有好位子才好，所以他就给儿子取名叫赵得位，这名字目的明确、直截了当。赵得位很调皮，人也很灵光，脑壳转得快，一眨眼一个主意，在碓房村被称为小陀螺。赵得位对好多学科都不感兴趣，说起数学，头就大，说起英语，就摇头，写不成那些豆芽菜一样的字。唯一对语文感兴趣，课外书一两天就看完一本，讲一个故事，可以说上半天。还常常在课余写点小诗呀什么的，学校的黑板报上，没少见他的"作品"。

知子莫若父，自己的儿是个啥样自己最清楚。赵成贵知道儿子的脾气，他们临进城读书之前，赵成贵将冯维聪拉到旁边，小声告诉他，要他帮助引导引导这个赵得位。

赵成贵说，你是哥，学习好，为人把稳，行为中规中矩，我是最看得起你的。得位心花，玩心重，做事不落地，人漂得很，你要好好帮他一把，平日里留个心眼，帮我看着他，别让他到处玩，耽误了功课。

冯维聪点点头，说，叔，你放心，我会看好他的。赵得位也在毕业班，应该说两个人的压力都是挺大的。这天中午，吃过午饭，冯维聪在教室里没有找到赵得位，就找到宿舍里，天哪，赵得位正蒙头大睡呢！冯维聪提着他的耳朵将他弄醒。

冯维聪说，赵得位，早死三年要睡多少？赵得位一边揉着眼睛，一边穿衣服说，昨天晚上看书看晚了。冯维聪说，中午的时间要利用好。赵得位说，孔子曰，中午不睡，下午崩溃。冯维聪说，你编得不错，那孟子是怎么说的呢？赵得位说，孟子曰，孔子说得对！冯维聪说，那，你再说老子咋个说的，老子也说了，我就放你。赵得位说，老子曰：睡可睡，非常睡。

冯维聪哭笑不得，几乎晕倒，这样的口才他是无法应对的。冯维聪摇了摇头说，得位呀，我们可不是来睡觉的，从碓房村那乡村能进城来读书，父母下了多大的决心呀！他们付出了多大的代价呀！起来好好学嘛，你这样咋个对得起你爹？赵得位说，我真的太困了，睡一会，下午我才挺得住。

看啥书呀？冯维聪从他的枕头下抽出一本书来，一看，是《基督山伯爵》。冯维聪摇了摇头，又和他絮絮叨叨地说了半天。

晚上，冯维聪正埋头做题，这些题都是以前见过的，但做一遍有一遍的感觉，做一次有一次的新意。突然，赵得位钻进教室，鬼鬼祟祟把他拉出教室门。冯维聪挣扎着说，你咋了，别影响我改题！赵得位说，改啥子题，你救救我的命！冯维聪说，你咋了？赵得位说，教师节前，老师给我们布置了作文，要让写赞美老师的文章，我写了，可是老师大发雷霆，不饶我了。冯维聪说，你写些啥？要我咋个做？赵得位说，请你当一下我哥。冯维聪说，我本来就是你哥，还用现当吗？说啥子话！赵得位说，哥，老师让我请家长了，你知道，我爹在那么远，一时两时也请不来。请不来，老师就不让上课。可是即使请来了，我那爹，你知道的，怕要打死我的。

冯维聪说，赵叔是对你寄予了希望的。

赵得位说，希望啥呀，他越看重，我越累。他那眼光一看我，我就觉得是块大石头朝我砸过来。

冯维聪说，怎么会呢，作为一个男人，就要有使命感，家长越看重，我们越要有责任。考上大学……我就充当一回你哥，那我的名字就叫赵得、赵得法，农村不是有句话说，干啥子都要得法，我当哥，得了法，你在我的基础上好好学习，考上大学，得了位。

赵得位说，你烦不烦，什么大学大学，让你当一回我哥，倒像是我妈，絮絮叨叨没完没了！

冯维聪转过身说，不听老人言，吃亏在眼前。你不要我去？我走了啊！

赵得位忙说要，冯维聪才搭着他的肩，往教务处走去。冯维聪一边走，一边正了正衣领，重新系了一下鞋带，脑袋里转了转，努力把自己往大哥的位置上考虑。

到了门口，赵得位说，我还是不进去的好，去了，她又要骂我半天。

冯维聪说，好吧，我给你接招，如果她骂我，我就回来拿你当皮球踢！

班主任是个女的，四十多岁，戴了厚厚的眼镜，头发里已经有了几根银丝。当她从办公桌上山堆一样的作业本里把头疲倦而艰难地抬起来时，冯维聪的心里难受了一下。冯维聪再往其他位置上看去，每张办公桌都一样，作业本都堆得像是碓房村秋天的谷垛，一堆堆，一沓沓，高高耸立，这大约就是老师们种苗的沃土，以笔为锄头，心血为雨露，日复一日，精心浇灌。老师们也不容易呀！老师太辛苦了，老师值得景仰。

班主任一听说赵得位的哥哥来了，站起来，给他倒了一杯水，把情况简单地说了，并将赵得位交的作业本递了过来，冯维聪忙接过来，打开看了起来。这篇作文的标题是《我心中的教师》：

……教师是最优秀的警察，因为整天在班里破案；教师是电视节目主持人，因为整天为公开课想游戏和花招；教师是演员，有时态度和蔼有时暴跳如雷，脸部变化丰富多彩……教师是什么？在文人眼中，教师是培养祖国花朵的花匠。在医生的眼中，教师是更容易患咽喉癌的活体……

冯维聪看到这里，忍不住笑了。班主任也对着他笑。班主任笑完，说，赵得位聪明，他对我们教师的辛苦算是看透了，他这样写，我是打心眼里感激他的。可是，你知道，我们的社会毕竟是一个阳光的社会，我们生活在这样一个温暖而又向上的环境里，书读好了，就能有一个好工作，就能有一个灿烂的明天，我认为应该感觉幸福才对……

冯维聪连连点头。班主任拉下脸来说，可是，你看，他第二次写的是什么？他不仅写了，还传给班上好多人看，让我们做老师的无地自容。这事儿传到了学校领导那里，惹恼了领导，让我们班丢了脸。我们班的操勤分一下子给扣掉了三分，我这一学期的奖金全泡汤了。

冯维聪又看下去，这是一首诗歌，说准确一点，应该是一首顺口溜。标题是《教师的几种死法》：

上告教委整死你，得罪校长治死你。笨蛋学生气死你，野蛮家长打死你。不涨工资穷死你，竞聘上岗玩死你。职称评定熬死你，考试排名压死你。教育改革累死你，假期培训忙死你。一生操劳病死你……

下一首是《教师的等级》：

一等教师当领导，吃喝玩乐到处飘。二等教师管后勤，轻轻松松人上人。三等教师体音美，上班还能喝茶水。四等教师史地生，课余就可去踏青。五等教师语数外，比比看谁死得快。六等教师班主任，累死讲台无人问。

……

冯维聪看得发呆，本子翻完了，还没有从作文的意境里走出来。班主任说，你看你看，他都写了些什么！冯维聪只好唉声叹气。班主任说，我让你们家长来，是想让你们知道有这么一回事情。现在学校里已经对他做了开除但留校察看一年的处理，我向学校领导反复申请，才没有在大会上宣布，只对他个人做了通报。但是，只要他一年内再违反学校里的制度，他就会被开除。忘记了问你，你是在干什么？

冯维聪没有想到班主任会问他这样的话，说，在、在家种地。班主任说，太不容易了，如果他再不好好读书，也得回去和你一样，天天面朝黄土背朝天。

就是、就是。冯维聪说，请老师您一定严加管教，我回去教训他一回。

班主任说，现在的教育你是知道的，说句不该说的话，是万般皆下品，唯有分数高。他语文没有说的，成绩不错，常常考八十分以上。但其他学科的成绩就很差，如再不好好努力，到时候世上可没有后悔药卖。我们学校可是名校，从来不缺优秀生。

班主任的婆婆妈妈的确让冯维聪心烦，但他知道，这金玉良言并不是每个老师都会告诉学生的，并不是每个学生都有机会听到的。他一边说感谢的话，一边连忙告辞。

出门来，冯维聪找到蹲在墙角看书的赵得位，把情况和他说了，告诫他说，以后就不要再看什么闲书了，真的，分数第一，满肚子的文章充不得饥！你那些文章，都是些小聪明，上不了台盘的。我看，还是不要整为好。

末了他又说，最后一次机会了，不珍惜，要吃亏的。

过了两个月，初冬。雪米粒从乌黑的云层里筛落下来，搅动冷风，见人就紧紧贴过来，特别喜欢往空裤管里钻。冯维聪什么季节都喜欢，就是不喜欢冬天。因为他实在是没有厚一点的衣服可穿，一股麻线遮股风，十股麻线过一冬，他御寒的最好办法就是不停地走路、不停地奔跑，再就是蜷缩在被窝里看书。每到周末，他都要往家里跑，动一动，身体冒点热气，人就会好过一些。还可以从家里背点洋芋来。那可是他进城来读书的主粮了，虽然家在碓房，碓房是全县产米最多最好的小村，但家里的米，近几年都只在逢年过节时才能吃上一点，节省下来的米全都送到街上卖掉，换回他们几个人的生活费。他经常在食堂外还有余热的火灰里烧洋芋吃。洋芋烧着，书看着，火烤着，一举三得。每周在食堂里打饭的次数，也就两三次吧。那两三次，他吃得很少，吃得腮帮发酸，吃得心尖子疼。

肚子能饱就行，冯维聪不在乎这个。这天从家里回来，冯维聪给冯春雨带了一点钱去。他把钱拿给冯春雨时，冯春雨推了两下。冯维聪给冯春雨的钱，是自己生活费的三倍。冯春雨的推让，使他有了些恼怒。他用力很大，明显地固执。在两个人的推让中，冯维聪明显地感觉到，冯春雨瘦了，力气小了，在寒风中有些弱不禁风。

两个人互相简单地问了一下学习情况和家里的情况，互相安慰。话说出口，却觉得都是多余，对看了一下，笑了。笑得很勉强。

出校门来，冯维聪用自己的生活费给冯春雨买了一件棉衣。他怕冯春雨不要，请了个同学带去，自己快速离开。

冯维聪回到自己的学校，刚到学校大门边，就看到一大帮人围住黑板报。学校的黑板报办得好，常常有很多励志的文章和学校的各种信息在那里发表和公布。学校的重大活动和高考的各种通知，都是从那里公布出来的。

冯维聪挤了过去。冯维聪不看不知道，一看吓一跳。那篇文章还写得挺怪的，标题是《学校现状》。

校长贵族化，领导多元化，教师奴隶化，人际复杂化，加班日夜化。教师育人终日疲惫，从早到晚比牛还累，一日三餐时间不对。一时一刻不敢离位，下班不休还要开会……

让冯维聪如芒刺在背的是，末尾署名居然是赵得位。赵得位呀赵得位，你这狗啃老鸹啄的，居然做出这等混账事情来。冯维聪用碓房村最生气的一句骂人的话，大声地骂了出来，然后挤油渣一样努力挤进去，挥起袖子就擦上面字。但他刚擦了一下，背后突然冲进来七八个人，黑着脸将他轰开，先照相，再挥起抹布擦，不几下就将黑板上的东西全擦掉。

赵得位惹祸了，赵得位这祸惹得太大了。冯维聪到处找赵得位的时候，赵得位正和几个学生坐在学校背后的小酒馆里喝酒。赵得位显然是核心人物，脸醉得红红的，几个学生轮流敬他酒，他吱儿地喝了一口，然后口若悬河地讲着什么。冯维聪冲进去，一把将他拖了出来。

赵得位说，干什么、干什么、干什么！你吃着火药①啦？冯维聪说，你干的好事！

赵得位说，我怎么了？冯维聪说，你还装糊涂！说着，伸开手巴掌就劈了他脸上一下。赵得位说，你打人！你敢打人！冯维聪恨铁不成钢，说，

———————————
① 形容脾气暴躁，不理智。

你呀，不争气！赵得位说，我到底怎么了？我争不争气跟你……冯维聪举起手还要打，那几个学生冲了过来，团团围住他，拳打脚踢，只几下就将他打翻在地。其中有人说，把狗日的手臂下掉一只！另一个人说，把他的嘴撕豁！再一个说，把狗日的丢下河醒醒脑！赵得位拉住他们说，不要打了，他是我哥！那几个人停了手，一脸的疑惑，说，你哥？没有听说你有这样一个哥呀！

赵得位吼道，夛开^①点！几个人悻悻地走开，赵得位将冯维聪扶了起来。赵得位说，哥，是咋回事？看来赵得位的确还不知道是咋回事，冯维聪就把黑板报的事说了。赵得位说他是写过这样一首诗，但并没有写在什么黑板报上。整个下午，他都和这帮朋友在一起，谈文学，谈人生，喝酒。

赵得位想了一会，说是了，是了，是有人卖我的马^②了。第二天刚上早读课，学校领导就找到了赵得位问话，赵得位按照实情讲了，也把自己写的作文给学校领导看，反复说明黑板报上的不是自己写的。但学校领导根本不想再听他的，他可是有前科的人。学校很快就开了会，做了研究，鉴于赵得位对学校造成的影响，加上他是个有前科的人，立即开除了他，同时给了班主任一个处分，班上的操勤分又扣掉三分。

赵得位倒是很汉子，收拾好书包行李就走。冯维聪追到他，送他走出了学校大门。

赵得位说，哥，那黑板报真的不是我提供给他们的。说不定有人在使我的绊。这个时候的任何解释和追究，其实都已经没有意义，冯维聪只是叹气，说，说不定你是得罪了谁，他们故意害你。

赵得位说，哥，我喜欢文学，打小就喜欢，我觉得写作会给我打开生活的又一个窗口，给我沉闷的生活带来鲜活的空气。

赵得位说，写作应该是吾手写吾口，写自己想说的，可现在学校教育就这个样子，我写一点自己的想法就咋个了？我没有违背《宪法》，没有违反党纪，没有宗教问题，也没有黄色内容，可你看那些领导，那些老师一个个胆战心惊，人人自危。如果是这样，写作还有啥意思？读书又还有啥意思？

---

① 乌蒙山区骂人的话，滚远点的意思。
② 卖马：出卖，背叛。

赵得位进城里来读书的第一学期，老师批下来的作文，就有好几次的评语是：写得太好了，是否抄袭？赵得位不止一次给冯维聪说过这事。

赵得位说，我喜欢"铁肩担道义，辣手著文章"这句话。冯维聪说，不对，是妙手著文章。赵得位说，这话是明代文化名人杨继盛的，他写的原话是"辣手"，是李大钊改成"妙手"的。冯维聪第一次听说，他为自己知识面窄脸红了一下。赵得位说，不能学杨继盛，也不能学李大钊了，我就只好不写。

冯维聪说，我们暂不说这些，写作呀什么的，以后再说，我的想法是，给你找个学校。要不，想想办法，去冯春雨他们那个学校。

赵得位说，我恶名在外，学校肯定会互相通报的，说不定人家都知道了，会要我呀？

冯维聪说，试试吧！

冯维聪请了假，和赵得位一起直奔酒州第一中学，找到冯春雨，让她领着一起去找教务处要求插班。冯春雨很快找到学校领导说了。果然那里已经收到关于开除赵得位的通报，冷冷一笑，连说话的机会都不给，便拒之门外。

冯春雨对教导主任说，赵得位是个聪明的学生，我给他保证！校长说，你还是先保证你高考时能不能考全省第一名吧！说罢把他们推出了门。赵得位的确后悔了，他感觉到自己就像是火烧草料场之后的林冲。他哭了一回，但是眼下的酒州城里哪有治后悔的药卖！赵得位抹掉眼露水，他说，此处不留爷，自有留爷处。冯维聪说，要不，你先回碓房村一段时间，找好学校再说。赵得位说他不能回去，怕爹妈受不了打击。他要冯维聪不要把这事给爹妈说。赵得位说，哥，你给我保这个密，将来有一天，我会报答你的。

不混出个人模狗样来，我赵字倒着写，誓不为人！冯维聪心里想，你都这个样子了，还指望你报答！也不看看你那狼狈的样子。但冯维聪不忍心说出口。他叹了口气说，但是，你要尽快振作起来，一定要读书，要好好读书。我给你再打听，有合适的学校就立即通知你。

过几天，赵得位又读上了书。他读的是自费中专，装潢设计专业，这在当时，只有实在混不走的学生，才会走这条路的。

十

冯家最近遇上一件麻烦事。冯婶坐在院里磕米粉。碓窝是小碓窝，一个小脸盆那样大，青石錾成，有些沉重，但一个人勉强可以抬出抬进。那米是冯婶精心拣出的上好的米，用小火、砂锅炒得黄黄的，香香的，用石碓磕细，用细箩筛过一遍。这米粉一打开包，香味就出来了，香会飘得很远。不需要再煮，只稍加一点温水调一下，就可以吃。吃过了，甚至好几天都还有回味。

每隔一段时间，冯婶就要磕一次米粉，让冯维聪给冯春雨带去。冯春雨不常回家。冯婶对冯维聪说，你是男子汉了，要自己管好自己，你要是嘴馋偷吃了，小心我撕豁你的嘴！

冯维聪说，妈，你这不是重女轻男吗，你可是背离了我们碓房村的老规矩了。

冯婶说，闭上你那狗嘴，在冯春雨面前，你没得讲话的权力！冯维聪吐吐舌头。冯维聪每次都不折不扣地、按时将米粉送去。但事实上，只有冯维聪清楚，米粉每次送到冯春雨手里，她都没有舍得吃。冯春雨是把这城里人十分看好的东西都送给了老师。冯维聪知道的，就有一次送的是班主任，一次送的是校长。他不知道教导主任、政教主任送过没有。这个冯春雨，很有心计的。做什么事，都想得远，滴水不漏。

傍晚的阳光很柔和，透过云层，色彩很重。冯婶渐白的头发给染上了一层金黄。冯婶用稻草芯编成的小扫帚，轻轻将溅在碓窝沿上的粉末小心地扫进去。冯婶的额上冒着汗，脸上露着笑，映着红，轻轻浅浅的皱纹随着她的动作，像条蚯蚓一样慢慢在脸上移动。

冯维聪坐在妈妈的对面，他觉得这一刻的妈很美。他接过妈手里的石碓棒，舂得欢快而有节奏。

妈说，慢点，别弄在了外面。

院门"咣啷"一下打开，一个和冯婶差不多年龄的妇女探进头来。她笑着问，大姐，请问，这里是冯家吗？

她说话小小心心的，口音复杂，有些酒州的口音，又有些外地的口音。

冯维聪十分警惕地问，你是谁？你找谁？你有啥事？冯婶却连忙将那女人让进院子，给她递过一个草墩，让她坐下，看她口干舌燥、风尘仆仆的样子，又给她舀了一木瓢水。那女人咕噜咕噜喝完水，伸出袖子抹了一下嘴，说，你们家是冯家吗？你们村有过一个叫赵四的赶马车的人吗？冯婶点点头说，有过这个人，可是，他死了。我知道他死了，那女人点点头说。说着，那女人泪就出来了。冯婶不明白这人到底怎么了，一脸疑惑地看着她。冯维聪则有些不高兴，说，你这个人无缘无故在我们家哭，是啥意思！冯婶想这女人定有什么事，忙用眼神止住了冯维聪。那女人定了定神，说起了一段不为人知的往事。

女人叫竹妹，家住背后的大山深处，那里高寒冷凉，气温太冷，土地太贫瘠，连苞谷都出不起的，只产苦荞、燕麦和洋芋，住的是草棚土窝杈杈房。大山里的女孩子，做梦都想走出这屙屎不生蛆的地方。竹妹十六岁那年，一个挑砂锅进山的男人路过竹妹家门口，一看到这荒野之地还出这样水灵的姑娘，眼都直了。男人送了竹妹爹一个砂锅，当晚，就住进了竹妹的家。男人能说会道，三天就将竹妹哄住，在荞草堆里睡了。两个月后，男人第二次进山，他就把竹妹带到了酒州城郊的家里。殊不知这男人早有家室，婆娘不会生育，关系不好，既没有分开住，更没有办离婚手续。竹妹一进他家的门，其实就走进了死胡同。竹妹想回头，却已经没有办法了，肚子里那男人的血肉已经在不断地长大。

一次，竹妹在外做活，刚进屋，听到了卧室里有人在说话。她停下来，里面传来大婆娘恶狠狠的声音：你绝花苞谷就是心花，图嫩。老娘哪点不如她？

男人说，你比她好，你这奶子比她翘，你的屁股比她肥。婆娘拉住了他的耳朵说，你敢说我胖！男人说，我说你胖咋个了？豆花要烫，婆娘要胖嘛！两个人浪声浪气地开始调笑。竹妹觉得恶心，想呕，刚要走，男人又说话了。

男人说，你在家里的地位不变，你是老大，让她给你做饭，端洗脚水，就当白捡一个使唤的，你还闹个啥嘛！

女人说，我还要让她给我洗屁股！男人说，就是，让她给你洗……又是一阵地动山摇，女人大声武气地叫，好像是故意叫给她听的，淫荡之声充满整个屋子。竹妹一脸的泪水。在地狱一样的家里挨了将近一年，竹妹将孩子生下来。孩子没有带把儿，男人马脸垮下，无端地骂她打她。大婆娘对她冷言冷语不说，她刚生下孩子三天，就将男人支出去卖砂锅，让她下床，洗冷水，做家务。她受不了，孩子刚满两个月，她就想往外逃，但她又犹豫不决。她的命都保不住，这孩子就更难说。孩子丢在这样的人家，怕是一辈子难脱苦海。于是她就抱着孩子，在城门边守着，想找一个可靠的人托给他。在城门边守了几天，她看到了赵四，对赵四的身世、家庭住址等做了个详细了解。赵四忠厚、踏实、勤劳，选定了，她耍了个小小计策，赵四果然中计。

女儿有了交代，竹妹泪流满面，一步三回头，最后咬咬牙，狠心离开了酒州城。

竹妹挤上火车，离开了让她心痛的这个地方。她想走远，越远越好。她恨透了这块土地。天下之大，她难辨东西。她遇上了一个热心人，一个见人就笑眯眯的男人。那个男人领着她，这里停停，那里走走，说是给她找活儿做，却什么活也没有找给她。趁她睡熟的时候，将她的衣服脱掉，摸她的奶，亲她的脸，睡了她，最后将她领到河南的一个乡下，嫁给了一个比她大二十岁的男人。睡就睡吧，大就大吧，只要有个家，只要对她好一点，给她有个住的地方，给她个碗端着，她就心满意足了。那热心人是个人贩子，从男人手里拿走了一万块钱。她在男人一家眼里就是个钱买来的物品，随时怕她跑掉。先是关在黑屋里，再是用绳拴着下地。不准她上街，不准她和外人说话，更不准她进邮局。事实上，她不会跑了，永远也不会跑了，因为她是个无家可归的女人。这里再陌生，再是异乡，她也不会走，因为这里有馒头吃，有面条吃，偶尔还有肉吃，出门又不爬山，一眼看去，一马平川。她把往事当作梦，当作与自己不相干的一段传说。相反她还感激那个人贩子，没有人贩子，她哪有这样的生活？

慢慢听懂这里的话，慢慢学会做这里的活。多少年过去，她吃苦耐劳，勤俭持家，给这家人养了三个儿子，一个女儿，男人也不再把她当成外人，把她当成自己的肉来护着。日子过得马马虎虎，没有挨饿，也没有发大财。年复一年，儿女长大，开始读书，开始考学，开始成家立业，她也老了。她不知道爹妈还在不在。这个时候，她才开始想着这件事，她才想着把自己心里头藏着的那一个梦说出来。

男人老眼昏花，而那一帮儿女们则像是看外星人一样看着她。她老了，一切都无所谓。睁着眼，勇敢地面对家庭里的一切。她说，那是我的梦，先前于你们的梦。

男人很同情她，帮助她规划回去的行程，给她准备好来回的路费和在老家需要的开支，告诉她如果找到女儿，在那边日子不好过，就领过来。还提出要和她一起走，她也有个照应。她一下子感动得号啕大哭，对于男人要跟着走的要求，她没有答应，她怕这个男人去了异乡，会被只有米粒大的心胸的乡里人打死，尽管这和他一点关系也没有。

不过她还是问了他一句，你，放心我去吗？你不怕我不回来吗？男人呵呵地笑，说，放心放心，你的老家嘛，多少年你没有回去了，要在那里住一段时间，也不是不可以的。如果半年内你还不回来，我就领着儿女，一起来接你。男人又说。

她走路，坐马车、拖拉机、汽车、火车，再坐汽车，走路。长途跋涉，翻山越岭，好不容易到了老家。

老家已面目全非。老家不适合人居住，十多年前就纳入异地搬迁的范围，村子里的人大多搬走，有的去了平坝，有的去了云南的边疆思茅。房屋拆掉，整个村子就是一堆破土墙。面对破墙，往事袭来，她号啕大哭。当年家里的茅草房已经不在了，余下的只是几堆残壁断垣。爹妈不在人世，旁边几堆坟头，坟头上一堆荒草，随风颤抖。拨开坟头，一块木片上，写着父母的名字。她跑到村外很远的小商店里，买了一堆纸，一箱火炮，轰轰烈烈炸了半天，跪下磕了几个响头，哭了很久。

她一无所有。她像是一个乞丐，到处找她当年丢失的那份心头肉。左找右找，她找到了碓房村，找到了冯家。

来者不善。冯婶还没有等这个女人的话说完，就知道她的意思是什么。在困难面前，这个女人跑掉，现在，女儿长大了，她来认亲了。冯婶肯定不会放手，不管是从自己的角度，还是从死去的赵四的角度，她都不会让步给这个女人。

冯婶笑了一下，那种笑有点冷。冯婶说，都是陈谷子烂芝麻的事了，你还跑这么远，还想提起，算你有良心！

竹妹说，恁多年了，就像肚里的肠肠给打了个疙瘩，一想起就疼，疼得抓心挠肝，就想早点解开，解开好过点。

冯婶说，我没有这个权利。她是我的心头肉，你不知道我哭过好多回，我的眼……竹妹指了指自己半瘪的一只眼说，就是那时候哭瞎掉的。瞎就瞎吧，又不是我给你打瞎的。冯婶不想和她再说这些，将碓窝抬进屋，对躲在屋里偷听的冯维聪悄悄说，你还不去！到了学校，不要把这事给冯春雨说。

冯维聪说，妈，你们要坚决抵住，不要理她！冯婶点点头。

冯维聪出门的时候，恶狠狠地盯了那人一眼，说，你走吧，我们家里不需要你这样一个人。

冯敬谷给稻谷薅草，听说了，光着脚板回来，进了院子。他也听到了竹妹说的一切。

冯敬谷对着冯婶摇了摇头，说，不！

竹妹目的没有达到，第二天早早地又来，看来是死盯上了。冯婶说，你到底想做啥？竹妹说，冯春雨是我的女儿，我就想看看她，和她说说话。冯婶说，我早给你说过，我们家没有这样一个人。竹妹跪在她面前，哭着说，姐，你就给我个实话吧，她在不在，她活着我想见见人，她如果死了我就看看她的坟堆堆。冯婶当然不会说春雨死了的话，她心软了，说，那，你是不是要带她走？

竹妹说，如果她愿意走，我就领着她走，我们那边路比这里宽，地比这里平，庄稼比这里出众，房子比这里好，就是打工，也比这里好挣钱。她要是长大了，在那边成个家，房子也比这里高得多。竹妹有点想当然。

天哪！她的目的居然是这样！冯婶心疼得咝咝作响。她变了脸，生气了，说，你当年甩了包袱，一个人远走他乡，在那边日子好过了，你还要来影响我们。我告诉你，冯春雨不在，你不可能看到她！

不等竹妹说话，冯婶就说，你做梦吧！冯婶将她推出门，将院门锁上，和冯爹一起到田里去，三转两转就消失在茫茫的稻田中间，那稻田海洋一样大，一样深，去哪里找他们呀！

冯家的院门紧锁，除了一条狗在门内对着她狂吠，别的什么声音也没有。

第三天，竹妹又来，门还是没有开，院内的狗看到是她，已经是熟人了，摆摆尾，连叫都不想叫。就在这时，她遇上万礼智老婆。万礼智老婆把她领回了家。冯婶再也没有看到竹妹的影子。她的心里倒不踏实起来。她想了一下，和冯敬谷提出了一件事，冯敬谷先是有些犹豫，最后还是答应了她。

第二天，冯婶就上了街，一边请人带信让冯维聪和冯春雨赶快回来，一边买了红的铺盖床单，大红的喜字、喜糖、瓜子和火炮。街上熟人看见，都很奇怪，左盘右算，他家眼下也还没有到讨亲嫁女的时候呀！问她，冯婶笑着搪塞说，帮人买，亲戚家用。

还没有到周末，冯维聪就领着冯春雨赶了回来。已是黄昏，两个人气喘吁吁地推开院门，却发现家里一片喜庆。大红的喜字，大红的对联。冯维聪疑惑不解，说，妈，是咋回事？我们还以为你或者爹生病了呢！冯春雨也说，急死我们了，到底是怎么回事？冯婶说，憋包！冯维聪说，妈，到底是咋回事？你给我们说呀！冯婶说，你没有看到我在忙吗？吃完饭再说吧！冯维聪回头看爹，爹一脸石头雕刻的模样，没有半点表情。冯春雨帮着冯婶做饭的时候，也悄悄打探，企图搞清楚是咋回事。但冯婶就是笑笑，说等一会儿就知道了。

冯春雨悄悄对冯维聪说，哥，是不是给你娶媳妇儿呀？冯维聪刮了一下她的鼻子说，别乱说！好不容易吃完饭，将碗收洗干净。冯婶就把两个人叫到里间，也让冯敬谷进了来。屋子里到处都是新的，到处都是红的，还挂了喜字，床上的被子上还绣了鸳鸯。这不是新房又是啥！

冯婶说，维聪呀！冯维聪连忙说妈。

冯婶又说，春雨呀！

冯春雨也连忙叫婶。

冯婶说，你应该叫我妈。冯春雨说，妈，你本来就是我妈，比亲妈还亲。冯婶一手拉一个，抽抽搭搭，眼露水就下来了。两个人都吓慌了，说，妈，到底是怎么回事？冯婶说，春雨，妈这些年待你咋个样？冯春雨说，妈，你们拖儿带崽，含辛茹苦，把我养这么大。冯婶说，这些年，我打过你骂过你没有？冯春雨说，妈，没有，你没有动过我一根手指头。

冯婶说，唉，妈也老了，你爹也是，一混也就五十了。半辈子就过去了，老了。这些日子下来，你爹，我，都没有太多的想头，只是望你们平平安安。

冯维聪说，妈。

冯婶对冯春雨说，春雨，几天前有一个女人，说你是她女儿，她找过你了吗？

冯春雨欲言又止。冯婶说，春雨，看着妈的眼睛，说实话，找了你没有？冯春雨点点头。

冯婶说，你答应她了吗？冯春雨说，没有，我不知道她，我没有、也不想有这样一个妈。

在我的记忆里，我妈就是你。冯婶说，姑娘，你做得对，你很小的时候，你爹就死了，你妈还死在他前头，你从小是孤儿，不过在我们家，从没有把你当外人看，我把你当成亲亲的骨肉。

冯春雨连连点头说是。

冯婶说，你打小时，你爹就把你许给我们家做媳妇。冯春雨脸红了，这……

冯维聪也忙说，妈！冯婶说，这你们也是知道的。现在你们都大了，我和你爹像你们这么大，早就成家立业了。维聪出世时，我们的年龄还没有你们现在大。

冯维聪说，妈，你说这些干啥呀！冯婶说，我和你爹商量过，也请乡街子上的先生给你们掐过八字，今天是个好日子，我们定下了，给你们成亲，把喜事给办了。成亲！这太突然了，两个人不知所措，互相看了一下，都不约而同地站了起来。冯维聪说，妈，我们还要读书呀！

冯婶说，成了亲，再接着读，爹妈会继续供你们，一点也不影响。

冯春雨不知所措，都要哭了。他俩还要说什么，冯敬谷和冯婶站起来，很快走出去，还把外面的门给锁上了。

两个人在红红的烛光中，一脸的张皇。冯春雨坐下来，双手撑着头，哭了，哭得很伤心。相反，冯维聪却笑了一下。冯维聪说，人生呀，人生真怪得让人摸不着头脑。冯春雨说，你笑，看来你早知道了，你们是合伙来收拾我，你们有预谋。

冯维聪凑过去，对着冯春雨小声说，你以前不是让我要了你吗，现在机会来了。

冯春雨说，看来你是早就有心了。

冯维聪叹了口气说，春雨，我们走到这一步不容易，你很快就是全国重点大学的大学生了，你说，我会在这个时候废掉你吗？冯春雨说，你不想害我，你把我哄回家干什么？冯维聪一脸的委屈，我咋知道？如果我知道这事再来骗你，就给我断子绝孙，天打五雷轰，走路闪断脚，高考……见冯春雨不吭气，冯维聪说，我如果骗你，就给我考不上。冯春雨一把捂住冯维聪的嘴，别乱说，别乱说。冯维聪说，那个女人，真的找到你没有？冯春雨说，找到了，我告诉你，她真的是我妈。冯维聪吓了一跳，真的？不会吧！冯春雨说，我本来不相信，也不愿相信。我只知道我爹妈都早死了，冯叔冯婶才是我的爹妈，他们待我好，恩重如山。可那女人一直守在校门口，我一出门就叫我，好几天我都不敢出门，她就跑到校长办公室讲这讲那的。校长把我叫了去，说要妥善处理好这件事，怕事情闹大，对我不利。

冯维聪说，有啥不利？她为了让自己过好把你丢掉，这么多年了，不管你的死活。现在，你能考上大学了，很快就成国家的人，吃国家饭、穿国家衣、领国家的钱时，她钻出来了。不理她就是了，会有啥不利？

冯春雨说，学校正在给我申报教育部奖励的三好生。冯维聪一下子明白，这冯春雨比自己聪明得多，获得国家级的表彰，高考时可以加二十分。冯维聪说，那你就糊里糊涂同意了？她会不会是你的亲妈？冯春雨说，我哪里会那么憨。可她能说出我身上一个地方的胎记和两颗痣，我跑回宿舍，关上门，一点一点地验证过。你说还会有假吗？

冯维聪说，那，会不会是你洗澡的时候，或者睡觉的时候，不小心给别人看到了？

冯春雨扭了一下冯维聪的耳朵，说，呸！停了一下，冯维聪说，那你现在怎么办？冯春雨说，我只有认了，让她快走，要不然会影响我的学习的。冯维聪说，我们现在也得处理好家里这件事，爹妈一听你亲生的妈来认你，怕你飞掉，只好让我们成亲，让生米煮成熟饭。冯春雨说，他们想得太简单了。

夜已经很深，红红的两支蜡烛很快烧完。冯维聪说，妈还在外面偷听，要不，我们就、就睡在一起，让她老人家放心。

见冯春雨一脸的警惕，冯维聪说，我不动你，摸都不摸你一下，被子算你的，枕头也算你的。还不行吗？

　　冯春雨想想，表示同意。烛光一跳，隐在黑暗之中。两个人摸索上了床，不小心，冯春雨摸到了冯维聪。冯维聪说，我声明，是你摸我的啊！冯春雨说，对不起啊，是我摸到的！刚刚躺下，冯春雨又爬了起来，搬了一大堆课本放在两个人的中间。冯维聪说，你什么意思？冯春雨说，以书分界，以书为证。冯维聪说，你就不以书为媒？

　　两个人睡下，外面木楼梯咚咚响了几下，看来妈放心了，也上楼睡觉了。

　　第二天，冯婶给两个"新人"端来中间埋有鸡蛋的长寿糖面，对他们说，现在你们就是真正的一家人了，要一辈子在一起，相亲相爱，白头偕老。

　　冯春雨装出一副可怜兮兮的样子说，我怕维聪哥看上更好的女孩子，把我一脚蹬掉。冯婶说，他敢！小心他脚杆断。

　　冯春雨说，有妈这句话，我就放心了。不过，妈，我们结婚的事，不能跟外面任何一个人讲，我们还是学生，还没有到法定年龄，这时候结婚，是违法的，是要被处罚的，学校也不允许的。

　　冯维聪说，重要的是，我们还要读大学。结了婚，大学是不录取的。

　　冯敬谷说，对！冯婶说，我知道，你们放心，好好读书就是。

十一

　　终于又临近高考。夜里的风很静。月亮是个上弦，迷迷糊糊的月光照进村头的孔庙，一只蝙蝠惊慌失措地飞过顶梁，撞下一层灰，再跌跌撞撞飞走，阴森恐怖，让冯维聪突生害怕。

　　冯维聪双手合十，朝着孔圣人作了三个揖，磕了三个头。他站起，又照先前的拜了一遍。先一遍是给冯春雨拜的，后一遍是给自己拜的。他在心里默默地叨念，祈求圣人保佑：圣人呀圣人，你保佑我俩考上理想的大学。我俩考上了，以后有钱了，给你修庙，要多大就多大，要多气势就多气势。如果再有钱，就给你塑身，塑金身……

几只蚊蚋不停地飞去飞来，好像是很久没有吸到动物的血一样，在他的脸上、手臂上叮着不放。赶走这个，那个又来，赶走唱着歌来的，无声的又悄悄咬了一口。

他不能打死它们，只能赶它们。赵婶常常说，在庙里不能杀生，那些蚊虫虼蚤、蜘蛛蚂蚁，还有忽然来过的一阵风、一滴雨，说不定会是哪路神仙呢！说不定是前世的爹娘呢！要善待它们的。

高考前一个星期，所有的毕业生都办完手续，领上准考证，纷纷离校。冯维聪也回到家，坐在家里复习，等着高考的那一天。冯春雨没有回来，她告诉冯维聪，她要一个人在学校里看书，回到家里，怕会互相影响。

临战前的沉默和准备，让所有参加高考的人都紧张。事实上，自从他们俩"成亲"以后，冯春雨就没有再回到碓房村。燃香烧纸，礼节完毕，冯维聪小心地站起来，退了三步，才转过身往外走，感觉后面有什么跟着，回头看，又什么也没有。天上那些密密麻麻的星星，像是蚊子飞来荡去。月亮像是被谁啃了一半的苞谷饼，残缺不堪，看着心就烦。后面的确跟有一个人，那个叫作赵成贵的老师，一直在默默地看着冯维聪，一直在默默地为他祈祷。

第二天就要进城高考了。瞅着从瓦隙里落下的点点月光，冯维聪睡不着。他双手做枕，眼睛睁得大大的。一会儿他猜想此次高考的作文题目；一会儿他想春雨那可爱的眼神，想着他们成亲那一天晚上的情景；一会儿想，上了考场自己一定不要把试卷翻夹页——那可是最惨痛的教训，此前曾有过相关的报道，老师也多次让大家记住——一个错误将终生悔恨，世上可没有后悔药卖啊！

他想得好多，睡不着，口渴。晚饭妈妈给他煮了腊肉，腊肉很香，但腌过很重的盐，他多吃了两块，现在嘴里像是起了火。他起床，摸索着下楼，把爹没有喝尽的土罐里的酽茶端起，咕噜咕噜喝了几大口，袖子一抹嘴，点亮油灯，又开始看书。酽茶苦涩之极，喝进口里让人摆头，但提神气。冯维聪越看越没有瞌睡，越看人越清醒。

估计天快亮了，冯天俊起床，进堂屋担水桶。见冯维聪还看书，冯天俊说，你悖时呀，不好好休息！天都快亮了！

冯婶也在摸摸索索起床，听到这话，不高兴了，骂道，冯天俊，闭住你那狗嘴！

冯天俊伸了伸舌头，担着空桶就往外跑。冯维聪终于放下书，在床上迷糊了两个小时。睡梦里，大约还是考试的各种场景：监考老师、巡视组、煮锅里水饺一样密集的考生、看不清字迹的试卷……反复交替，永不停息。

冯维聪起床，妈给冯维聪煮了六个荷包蛋，妈说六字吉利，六六大顺，这次儿子一定会考好的。冯维聪一口气吃下，红糖的甜味触及冯维聪的舌头，他的心尖子一颤，泪水就涌出了眼眶。他努力想包住，最终还是让泪水滑落了出来。冯家的鸡虽然很勤劳，经常在下蛋，但家里人好几年都不吃蛋的，妈要凑够数，送到镇上卖，攒钱。今天妈让他吃鸡蛋，他心疼。吃完鸡蛋，冯维聪带好考试用的所有东西准备进城。出门时，和爹对看了一下。爹布满皱纹的脸上眼眶深陷。爹没有说话，但那目光依然像钉，让冯维聪觉得比说话还镇人。

妈送他到村口。在村口的田埂边，他就再也不让妈往前走。妈拉着他的手，说，妈相信你，你爹也相信你。见到冯春雨，告诉她一声，我们等你们的好消息。

冯婶又说，去了一定把钱给春雨，她都好久没有回家了。走了很远，冯维聪回头，妈站在那一片无边的稻田中央，目不转睛地看着这边，妈的身影老而单薄。

从酒州城到碓房村开通了班车，一天一趟。那公路弯道大，铺设简单，班车又非常娇气，像富人家养娇了的女儿，坡陡了就上不去，略有个沟也不行，弯道急了，就只能待在那里喘气，连回个头都不可能。要是遇上了下雨，班车就像是只泥猪，落在一个泥淖里，让村民们刨上一两天，拉骡子拉马，才能将它拖出来。还有，班车像是个闷罐，空气不流通，汽油味重，车里的人坐着的、站着的、蹲着的，像排大蒜，层层堆叠，密密麻麻。车里唷洋芋坨的、打嗝的、放屁的，甚至还有领着小猪小狗去赶集的……他们不断地释放着各种体味，让人受不了，一上车就不舒服，想呕。

冯维聪没有坐公共车，他看到那比牛还笨的车，内心就有一种蔑视，此前他对未来是迷惑的、混沌的，不知道自己是要干啥，朦胧里只是觉得自己学习、成长的目的是为父母减轻负担。看到班车那种样子，他一下子阴霾尽除，豁然开朗。以前的想法实在是小而简单。他现在的梦想是，将来有一天，自己上了清华、北大，就研究交通工具，地上跑的，天上飞的，水里游的，都会有一个全新的改进。这是他的秘密，就是和赵得位和冯春雨，他也没透露过。他背着一包复习资料，像只羚羊，走得飞快。见沟跳沟，遇埂跨埂，有水田挡道，他就沿埂走，有苞谷林，他就一弯腰，穿了过去。两点之间，直线最短，他一直都在遵循这个原则。走了两个小时，爬上了一个高高的山冈，在这里就可以远远看到酒州城高高矮矮、密密实实的房屋。

冯维聪累了，他靠在一个土坎下，喘了一口气，坐下来。有风吹在汗津津的脸上，他感觉到好舒服呀！眼前的城市，迷人的城市，未知的城市，他冯维聪今天来这里考试，接受这里的挑战，过些年他将是这个城市中的一员。在这里他将有上班的单位，有房，有妻子儿女，有自己的工资以及更多更多的东西。那时，他还要将爹妈接来，一起生活……

他想入非非，心情愉快，他觉得全身酸软，坐着坐着，头一偏，居然睡着了。

冯维聪的眼里千奇百怪。天空长满了草芽，花朵的脸长满雀斑，牛头在画画，风的腿是谷草扎的，骨头用来切菜，笔尖会发笑，冷酷的人僵硬如铁……

他是被吓醒的。他醒来的时候，满心担忧，满背脊的冷汗。风绕山冈，成片的苞谷林发出哗啦哗啦的声音，像是在说：别掉以轻心啊！别掉以轻心啊！风一堵一堵地涌过来，像是要把他举起来，甩出去！他哆嗦了一下，接连打了两个喷嚏。

到了城里，冯维聪到考场上看了考点。遇上班上的同学，他们问他的住处，约他一起吃饭。他犹豫了一下，说他还有点事，便离开他们。事实上，长期以来，他都不合群，大多时间均是独来独往。他的目的不言而喻，节省时间，节省钱。他不知道冯春雨的考场是在哪个学校，他到冯春雨读书的一中，找了几个老师问了一下，可谁也不知道。也因为忙，也因为不认识他，没有一个老师愿意抽时间给他查看。

天已黄昏，冯维聪在考点附近的背巷里找了个小旅社。那小旅社的床位不贵，一张床一晚上一块五，这样的价位接近于他想象的标准。他看了看床位，交了钱。出门来，在旅社旁边的米线摊前坐下来，要了一个大碗红烧肉米线。好像是火不旺，水不开，米线有些硬，那红烧肉粒颜色也不是很对，不过酸菜味还不错，麻辣也很够味，吃一嘴就闭不下，满嘴像是触电。

哪里管得了那么多，冯维聪张嘴就吃。吃了一会儿，觉得除了难以忍受的麻辣，什么感觉也没有。他感觉嘴里寡淡，脚手软，两眼昏花。凭经验，他知道自己是感冒了，他再往碗里加了些醋、盐、花椒和生辣子面。味道重了，出了些口水，他狼吞虎咽，三两下吞掉。肚子不饿了，感觉上好了些。

对于乡下人来说，感冒不是病，谁不是一拖就好？街上小摊小点多，行人很多，这种热闹非镇上的乡场可比。冯维聪在城里几年，还从没有闲心来逛这些地方。他想，等考完试，他就拉着冯春雨的手，好好在城里逛上两天，把酒州城里的景全看完，街道全走完，小吃全吃完，好玩的地方全玩完。

冯维聪无心看景，啪嗒啪嗒往旅社里走。黄昏时分，来住的大多是些小商小贩。马车、牛车、单车、独轮车横七竖八摆在院子里，各色人等奔出窜进。冯维聪先订的房间，在二楼的一个角里，算是有些清静。在床躺了两分钟，想起考试，人一下子变得沉重。他翻出书，看了看那几篇自认为有可能考到的文言文。那些文字，对于他来说，是没有问题的，无非是想再温习一下，巩固一下。可是现在看去，字却有些变形。有些是腰折了，有些是笔画在随目光晃动，有些字体却是分家的，形在一边，意在一边，声音却在耳边叫来嚷去。

冯维聪觉得自己真是病了，有必要休息一下。他放下书，倒在床上，闭上眼。

迷糊间，他睡着了。迷糊间，他又醒来。醒来后感觉不是很好，口苦，眼涩，头沉，耳鸣，四肢酸软，所有不好的感觉全集中在一起来了。还有就是满屋子的闹。楼下的天井里，有一帮人在唱小调，扯声曳气，长歌吆吆，内容冯维聪是知道的，碓房村人最爱唱的赌钱歌。堂屋里，另一帮人在吃酒，黑土碗端着，吼着拳。赢的大笑，一脸得意，输的噘着嘴，张口抿酒，一脸被蹂躏的痛苦样。划拳的两只手碰在一起，力量足得很，脖嗓管挣得又粗又硬。而冯维聪隔壁房间里的几个，则壳脱壳脱地嗑着瓜子，甩扑克，三毛两毛地赌钱。

你们，可不可以小声一点呀？冯维聪问。冯维聪的声音小得像只蚊子在叫，甚至比蚊子的声音还小，蚊子在旁边叫，那些人会伸出扇子样的手掌打开。冯维聪的话，他们连听都没有听到。他撑起来，走出去，努力地又说了一回，还说自己是个学生，明天一大早就要参加大学的升学考试。有人转过头，翻开污脏的白眼看了他一回，小了点声。不过一会儿，又大声起来，嘈杂无比，甚至有过之而无不及。

　　冯维聪觉得自己在这一分钟里很可怜，很弱小。翻开书看了几页，却老是看不进去。索性躺在床上又睡，但还是睡不着。冯维聪拖着鞋跑去给老板娘说了一回。老板娘也有点心疼，看着他，说，你考试呀？那你就不该在这里住，这里都是些粗人住的。老板娘在外面扯声捺气地给那些人告诫了一回。其中有人说，高考呀，真要命！要得，要得，家家都有读书郎的！那些人就将手里的酒杯喝干，丢在桌上，将扑克收了。有的坐着看小了声音的电视，有的出门去了，有的则睡了。

　　挨了大半夜，冯维聪终于睡着。可后来，冯维聪醒了。冯维聪整个口腔像是夏天的沙漠，嘴皮子全是干壳。而且口苦，口苦得像塞进了块黄连，咽又咽不下，吐又吐不出，令他不断地摆头。他肚子生疼，咬着牙奔到厕所，裤带一解，哗哗哗地拉了一大摊稀。怎么这么倒霉呀！在这关键的时候，身体居然这么不给力。他努力抬头，从破旧的窗户上看出去，天色已接近黎明。冯维聪想吃点东西，便走出门，绕开了那家米线店，因为他一看到那家米线店就恶心。旁边就有一个卖豆浆的小摊，人来人往，卖得有些热火朝天。肚子有些饿，却没有食欲，他想了想，还是坐了下来，要了一碗豆浆趁热喝下，口里不苦了，心里好过了些。

　　天大亮了，在城市的喧嚣声中，冯维聪一步一步挪到了考点。还在大门外，就听到校园上空的高音喇叭里在放着蒋大为的《牡丹之歌》：啊牡丹，百花丛中最鲜艳；啊牡丹，众香国里最壮观；有人说你娇媚，娇媚的生命哪有这样丰满；有人说你富贵，哪知道你曾历尽贫寒……冯维聪感觉到热血往上涌，自豪感和自信心进一步增强，这歌蒋老师好像就是专门为自己唱的。是啊，自己就是牡丹，出生低贱，历经贫寒，忍受霜冻，命运坎坷，但不管如何，通过高考这个平台，将终成大器的。喇叭里接着放费翔的《冬天里的一把火》：你就像那冬天里的一把火，熊熊火焰温暖了我的心窝……

你就像那一把火，熊熊火光照亮了我，我虽然欢喜你却没对你说，我也知道你是真心喜欢我……冯维聪一下子想起了冯春雨，他不知道她是否在这个考场，是否听到这首歌，如果听到，内心会有什么样的触动，是不是也像他一样，热血沸腾，信心十足。

考点上的考生越来越多，大多是一脸的焦虑。激昂的歌声里，这些孩子显得那样弱小和无助。如果这音乐是一锅沸腾的水，那考生们便是起起伏伏、跌来撞去的饺子，任它煮，任它熬。冯维聪感觉到了整个考点的搏动，这种搏动是心脏在跳，是脉搏在跳。大家都在努力地压制自己的胸腔，都在控制自己的情绪。在这里，在这几天里，能发挥好、能考得理想的分数，是一个个考生所梦寐以求的。

开始上独木桥了。这千军万马开始往独木桥上挤了，谁先谁后，谁上谁下，谁起谁落，谁喜谁悲，冥冥之中，只有天晓得吧。

冯维聪希望能在这里看到冯春雨，但最终还是没有看到，他多多少少有些失望。冯维聪这时候还想到了父亲母亲，这个时候，他们一定是端着一碗天不亮就去井里挑来的净水，点亮香烛，燃起纸火，三叩九拜，在孔庙前祈求圣人给予儿女们庇护。

预备铃打响之前，考场的门就开了。冯维聪第一个挤进考场，第一个在座位上坐下。监考老师进场，清点人数，查验身份，然后开始发卷。冯维聪猴急地抓起试卷，那些密密麻麻的字像是蚂蚁，在他眼前跑来跑去。他努力睁开眼，努力看去，努力地调动大脑里对这些考题的记忆。开考不到半个小时，他感觉不好了。头昏，眼花，出冷汗，肚子又疼了，只好伸手紧紧捂了。捂住了还疼。他就用手抠，使劲钳住。暂时地缓解了一下，不到五分钟，又疼了。他站起来。监考老师问他干什么，他搂着肚子，说要拉屎……监考老师皱紧眉，送着他上厕所。刚上蹲位，已按捺不住，一阵惊天动地，臭气熏天。好容易解掉，肚子不疼了，他长长地嘘了一口气，回来坐下，一看手腕上的电子表，二十来分钟过去，心里不免又急。

考生们都在认真而紧张地答题，钢笔落在纸上的沙沙声先是像一群群小虫，在心里穿过钻去。像一群麻雀，从白杨树上铺天盖地扑下来，在高高耸立的谷草堆上啄来啄去。再就是像一条由远至近的河流，奔腾咆哮，激流奔涌，自己被这河流冲击得不辨东西，再不逃跑，自己不被淹死才怪！

冯维聪急了，站起来就往外跑，走了两步，他想起自己是在考试，回头端起桌子往外走。监考老师脸色大变，忙过来制止，说你干什么、干什么、干什么！冯维聪说，空气闷得很，河水越来越大了！监考老师听清的是前一句话，说，不是都打开窗了吗？冯维聪说，考场里没有阳光，也没有船。监考老师说，考试和阳光和船有啥关系，请你严守考场纪律！否则……

冯维聪恳求说，老师，我真的感觉闷，我出去考，你们让我出去考。

要端着桌子出去考试，这是天大的笑话，只有精神病才会这样做。监考老师摁住他说，不行，坐下，好好答题。你这样不仅影响自己，还影响场内考生！冯维聪说，我坐不住，坐下来心就慌。

监考老师再来阻拦，冯维聪用尽全身力气，将监考老师掀在了一边，猛地站起来。场内考生吓得哇哇大叫。

这事惊动了教育局巡视组的考官。他们快速奔到现场。冯维聪脸色发青，头发蓬乱，神色怪异，还在自言自语、絮絮叨叨地说着什么。他们让保安把他弄到考点办公室，一问一盘，大家都觉得他是脑袋里有问题了。

监考领导通知冯维聪所在学校的领队老师，领队的老师一看冯维聪那样儿，知道这学生废掉了，考不成了，内心焦虑，急急忙忙找了辆吉普车，把冯维聪送回碓房村。

坐小车对于冯维聪来说是头一回，何况是回家，冯维聪由此兴奋得不得了，一路上和紧紧挟持他的老师说这说那，不停地提出些新要求和新的想法。比如说，如果把考场设在月球上感觉会更好。比如说，人其实不必那么守旧，可以用耳朵呼吸用眼睛说话用嘴走路。比如说，车长上翅膀最好，想怎么飞就怎么飞，谁也管不了，省得一路上颠颠簸簸，让人难受。比如人如果吸收了光能，将光能转化，就不需要再吃饭喝水睡觉……他的很多话，如果是从正常人口里说出，是很了不起的，有思想，有创意。但对于一个还没有考完试就回村的考生来说意味着啥，大伙儿都清楚。

冯敬谷和冯婶犯了糊涂，他们不明白，平日里聪明规矩、老成稳重的儿子，昨天还一蹦一跳地离开碓房村的儿子，咋一下子就变成这样。

冯维聪有时笑，有时哭，有时自言自语，更多的时候是收紧拳头，缩着脑袋，在屋子里走来走去，不停地自言自语。他还唱歌：啊牡丹，百花丛中最鲜艳；啊牡丹，众香国里最壮观；有人说你娇媚，娇媚的生命哪有这样丰满；有人说你富贵，哪知道你曾历尽贫寒……那种动情，那种投入，不比蒋大为差呢！

他那样儿，不是疯了，又是咋的？

十二

冯春雨回碓房村了。自从认亲和"结婚"两件事情发生以后，冯春雨就一直没有回碓房村，理由当然是高考。面对高考这样的大事，任何事情都只能往旁边靠。但事实上，她的内心里对冯家这样的安排还是有意见的。她之所以没有过多说，是因为她觉得自己在冯家所受的恩情太大了，这恩情太重了。她觉得自己一生也回报不了。她想，只要大学一毕业，她就和冯维聪真正地把婚结了，不管自己在哪里工作，地位如何高低，也不管冯维聪地位高低如何，他们都要在一起，除非是冯维聪先把她甩掉，另有新欢，当然那是题外话。只有结婚，只有把自己给了维聪哥，她的内心才会坦然。

生母认亲，是一个很尴尬的事实，也是一个不能不接受的事实。不管当年如何，她都理解，母亲在那样艰苦的环境里，没有把她弄掉，将她生下来，让她这一个小小的生命，在这个世界上发芽、开花，再长出小小的叶子，就已经足够了。以后的发展，成龙上天，成蛇钻草，在那苦寒的年代，谁也帮不了谁，谁也管不了谁的。如果有那么一天，自己有了一个家，她就将三个老人（冯叔、冯婶和亲生的妈）接到自己的家，尽自己的所能，让他们吃好、穿好、玩好，快快乐乐安度晚年。他们过够了苦日子，从没有吃过一顿好饭菜，从没有穿过一双没有掉进泥土的鞋。她有这个条件了，就要让他们幸福，这是她小小的梦想。想到这些，她的眼露水在眶里打转。冯春雨这一次高考，比上次更好，感觉上错的题就没有。教育部颁发的三好学生证书她也顺利拿到手，那一个小小的红本，在录取时是可以加二十分的。对于她来说，该得的都得了，顺顺利利，算是满足了。她的心情很不错，信心十足。

冯维聪的事她是考试完了才知道的，听到这个消息的那一瞬间，可以想象她是何等惊愕和震撼。考试之前和考试期间她也想到要找冯维聪聊聊，哪怕见一见、互相问候一下也好，但那种念头只一瞬间就没有了。她内心清楚，必须全力以赴，认真对待考试。自己的事只能是靠自己了，任何人也帮助不了自己。这话对于冯维聪也应该是一样的。考试期间，她也曾听同学互相传说，说有一个考生，刚进考场就疯掉了，情绪激动，又唱又跳，还搬课桌，还打了老师，是公安用手铐铐住了，才将他拿下。这事儿她听到好几个版本，一个不同一个，最后一个居然说的是这个考生将考场都全砸了，将所有的试卷都毁了，还要放火，还要提刀砍人，是精神病院的医生来打麻醉枪才将他控制住的。说这话的人没有说出这个考生的名字，也没有说他是哪里人，是哪个学校的，她也就一听而过。事不关己，高高挂起，只要和自己无关，尽量少去理它，以免影响自己的心情。更何况，这样的事情也不是第一次发生，这些年的考生，经受了太多的苦，十多年的寒窗，数千个日日夜夜，汗牛充栋的课本、作业，一遍又一遍，反复思考，精心作业。这条漫长的道路上，压力太大，打击太多，谁也说不准，会在啥时候出啥子事，会出啥子样的事。就是自己，能意料吗？能保证吗？疯掉、出走、上山当尼姑、到歌舞厅卖身、自杀……这一些令人恐怖的事，在高考前后时有发生。习以为常了，熟视无睹了，大伙儿也就是听听，咋咋舌，摇摇头，议论一下，之后该干啥还得干啥，该怎么样生活就怎么样生活。就是考试的最后一天下午，冯春雨还看到一个考生，父亲送他去考场，两个人从学校外面的街边走过，两爷崽手拉着手，说笑着，那样子，哪里是父亲与儿子，分明就是哥俩，分明就是好朋友，是情侣。这样的场景让冯春雨流泪，自己永远不会有这样的幸福了。对他们俩做出是父与子的判断，是一辆车从后面奔过，父亲回头观察，紧紧地护着儿子时，冯春雨在那一瞬间看到了他那张布满沧桑、树皮一样皱褶的脸。紧接着就是一件意外的事情发生。他们必须经过的街边，有一幢正在修建的大楼，很多机械在上面作业。就在他们走到大楼下的时候，一根搭架的钢管垂直落下。父亲感觉到了，快速伸出双手，那双手不是护住自己的头，而是将儿子用力推开。那一瞬间，儿子被推开，爹的头却当场就被那钢管劈成两半，人轰然倒下，脑髓满地，血流满地……

　　她不敢看，也不敢想，在别人蜂拥而来的时候，她很快逃离，奔进考场，捂着胸口大口喘气。努力忘掉，尽快让自己平静下来。

监考老师看她脸色寡白，问她咋了，是不是身体不舒服。她连忙摇头，不说一句话，摒除杂念，将注意力调整过来。

天大地大，不如高考事大。

考试结束，冯春雨回到碓房村，才知道冯维聪出事了，她才知道同学间疯传的那个考生就是冯维聪。冯婶见她来，拉着她就流了半天泪。冯春雨陪着冯婶跑到孔庙里，给孔圣人磕了头，烧了香火，祭了猪头，一遍又一遍地在心里祈求，愿冯维聪尽快好起来，明年考上最好的大学，找到最好的工作，让一家人过上好日子。

冯维聪很糟糕，常常对家人横眉怒目，恶语相伤，甚至还会出手。有一天夜里，他突然感觉到杨树叶子在弹琴，那种声音无与伦比，一如仙境音乐，非要出去听。冯敬谷不准，伸手来拦，冯维聪挥手就是一拳，正中冯敬谷的胸口。冯敬谷一个踉跄，跌倒在地，裤子跌破，还闪了腰。冯春雨回来后，就陪冯维聪一起上山放牛，挖草药，拾野生菌。冯维聪安静了许多，很温柔，还常常笑。

站在高高的山顶，白花牯牛开心地啃草，两只蝴蝶在他们身边忽远忽近，冯维聪突然一把拉着冯春雨的手，说，春雨，嫁给我吧。冯春雨一愣，随即朝着他笑了一下，伸出手在他的脸上摸了一把，说，维聪哥，你想这些干吗？我们还要考大学，我们还年轻。冯维聪说，那你会不会抛弃我？

冯春雨说，说傻话！

冯维聪就觉得自己傻，其实，有时候冯维聪还是比较清醒的，他很正常。

第二次冯维聪又说这样的话，冯春雨就对他说，哎呀，你好憨，我们不是都结过婚了吗？你看你看，大红的喜字还在呢！

摸摸脸，摸摸头，却又找不到憨的地方，他还是不好意思地笑了。

冯维聪就不再叫她冯春雨，而是媳妇儿。媳妇儿！媳妇儿！我的高考复习资料呢？是不是被你藏起来了？这个时候，他的脑子里就像是进了点水。

分数下来，冯春雨是全省的第二名。总分七百三十分，她的考分是六百九十九分，就差第一名一点五分。虽然有点小小的遗憾，不是第一名，但冯春雨还是再一次出名，她成了碓房村甚至酒州的名人。村里人一见到冯家，都立马笑了，就是原本为了瓦檐水流向的左右、白杨树枝遮阴的多少、地埂的偏斜角度、春天放田水的多少先后、某次还钱时间的推迟而闹得脸红脖子粗的乡邻，也没有和他家找碴儿了，也没有远远看到他们家就将脸撇在另一边。就是原本看冯维聪笑话、整天拿冯维聪说事的人，也暂时收起了他们的闲言碎语。往日在村头巷口面对面撞过也不会打招呼的人，见到冯家现在都和颜悦色了。

碴房村人都清楚，那些鸡零狗碎对于一个全省的高考榜眼来说，实在是小得不能再小，实在是不值一提。

冯天俊，小狗日的，以后读书就有人供你了。你家就再也不会常常来找我借钱了！

冯叔，还下地呀，悠着点吧，过两年就享清福了！冯婶，干捡了个宝，当时要是我不怕老头子骂捡来，现在哪有你的份？

赵成贵老师一家也有着歉意，毕竟撂下这个女儿死去的，是他赵成贵的弟弟。冯家明白，也十分理解：

那年头呀，命都难保，只有第二天出门看到了，才知道还活着，一只羊要放，两只羊也要放，春雨跟着我们家，大儿带小儿，我们也不费力。

冯春雨每走到一个地方，村民们都说，读书好呀！读书让一个人有出息！

冯春雨笑，眼角一弯，明亮的大眼睛忽闪忽闪。她说，读书是好。

冯春雨一转身，村民们就拎着自家儿子的耳朵说，不好好读书，老子整死你！你看看，那个冯春雨，当年是捡来的啊，可人家很快就是大学生了，是全省第二名，现在是酒州的名人，以后还是中国的名人！

孩子一边挣扎一边说，有什么了不起，我要考得比她好，第一名！

孩子的家长叹口气说，不知天高地厚，你要是考全省第一名，我拿手板心煎鸡蛋给你吃！

冯维聪是真的高兴，他说，春雨，你考上了，祝贺你！冯春雨说，你也会考上的，你会考得比我还好。我……冯维聪凑近冯春雨的耳朵，小声说，我只告诉你一个人，我、我会飞了。冯春雨有些奇怪，说，你会飞？你飞啥？啥意思？冯维聪有些得意扬扬，说，这是个秘密，暂时不给你说。冯维聪说，现在不说，主要是想给你个惊喜。这种样子的人说话，谁会和他较真？冯春雨附和着，也没有往心上想。

第二天中午，一家人正准备吃饭，却发现冯维聪没有在，冯婶叫了几声，没有应答，便让冯天俊去找。

冯天俊说，刚才他把家里的大簸箕扛走了，估计是去晒谷。冯婶啐他，这个时候，青黄不接，哪有谷晒，你也不想想，杨树疙瘩脑壳！

冯天俊沿村子里的路找了好几个地方，冯维聪都没有在。走到村子中间，他发现场院上聚了很多人，便赶了过去。学校楼的瓦顶上，冯维聪高高站着，手里抱着那个大大的竹簸箕，正午的阳光照下来，他满头阳光，满脸得意。走近了，才发现冯维聪正在慷慨激昂地给大伙讲着什么。见到冯天俊在操场上像只小虫似的移了过来，冯维聪兴奋地大叫道，天俊！天俊！

冯天俊双手并拢，做了个喇叭，将声音猛地吹了出去，哥，你干啥呢？赶快下来！

冯维聪说，你来得正好！你回去叫春雨，叫春雨来！告诉她我要飞了，我研究出了飞碟！

飞碟？冯维聪研究出了飞碟？冯天俊十分疑惑。冯维聪说，你快点呀，不然我就要往下飞了！冯天俊说，你千万别往下跳，你要什么我们都答应你！赵成贵老师也在下面，急得像光脚板踩了一坨热炭。他扶了扶往后掉下的帽子，推了推眼镜，一边跳一边焦急地叫道，维聪呀维聪，我是赵老师，你别跳，有啥话好好说！

冯维聪说，我不是跳，我是飞，我要飞向天空，飞向云朵……不过我先不急着飞，我等春雨来。

不一会儿，冯春雨、冯敬谷，还有冯婶都赶来了。冯婶一看，脸都吓白了。这么高的瓦房，从上面掉下来，不砸成肉饼才怪！哪还有命！她一个扑爬，跪在地上，哭道，冯维聪！我爹！我给你磕头了！我求你别做这样怕人的事！

冯维聪说，不会不会，我是创造发明，我飞了噢！冯春雨说，哥，我来了！你不要跳，从楼梯上下来！慢点！冯维聪说，那怎么可能，让你来的目的，是看看我的表演，你是看不起我的发明了！你不知道这个发明的好处。冯春雨说，哥，我不是这个意思，我是说……冯维聪不是跳，是将大竹簸箕放平，人往里站，往前一挪，也没有看清是怎么回事，大伙的眼里一团东西就往下落，都吓得闭上了眼。

接着就是声嘶力竭的惨叫。冯天俊吓得冷汗直流，好一会才慢慢睁开眼。一看，教室前边掉下了哥哥拿的那个簸箕，簸箕随风飞舞，在场院里打了几个转儿，才慢慢停下来。而冯维聪人却不在，地上没有，簸箕里也没有，影子都没有。大伙儿正找他的时候，头上传来了令人恐怖的叫喊。抬头一看，怪物样的冯维聪被挂在高高的白杨树枝上，哇哇大叫，树枝给他坠得吱嘎作响，很快就要断了。

树枝一断，人就会掉下来！人一掉下来，就什么也没有了！赵老师说，冯维聪，你不要动了！再动会跌死你！冯维聪不敢再动。村里人在赵老师的指挥下，抱了一大堆谷草放在树下。冯敬谷蹲了个马步，伸出两手，铁锨一样摊开，说，跳！冯维聪不跳。冯春雨喊，你跳呀，下面都有草了，爹也正接着你的。冯维聪还是不跳。冯天俊说，哥，你跳，有爹接着，有我们接着，你怕啥！冯维聪还是不敢跳。赵得位喊，维聪哥，小心，你手边有蛇！可能是乌梢蛇，又粗又长，吐着蛇信，爬过来了！冯维聪一听，忙将手松开。他呜呜啦啦地唱着歌，像没有张开翅膀的鸟一样飘落下来。尽管有冯敬谷等一帮人伸手接着，冯维聪还是着了地，厚厚的谷草让他缓冲了一下。他的腿还是错位了，手臂也脱了臼。他脸色惨白，双眼紧闭，口里有气，身上无力，任什么人叫他，他都不答应。

一家人在赵老师、赵得位的帮助下，将冯维聪弄回家。冯维聪依然不说话，不睁眼，弱呼吸，软耷耷地躺在床上，他落了魂了。

太阳落山，冯敬谷和冯婶站在院门口。冯敬谷敲一下铜锅，冯婶就叫一声，维聪儿哪——！回家来了——！莫在阴山背后挨了——！冯敬谷再敲铜锅，冯婶再叫，维聪儿哪——！回来穿衣吃饭了——！

喊声哀怨凄楚，让人想哭。冯维聪一气睡了三天。

第三天，冯维聪翻身起床，险些摔倒。他一脸的哭相，从屋里哭到屋外，从村头哭到村尾。有时是干号，有时则满脸泪水。开初人们以为冯维聪是从楼上跌下吓着的，再后来才明白冯维聪神经真的错乱了，他行为和思维的紊乱已经加剧。

这次是真的疯了。冯维聪抱着一堆教材，跑到小学里的操场上，将书摊开，念念有词，朗朗上口。念得口干舌渴，念得满头大汗，任何人叫他停下他都不停，任何人叫他离开他都不肯。还是赵成贵以老师的身份让他站起来，他才慢慢直起腰，伸直腿，听从他的安排。

冯维聪看到女人就叫春雨。不仅叫，还伸手去拉，还要拥抱，吓得村里的女孩子们，一见他就跑。

他拿着高中课本，倒着念，顺着念，横着念，竖着念，跳着念，然后就哭，就闹。

冯婶说，聪儿，天大的事情，你要挺得住，你是男子汉，我们一家就靠你。

冯维聪没有听到，还是又哭又闹。冯婶说，你再哭，春雨就会走了。你要让她烦心咯？

听到说冯春雨要走，冯维聪不再闹，拿着春雨的照片仔细端详。

照片上的冯春雨，年轻而美丽，高雅且端庄。

这一次冯春雨被录取的学校是同济大学。她考得好，给学校挣足了面子，带来了很大的声誉。学校为了扩大影响，增加收入，把奖励大会拉到了县里最大的广场上去开，还在城区交通要道和醒目位置做大广告牌，隆重推出这次高考成绩的前十名。根据去年入学时签订的合同，冯春雨得到了学校三万块钱的奖金，县长也代表政府发了两万块钱的奖金。

总计五万，这对于一个农家孩子来说，简直是个天文数字！一时间，台上台下，欢呼一片。在总结的时候，校长对下届的奖励加了码。他拍着胸口说，尊敬的家长们、同学们、老师们，明年谁要是考到全省的状元，不管应届还是历届，我们在本届的基础上，再增加两万！

校长此招一出，到市一中读书的学生一下子猛增。那五万奖金的后面有五百万，甚至更多。教学质量好，能考上好学校不说，还要得奖金。穷人家有那么多的奖金，大学不就轻轻松松读出来了？

散了会，冯春雨却没有走，紧紧捂着那装着五万块钱的包，她站在校长面前。

校长说，冯春雨同学，祝贺你啦！有了钱，你就可以好好去读书了，这点钱已经足够你几年的学费了。

教导主任说，你现在为我们酒州争了光，以后读出书来，希望不要忘记酒州一中，不要忘记酒州这个地方。反哺酒州，比什么都重要！

冯春雨摇了摇头，两行泪水落了出来。周围的人奇怪了，吓蒙了。

校长说，冯春雨，有什么话，好好说。冯春雨说，校长，我可不可以再读一次？校长没有这样的思想准备，吃了一惊。校长说，你说什么？你再说一遍。冯春雨说，校长，我想再复读一次高三，明年再报考一次。校长摸了摸已经渐秃的头，说，我不明白你的意思，我想不通，是不是我听错了。冯春雨说，我想考第一名，想考一个更好的学校。校长说，你的理想很远大，我当然欢迎你，可你考上这所学校，是好多人梦寐以求、永远都不可能达到的呀！而且专业也非常好。我不明白。

冯春雨说，我想考得更好。校长说，我当然欢迎，不过我劝你考虑好。下一次，你不一定能考这样的好成绩。你知道，考场本身就是一个社会，暗礁太多，岔路太多，永远都是一个未知数，是一个做梦和实现梦的工厂，一个人的临时发挥是很重要的，梦能不能实现，谁也说不准。

冯春雨说，我考虑好了，校长，即使不能如愿，我决不会怪您和任何一个人。我想现在和您签订一个合同，就是您在会上说的奖金。

冯春雨说，校长，您答应我啊！校长似懂非懂地说，哦，我明白了。好的……可是，我劝你还是再想一想，和家里商量好，想好再说。那天夜里，冯春雨赶回家，围坐在火塘边，冯春雨自己留了五千块，将那实坨坨的四万五千块钱交给冯敬谷和冯婶，说，叔、婶，不，爹、妈，你们就是我的亲爹亲娘，维聪哥是我的亲哥哥。这些钱你们拿去，给他治病要紧，给他把病治好。

冯敬谷和冯婶不接。

冯春雨跪下说，求你们了。

冯敬谷和冯婶还是不接。冯春雨说，你们不接，我就不起来。

冯春雨说，我欠你们的，永远都还不清，也不是这点钱就能解决的，我知道，我都记着。

冯春雨说，我一辈子是你们的女儿。

冯婶心疼，犹豫了一下，终于伸出手去。冯婶说，这样吧，我给你放着，你读书要用，我给你一个月一个月地寄，直到大学毕业，直到你找到工作，领到工资。

冯春雨说，你们接下，我们好好商量。我有这五千块，足够我用一年。我复读用不了多少钱的。

冯春雨近来的举动让人费解，她的话也少，越让人不可捉摸。她现在做出的一些重要决定，从不与家里人商量。第二天她就离开了碓房村，继续补习去了。冯婶站在村口，望着她的背影渐渐远去，一下子哭出声来。

冯敬谷和冯婶突然感觉到自己一下子老了，无用了。在他们的眼里，冯春雨原本像是只鸟，才出壳，软软的，绒绒的，需要呵护，需要照看。即使她再飞，也飞不出院墙，飞不出掌心，有时她也想努力飞出他们看不到的地方，但飞不了多远，翅膀就会酸疼，就会跌在地上。再有，她即使飞了出去，却找不到吃的，她那小样儿，捉不到一只虫子，也争不到一颗谷粒。她孤立无援，没有人知道她，没有人理解她，没有人关注她，没有人会帮助她。

而现在，这只小鸟一下子长大，翅膀毛硬了，她伸啄理理羽毛，做出了要飞的样子。而且显得那样果断、坚定，方向那样明确，翅膀的力量那样充足。他们一家就有了些茫然……

冯敬谷想说什么，嘴动了两下。可尽管他努了力，但还是一个字也说不出来。

十三

冯维聪变成这个样子，并不单是他们冯家的事，赵婶心里也寒着。她心里怄着气，见鸡骂鸡，见狗踢狗，见到赵得位，拾起竹笤帚就往他头上打去。赵得位说，妈，你打我干吗！你是不是脑壳有问题？

赵婶说，你不听话，你不好好读书，我心里难过着呢！赵得位一边躲一边说，妈，你以为只有你难过，其实我心里也难过，我还想我这样的人怎么办呢！赵婶说，你想想！你这猪脑壳，也就只想想！赵老师一把夺过她手里的竹笤帚，说，憨婆娘，你是疯掉了咯？

你是真疯掉了咯！打娃儿，我都舍不得，你还打！赵婶清醒过来，一屁股坐在地上说，你说啥？哦，你看，我这是咋啦？

赵老师说，你疯掉了！

赵得位在书堆里翻了半天，抽出几份试卷来递给他们说，爹，妈，你们看，我上学期强化训练考试，每次都在九十分左右。你打我，你还打我呀！

赵婶不看，她不识字，她摆摆手说，妈是心里难受。赵得位说，妈，我知道，你是心疼维聪哥。赵老师把试卷打开一看，说，你这都是语文试卷呀，我知道你语文不错，作文写得好……可是，数学呢？物理呢？英语呢？化学呢？政治呢？

赵得位的脸躲了一下，说，那些，都丢了，谁还保留呀！这也差不多吧。赵老师说，你呀你，偏科了，还嘴硬！

赵得位说，爹，你是老师，你应该懂。我就不明白，一个人，一生其实有一样长处就可以了，啥子都懂，可能吗？需要好多精力呀！

赵老师说，你能写好文章，也不错，可是，现在你要考试，高考要求你的总分要上，人家不可能取个跛脚鸭子！不懂英语，你能出国吗？不懂化学，你能成为化学家吗？不懂政治，你能为这个民族的发展建言献策吗？

赵得位说，我爹，你说这英语学了起啥作用？我又不出国，也不想向他们学习什么，中国已经有五千年的灿烂文化了，还向他们学……说到底，中国穷了，等哪天中国富强了，我要让全世界的人都来学中国话！都来学文言文，写方块字，都来研究甲骨文，看他成不成！

你呀你，你翅膀毛也硬了！赵成贵显得有些无可奈何。赵婶说，满肚子的文章充不得饥！不管怎么读，以后还是要学门技术。天干饿不死手艺人嘛！赵得位说，就是就是，我妈才是走在时代前沿的人。我知道，你那门技术，给我们家解决了好多困难。赵婶喝道，别说那些！

赵得位在中专学校读书，爹妈根本就不知道。他不敢给他们讲，他被学校开除的事，可不是件小事，在别人看来，可是件丢人现眼的大事，要是给家里知道了，说不定爹妈要跳河的。他尽量藏着掖着，同时也在找机会，等机会成熟了，他再告诉家里。但他暗地里下了决心，一定要整出点样子来。他要以自己的实际行动告诉爹妈，告诉村里人，告诉所有的人，能上大学固然好，但读中专，学技术，并不比读大学差。

赵婶从谷箩里抓了一把谷，跳出门外，吮吮叫唤。不一会儿，一大群鸡从房团屋转拥了进来。她将谷往地一撒，鸡们一拥而上。她快速拾起一只箩筐，转到一只最大最胖白公鸡的后面，趁其不备，猛地罩住。随即叫道，赵得位，你给我拿刀来！

赵得位说，妈，你要干啥？赵婶说，拿来就是！多嘴！

赵得位忙进屋将菜刀拿来。赵婶手起刀落，将鸡杀了。赵得位配合着，煨了开水，将鸡烫了，鸡毛拔掉，刮洗干净。按照妈的吩咐，赵得位把鸡肉砍成块，分成两份，一份煮以酸甜苦辣咸五味，加入米粥炖烂。另一份加入青刺四两，薤白四两，再加水三升，熬了半天，煮为二升。都用瓦罐装了，她亲自送给冯维聪，让他吃下。

赵婶说，治脑的偏方，但愿会有效果的。

那鸡肉炖的，真是香。碓房村人过年逢节，嫁女讨亲，都是猪肉上桌，鸡是舍不得吃的，孩子们哪见过，从生下来，就根本没有吃过鸡肉。冯天俊暗地里想，生病多好，生病就有人关心，可以吃从来没有吃过的好东西。

冯维聪喉结猛地动了一下，咽了一下口水，不动。赵婶说，你吃了，补补脑，就可以上学了。冯维聪是想读书的，一听这话，立即端起碗来，大口大口地喝汤吃肉，他从生下来到现在，还没有独自享受过这么好的美餐呢！以至于一块鸡肉噎得他满脸通红，卡得要呕。冯婶流着泪给他捶背，揉肚。

冯维聪将其中一份吃掉，然后拿着冯春雨以前写给自己的情书，到村头的白杨树下一遍又一遍地念着，听得一群人心慌意乱，笑得前仰后合。

万礼智也来听了。万礼智不仅听，还问了一些细节。万礼智说，摸了奶没？

冯维聪说，摸了。万礼智笑说，大不？冯维聪说，大。万礼智说，鼓不鼓？冯维聪说，鼓。万礼智又说，亲了嘴不？冯维聪说，亲了。万礼智说，香不香？冯维聪说，香。万礼智说，甜不甜？冯维聪说，甜。万礼智说，干了没有？冯维聪说，干啥？万礼智说，那个呀。冯维聪说，哪个？

万礼智用手比了一个淫秽的动作。冯维聪摇摇头，表示不理解。围观的人哗地大笑。赵得位生气了，他鼓着眼睛说，姓万的，你这么大年纪了，头发胡子都快白了，就懂这个？啥意思？你整过咯？万礼智笑笑，一脸不屑，看来你也是只闷鸡！还没有开过荤的。没有开过荤的不配和我说话，站一边去！

围观人的哈哈大笑。赵得位横眉怒目，正要发作。冯婶跑过来，狠狠瞪了一眼，说，你们，不要做无屁眼的事。

赵婶闻讯赶来，要提赵得位的耳朵，赵得位跳得比猴子还快，三蹦两蹿，不见了影。

赵婶把冯婶拉到另一边，和冯婶耳语了半晌。冯婶点了点头，说，要信！要信，肯定要信！

冯婶找来公鸡、母鸡各一只，公绵羊和公山羊各一头。还有斧头一把，铁锅一个。样子神秘兮兮，行为躲躲藏藏。冯敬谷说，你！冯婶说，你不帮助我就是了，还丧着个狗脸！冯敬谷又说，烦！冯婶拉着他的耳朵，嘀咕了两句，冯敬谷才明白是怎么回事，忙放下手里的锄头，跟着她忙这忙那。

夜里，赵婶躲躲藏藏地来到冯家。赵婶十五岁时，家里请巫师驱鬼，她在旁边看热闹，看着看着，突然就沾了巫气，跟着又跳又唱。此后居然会写会画，无师自通，村里哪家有泼烦事，都要请她出场，唱唱跳跳，追鬼画符，驱除秽气，半人半仙。效果嘛，不好说，还真有人就服她。

赵婶给冯维聪身上滚鸡蛋的时候，布包里还装着她的银器——一个小小的银质围腰裆，图案是几串稻谷，造型生动而拙笨，一看就是乡下手艺人的作品。那鸡蛋在冯维聪身上滚过后，冯维聪身上的信息就会储存在鸡蛋里，鬼气便会凝聚在鸡蛋里。赵婶念念有词，放在柴火里烧。待鸡蛋烧熟后，她打开看鸡蛋内的纹路。果然，原来黄白分明的鸡蛋，变成混浊不堪。她一边摇头，一边诵读只有她自己才听得清的咒。她让冯维聪在三根竹筷子上哈三口气，然后在他身上拍拍打打，把筷子头直直地往碗里一竖，奇怪，那三根竹筷居然就像生了根一样站住了。

赵婶说，是个凶上死的鬼给缠住了。

赵婶念的是驱鬼经，她敲着羊皮鼓，一边跳，一边唱，就是你就是你！不管你是大鬼还是小鬼，你放饶冯维聪，不然我就拿你下油锅！

赵婶将事先在炭火里烧红的铸铁铧口拿出来，伸出舌头在上面舔。舌头在通红的铸铁铧口上舔过，发出肉被烧坏的嗞嗞声，将一帮人脸都吓变了。赵婶却一脸麻木，仿佛什么也没有发生过一样。赵婶又脱掉脚上的鞋，赤脚站在冒着青烟的铧口上，叫道，大鬼小鬼、恶鬼厉鬼、白鬼黑鬼、男鬼女鬼听好了，老娘是玉皇大帝派来捉你们的，乖乖受降，要不然老娘要你下油锅！两次说到油锅，令人毛骨悚然，不知道那些小鬼们听了，会不会害怕。

冯天俊、赵得位蹲在墙角乖乖地看着。冯天俊有些发抖。赵得位伸出手来揽着他的肩，说，你怕啥，我妈厉害着呢！冯天俊说，你妈太有本事了，她是咋个学到的？赵得位说，我也不知道。冯天俊说，你会吗？赵得位说，不会，但我知道，里面有些奥秘。冯天俊说，你跟她学学吧，学会了你以后也可以捉鬼。赵得位说，她不让我学，她要我读书，要让我有出息。你不知道吗，我的名字就是她最后决定用的，她要我得位……这个世界上哪有这么好得的位置。冯天俊噢了一声。

那些鬼真是难捉，空空无有的东西，谁能捉到！但赵婶法术厉害，那天夜里，她在冯家的门后、墙角、床下总计找到两只癞蛤蟆、一只毛辣虫和三个曲步虫。她把那些东西全都下了油锅，炸得一屋子的煳臭。

鸡叫二遍，赵婶将谷草和鸡毛绑成的茅人以及那些炸煳了的小动物送到十字路口，表明那是鬼的化身。附在冯维聪身上的鬼，在接受冯家的种种礼节之后，在受到赵婶法力的驱逐之后，无可奈何地离开冯维聪。

赵婶的魂在阴间和鬼搏斗了四五个小时，全身的衣服都给汗水湿透，所有程序方才完成，一夜的送鬼仪式才算结束。赵婶头发凌乱，脸色潮润，全身瘫软，四肢无力。她一屁股坐在火塘边的草墩上，长长地喘了一口气说，累死我了，这小鬼好难缠的，六亲不认，又阳奉阴违。

十四

飞碟试飞没有成功，相反差点要了冯维聪的命。一家人一想起来就打抖，就心有余悸。冯婶现在是看到高处就头晕，看到树枝就站不住。赵婶在檐后给她拔了些半边钱①叶儿，让她煮红糖鸡蛋吃，要求每天早上一个，半月保证就好。但冯婶根本就舍不得吃那鸡蛋，只是用些白水煮煮草药，放点红糖引儿吃了下去。效果有点，不是很好，但心里平静了很多。

冯维聪现在对什么都无所谓，他不急不躁，有时翻翻书，有时在房前

---

① 一种草药，有安神补脑的作用。

屋后走走看看，理理柴火，翻翻谷堆，像在找啥。

冯婶说，聪儿，有什么东西丢了吗？冯维聪一脸的木然，小声说，妈，没有。冯婶和冯敬谷说，他爹，这孩子，看来魂还在外面。冯敬谷点点头，说，嗯。

冯婶说，看样子他是好些了，但愿他好起来。

冯维聪好了些。冯敬谷和冯婶继续下田，冯天俊也去镇上读他的书。

冯维聪整天都在村子里游荡。谷草堆里，白杨树林里，房前檐后。有时他会将大大的碓窝翻过来，找底子上沾附着的米汤虫，将它们一个个弄死；有时他会爬上白杨树的顶端，掏喜鹊的窝，甚至马蜂窝，惹得整个村子喜鹊喳喳叫，或者马蜂飞舞，让人不敢出门；还有的时候，他爬在田埂上掏了一下午的蛐蛐，捉到了，又将它们放掉。

现在，冯维聪担着水桶，到村口的水井里挑来水，不断地将家里的水缸装得满满的，把院角的石碓窝装得满满的，将洗脸盆洗脚盆洗菜盆空锅都装得满满的。然后他弄一个草墩，放在这些装水的容器面前，一个人坐下，看水。水有厚厚的质感，有深度，太阳光转了小小的一个角度，将锋利的光芒很容易就插进了水底。早上的阳光从东面插进去，正午的阳光从顶上插进去，下午的阳光从西边插进去。早上的阳光很温暖，下午的阳光很霸道，晚上的阳光很苍凉……那些光在水里搅动的暗流，透明而深邃，博大又沉稳……冯维聪感觉到这是一个世界，一个最美最纯粹最极致的世界。

一只蚂蚁爬上石缸，以为那是一个空大的洞，再往前走，就掉了水里，挣扎着出不来。对于这样一个小小的生灵来说，这缸水就是大海，是一个尽头，或者开端。一片树叶飞过来，掉了进去，浮于表面。微风起时，轻轻移动。真是一花一世界。

冯维聪从早上看到晚上，从月落看到星起。他的感受，只有他自己知道。

这天，他顺着村边的小溪往下走。小溪穿过村庄，穿过田野，流得很远。水波翻起来，他就跳一下。水波跌下去，他就蹲一下。

他在找水的感觉，找人生流动的感觉。河岸此起彼伏，犬牙交错，弯来拐去。河水汩汩，清清亮亮，流得急的地方就波涛汹涌，珠飞玉溅。流得缓的地方平静得像是一面镜子，水里的草叶、小动物清晰可见。河里没有鱼，但有一串一串的蝌蚪，有绿绿黑黑的青蛙。水草长长短短，颜色各异，随水逐流。

水里，水的深处到底有些什么呀？冯维聪心里一跳。

走了很久，水就停了下来，积在一起，一大片，清澈的，碧绿的，安静的。冯维聪随着水走了进去，一股清凉冲了上来。好爽呀！水淹过了他的大腿，淹过了他的腰，淹过了他的胸，他觉得整个人都和水融在了一起，水渗进了他的身体，他的身体溶解在了水里。或者是，他冯维聪根本就不存在，他本来就是一汪水，甚至只是一滴水。是多少不重要，重要的是他很舒服，舒服得想死，想没有自己，想忘记了一切，想没有整个世界，或者这个世界没有他。水漫过他的脖颈，淹到了他的下巴……他还往下走，水还往上淹。他觉得自己的身体已经全部融化了，觉得自己的头发飞起来了，肌肉消融，骨头散架……

好久好久，他好像听到有人在喊他，冯维聪！冯维聪！这声音好像来自前朝，又好像来自今生。他不想理。是谁这个时候还打扰他，真没有道理。他感觉到有人在骂他，小狗日的！小杂种！连命都不想要了！他觉得好笑，命是什么呀，命是水吗？那水又是什么，是命吗？

有人揪他的头发，努力往上牵引，他挣扎了两下。好像有人跌倒了，有人呛了水。有人紧紧抓住他，想将他拖向另一个方向。他有些生气，一把抓住那人，往回拽。搏斗了很久，但最终他输掉了。他那挣扎是徒劳的，他被拖上岸，脸上被啪啪地打了两下，很重，有些疼。因为疼，他清醒了些。他被放在草地上，仰望天空。有人给他做人工呼吸，压他的腹，口对口。他有些讨厌，但他手里一点儿力气也没有，他无法反抗，只好任人摆布。

他被翻了过来，放在草埂上控水，水一汪一汪地从口里涌出，仿佛他的那口不是他自己的口，而是水库的一个闸门。插秧的季节里，开闸了，水往外涌，鱼呀虾呀水草呀泥沙呀全都往外涌。

好半天，他清醒了，睁眼一看，是赵老师。赵老师说，聪儿，要自重呀！说着泪就下来了。

冯维聪心里暗笑了一下，想，我怎么就没有自重了呢？在水里，多愉快的。你们呀，永远也感受不到的。

不过，他还是挺感激赵老师的。在碓房村里，能听懂他说话的，除了赵老师还有谁呢？

赵老师当民办老师十多年了，这些年来一个人负责着碓房村小学的全部教学和管理工作。校长是他，教师是他，员工也是他。他自己当自己的领导，自己安排自己的工作，自己给自己下任务，还自己监督自己的工作。这个学校有三个年级，三个年级在一个教室里上课。赵老师上了一年级的，让他们做着作业，再上二年级的。二年级的做着作业，再上三年级的。上了语文上数学，上了数学上音乐课。赵老师那个累呀，是说不出的，是常人无法想象的。但即使再累，赵老师也是开心的，因为他觉得自己也算是个有用的人，算是个能给孩子们一片天空的人。

赵老师把孩子们教过三年级，孩子们就得像羽毛丰满的鸟儿一样，叽叽喳喳离开碓房村小学，到镇上甚至镇以外更远的学校去读书了。他就回过头来招新生，领着那些满脸鼻涕的孩子，从 a、o、e 开始，年复一年，循环不已。可是，赵老师的待遇却很差，最初是以生产队的劳力为标准，生产队的男人一天是十分工分，那他就领八分，队长说他整天不需要出门，辣太阳晒不到他，大暴雨淋不到他，给他发的工分是队里妇女的工分。队里的土地承包到户了，他的工资每月是二十八块，由乡教办发。到了现在，调整了好多次，他领到手的也就一百二十块钱，只有正式老师的五分之一不到。赵老师上完课，同学们都放学走了，他还得下田干活。赵婶要种一家人的田，还要回家喂猪、煮饭，一个人忙得像停不下来的陀螺。

周末，赵老师提个竹筐拾粪，准备贮存起来明年开春用。拾着拾着，他看到了冯维聪沉下水的一幕，连忙跳下水施救。他水性不好，力气也小，差一点让冯维聪拉下水找龙王爷报到去了。

趁着太阳辣，赵老师让冯维聪把衣服脱下来，放在草埂上晒。冯维聪的光身子很好看，黑不溜秋，肌肉结实，像条小泥鳅。

赵老师很羡慕冯维聪那身体，他搂开自己的衣服给冯维聪看，维聪呀，你看，我这肉都松了，软了。你捏捏。

冯维聪捏了一下赵老师身上的肉，果然有些松软，他想起了煮熟了的肉皮，或者没有装实的面袋，就一下子笑了起来。

赵老师拍拍冯维聪坚硬结实的小屁股说，年轻就是好。要是我能往回走二十年……

衣服干了，赵老师帮冯维聪穿好。一老一少，一前一后，两个人一边说话，一边慢慢回家。到了冯家，赵老师没有把今天的事给冯敬谷和冯婶说。说也无益，只能是增加他们的担心。他觉得这是他和冯维聪的秘密，一个有着秘密的人，会活得比没有秘密的人更精神、更快乐。

赵老师对赵得位说，你多和冯维聪聊聊，他心里堵着呢。

赵得位说，他有梦想，没有机会实现。

赵老师说，你了解他，你理解他，你们有共同的话语……咦，都到周一了，同学都去上课了，你怎么还不去呀？

赵得位说，我们老师家有事，放了两天假。赵老师疑惑地看着他说，这么正规的学校，老师有事就可以放假，之前好像还没有听说呢！

赵得位说，老师也是人嘛，允许他办点私事也不是不可以的。哪像你！

赵老师顿时语塞，昨天给田里拔草，赵婶让他下田，他因为要上课还顶了赵婶呢！

当时赵婶说，那你就别下田了，秧苗都让草欺了吧，年底你就别吃饭，喝西北风去，吃观音土去！

观音土名字好听，其实是泥巴，吃观音土是碓房村人不堪回首的往事。有一年，村里已经没有吃的了，树皮剥光，草根刨光，村里有人将土层里非常细腻的一层白土取来，用纱布包着，在水中淘洗，像滤豆浆一样漏出又白又细的泥巴浆，沉淀一下，实在饿得受不了，就当粥喝了。当时以为是观音菩萨救命来了，给酒州人送粮来了，纷纷效仿。不料那观音土暂时的充饥是可以的，可过不了两天，就出问题。这观音土不消化，死死地凝在肚子里，泥巴就是泥巴，不会消化，屁眼疼死，就是屙不出来，整死好多人的。

赵得位周末从学校回家，就会来看冯维聪，就会搭着他的肩膀，随着他的性子，村里村外走来走去。村子里已不同于往日，大多老弱病残，基本没有年轻人了。二十岁以下的人，全都送出去读书。不读书但有点劳力的人，都外出打工挣钱去了。所以他们基本找不到一个可以对话的人。

冯维聪说，在我们中国，什么是最厉害的？

赵得位说，龙呀，龙是一种神异动物，其形象有多种，在阴阳宇宙观中代表阳，是中华民族的象征和古代王室的标志。华夏民族的先祖炎帝、黄帝，据说都和龙有密切的关系。相传炎帝为其母感应"神龙首"而生，死后化为赤龙。因而中国人自称为"龙的传人"。

冯维聪说，你我，本来就是龙的传人！赵得位说，龙是中国神话中的一种善变化、利万物的神异动物，能隐能现，春分时登天，秋分时潜渊。又能兴云致雨，为众鳞虫之长，龙、凤、白虎、龟这四灵之首，后成为皇权象征，历代帝王都自命为龙，使用器物也以龙为装饰……

龙、龙！冯维聪摆摆手打断赵得位的话说，你不要再说了。你让我想想。

冯维聪捂紧了头。赵得位关心说，你不舒服吗，要不你就吃点药，休息一下。冯维聪果断地挥手制止他，想了一会说，对了，有了。赵得位说，啥有了？啥意思？弄得神秘兮兮的？冯维聪说，你跟我来。赵得位跟在冯维聪的后面，钻进了万礼智家的后院。万家的狗冲上来，张口要咬，赵得位喝了一声，它便立即噤口，摇摇尾巴走到另一边去。原来赵得位前不久随爹去万家贷过款，那狗让他用了几块洋芋就收买了。这狗记性特好，见是给过它洋芋的熟人，便不再视为敌人。

他们蹑着脚，小心穿过万家天井，冯维聪领着赵得位来到万家后檐。万家的房子很高，檐坎也很宽。那后檐下，整整齐齐摆着一摆汽油桶。每只都有胸口那么高，两个人才抱得住。这些都只有万礼智这样有威望的人才弄得来。万礼智是用来装谷的，眼下还没有到开镰收谷的时候，每只桶都是空着的，随手一拍，嗡嗡作响。

赵得位有些迷惑，他说，你要干啥？冯维聪说，你帮助我，拿上几个。赵得位说，你到底要干什么呀？冯维聪说，你先别管，帮我就是。

碓房村发生了两件大事。第一件是冯维聪失踪了。几个月来，冯维聪不再在村里胡闹乱说，而是安安静静地坐在家里。谁也不知道他在干什么，甚至很多天，村里人都看不到他。冯敬谷和冯婶忙田里的活，常常是揣几个火烧洋芋，天不亮就下田，因为冯维聪情绪比较稳定，他们也就可以放下心来，不必管他。倒是赵得位，隔段时间会来看他一次，要么是给他送一台报废车上拆下来的发动机，或者方向盘，要么是一根铁管，或者一团铁丝、一堆螺丝钉什么的。

可是，现在，他突然失踪了。

这天，冯婶中途回到家，是早上出门带下地的化肥不够用了，她回来再拿一点。家里门开着，一点声音也没有。冯婶拿了化肥，走出院门几步，又踅回来，想看看冯维聪在干什么。可是，她却怎么也找不到冯维聪。以为他睡着了，她看了看冯维聪的床上，根本就没有人。她以为他在弄那些玩意儿，可那一堆破东西大部分不见了踪影。冯婶急了，在村里到处找，却连他的影儿都没有。

冯婶急了，叫回冯敬谷。冯敬谷找到赵老师家里。赵老师说这几天都没有看到他。几人一合计，要是落水，要是跌崖，要是……想什么都可怕，什么都不敢想，可什么都想过了，但还是找不到他的一丁点儿踪影。

村里的第二件事是：万礼智老婆听说冯维聪不见了的消息时，也在自家房前屋后找了一转，她怕那个疯子死在自家院子里不吉利。

冯维聪没有找到，却发现檐后的几个汽油桶不见了。于是她就破口大骂，脏的臭的烂的破的，全都给她骂了个一二三四：

有娘养无娘指教的！牛日马下毛驴带大的！大路边的驴，万人骑！
……

这个万婶，可是全村里嘴巴最脏的女人。此前她家地里的萝卜给人拔了一个，她骂的是：

砍血脑壳的绝儿子！拔掉萝卜嘛窝窝在！留着给老娘栽白菜！给老娘的粪都带出来！
……

往里一想，就有些黄。万婶的段子与某些生活暗合，一时给村里人传成笑谈。

现在她还骂，而且在冯维聪不在这样的背景下骂，让人觉得她是有指向的。她骂得那样难听，那样恶心，让整个碓房村的人听不下去了，都关了门，塞了耳，生怕那恶心的东西污脏了自己的耳朵。第二天是周末，赵得位回家，听到村里人议论纷纷，说冯维聪失踪的事，心里一惊，继而又想到前些日子冯维聪的举动。赵得位推断，冯维聪的失踪，一定是和水有关，也和万家那几个铁桶有关。

于是，他领着冯敬谷和爹顺着河往下走，一直走到下游的湖边。前段时间，赵老师就是在这水口边上把冯维聪救出来的。

他们沿着湖岸，弯弯曲曲走了一段路。湖面宽阔，水波荡漾，岸边有野鸭从草丛中奔出，有麻雀飞上天空，有青蛙扑通一声跳进水里。

这地方平日里少有人来过。不过，从地上偶有草丛的倒伏看得出，几天前，这里的确有人走过。

再往前走，就看到水草深处，卧着一只长长铁桶，半截塞在水中，半截露在水面，一看就是万礼智家的那几个汽油桶拼接而成的。

几个人不约而同狂奔过去。

那铁桶长长的，黑乎乎的，安安静静地待在那里，有一个门，赵得位观察了一会，将门打开。

一束阳光照了进去，那黑洞里面坐着呆呆的冯维聪。冯维聪见有人来，眼皮张了一下，又无力地耷了下去。冯敬谷和赵老师费了九牛二虎之力，才将他拖出来。冯维聪软不拉叽，整个人就像一根煮得太软的面条。原来，他坐在里面已经好几天了，虽然他带来了些米团子和洋芋坨，但早已吃光。再不把他拖出，他肯定就会饿死在里面。

肚皮上磨刀，好险！冯维聪清醒过来。赵得位从包里拿出几块饼干，用冷水泡了两块，给冯维聪慢慢吃下去。冯维聪的第一句话说，这是我的潜水龙。赵老师说，潜水！潜你个头，命都差点丢掉了！冯维聪说，我研发的是龙，能潜水，也能上天。赵得位差点笑了出来，不过他胸脯动了两下，还是忍住了。他说，你这龙，能潜进水了吗？

冯维聪说，能。

赵得位说，你这龙，能上天吗？

冯维聪说，理论上能，不过我没有钱，需要的材料不够，要实现梦想还得努很多力。

赵得位说，那，你弄给我看。你让它入水。冯维聪站了起来，想爬进他的潜水艇，结果才走了两步，就跌倒了。

赵老师说，聪儿，算了，改天吧。你这研究不错，但要养好身体才行……

冯敬谷狠狠地呸了一口，也不管儿子同不同意，搂在背上就往回走。

冯敬谷的步子缓慢摇摆，沉重得很。他背着儿子，就像是在背一袋沉重的谷。

一边走，赵得位一边和冯维聪讨论在水下的感受。赵得位：水下有多深？冯维聪：两三米吧。如果设备再好一点，我可以努力到湖底。赵得位：在水下时很开心吗？冯维聪：水下有阻力，感觉和生活有些不一样。赵得位：是跟碓房村不一样吗？

冯维聪：水里很安静。赵得位：潜到水下都干些啥呢？冯维聪：不干啥，静静地待着。赵得位：那，你这发明的目的是啥？

冯维聪：我是想让中国第一。中国的人才在世界上是最多的，可是我们的教育还是应试教育，天天让考试，考上的都是些庸才。

赵得位：中国很不错，以后一定会前途无量。

赵老师说，听不懂了，你们这是哪门子梦呀？冯维聪说，我的梦，碓房村的梦。哪一天我的梦实现了，我们村都会走上小康路，大伙儿有吃有穿有电视看有小车开。吃完晚饭，要上月亮兜兜风，也就是十分钟的事。

两个人越说越离谱。冯敬谷听不下去了，他头上大汗长淌，腿上又软又酸，一点儿力气也没有了。听到儿子在背上说的这些空话，鬼火绿了：这狗东西，还以为他要死了呢。

冯敬谷手一松，冯维聪掉在地上。冯敬谷头也不回，独自一人往家里走去。

冯维聪偷了万家的东西，万礼智老婆一直不饶，一有空就寻着吵闹，骂爹骂娘，骂姐骂弟，还骂祖宗三代。冯敬谷没法，只好在庙子前，对着孔圣人承诺年底赔他家一担谷，万婶让他写了保证盖了手印，这才将声音变小，慢慢偃旗息鼓。

赵老师悄悄地对冯敬谷说，老弟呀，看来这娃儿这样下去，一时两时是好不了的。我家的那个也努了力，求神打卦，信鬼信神，啥都做了，还不见效果，我看，那迷信还是经不起检验。

冯敬谷将嘴里的烟锅拿掉。赵老师说，我听说，你家里有一笔钱，是冯春雨的奖金，她自愿拿出来给维聪看病的。冯敬谷不吭气。

赵老师说，说句不该说的话，钱放着不会活。把娃儿看好了，啥钱出了都值，人是最大的财富。

冯敬谷点点头。赵老师说，我建议你们到省里最好的医院，趁他还不是最严重，争取一次就治好。

冯婶说是。

第二天一大早，冯敬谷将冯婶、冯天俊和冯维聪送出了村。冯敬谷在家看屋。冯婶在裤裆里紧紧缝了一坨钱，他们徒步进城，再坐上到省城的夜班车。

十五

省城那个大，和碓房村背后的山谷一样，半天走不出一条街，人一落进去，仿佛就没有出来的可能。一出车站，冯婶就紧紧拉住冯维聪的手不放，生怕他跑掉。好不容易找到省城的精神病医院，一看，这医院大得超过了酒州城。那楼房高得看不到顶，像老家的杨树林一样密集，这里一丛，那里一丛。那治病的人和来陪治病的人，高的矮的，老的小的，男的女的，胖的瘦的，病态的健康的，又多又乱。这些人都是些吵吵闹闹、神情怪异的人，都是些面色焦虑、神色疲惫的人。看起来，得这种病的人，还不少呢！

费了很多力，冯天俊才找到挂号的地方。排了好一阵的队，终于排到，可专家的号早卖完了，只有普通号。普通的就普通的吧，这里的普通号，也应该比酒州最好的医生强吧！冯天俊楼上楼下蹦，找到了所要看的医生，刚排到，下班时间到了，医生回去吃饭。

娘儿仨焦急得不行。这时，有一小伙子走过来，凑近冯婶说，要号吗？要专家号吗？冯婶疲惫的眼皮一举，眼一亮说，要，当然要啦！你有吗？小伙子说，两百六十块一个。

冯婶一下愣住，说这么贵呀！

小伙子说，老大娘，这可是我们院里最好的医生，全国闻名，好多外地的都来找他看病。冯天俊说，太贵了，给你五十吧。

那小伙子转身就走，说，五十还不够我请专家吃饭呢。最低两百，不要拉倒。

肚子饿了，可谁也不说，娘儿仨都是忍饥挨饿惯了的，挨到受不了的时候，冯婶领着他们两个，走进医院门口的一家小吃店。冯天俊一看，一个小碗的炒饭也要五块，一碗米线得两块五，其他的就更不用说了。他突然想起旁边的小巷子里有馒头、包子，有烧洋芋卖呢。跑了过去，买了几个馒头、两瓶水。又累又饿，娘儿仨吃得喉头哽咽，眼露水直冒。

还没有吃完，冯维聪就不见了。冯婶急得哭出声来，娘俩一边跑一边喊，一边喊一边问。跑过几个院子，院子没在。看过诊室门口，门口没有在。看过电梯，电梯里没有在。冯天俊跑到厕所里，一眼就看到了哥。哥在不停地洗脸，水花浇在他的头发上，汇流成河，流过他的脸、脖颈，流到他的衣服里，可他还专心致志，不停地洗。

冯天俊将他拉出来，他早成了一只落水鸡。冯维聪很不愿意地跟着他，边走边说，我的脸脏得很，还没有洗干净呢！

冯姊抱着冯维聪大哭，哭得天昏地黑，不知所以。正在这时，一个中年妇女走过来，一脸的同情，叹口气说，造孽哪，这孩子年纪轻轻的，是哪里人哪？冯天俊说，是酒州的。那妇女挠着脑袋想了想说，哦，想起来了，很偏远的。因为那妇女的打岔，冯姊止住了哭。

妇女说，我给你说呀，这医院太黑了，看病难，那专家你根本就见不到。专家号一般是一周前就给人拿走了。我儿子……

妇女回头，她的儿子就站在不远处，十五六岁的样子。她一招手，一个十五六岁的小伙子大步走过来。她说，你看，我儿子呀，一年前在班上谈了个女朋友，吹了，儿子就出问题啦，整天打人骂人，大小便失禁。

妇女伸手摸摸儿子的头，你看，见人也不叫，没礼貌，这不就好啦！叫姊！

那孩子笑笑，轻轻地弯了一下腰，叫道，姊！冯姊急追地说，你是怎么治的，找哪个医生？妇女回头看了看，没有人注意他们。妇女回过头说，当时我来的时候也像你们这样，根本就没有人给我说，因此走了很多弯路。我是领他在一家中西医结合医院看的，那可真是药到病除，三个疗程的药一吃，一下子就恢复过来了，正常了。现在是领他去复查，再拿点药巩固一下。明年接着考大学。

看到冯姊很在乎，她说，如果你去，我给你写个纸条儿。妇女说着，拿出纸笔，唰唰唰地将那地址、医生名字、科室名称、电话号码都写给她，又说，那专家是一、三、五上班，今天刚好周五。如果今天赶不上，就只能下周了。

冯姊一边谢那妇女，一边拉着冯维聪说，我们现在就去。

当然是不能等到下周的！冯姊恨不得儿子的病立刻就好起来。娘儿仨急忙打了辆电摩的，赶到了那家医院。一下车，就有护士十分客气地迎了上来，将他们领到诊室门口，排队等候。果然，人还不少。不过他们都看得很快。不一会儿，里面就让进去。那穿白大褂、戴厚厚眼镜的老大夫，看了看冯维聪的眼皮，掐了一下脉，看看舌苔，就给他开了三个疗程的药。

冯天俊拿去一算，药钱是四千六百三十八块。冯天俊咋了咋舌头，跑回去给妈说了。冯婶犹豫了一下。那看病的大夫说，随便吧，我看这孩子心绪紊乱，病入膏肓，要是再拖延，以后再来就难治了。那时我可不敢保证。

冯婶说，大夫，能不能打点折，优惠一点？那大夫一脸的冷，啊？我还没有听说过，哪家医院给病人看病还兴打折。这里是看病，可不是卖地摊货！冯婶一咬牙，说，买。

很快付了钱，很快领了药，冯天俊扛着那一大口袋药，娘儿仨第三天下午就回到了碓房村。一进屋，冯敬谷就抱来柴火，冯婶清洗药罐，把药给煨上了。

赵老师看到他们这么短的时间就回来，心里也高兴着。他分析，如果是大病重病，那得治多久，天也说不清。回来得早，说明病情不重嘛。

但赵老师听他们说了治病的经过，打开他们带回来的中药，一味一味地拣来看了，一下子沉默住了。

他说，你们遇上医托了！什么叫医托？冯婶并没有停下手里的活。赵老师却说，就是医药骗子。正好药汤熬好，冯天俊将药倒进碗，端到冯维聪手里。冯天俊愣住了，停下了，说，这药，还喝不喝呀？冯敬谷脸一板，说，喝！

十六

半年多的安心休养，冯维聪好了许多，见人就笑，典型的白面书生。

又一次高考结束，冯春雨回到碓房村。放下简单的行李，她就找冯维聪。家里没有，冯春雨就往场院边的谷草堆边走，她一边走，一边向人打听冯维聪的去向。

冯维聪行踪不定，像个侠客，谁也说不准他会在哪。依照冯春雨的判断，冯维聪以前是八九不离十是在谷草堆子里，不知道他现在还是不是这样。

冯春雨走到场院里，围着谷草堆，一边转圈一边大声喊，维——聪——！维聪——哥！

冯维聪果然是在几个谷草堆的中间。他在剔草芯，一根一根的草芯，像金丝一样在他的手里越积越多。一听到冯春雨的声音，他就往谷草垛子里钻。

冯春雨看到了冯维聪的屁股。她说，我都看到你了。你躲那干吗？出来吧。

冯维聪钻出来，扭扭捏捏地去捉冯春雨的手，冯春雨，你可回来了！也就捏了一下，冯春雨的手缩了回去。冯春雨说，我们、我们。冯维聪说，老婆……正说着，顶上掉下一大团谷草，将两个人埋住。冯春雨吓得大叫，一下子跌进冯维聪的怀里。谷草散发出的芳香里，还有一丝丝的酒味。

冯维聪说，老婆……那种亲热很短暂。一方面是冯春雨半就半推地挣扎，另一方面是草垛上一个男孩在叫，你们羞不羞呀！冯春雨扒开草垛，说，冯天俊，你这个狗啃的！

冯天俊用手刮着脸，说，羞羞羞，猴儿背谷箆，耻耻耻，狗儿背谷子……冯春雨捡了块土垡追了几步，朝他扔去。冯天俊往后面一缩，不见了。

冯维聪要追，冯春雨拦住他说，你不用再追了。冯维聪回过头来，看到的是冯春雨一脸的忧郁。冯春雨掐一根稻草芯，在手里捻来捻去。冯春雨说，聪哥，我觉得你还是去读书好。说到读书，冯维聪的脸抖了一下。他说，为什么？冯春雨说，为了你的将来。冯维聪说，我以后什么都不要，只要你好，就够了。冯春雨眼里好像闪了一下子泪。冯维聪摇摇头说，不要说读书的事。晚上，一家人坐在火塘边。冯春雨闷着头，不停地做家务。冯敬谷明显地感觉到冯春雨有心事。冯敬谷没有说，只是不停地裹烟叶子，一支接一支地抽，弄得满屋子全是烟雾的辛辣。冯婶几次将话题引到考试的情况上来，冯春雨都王顾左右而言他，对考试情况滴水不漏。

冯春雨越来越成熟了，用碓房村的话来说，人越来越老辣了。

第二天一早，冯维聪撵着牛出村，准备上村后的山谷，让牛吃个饱。近来，冯维聪比以往都要好些，只要他愿意，还可以给家里做点不是很累的那种活儿。碓房村后面山高谷深，人迹罕至，草又多又嫩，冯维聪每隔两三天就要撵着牛去吃个饱。家里的这头牛因为吃到了好草，就再不毛长皮皱。冯维聪不是死读书的人，但也不是离开学校就不看书的人。这不，他前边赶着牛，肩上担着担，包里还塞着一本书呢！

　　冯维聪刚一出村口，就见一辆轿车从村外开了过来。村里的路不是公路，没有打水泥，也没有铺石子，只是一条坑坑洼洼的泥巴路。这路除了有几辆拖拉机进村来拉白杨树木柴，或者偶尔给村里的某家送上一车煤炭，就几乎没有车再开进来。倒是一群群的牛马，每天早晚踏来踩去，路上多的是坑坑洼洼，甚至有些泥窝里还积着水，盛着泥浆。轿车像是穿着高跟鞋的女郎，在路上小心翼翼，却歪来扭去，左让右躲。突然，轿车一下子陷进了一个泥潭里，发出几声闷响和叹息，便无可奈何地停了下来。

　　真难为这样的人。冯维聪知道这个问题需要有人帮助才能解决，于是他就站了下来。那辆车子再次发动，在泥潭里呜儿呜儿地叫了几声，后轮弹出一串泥水，又熄了火。开车人摇下车窗，将墨镜摘下，对冯维聪说，喂！伙计。

　　冯维聪还没有说话，那人又说，这碓房村，穷！烂！烦！早知如此，打死我我也不来！

　　这人说话如此难听。冯维聪懒得理，他决定离开，继续放自己的牛。他在牛背上拍了一竹棍，继续往前走。那人又叫，哎！哎！冯维聪又继续往前走，可走不了几步，听见有人喊维聪哥。不用看，听声音就知道是冯春雨。

　　冯春雨第三次叫他的时候，他才回过头来。冯春雨喘着气，红着脸，说，维聪哥，他是我朋友，你帮着推一下吧！

　　朋友？什么朋友呀？冯维聪可从没有听说过冯春雨有过开高档轿车的朋友。

　　戴墨镜的男人下车，赶了过来，将墨镜摘了，递了一支烟给冯维聪。冯维聪说，我不吸烟。那人说，伙计，你帮我垫一下路，把车弄上来，给你点辛苦费。这人说的最后一句话，让冯维聪脸上有些挂不住，说，钱……冯春雨对那人说，他是我……墨镜说，那就请你帮助一下好了，都乡里乡亲的，力气是个怪，用了又还在，帮助一下，你也不会有啥子损失的。憋住气，冯维聪抱来几块石头，将车轮下的泥潭填满。车子吼了两声，还是没有上来。墨镜说，我挂一挡，你在后面推一下，有点助力就可以了。冯维聪在车后弓着腰，努力推，脸涨得通红。那车好沉，比牛犟起来还难弄。冯维聪想，要是家里的牛这样，他一鞭子就会将它打走。当冯维聪用肩抵着嗨了第二声时，车轮猛转，往前蹦了过去。用力过猛，冯维聪差点跌倒。同时车轮带起的泥浆往冯维聪的头上脸上盖去，他成了个泥人，眼睛、鼻子、嘴巴都给糊住，他看不清了。

有人拉着他往小河边走，再给他洗脸上、身体的泥。一股芳香像小虫一样往他的鼻子里钻。他知道那是冯春雨，但他不知道冯春雨往身上洒了些什么，像稻花的香，像桂花的香，像苹果熟透了的香。仔细一嗅，却又什么都不像。

洗掉了，眼睛终于睁开，他看到冯春雨换了鲜亮的衣服。春……冯维聪的声音很小，好像是给泥堵住了。墨镜在车上喊道，春雨，要不要给他点钱？你说多少就是多少！冯春雨说，你就知道钱！墨镜说，那、不要钱？我就知道，碓房村老百姓多么纯朴可爱，你快点上车！冯春雨对冯维聪说，哥，你放牛去吧，我、我还有点事，我去了啊！

冯春雨忙着上车，没再看他一眼。冯维聪站了一下，便往小路上追去，找到花牯子牛，撵着它一步步撵着上山。牛看到那些鲜嫩的草，奔进草地，咕吱咕吱地啃起来。冯维聪选了个高地坐下，这里正好可以看到碓房村。

已是盛夏，坝子里一片浓绿，碓房村掩映在一片绿色绸缎的皱褶里，看上去很厚很重。在这里，看得见村庄的此起彼伏，看得见道路的纵横交错，但就是看不清人。偶尔有人影移动，却是比蚂蚁还小，像文章里的逗号句号，只一点点，看不清是谁，看不清是男是女，是老是少，看不清他们在干什么。

冯春雨的眼神，总是在他的眼前晃来晃去，他认真看，却没有，他不看，却又浮了过来。冯春雨身上的那股气味，嫩嫩的，像是早春金雀花的味道，像是盛夏稻谷花蕊的味道，老是在鼻孔里缭来绕去。他不理，那味道却飘了过来，他猛抽鼻子，那味道却不在了。

拿出书来看，那些文字，全是密密麻麻的蚂蚁，烦人。这些草地里，到处都有冯春雨的影子和气味。好多年前，他们在这里放牛、摘野杨梅、拾松菌、躲猫猫、扮演新郎和新娘、玩成亲的游戏……

冯维聪被一阵叫声惊醒。他居然睡着了，他近来就是瞌睡多，估计是吃药的原因，也可能是身体逐渐恢复的原因。他睁开眼睛，满眼是蓝蓝的天空。他想了一下，慢慢回忆起自己是睡着在高高的山冈上了。原来是他的牛跑到熟地里吃苞谷苗去了，呼哧哧吃掉了一大片。那庄稼可是万礼智家的，如果万婶知道了，肯定又会子孙万代地骂上几天。

给他撵牛、发出叫声的人居然是冯春雨。冯春雨满脸红光，她说，你睡呀，头上都睡起青苔①了！冯维聪揉揉眼站起来，伸手去接冯春雨手里的牛缰绳，说，你，你来整啥？

冯春雨说，这个朋友没有爬过山，我领他来拾野菌，正巧你也在这里。

墨镜在土坎下抬起头，大汗淋漓，喘成一团。墨镜说，我都动不了啦，来拉我一把。冯春雨丢了手里的牛鼻绳，伸手去拉墨镜。不料却一下子跌下土埂，不见了。冯维聪几步跳到埂边，想拉冯春雨上来，却见墨镜将冯春雨紧紧搂在怀里，一个劲儿地往冯春雨的脸上亲。冯春雨一边挣扎，一边小声说不要。

冯维聪拾起一块土坷垃，高高举起，厉声说，快放开，不然我就要打了！

墨镜放开冯春雨，抬起头，一脸的怒相，你是谁？关你什么事？冯春雨说，维聪哥，你可别乱来。

墨镜说，他到底是谁？他……他是我哥，到时我再给你说。冯春雨回过头来对冯维聪说，哥，快牵你的牛去，不然它又要糟蹋庄稼了。墨镜说，嘿，你怎么会有这种哥！冯维聪回头一看，果然牛又不在了。他赶到地里，牛又在大口大口地吃苞谷叶。等他将牛撵回来时，冯春雨和那个墨镜已不见踪影。真是蹊跷！冯维聪抬起腿猛踢了牛两脚，牛朝他看了看，委屈地叫了两声。

---

① 责备人的话，指睡的时间太长。

冯维聪随便割了两捆草，就早早回家。一路上，那头牛在冯维聪的面前，晃着大肚子，走起路来比往日慢得多。牛的屁股上没少挨冯维聪的荆条。牛每挨一次打，都回过头来看他一眼，那意思是说，你这人怎么啦，往日都很友好，今天却这样不近情理。但牛高昂而尖锐的角没有指向他，只是摆了两下，表示不理解，或者是抗议了一下在头上旋来转去的蚊蚋。

回到家里，冯天俊正在院墙下的小木凳上做题。冯天俊现在已是高中的学生了，在冯春雨曾经读过的那个一中读书。

冯天俊看到牛儿进院，忙站起来开牛厩门，将牛撵进厩，又过来将哥哥肩上的草担子接下。

冯维聪说，别多事，看你的书。冯维聪进屋，看到屋里打扫得干干净净，堂屋中间的小方桌上，摆着一篮刚从树上摘下的桃，还有一土碗炒瓜子，这架势像是要迎接哪位尊贵的客人。

爹坐在屋角搓谷草绳，妈正在灶台上忙晚饭。冯维聪说，妈，是谁要来吗？妈说，春雨的朋友来了，你先帮我把楼上那块腊肉取下来，生火烧干净煮好。打扫一下碓窝，春一碗米粉出来，再出去找找他们。原来是接待那个墨镜。

冯维聪说，我看就算了。妈说，春雨的朋友，我们要以礼相待。冯天俊却在院子里说，那辆车走掉了，我在路上遇到的。冯维聪愣了一下。

妈说，那，春雨怎么没有回来？冯天俊说，她也跟着去了，还让我告诉家里，不要等他们了。

冯维聪将今天所发生的事说了，一家人坐下了，一言不发。冯敬谷依然闷头，依然不说一句话，将老叶子烟锅吸得像通了电似的红。

半晌。妈说，这是咋回事？冯维聪说，别管她，吃饭吧。

夜里冯维聪睡不着了。抬头看星星，星星点点，夜空深蓝。往床上躺下，觉得铺很是硌人，床上像是堆的全是土坷垃。好容易迷糊上眼睛，处处都是冯春雨的那双眼，处处都是冯春雨的背影，处处都是冯春雨身上的那股香味儿，处处都有一副墨镜在眼前晃动，好像在看他，又好像没有。

睡不着了，冯维聪干脆坐起来看书。那书上的字，像针尖样锋利，像是些蚊虫往他的眼里飞。他闭上眼，那些文字却很尖锐，穿过他的眼皮、眼珠，呼啸而入。他紧紧地闭上了眼睛。他说，爹！妈！给我吃药，我难受死了！我难受死了！冯敬谷忙起床，点燃火塘，将罐子里的中药煨热，给他喝。冯维聪一把将爹手里的碗打掉，怒喝道，你这个鸟人，是想毒害洒家！冯敬谷说，药……冯维聪一跃而起，企图往外跑。冯敬谷以少有的敏捷，一把抓住他的后领，拉了回来。将他反剪手臂，用根谷草绳捆在楼梯上。

冯婶忙捏着手电筒，冲到赵老师家门前，将他家的门打得山响。里面传来赵成贵颤抖的声音，是、谁，是、谁呀？冯婶说，快救命！快救命！冯维聪又翻天了！赵婶连忙穿衣起来，与赵老师一道，往冯家奔。

赵婶给冯维聪打卦看凶吉，撒五谷驱鬼，竖筷子求鬼神放赦，烧纸化水，哄他喝下。赵老师又领着冯天俊跑到镇上，买了一盒地西泮片①回来。冯维聪不吃，他哈哈大笑，半天才止住说，你们，你们又要毒死我了咯？

赵老师厉声喝道，吃掉！糖！

冯维聪呵呵一笑，放在嘴里，几下就嚼碎吃了下去，像吃颗蚕虫。

弄了半夜，冯维聪终于平静了下来。他将头一低，说，春雨！老婆！春……雨……！老……婆……！

十七

又一次高考之后，令人惊喜的事再次来了。冯春雨这次的总分是全省的第三名，又因为她有国家级的三好学生证书，加上二十分，她又跃居全省的第一名。同时录取她的大学就有清华大学和香港大学，两家都专门来函给她，告诉她入学之后的各种待遇和前景，并要她尽快回复。学校领导和有关的朋友给她详尽地分析了一个乡村女孩与国际之间的距离，也就是

---

① 主要用于焦虑、镇静催眠，抗癫痫、惊厥，以及治疗惊恐症等。

说，只要她一进入香港大学，就说明她已经走向了世界。也有人建议她读清华大学更好一些，清华大学毕竟是国内的一流大学，以后就可以在首都工作。但不管读哪一所大学，对于这样一个乡村女孩来说，意味着什么，是不言而喻的。

她这次得到的奖金是五万，她塞给了冯婶两万块钱，说一万是给聪哥用的，一万是给冯叔、冯婶买生活用品的。她说维聪哥虽然不生病了，但她现在有了一点钱，应该拿出一点来给他，也算是她对他的一点情谊；冯叔、冯婶这些年对她的恩情，他们比她的亲爹亲妈还亲，那点钱，算什么呀，他们想买什么就买什么，只管花就是。

冯婶有些不明白，说，这学校，怎么总是倒给你钱呢？

冯春雨说，其实他们通过我，至少给学校盈利好几十万。

学生倒给学校挣钱，而且数额惊人。冯婶摇头，我搞不清楚，我越来越糊涂了。

冯婶总觉得有什么话需要和冯春雨说，她需要和冯春雨像她小时的贴近和温暖，要她像以前一样，是她的贴身小棉袄。可几次握她的手，都给她巧妙地缩了回去。

冯春雨草草地走了。她走时的告别，有些不真实。她消失在杨树林里的背影，虚空。

走就走吧，她走了又不是碓房村的稻谷就全都瘪掉，走了又不是碓房村的碓窝就会全都闲下来。冯天俊赌气说。

冯维聪的病又开始犯。他常常一个人站在房前屋后，呆呆地，双目下垂，勾腰驼背，其神情和那些多年欠账又还不起的人没有什么两样。他见到房屋、树木，就离得远远的，就是以往常常和冯春雨打情骂俏的谷草堆，他也不再靠近。就是那伴他长粗长大的白杨树，他也不敢再去攀爬。赵得位见到他，总是想拉他的手，拥抱他，而他却很惊恐，有意识地回避他伸出来的手，努力地拒绝他热情的身体。冯维聪特别怕人说话，怕炒菜时锅铲与锅底相撞的声音，怕万礼智每天早晚从门前飞驰而过的破摩托发出的油腥味和噪声。万礼智现在鸟枪换炮，单车变成了摩托，尽管那是他从旧货市场买回来的，但还是不容置辩地说明他目前还是碓房村的第一，说明他的强大与存在。

冯敬谷领着儿子下地，他觉得让儿子干点活，对他的身体也许会有些好处。

冯敬谷领着冯维聪从万家院门前走过的时候，万家高高的阁楼里传来一个少年的声音，疯子！疯子！冯敬谷知道这是万家的小儿子万勇。这个还不知事的孩子，就像他妈一样讨人嫌。他都多少年不在碓房村露面了，可一露面居然让人如此难以接受。冯敬谷也不回头，伸手拉着儿子的手，大声说，走！走！冯敬谷企图用他焦急的声音掩盖另一种可恶的声音。尽管冯敬谷做了很多的努力，那声音已经大得怕人，冯维聪还是清晰地听到了，疯子！疯子！冯维聪很想回过头看看到底是谁在大声说话。但爹紧紧抓住他的手，努力让他走得快。爹的话炸了他的耳朵。他从来没有听到过爹这样大声说话。他听到有人在不停地喊，疯子！疯子！他觉得头炸了，耳聋了，眼花了，神志也昏迷了。一股火从胸中涌出，他觉得自己在燃烧，在膨胀。他将锄头摔在地上，一脚踹出，栗木的板锄把断成两截。

爹再一次喝他走，并在他的屁股上踹了一脚，他差点跌倒。疯子！疯子！冯维聪的耳朵里尽是这样一句话，像只小虫，在他的耳鼓里越钻越深。爹做完当天的活，草草地洗洗脸脚，像头疲倦的牛，沉重地喘息了几下，睡了。妈劳累了一天，也睡了。一家人都在疲倦的河流里随波逐流。冯维聪睡不着，他不知疲倦，整日整夜地睡不着，像往常一样，在昏黄的马灯下鼓弄他的那些小玩意儿。以往，只要手里拿着这样一个东西，他就会很投入，一弄就是几个小时，专注异常，忘乎所以。可是今天，那个小小的发动机发出的声音很怪，像是把尖锐的锥子在他的耳朵里戳来戳去。他脸色大变，用手紧紧捂住耳朵，那声音还是固执地钻了进来：疯子！疯子！冯维聪的眼里起了火，火着油了，火嗞嗞燃烧，火苗不可遏制地蹿了起来，烧红了整个脑袋，烧焦了整个内心。他从门后提起爹的那把被泥土磨砺得十分锋利的钢板锄，推门出去。

夜深得像口枯井，冯维聪来到万礼智家院门口，推了推门，门重，铸铁焊的，根本就推不开。冯维聪转到侧面，围墙是石头砌成的，高而厚，他丢下板锄，伸出双手，抠住石缝，试图爬上去，但不奏效，锋利的石头将他的手硌出了血。他往上磴了两步，掉了下来。回头看了看，冯维聪找到了墙边的一棵白杨树。冯维聪将板锄插在背上，往手里吐了口水，伸手搂住白杨树干，腰一缩，上了一步，再一缩，又上一步。只十来下，就上了墙。

墙下黑乎乎的，像个无底的深洞。冯维聪将锄把伸下，探了探，一步跳了下去。突然，后面一团黑影扑来，就一股风吹到脖子里。冯维聪反手一锄，雪亮的锄口猛切过去。"扑嗒"一声，那东西正好撞在锄上，瞬间后退，跌得老远，吭吭地叫了两声。原来是万家那条狗。

冯维聪刚走到院子正中，"啪嗒"一声，楼灯的大灯泡突然亮起，院子里明晃晃的，冯维聪一下子睁不开眼，看不清，他揉了一下眼，放开。一个人站在石台阶上，手里握一把火药枪。

冯维聪说，你家骂我！你们家儿子骂我！万礼智说，骂两句咋了？把你骂死了？你就翻我的墙？要来打人？你也不怕走不出这门去？冯维聪不知从哪里学来这句骂人的脏话，我还怕你把我的鸡巴烙七个眼，当唢呐吹！看他凶狠的样子，万礼智口气突然软下来，他笑，聪儿，我是万礼智，你不贷款了咯？冯维聪说，我又不读书了。我不要你的贷款了！万礼智说，那你弟弟呢？天俊呀！你放下那烂板锄，我就答应你，以后要多少我就借多少，直到冯天俊考取大学，直到他分配工作，最低利息，甚至，我们还可以申请贴息。

冯维聪说，真的？

万礼智说，我还哄你不成？你万叔是那种人吗？

冯维聪"咣当"一下丢掉了手里的板锄。

万礼智小心地走过去，将锄头拾在手里，退了两步，口气硬了起来，冯维聪，你花苞谷！杂花儿！你私闯民宅，我对不起你了！我这只能算是防卫过当！说着，万礼智扔掉锄头，举起手里的枪，瞄准他的脚。

正在这时，院门轰隆隆地响了起来。万礼智一脸愕然，不知所措。他犹豫了一下，手指又扣住扳机。这时，门响得更厉害，好像是有人用石头在砸，再不开门，这门就有被打烂的可能。

万礼智走过去，把门打开。冯敬谷站在门外，一手执着烧得嗞嗞作响的松明子，另一只手握着一块大石头。冯敬谷走进大门，丢下石头，一把拉住儿子，呸了一口，就往外走。

白杨树叶哗哗地筛下一片豆大的雨滴，掉在了冯敬谷的脖子里，他忍不住打了个冷噤。

冯维聪的情况让冯家十分担心。妈说，儿，你是咋回事？有什么想法你就和妈说，你是妈的心头肉，你不舒服，妈会很难过。冯维聪摇摇头。

冯天俊说，哥哥，你怎么啦？你内心有什么苦，不好给爹妈说的，你就和我说嘛！

冯维聪还是摇头。冯天俊为了让哥哥对美好生活产生向往，让他思维逐步正常化，便拉哥去看稻田。踩着田埂上的草叶，土地的气息便冒了上来。秋天一浪一浪金色的谷穗无边无际，谷粒渐熟，壳变黄了，变硬了，稻谷在风的吹拂下，互相摩擦，发出哗啦哗啦的声响。有时像在低语，有时像在唱歌，有时则像是教室里发出的学生整齐的朗诵声。风吹过去的是谷香，风吹过来的还是谷香。冯天俊说，哥哥，我嗅到了今年新米的味道了。冯维聪抽了抽鼻子，皱了皱眉，没有作声。冯天俊领着冯维聪一起研究他未完成的那些发明。冯维聪蹲下去就不再站起，一头埋了进去。冯维聪做着做着，眼露水就流了下来。冯天俊也跟着流泪。不过，冯天俊的眼露水哥哥是看不到的，只有他自己知道，流出来了，转了个背，立马揩掉，不让哥哥看到一眼。他笑着对哥哥说，哥哥，你开心一点好不好，每天太阳都在升起，每年的谷香都会飘来，再过一个月，我们就可以开碓，舂新米了。

冯维聪"嘘"了一声，让他不要再说，他的那些发明，好像在和他低低絮语。

整天无所事事并没有让冯维聪的病好起来。下了两场雪，过了一个年，春风将桃花吹得红一阵白一阵的时候，冯维聪的病又犯了。有时糟糕到整天在村里闲游浪荡，唱一阵，哭一阵。有时则见到女人就追过去要搂搂抱抱，甚至脱自己的裤子，到处乱跑。冯敬谷没有办法，咬咬牙，不顾冯婶的反对，用一根拴狗的铁链将他拴在黑乎乎的屋子里。

村里人都明白，他这是犯桃花病。天气转暖，桃花一开，脑子里有问题的人就会犯病。赵老师对冯敬谷说，兄弟呀，我看还得上医院，上次治过好了些，没有断根。冯敬谷点点头，算是同意。赵老师就急忙找熟人联系城里的医生。过了几天，城里回话，让领病人去。

放下手中的活，冯敬谷和冯婶就将儿子送进市里的精神病医院。因为是赵老师的熟人联系的，他也跟着一起去。

医生给冯维聪做了血液、心电图、X 射线、超声波、脑电图、CT、核磁共振等一系列的全面的检查。第二天，一大摞检查结果出来，冯维聪又坐进了医生诊断室。

这老医生据说是治疗精神病方面的专家，很有办法。奇怪的是，在这个老医生面前，冯维聪居然清醒很多，他回头对爹、妈和赵老师说，你们出去吧，我会给医生说。

冯婶说，有什么不好说的，让我们也听听。冯维聪说，你出去！冯维聪的态度很硬，很冷，他们只好出来。他们缩在门外的长椅上，捧着头，神情惶惶，忐忑不安。天呀，真不知道这冯维聪内心里有些什么。不知道是什么在他的内心里作怪。他们竖起耳朵，努力地想听着屋子里的每一句话。

诊室里，老医生和颜悦色，笑笑地看着冯维聪。这个老医生年龄很大，有七十以上了吧，头发白了，胡须倒是剃得干干净净。

老医生说，儿子，心里有些啥，就说给我听听。冯维聪不知道怎么说。老医生说，想怎么说就怎么说……噢，告诉你，我儿子也和你差不多大，你可以叫我叔叔。老医生说，我和你们一样，小的时候，整天就只知道玩。冯维聪说，那，不上课吗？

老医生说，上呀，但我们那个时候课程就不重，除了上课，我们就往田野里跑。春天就弄根棍子，掏蛐蛐……

冯维聪说，羽翅金黄色的那种蛐蛐儿是最厉害的。

老医生说，就是就是，谁要是蛐蛐王，那他也算是我们的孩子王，可以统领大家打仗。冯维聪说，我也当过孩子王，不过不是斗蛐蛐，而是割草比赛。老医生说，然后就是打鸟。从塑料厂里弄根橡皮来，自己弄个木杈绑了，就可以打鸟。我打鸟，可是村里的高手……

我喜欢冬天雪地里，用个笼子，捕鸟，一次可以捕十几只呢！冯维聪说，它们喜欢吃谷，冬天下雪了，没有吃的，它们就往村里钻……

就是就是。老医生高兴了，站了起来。他说，可是，可是雪地里捕的鸟，很瘦，就是个骨头架子，它们的肚子里基本没有食物。

冯维聪说，我捕鸟，其实就是玩玩，不吃它的。天晴了，雪化了，原野上有吃的了，我就放了它们。

就是就是。老医生说了第二次就是。

屋子里的声音时大时小，大的时候，屋外的几个人都能听到。声音小的时候，他们就不知道里面在说些什么。不过从断断续续的话语里，他们听到的，却和治病没有多大关系。

这个老医生都在说些什么呀！现在老医生的话题转了，他说，小伙子，说说你的理想。冯维聪说，我觉得人生很重要的事就是飞起来。老医生说，飞起来干什么？

冯维聪说，好离开这里。老医生说，是不是有什么不舒服？冯维聪说，他们整天喋喋不休，烦。老医生说，怎么个烦？

冯维聪低头不语。老医生说，说说具体感受。

冯维聪说，你不知道啊，那些语言，那些字，一个一个地钻进我的嘴里，像铁豆，被我咬得嘎嘣响。

老医生说，那你就咬它，吃掉，就什么也没有了。冯维聪说，太硬了，硌牙。有时候的感觉像是牙都碎了，那些字却还在。

老医生说，那就不要吃它。冯维聪说，不行的，它会死死黏在我的牙上，怎么刷牙都刷不掉。我用了好多的牙膏：冷酸灵、云南白药、黑人、盐白……有时还用碱粉和盐。

老医生说，从什么时候开始的？冯维聪说，考试的时候，有一次考什么试，我都忘记了，一拿起试卷，就感觉到不对。那些字呀，像一个个武士，披盔戴甲，手握大刀长矛，尖利无比，一个个凶巴巴地朝我扑来……

老医生点头，嗯。冯维聪说，我手一挥，那些房屋，那些高大的建筑，就会黏在我的手上，随着我走。还有庄稼、树木，甚至天上的云。老医生说，你挥给我看。看它会不会黏，会不会动。冯维聪挥手，房屋在他的视觉里晃了一下，不再动了。他又挥手，还是没有动。他再挥手，还是没有动。老医生说，黏到了吗？冯维聪说，暂时没有。

老医生说，不是暂时，根本就不会。你想着不会就不会，你想着不可能就不可能。

医生指着桌上的一本书说，这些文字，你吃给我看。

冯维聪嚼了两下，嘴里却什么也没有。

医生说，很多不快，其实是自找的。心里有，自然就有，心里没有，自然就没有。你知道你为什么要上我这里来吗？冯维聪说，我病了。他们都说我病得很厉害。

老医生说，没有没有，只是一点点心里的不愉快。你知道的，任何一个人生活在这个世界上，都会受到不同程度的病毒感染的，承受不同的不愉快。

冯维聪说，我受到病毒的感染了。老医生说，没有什么大不了的，小问题。不过，你的恢复需要一段时间。按时吃我的药，你就会好的。医生说，回去后，你想干啥就干啥。开心点。冯维聪说，可以不读书吗？可以不高考吗？医生说，当然可以，病毒排除了，就什么都可以做了，你是这个社会的一个分子，你还年轻，你对这个社会会贡献很多，不过现在不要想这些。

冯维聪弯下腰，深深地鞠了一个躬说，是……

老医生让冯维聪出去，让几个大人都进来，说这孩子得的是精神分裂症，还有些忧郁症，互相交叉，程度较深，治疗起来很麻烦，时间上可能也要三至五年。冯婶哭了起来。冯婶还指望他好了，继续读书、考试、读大学。看来这些都是梦，是泡影了。三至五年对于人来说，不是个小数。

冯婶又抱有一丝幻想，她说会不会拖一下就好了，哪有这么复杂的！

赵老师不同意，说有病一定要治，而且要趁早。这个时候，不要把钱当钱看，当作纸看，治好儿子才是天大的事，钱是人挣的，人比钱重要多了，有人就会有一切。

冯婶和冯敬谷商量了一下，按照医生的安排，把儿子留下来，在医院里观察了一个星期。如果严重，就继续治。如果不严重，就回家慢慢治。

这一个星期里，冯维聪在医院不吵不闹，不打不骂。冯婶说，还是回去吧。

冯敬谷说，回。他们开了一些药，领着冯维聪回到了碓房村。

赵得位周末回来，和冯维聪交谈了半天后，对冯家说，维聪哥没有病，你们让他搞他的发明吧。只要不让他考试，只要让他弄他的发明，弄他喜欢的东西，做他喜欢做的事，他就一点问题没有。

他说，你们信不信呀？没有人理他。冯家没有谁会听这小子的话，甚至整个碓房村的人都不会听他的话。冯维聪都病成这个样子了，这孩子是站着说话不知道腰疼。不过，只要冯维聪不打不闹，他爱怎么着就怎么着。他都这个样子了，再管他又有什么用呢！

十八

冯维聪将家里的废铁巴都找了出来，再到村里每家每户收集可用的金属物，有时还往镇上的旧货行里跑，不管脏不脏、灰不灰、暗不暗，在里面一翻就是半天。每到一家，他都说同样的话，请你们支持我，我会让你们看到，山的外面有什么！刚开始的时候，还有人家给他一些废铁旧器，后来就没有人给了。有的人家把铁巴藏了起来，生怕他看到，有的人家一听到他来的声音，就干脆把门关上。而事实上，他找到的那些铁巴，对于他却一点作用也没有。又生又硬，砸不扁，敲不动，有的则锈蚀得不行，伸手一折，就全断了。

赵得位从城里回来，看到他的那一堆制造飞机的"材料"，哭笑不得。赵得位领着冯维聪进城，在废品收购站翻了一整天。冯维聪看到那些东西，高兴得不得了，那些东西正是他所需要的。他说，得位，你早点领我来就好了。赵得位说，现在也不迟呀，你想要什么，通通都可以拿走。

赵得位在碓房村，在家里，他的身份还是学生，即将参加高考的高中生。但在城里，他已经是做生意的小老板了，现在他是这个废品收购站的股东之一，他有百分之四十九的股份在里面。赵得位翻了一个下午，想要的东西就几乎一农用车。老板丧着脸对赵得位说，如果这些东西都拿走，按最低价格算，你今年已没有半点分成了。赵得位说，做做好事，积点阴德，明年生意会更好，会发更多的财。老板说，你说得对，可你应该知道，这都是我们费了很多力气才收购起来的。我想不通，你不好好配合着把我们的生意做好，整天东窜西跑，不务正业，还讲啥子发财，都讲得我害羞。赵得位生气了说，老板，整天就钻在钱眼眼里，怕你再也钻不出来。老板说，我呀，一个做烂铁巴生意的，能钻在钱眼里也算不错，怕的是好高骛远，小事不做，还要说大话吓人！连钱的腥味都闻不到，过什么日子！

两个人说不到一块，老板就让赵得位领着他的股金走人。赵得位也一怒之下，马上答应写转让合同，领钱分手。只是那一堆冯维聪看上的铁巴，赵得位还是坚持拉走。

赵得位一转身，自己开了广告公司。

冯维聪的飞机，发动机烧的是柴油，一点火，就声嘶力竭，满地黑烟，浑身颤抖。赵得位让他换成汽油的。他不换，他说，你不懂啊，烧柴油的力气大。

赵得位说，要不，你可先做简单的东西，从易到难，也做些准备，积累一下经验呀什么的。

冯维聪说，我是想先飞起来。两个多月后，冯维聪的飞机制造完毕。他让冯天俊帮助他将飞机弄到村子里的场院里，然后提一个破铜锅，用一根木槌，一边敲一边走一边喊，快来看飞机！快来看飞机！

他走一步，那破锅就响一声。那阵子正是寒假，在外打工的大人、在外读书的孩子全都回来了，下田种地的人们也都进入农闲。大伙一听叫看飞机，真是稀罕事：碓房村有人制造飞机了！都不相信，都很惊奇，都拥到了场院里，不一会儿，场院里都挤满了人。

人气还挺旺的。人越聚越多。冯维聪头戴赵得位拿来的摩托头盔，从容地坐上飞机，在噼噼啪啪的掌声中，冯维聪点火发动，飞机沿着场院的边上缓缓走动，也就十多米，飞机打了个嗝，像个男人性高潮过后一样，颤抖了几下，停下来不动了。

冯维聪再次点火，飞机一点声音都没有。是没有油了吗？

冯维聪检查了一下，油根本就没有烧掉，至少还有三十升。是火花塞给堵住了吗？赵得位拔下，掀起衣裳又擦又吹，还是不行。是发动机坏了吗？

冯维聪觉得这可是个大问题，可如果真是这样，一时是解决不了的。

大伙儿一阵哄笑，说各种风凉话、做鬼脸、吹口哨的都有，冯天俊觉得自己脸上皮肉在抖动，受不了。他为哥哥感到害羞，但又没有一点办法。

赵得位忙跳到高高的谷草堆顶上，冲着大伙叫道，有什么好笑的！大伙听着，任何发明创造都不是一帆风顺的。当年的达·芬奇、诺贝尔、爱迪生、伊戈尔·伊万诺维奇·西科斯基……最早不都是这样的吗！他们还不如维聪哥呢！但是后来，他们在失败的基础上都成功了，推动了整个社会、整个世界的发展，他们都成了伟人！大家不要小瞧维聪哥，他可是一个有想法的人，是个有创新精神的人，一个脚踏实地的人！这次飞不起来，不等于不成功，请大家耐心等待！

赵老师来到了场院上，正好看到冯维聪试飞不起的沮丧。赵老师拍拍冯维聪的肩，又摸摸他的脸，了不起！既然是个不会停步的人，就不用露出这样的一块苦巴脸，你是我们碓房村的第一，你的发明已经记录在我们的校史上了。

赵老师说的校史，是教室里的一面墙，这些年来的学校发展，这个学校走出的人才和发生的大事，全都在里面。虽很简洁，但图文并茂，很有看头。记录冯维聪，赵老师画的是一个机器人儿和一架飞机的简笔画，旁边写着冯维聪的名字，再加上一个括号：发明家。

发明家。冯维聪摸摸脑袋，我都成了发明家了！你不仅是个发明家，还是个资深的发明家，好多大学生还不如你呢！因为，他们都成了书呆子……赵老师说。五天以后，冯维聪的飞机再一次起飞。马达轰鸣，螺旋桨开始旋转，一股黑烟过后，飞机摇摇晃晃，离开地面，穿过白杨树梢，在空中盘旋。冯维聪坐在飞机上，掌握着方向杆，先是一阵紧张，再是一阵兴奋。

在天空中，他高兴得大叫：我终于飞起来了！我终于飞起来了！场院上一阵欢呼接着一阵。其中，赵老师的声音最大：我早就说过，维聪了不起！维聪真行！维聪会成功的！冯维聪飞了起来，往下一看，脚下的人小了，谷草堆小了，树矮了，房屋都小了。那些庄稼地，那些田畴，像一块手巾一样丢在那儿。冯维聪从没有这样全景式地看到过碓房村。飞翔的梦想终于实现，他激动得浑身发抖，以至于好几次都握不稳方向杆。上面是蓝蓝的天空，身边是缓缓飘过的朵朵白云，脚下是严冬季节里荒凉的稻田，也许更高一点，他将会看到更为美丽的图画，感觉会更特别。他努力试了两次，想再往上飞，但却不行。冯维聪便平稳地向前滑行。冯维聪想，我从来没有这样开心过，我从来没有这样飞翔过，原来我们的村庄这样小，原来我自己是个井底之蛙。

飞翔好呀，飞得越高越好，飞得越远越好，不知道飞了多长时间，也不知道是飞到了什么地方，冯维聪估计了一下，里面的油应该很少了，冯维聪想着要将飞机飞回去，可是方向杆失灵了，怎么打，那方向就是调整不过来。他汗水都急了出来。他急着想停下来，可是这个时候，他却不知道如何降下。他松掉方向杆，不行。松掉油门，也不起作用。当时研究飞的时候，总想着是要让它飞起来，飞得越远越好，飞得越高越好，就没有想到，如何降下来，成了他没有解决的一个大问题。

嘿！当时就没有想到要如何降下来。降不下来了，怎么办呢？降不下来也好，能到哪儿就到哪儿吧。

天空、云朵、阳光，特别冷的风，冯维聪管不了这么多了，他醉了，醉得很到位。曾经有一年，家里请人插秧，爹从镇上打了几斤苞谷酒回来，一院子的人喝得满面红光，一个院子都在吵吵闹闹。本来，大伙儿都在生活的重压下沉默寡言，忍辱负重。现在，酒点燃了他们的激情，酒为他们的生活增辉添彩，酒让他们想说想吼想闹。冯维聪知道了，酒是好东西，是快乐生活的启动器，就趁大人不注意，悄悄地倒了一土碗白酒，坐在谷草垛上喝。那酒先是苦，再是辣，后来却是香的。冯维聪学着大人的样，喝一口，慢慢品一会儿，到了月色如霜的时候，冯维聪已经醉得不省人事。

醉酒的感觉挺好，冯维聪不知不觉就睡过去，不知不觉地醒过来，再又不知不觉地睡去。醉酒还可以忘记劳累，忘记忧伤，忘记钱，忘记考试呀什么的。

现在，冯维聪居然醉了，他不是喝酒醉，也不是醉在草堆里，他是因开飞机而醉，他是醉在了天上，醉在了高高的白云层里。他闭上眼，抱紧头，醉着，就什么也不知道了。

也不知道是什么时候，冯维聪才醒过来。做了些什么，经历了些什么，他一概不知。看着床前的爹、妈、冯天俊、赵得位和赵老师，他摇摇头，说，你们，是什么意思？我是不是又犯病了？

原来，冯维聪那天把飞机开到了另外一个山头，油已经烧尽，无法再继续，飞机便跌落在一片割尽苦荞的荒地里，好在冯维聪除了因震动而昏迷外，并没有受太多的伤。

过了两天，冯维聪摇摇晃晃走出医院大门，回到碓房村。村子里的人一脸惊讶。大伙都以为这个疯子会被摔得尸骨不留，早就永远离开了碓房村和这个世界，想不到他除了脸有些肿外，居然连走路都不要人搀扶。

十九

飞机不好飞，而且差点要了人的命。天上飞的不好研究，冯维聪就转向研究机器人。他想干啥就干啥，家里根本就不干涉他，村里的人对他敬而远之。只有赵得位会直言不讳地问，在你的飞机还需要改进的关键时候，你却改行，行吗？

冯维聪说，我想让现实和理想同步。理想和现实？什么理想和现实？在他这个人面前，理想和现实到底是什么？他说的就是怪，你根本弄不清他的真实想法。此前，冯维聪曾设计过第一个机器人，小小的，中学生画图的圆规那么大。嘿，你别说，真的是冯春雨用过的旧圆规改做成的。那个机器人，手脚是僵的、直的，但是它会唱歌。它发声的原理，是冯维聪用铅笔芯涂成长短不一的条儿，做成半导体。机器人动一下，触到了半导体的键上，声音就响起来。他精心设计了，让机器人唱的歌是"幸福的花儿心中开放，爱情的歌儿随风飘荡，我们的心儿飞向远方，憧憬那美好的革命理想……"那声音有点电子琴的感觉，但更像是鸭子在叫。

冯维聪决定把它送给冯春雨。一个周末，冯春雨从学校回来，到处找维聪。维聪像是条懒蛇，紧紧缩在谷草堆的深处。你出来呀！冯春雨拍拍金黄而结实的草堆说，我都看见你的屁股了。

冯维聪往里缩了缩。冯春雨又拍了一下草堆：怕我吃了你吗？我是冯春雨呀！冯维聪神神秘秘地钻出来，他的双手在背后收着。

冯春雨看他畏畏缩缩的样子，有些好奇，你这是干啥？

冯维聪说，给你的礼物……你猜是啥，猜到我就给你。

冯春雨说不知道，她也不想猜。冯春雨表现得有些麻木，这让冯维聪心里多少有些不愉快。不过他还是将收在后面的手伸了出来。冯春雨一看，是一个小机器人，小小的身体，小小的脸，可爱的小眼睛和嘴角儿。

冯维聪说，你看看它像谁？冯春雨说，像我，对吧？

送给你，我们的小宝宝，冯老大。冯维聪说，它应该叫你妈妈了，叫我爸爸。

你说些什么呀！春雨脸红了，你是不是脑子真的进水了？

冯维聪说，你读书去了，我没有人说话，我好孤独，看到它，我就想起你，感觉到你就在我身边。

冯春雨说，哥，我在你身边有什么用呀？你得保护好自己，让自己开开心心的，快快乐乐的，健健康康的。

冯维聪：呃，你的飞机呢？我听说你制造飞机了？该不会是骗人的吧？冯春雨睁大眼睛看他。真的真的！只不过我读书少，好多原理我还没有掌握，要是你能参与进来多好……冯维聪一边说，一边领她去看。当冯春雨看到的是一堆杂乱无章的废铁和木材时，显得有些不耐烦。冯春雨说，你安心保养身体才好，干这些事情好无聊呀！说着，她随手将那个机器人放在草垛上，一甩手就走了。

不管有聊还是无聊，冯维聪是将他的梦想进行到底的人。现在冯维聪开始琢磨第二个机器人，他的做法依旧是就地取材，其实并不算是机器人，而仅仅是个木头人，是粗糙的木头人。他先是将檐后堆着的风干了的白杨树、山桦子树锯断，将表皮刨光，在关节处打眼，上螺钉，装上一个头。木头人的脸是用硬纸壳画的，一片红一片绿，眼睛大大的，嘴巴小小的，嘴角往上挑，嘻嘻地笑。木头人的头上，冯维聪则给他戴上爹的沁满污垢的硬壳毡帽。

冯维聪用一根木棒在后面推着，满村子吆喝，冯老二！我儿子冯老二！

那木头人咯吱咯吱的，并不是很配合，常常是要跌倒了，冯维聪又将它扶起。

满村子人都惊慌了起来，冯维聪疯病又发了！冯维聪又疯掉了！冯维聪说，这是冯老二！我儿子冯老二！有人说，那是啥机器人！不过是驱鬼的纸人！是吓雀的稻草人！冯维聪对他们的不理解有些不屑，真是狗咬汽车，不懂科学！万礼智听到人声，早知道是怎么回事了。他披着呢子中山装站在路口，迎着推着木头人走来的冯维聪一动不动，一夫当关的样子。

万礼智挥挥手说，嘿，冯维聪，这是你们冯氏家族的后代，让它给我跪下！

跪下？对，跪下！

冯维聪敲敲木头人的腿说，它腿上全是木棍，它不会跪。万礼智看了一下，点点头，说，那就鞠个躬吧！冯维聪说，鞠躬？万礼智说，对，鞠躬，在我们碓房村，不要说这木头人，就是你爹……

冯维聪说，它是木头，不是我爹。万礼智说，我知道不是你爹，但我让它鞠个躬不可以吗？

冯维聪说不可以。

万礼智说，怪了，我堂堂万礼智，一个木头人还在我面前拿翘，弯一下腰都不可以，我白活在这个村子里了！冯维聪将木头人推了过来：它的腰最硬了，死掉可以，弯腰肯定不行。

那木头人朝着万礼智冲了过来，快到万礼智面前，还没有停下的意思。万礼智只好说，停下！停下！你要使我的雀①啊！你给我停下！冯维聪还是没有停下。就在木头人即将撞到万礼智的那一瞬间，万礼智连忙往旁边跳，毛呢中山装掉在了地上。

万礼智麻着脸说，反了反了，连块木头都不听话了！万婶听到吵闹，追了出来，这个花苞谷，敢情是半天云里挂口袋，装疯！

赵老师走在从乡教办回家的路上，心情正郁闷。前几天给稻田施肥，赵老师在街子上赊了两包化肥，每包八十元，两包一百六十块。可他一个月的工资才一百二十块钱。今天这钱虽到手，但这点钱实在解决不了什么问题，连两包化肥都买不到，心里很是难过。他刚走进入村的小路，就听到鼎沸的人声。赵老师从那些烦乱的声音里听到了冯维聪的名字。

冯维聪，又咋个了？赵老师快速穿过一片杨树林，就见冯维聪推着"机器人"在前面走。冯维聪一边走，一边叫道，冯老二，我儿子冯老二。赵老师叫道，维聪，维聪，你等等我！冯维聪别人的话他听不到，但赵老师的话他听到了。他回过头来看了看，停住，笑了。赵老师看到冯维聪笑时露出的一口白牙和浅浅的酒窝，眼眶潮湿了。

赵老师说，让我看看你的发明。

① 使雀：做坏事，让人难堪。

赵老师围着那木头人转了一圈，又从冯维聪手里接过来试试，那木头人在赵老师的手里摇晃了一下，差点跌倒。赵老师说，这家伙，还蛮俏皮的啊！不错不错，比例适当，关节也很活套。他伸手在冯维聪渐宽渐厚的肩上拍了两下说，发明家，了不起。冯维聪说，赵老师，你看出它的优点了吗？赵老师说，看到了看到了。冯维聪说，它有些什么缺点，你给我说说。赵老师并没有直接回答他的话，只是说，蛮不错的，我陪你走走。

这样，前边是机器人，中间是冯维聪，再就是赵老师。赵老师边走边喊，大家都来看看，冯维聪的新发明！冯维聪的新发明！

村里的年轻人大多是赵老师教过的，赵老师发话，大家都不会乱来，冷嘲热讽的话自然就少。

沿着村子里的小路走了两圈，估计大伙儿都看到了，都听到了。这让冯维聪很是满足。

赵老师说，我们回家，好好商量，把它改进，代替我们做事。冯维聪说，人类太孤独了，我们需要伙伴。是的是的，我们常常会觉得孤独。赵老师说这话的时候，想到自己的处境，真的一下子孤独了起来。一老一少，说着，笑着，回到村子里。万礼智一直站在他的宅门边看着，等他们俩都绕回来，往家里走的时候，他重重地往地上吐了一口痰，说，狗鸡巴日的冯维聪，疯啥！假疯！看我不收拾你！以后还贷款，贷鸡巴的款！

万礼智说，我日你先人板板，手闲干疮痒[1]，就干这些无聊的事……

万礼智又说，这个村子的人都他妈的疯掉了，正常人越来越少。

二十

在徐雅君身上，曾发生过一件铭心刻骨的事。那一年的那一天，徐雅

---

[1] 闲着没有事干，手都生疮发痒。

君收到一封来自省城家里的信，那信寄来的时间已经很久，牛皮纸做的封皮都给磨破。那信是徐雅君的妻子写的。妻子说他们十三岁的儿子最近常犯病，不想吃，也怕动，整天就睡在床上不肯起来，脸上没有血色，手脚没有力气。去了几次医院，没有找到专业的医生，没有看出什么问题，检查就更不用提了，各种设备都给堆在角落里，医生们都下到了基层。她不知道如何是好，反复考虑，才给他写这封信。

饭甑里蒸黄连，苦闷哪！徐雅君很急，那可是他的独生儿子，是他的掌中宝、心头肉。出了这样的事，又过了这段时间，真不知道又发展到了哪一步，怎么说他也得回去。

徐雅君蛮有把握地向万礼智请假，万礼智却支支吾吾，说生产队权力小，做不了主，让他向大队请假。大队支书听了他焦急的陈述，却慢条斯理地要他向公社党委请假。公社党委根本不放，说从来没有开过这种先例，来回一转，马不停蹄也得半个月，就是家里死人，也不可能放他回去。

儿子！可怜的儿子！徐雅君心急如焚，心如刀绞，他呼天抢地，却没有谁理会他。

站不是，坐不是，徐雅君在不安中熬了一天。夜黑风紧，他蹑手蹑脚离开了碓房村。想去看看儿子再回来，哪怕再次挨批挨整也不怕。可还没有穿过稻田间的小路，他就给守夜的民兵们捉住拖回。第二天，公社召开大会，将他批斗了一天，又交给碓房村，挂牌在村里游了一天。回家见儿子的梦成了泡影，还给折腾得人不像人，鬼不像鬼。徐雅君暗自落泪，心如死灰，度日如年，连死去的心都有了。

一个月后，妻子再次来信，徐雅君打开一看，妻子在信中说儿子吃了他寄去的草药、米粉和天麻，一个星期就好了，现在天天在篮球场上，身体结实起来了。他顿时笑逐颜开，泪流满面，高高吊起的心终于落下，同时他又顿生疑窦，他可从来没有给家里寄过任何东西呀！他不是不想寄，是他根本就没有东西可寄，没有钱和精力来操办这些事。他把这话和赵成贵说，让赵成贵帮他暗地里了解一下。赵成贵很腼腆地笑了，说这样的事不用查，无根无据的事，最好少理会。他才恍然大悟，原来是这小子干的，这可是个有心人。从此他对这孩子更是格外看重。

挖空心思，徐雅君也没有什么来报答这个弱小而又善良的孩子，于是便在劳动之余，教他读书、识字。在徐雅君眼里，这孩子要过上与碓房村其他孩子不一样的生活，唯一的出路就是读书断字。没有笔，就用苞谷秆。没有纸，就将地上的灰土抹平。在那污脏的浮土上，徐雅君居然能将字写出笔锋，将字写出神韵，将图形画得线条清晰，明明白白。徐雅君给赵成贵讲故事，讲道理，讲人生的来龙去脉。一件小事，徐雅君讲得栩栩如生，赵成贵听过不忘。赵成贵太喜欢徐雅君，太敬重徐雅君了。他常常躲着爹，躲着村里人，给他拿几个洋芋，或者一棵白菜。徐雅君不敢接，也不好意思接，但在饥饿面前，徐雅君最后还是屈服了，徐雅君屈服的，更重要的是赵成贵那一双清纯的眼睛。他被批斗游村，甚至挨打，内心里痛到极点，苦到极点，觉得人生毫无意义、生死两相近的时候，但只要他一回到牛厩，就会看到一双黑豆般的小眼睛，从破烂的门缝里透过来，忧伤地看着他。这个时候，徐雅君死去的想法便慢慢褪去。后来，政策松动，徐雅君离开了碓房村。走的时候，他和赵成贵坐了一个晚上，说了一晚上的话，他将自己半生的感受说与赵成贵。赵成贵没有他的经历，似懂非懂。他将自己的几十本书，全都给了赵成贵，悄悄地给，悄悄地走。次日天还未亮，他就在赵成贵的护送下，穿过丛丛的白杨树林和弯弯曲曲的田埂，离开了碓房村。

等他走了之后，村里人才知道，他曾是云南大学的教授。村里人惊讶咋舌。万礼智更是后悔不迭：这家伙也隐藏得太深了！早知道是这样，就应该让他更多地发挥作用。让一个教授来教那些香臭不识的娃儿，真的屈才了。万礼智什么人都不会尊重，但他就尊重读书人，重视有文化的人，尽管他本人读书少，没有啥文化，土包子一个。

徐雅君走了，村里人慢慢回想，才知道他的名字不同凡响。雅君，一个不同凡响的名字，这样的名字只有读书人才会有的，只有有学问的人才会有的。村里人回忆，这几年时间里，徐雅君，不，徐雅君教授像村里人一样地劳动，吃不饱，穿不好，同时还常常受批受骂，但他就从没有骂过一次人，没有说过一次脏话。

徐教授走了之后，碓房村小学里暂时没有了老师，孩子们正好支农，整天和大人们在田地里干活，赵成贵也便不再上学读书。本来镇上也是有学校的，那里离家有七八里远，一个单边走一个多小时，赵成贵就没有去。赵成贵一边给生产队里放牛，一边将徐雅君留下来的那些书掖在裤腰带上。牛吃草，他就看书，一遍又一遍，看得滚瓜烂熟。他这样着迷，致使牛吃庄稼甚至失踪的事件屡屡发生，他们家的工分没少扣。爹大为光火，将他的书撕掉，将生硬的牛鞭子毫不客气地、一次又一次地摔在他的身上。

那个临时的教室，又关进了几头耕牛。又是几年过去，外面风波慢慢缓和，高考恢复。上面觉得碓房村的娃儿闹睁眼瞎不是社会主义，没有学校不行，做了些要求和安排，村里又将牛厩里的牛撵开，将牛粪锄掉，把破烂的房顶用谷草补了一下，恢复了教室。

问题出现了，没有老师，生产队里将这个意见往上反映。可是，公办老师没有一个愿意下来，协调了几次，最终无果。代课老师也难找，本村里除了万礼智会几个字以外，好像还没有其他合适的。这天，大队支部书记下碓房村来检查种谷的情况，一眼看到撵着牛上山的赵成贵屁股兜里鼓鼓的，有什么一闪一闪的，抽出来一看，是本发黑、破烂的书。支书让他读了两段，还不赖，基本上没有错的。支书眼珠一转，对还是生产队长的万礼智说，那几头牛你重新安排人管理。万礼智一头雾水，问怎么回事？大队支书说，这个人，就让他当老师嘛！万礼智说，赵成贵呀，怕，怕不行吧！大队支书说，咋个不行？我说行，就行！就这样定了！

大队支书权力大，一言九鼎，就这样，十八岁的赵成贵当上了民办教师，谁知道，他居然一当就是几十年。

碓房村的孩子，基本上都是赵成贵教出来的。赵成贵为人可是十五的月亮——光明正大。他教书严谨，认真，写字从不拖泥带水，讲话亦不吞吞吐吐。这些优秀的品质都是他从徐雅君老师那里学来的。但他的知识面却很窄，除了当年徐雅君教给他的那些，再就是给村里墙上涂过的那些毛主席语录，别的他就不会了。音乐课上的简谱他不会，画画他不会，拼音他不会，几次他争取去县里进修，但最后通知里都没有他的名字。万礼智说，他的日子是队里最好过的，天冷天热都不消下地，还和大伙儿一样领工分，碓房村的神仙日子都给他占了，如果他硬要去进修，就想到哪就去哪，不再给工分，回来也不再安排他教书。不劳动的人，怎么可能有劳动人民一样的待遇？这可是社会主义，不是资本主义！生产队里农忙，他就不能待在教室里了，他得领着孩子们参加生产队里的劳动，给稻田拔草，给旱地浇水，再就是将村里粪池里的大粪送往地里。于是，赵成贵只好放弃出去进修的机会，踏踏实实配合着生产队，该上课时就上课，该下地时就下地。这下万礼智高兴了，他说，这就对了，向劳动人民学习，多做点劳动人民喜欢的事。他还让会计每天给赵成贵多加两分工分。

二十一

　　冯维聪是赵成贵看着长大的，在赵成贵眼里，冯维聪是个另类。冯维聪还像条狗那样高的时候，就显得十分可爱。他小的时候就与众不同，看到什么都好奇，都要刨根问底，在一些别人司空见惯的现象里想问题。他还特别儒雅，特别懂事，不骂人，不和孩子们打架。见人就笑笑的，很有亲和力。这样的孩子，如果落在条件好一点的人家，他会很出色，很有前途。当然，生在碓房村也不错，在冯家也不错。但想不到的是，这孩子在即将成才的时候，出问题了。

　　冯维聪出事了，至少在别人眼里是出事了，出大事了。但他觉得这不是孩子的问题，有问题的是别人，是这个村庄。

　　现在，他和冯维聪肩并肩，一步一步向学校走去。赵老师心疼地拍了拍他的肩，我，算是你的朋友吗？冯维聪想了想说，算是吧！赵老师说，你想做的，我都支持你。你们家里窄，要不就到学校里来做。

　　冯维聪求之不得，很快响应。在家里，爹不说一个字，但他感觉出来，爹对他的所为不仅不欢迎，反而非常反感了。

　　碓房小学已不是三十年前的那个样子。几年前，一批村里考出去的人分配了工作，领了薪水，大家一约，筹了些钱捐过来，将学校彻底修了一下，从村里到镇上、到县城的路也整理了一下，两边锄了沟，路面填了沙，好多了，也分来了几个年轻教师。赵老师从"校长"的岗位上退了下来，学校有了真正的校长，有了领导班子，碓房村的教育算是有了些进步。

学校有了变化，但赵老师没有多大变化，工资从原来领生产队的工分到现在领乡教办发给的代课工资。他也参加过几次民转公考试，但都因为录取名额有限、他的考分相对较低而被拒之门外。事实上，原因还在于赵老师本身，他不会拼音，也没有规范的教育教学方法。就是小学三年级的教材，他也不完全读懂。这让学校领导为难，曾几次想辞退他，但赵老师根本就不愿意离开他干了三十年的学校。有人一提起这件事，他就鬼火绿，摔杯子，摔门，大声骂人，学校领导走中庸之道，不闻不问，不了了之。当然，大家也理解，赵老师可是这个学校的有功之臣，是他，见证了碓房村教育的荣辱兴衰；是他，将碓房村教育的血脉传承了下来。

不离开学校可以，但他这水平还真不能再在讲台上误人子弟，必须得离开讲台。领导做了赵老师很久的工作，他才勉强从讲台上退了下来。学校给他的任务是看管学校，每天敲敲钟，打扫一下卫生，给办公室烧几壶水。要是有牲口进了学校，要是有小混混在里面打打闹闹，可就是他的事了。这些对他来说，都是小事，碓房村嘛，谁敢在他赵成贵面前撒野呀！

站了几十年的讲台，突然离开，他心慌，站不住，坐不稳，毛抓火燎，心神不宁，吃饭不香，睡觉不沉，总想找点事来做做，打发一下难熬的日子。

给冯维聪解决个地点，也算是做件好事吧！赵老师腾出了一间空房，让冯维聪去折腾，还偷偷给他提供了一些螺钉、废铁巴、润滑油之类的东西。赵老师没有让他拆掉冯老二，而是让他把它保留了下来。冯维聪的那个机器人就静静地躺在房间的一个角落。冯维聪开始琢磨冯老三。

冯维聪整日里在那屋子里叮叮咚咚地敲打。这边老师正讲课，墙那边就传来刺耳的锯木头的声音、砸铁器的声音和冯维聪自言自语的声音。忍受不了，老师就过去，让冯维聪小点儿声，冯维聪根本就不理。交涉了几次，冯维聪还是爱理不理，老师知道是赵成贵在支持他，生气了，说没法儿上课了，故意将学生放掉。学生们都在冯维聪那门口疯挤，争着看这个怪人的发明。

过几天，乡教办主任亲自下来。乡教办主任把赵老师叫到办公室里狠狠地批了一顿，你是一个老师，哦，不，是一个教育工作者，却不明白这个道理，冯维聪是个疯子，还将他弄到学校里来，这成何体统！

赵成贵说，冯维聪没有疯。教办主任说，冯维聪疯不疯，不是由你来认定，他这是铁定的事实，医院都进了，还说没有疯？赵成贵说，他真的不疯，他有苦衷，他的内心……教办主任说，嗯，他没有疯，我看你才是疯掉了！我限你今天让他搬出去。赵成贵说，冯维聪他……

这下，教办主任真的生气了，他站起来，伸出手巴掌狠狠地拍了一下桌子，你明天到教办办一下手续，你不适合在学校里工作了！

赵成贵说，你们这样武断……教办主任说，他不走，那你就走。你的工作今天就结束了。辛辛苦苦一个月，就一百多块钱，从收入的角度看，这样的学校的确没有待下去的价值。赵成贵一夜未睡，听着秋雨在瓦顶上敲来打去，他觉得冷。真正要他离开学校，他还不知道自己怎么过得下去。

赵婶听他长吁短叹，拧亮灯，给他倒了杯水，有啥值得叹气的，早就该离开了，一年就算喂出一头猪，积两厕粪，也不止那点钱。赵成贵不吭气。赵婶又说，这个冯维聪，整天神戳戳的，我给他鬼送走了，神拜了，该做的法事都做了，你也领着他去看了医生，还不见好。赵成贵说，给你说了几十年了，你那个啥把戏骗人的，别再弄了。

赵婶声音粗了，人世间太大了，人有人的世界，鬼有鬼的空间，要解决的问题多，各有各的整法，你不懂就别乱说，当啥老师！

赵成贵说，我相信科学！赵婶说，我相信你，得了吧！只是你现在连个临时工都保不住，我怎么相信呀！

赵成贵说，我不要你相信，我要你再善良一些，心再宽一些，维聪还是孩子……

赵婶说，你保护他，我也是真心帮助他。可你现在倒在他汤锅里了，爬不出来了。

赵成贵生起气来，将水杯往地上一摔，吼道，婆娘家，懂啥子，一张乌鸦嘴！

赵婶不再说话，将被子一卷，给他一个冷背，独自睡了。关键时候，赵婶是最能忍的。也因为赵婶的忍，他们才越过无数的坎，一直过到现在。

赵成贵睁着眼，睁得很大，睁得发酸，睁得发涩。那一夜，他硬是将漆黑的瓦顶看到有光亮透进。

　　天亮了，踩着一地露水，他赶到乡教办，说，只要你们保留我，我就将冯维聪整走。

　　教办主任给他倒了一杯水，说，这就对了，你是个老教育工作者，我相信你会想开的，你转过弯来了，我是高兴的。你对我们碓房村的教育没有功劳也有苦劳，这一点我清楚。冯维聪一个精神病患者，呃，不！不！至少，他心理是有问题的。要是他哪天发起疯来，伤了学生，谁也负不起这个责任的。那样，对大家都不利。

　　在这之前，也曾有过精神病患者在学校闹出大事的报道，这点赵成贵也是清楚的。

　　赵得位回到家里，听说起这事，说，我爹，你太差劲了，百多块钱，甚至之前还更低，都拴住你一辈子了。城里那些专给人写信写状纸的老头，一天都随便挣四五十块钱，一个月少说也有几百千把的。

　　赵成贵说，不要在我面前说这些。赵得位说，爹，要不，你帮我去，我每月给你发五百，供吃供住。

　　赵成贵火绿到脑壳顶，他喝道，放你的狗屁，敢把爹不当人看了！

　　赵成贵又一脸疑惑，说，刚才我没有听清楚，你让帮你？帮你什么？

　　赵得位说错了话，伸了一下舌头，忙说，爹，你开心点。然后一脸坏笑，出了家门。

　　赵成贵看他出门找冯维聪去了，有些无可奈何，摇摇头，这俩穿连裆裤的。

　　赵得位找到冯维聪，冯维聪正撅着屁股，在爹给他的那间教室里捣弄着他的"冯老三"。看来，爹虽然答应了乡教办领导，但还是不忍心立即就把冯维聪整回去。

　　爹根本就没有实际行动。冯维聪看到赵得位来，也不停下手中的活计，只是说，我设计的这个冯老三比上一个聪明。赵得位说，你当爹了咯？冯维聪嘿嘿笑。

　　赵得位说，你这个老三，会不会听课呀？冯维聪说，我还没有想到这一点，不过你的提醒很重要，他应该会的。

赵得位说，那应该是还会学习呀什么的。冯维聪说，对，对，你接着说。

赵得位说，开玩笑，你要是真的研究出一个老师来，会教书，会批改作业，会找学生谈心，那我爹这样的人不就失业了吗！

冯维聪忙说，那可不行，我做事影响到赵老师，那可不行的。

能顶替我们做事儿的机器人，行不？

冯维聪激动了起来，说，对的对的，要不，我们一起来做，你的主意真的不错。我们不是都在做了吗？赵得位说，只是呀，只是我们这个可是秘密，你在这里做，让这些孩子们都知道了，让一些老师都知道了，可不是好事儿。你看，这些学生娃娃天天看你，把你的想法、技术偷去，说不定比你做得好，说不定你还没有做出来，他们已经在知识产权局注了册。关键是，一些孩子又不走正道，专门干歪三斜四的事，祸害乡邻哪！

冯维聪有些急了，说，那怎么办呢？赵得位说，我看，你这发明还是搬到家里去做吧。冯维聪说，要得，要得。只是我怕我爹。赵得位说，不怕不怕，有我呢！两个人说着，三下五除二就把东西全搬了回去。赵得位对深不得浅不得的冯叔和冯婶说，维聪哥是个了不起的人，你们要相信他，要支持他。只有这样，他才会很快好起来。

赵得位又说，维聪哥坚持下去，一定会有收获的，不要让他心里有包袱。

冯婶说，得位呀，他现在这个样子，我们怎么相信他啊！我不想他考大学了，只想他能好好地活着，像正常人一样活着，娶个媳妇儿，生个娃，传宗接代，以后老了、病了，有个人在身边。

冯婶擦擦眼泪，那啥大学啊，都把维聪折腾病了，把我们折腾老了，真的折腾不起了。

二十二

冯维聪的技术有了进展。他现在想做一个会干活的机器人，代替父亲在田里劳动，最简单的是可以吓走麻雀。每到秋天，田里的谷子成熟，平日里躲在白杨树林里吃虫子、吃坚果、吃草籽，现在它们嗅到谷子成熟的香味了，一群群地扑出来，叽叽喳喳地吃个没完，谷穗给它们啄得乱七八糟。一片一片的稻谷遭损，碓房村的人心疼得不得了。碓房村的防御办法就是在田里放火炮，用突如其来的巨大声音恐吓它们；或者用麻丝织个兜，里面装上石块，甩放出去，打击它们；再就是插上个稻草人，给它穿上红红绿绿的衣服，戴个大大的草帽，装成人的样子，风一吹，那些破烂的衣服迎风招展，将它们撵走。但这些方法都不奏效。原因是谁有多少火炮来放啊？那可是一笔不小的钱。也不可能有谁能够整天不停地往田里扔石头。再就是稻草人是草人，没有生命，不会变化。而麻雀是鸟类中较聪明的那一种，一次两次会怕，三次四次就会识破的，这些小小的伎俩吓不了它们的。甚至它们会胆子越来越大，觉得人类不过如此，居然连动都不会动一下。时间一长，那些稻草人身上反倒成了它们歇凉歇脚的地方。

在香喷喷的稻谷面前，麻雀会不顾一切的。冯维聪用白杨树枝做主干，装上人头、手臂，穿上衣服。这不见得有多稀奇，稀奇的是他在稻草人的身体内部装上一个扩音器。鸟儿一歇在上面，踩到触点，机器人就全身抖动，筛糠簸米的那种动作，同时还发出令人恐怖的怒吼。

这样的机器人就厉害多了，它将形态、动作和声音集合在了一起，这个机器人开始使用时，居然有几只麻雀吓昏掉在了田里。

冯维聪做这些的时候，开头还有人嗤之以鼻。但过不了几天，家家的谷田里都歇满了麻雀，冯家的就是没有。大伙儿才知道冯维聪的机器人的确了不起。

万婶跑到冯家院子里，笑眯眯地讨好冯维聪，要冯维聪给她做一个。

冯维聪不做。他说，知之者不如好之者，好之者不如乐之者。万婶说，你什么意思呀？冯婶一把将冯维聪拽进里屋，说，别之乎者也的了，万家你得罪不起呀，做吧，做一个给她，以后借款也好说话。冯维聪说，我借钱干吗？冯婶说，冯天俊在城里读书，越来越需要钱了。等火烧粑粑的事……

冯维聪点点头，出来对着万婶，冷冷地说，做就做，只做一个。万婶说，好，一个就一个。

冯维聪说，材料费你要出。万婶说，好多？冯维聪说，十八块五毛。

万婶"扑哧"一笑，说，十八块五？给你十八块得了，我万婶又不是那种出不起钱的人，五毛钱嘛，你买材料时讲讲价，能省就省。我万家又没有开银行，我家也是供着几个读书人的。

几天后，冯维聪为乡亲们连续做了十几个机器人。碓房村家家的田埂上都矗着一个机器人，每一个外形不同，功能略异，只要有麻雀停在它身上，或者每隔五分钟，它就会发出令人恐怖的怪叫，着实把那些麻雀吓得魂飞魄散。

按"出生"时间排序，都排到了冯十九了。

冯维聪做第二十个机器人，用纸片画了一个人的形状，关节部位他就用大头针当轴串上，然后拿手搬动它，用手来模仿各种动作。为了让它能不断地运动，冯维聪就用电动机来驱动，让它动起来。

电动机让它动了，可是，它只能迈步，抬不了腿。电源打开，它的两条腿就在地上蹭，相互抵消了力，走不了。这个问题很是让冯维聪苦恼。在赵得位的启发下，他在机器人后面加了一个类似钟摆的轴，轴上带一个铁块，解决了重心问题。这个人便可以抬腿，可以迈步了。

冯维聪高兴得不得了。冯维聪给它取名：冯二十。

这个冯二十，会给人点烟、献花，甚至还会给人捶背。不过那捶背的力量，轻一下，重一下，方向上左一下，右一下，常常把冯维聪骨头打得生疼。

他皱着眉头笑，那样子既难看，又很开心。赵得位看到冯维聪满院的废铁巴，和他那一排或大或小、神态各异、笨拙而又可爱的机器人儿子，乐得喘不过气来。冯二十？赵得位哈哈大笑。赵得位说，我看你呀，有了儿子，可心情还是不好。冯维聪说，怎么会不好？赵得位说，你的眉头是皱着的，不舒展。赵得位说，你心里还有那个女人。冯维聪全身抖动了一下，脸有些苍白。他颓然坐在地上，勾着头，朝赵得位摇了摇头说，你别说了，行不？

赵得位说，我知道你的心病，前久我和冯天俊坐了一晚上，谈了你的事。其实，你身体好得多了，但心里的病却有增无减。

冯维聪说，你不要再说了！

赵得位说，你这个人是讳疾忌医。我知道，你心里还有那个人，那个女人，我劝你尽量忘记她。

冯维聪横眉怒目说，这不可能！赵得位沿着院子走了一圈，泪水在眼眶里含不住，他偷偷擦掉。赵得位拉住冯维聪，双眼逼视他，既然你忘不了，那你就做一个机器人，名字就叫冯春雨。让她给你倒茶、捶背、洗脚、洗衣服，铺床叠被、洒扫庭院，甚至下田栽秧、除草、收割、放牛、养猪、煮饭、待人接物、生儿育女，做一个女人应该做的全部工作。想做什么就做什么，完全是你老婆的那种样子。

冯维聪一惊，有些恐惧地说，不、不……赵得位说，为什么不，你应该做一个，纪念她，铭刻她，让她遥远而虚幻的影子温暖你。赵得位咬着牙说，让她弥补你，把她一生该做的事都做掉。

二十三

冯维聪算是同意了赵得位的方案，冯二十一刚具雏形，他就给它穿上女人的衣裤鞋袜，甚至内衣内裤和乳罩。头上披了长长的头发。这冯二十一的面部，是一张碓房村人人都熟悉的脸。这是一张冯春雨的脸。她眉清目秀，两眼含春。这是赵得位扫描了冯春雨的照片还原出来的面孔。

这冯二十一一出，吓坏了冯家全家，冯维聪的病是越来越重了。这几年来，给冯维聪治病，冯家可算是呕心沥血，全力以赴，不遗余力。送鬼无效，就进医院。医院治不好，就用中药。从碓房村到酒州城，再到省城，从最小的医院到最大的医院，从最小的郎中到最有名的医学专家，冯维聪都见过了。冯敬谷也不知是从哪里听说了，碓房村附近五十里的小村里有一个医生，专治冯维聪这种病。他放下手中的活，领着冯维聪专程拜访。这方子一听就很特别，老医生采用的是中医七步疗法。第一疗程试用治疗期为十五天，主要是舒气解郁、豁痰通窍、平衡阴阳。第二疗程调理治疗期为三十天，主要是调整脏腑、营养脑细胞。第三疗程调理治疗期为三十天，调理并纠正紊乱的大脑功能……草药医生说，到我这里治病的，只要七步完成，还没有听说治不好的。

草药医生说得好听，冯敬谷就将家里一年的谷碓成米粉全抵给了他，换回整整两背篓的中草药，这些药比上次在省城买到的多得多。

冯家屋子里再一次弥漫了挥之不去的草药味。然而，一年过去，草药吃完，效果却并不显见。

冯维聪的药罐，熬掉了冯家无以计数的钱。冯春雨给的那些钱，全用完了。

没有钱，冯家陷入了绝境。从信用社借的钱还有一大笔没有还，要再借的希望很小。冯婶心不甘，她在万家门前磨蹭了一会，正考虑敲不敲门，万婶出来了。她忙上前打招呼，把借钱的意思说了。

万婶一脸不耐烦，说，社里早没有钱了。他爹夜里看坟地去，熬了一夜，现在还在睡觉呢，这段时间盗墓贼凶得很。

万婶屁股一甩，走了。冯婶痴了好一阵，回到屋里，呆坐半天，连饭也没有心肠做了。他们想完了所有的办法，最终发现，其实已经一点办法也没有。

冯敬谷呆了很久，终于说话了，冯敬谷的话不是一个字，是三个字。那三个字一字一顿，像錾磨，尖锐而有力。冯敬谷一字一字地錾，冯婶的脸皮一字一字地紧。

敢情那事会割肉剐血，冯婶脸一下子煞白，背上的毫毛竖起一片。

到了赶街天，冯婶用背篓背了一篓谷子上街，准备卖了，给冯天俊交伙食费。粮食市场到处都是谷子篓，冯婶好不容易找到一个空地，把背篓放下。太阳光辣乎乎地落在冯婶满是汗水的脸上，她感到脸有些疼。

冯婶年轻时是碓房村的美人，高身材，黑头发，眼睛里有神，看谁都笑眯眯的，圆盘子脸又白又嫩。随着时光的流淌，种田割谷，养儿育女，厄运连连，冯婶一脸的好看都给收回了岁月的篓筐。现在的她，头发枯黄，满脸细纹，神情大不如前。不过，只要她往人堆里一站，相互一比，样子就出来了。她的谷子不比别人的好，但刚一打开背篓，谷子的金色和太阳的金色刚一照面，就有买谷的男人挤了过来，把手伸进背篓，摸谷子的干湿，颗粒的大小，鉴别品种的好孬，看里面是否掺有瘪谷。男人们这个还没有说完，那个又挤了过来，他们并不急于给价，一边谈谷子的成色，一边和她调笑。

这也不是一次两次了，那都是些谷贩子、街油子。你这个谷子，是咋个种出来的？吃你这谷，怕不会饿。这谷有福，满篓都有你的香味。

冯婶也不客气，我看你也不像城头人，洋芋皮还没有屙干净，就认不出洋芋花是白的还是红的，谷子是五月黄还是十月熟！

五毛一斤卖给我了，我给你不只是买过一次两次的。老熟人，老感情嘛！

五毛五，少一分都不行。冯婶一步也不让。

齐头不买，齐头不卖，五毛一嘛！

五毛一，五毛一我还要买五百斤。你有就拿来！冯婶也会呛人的。正说着，听到有车呜呜地叫，不知是警车还是消防车。冯婶扒开前面的男人看去，一串车像蚂蚁一样缓慢爬过来。当头的是一辆警车，白色，顶上转着红光，呜儿呜儿地叫着。其次的是一排绿色的大卡车，第一辆车上是十多个持枪、戴头盔、口罩的法警，他们紧紧地簇着一个女子。那女子大约有二十多岁，挽了发髻，一脸清秀，眼出奇地大，胸前挂一块白色的牌，上面大大地写着几个毛笔字：杀人犯薛美仙。名字上还打有红×。后面跟着好几辆车，也有法警，也押有人，但押的是些啥人，她没有看清楚，按惯例，后面的是些陪宰①的。

有人在旁边跑边说，走，看热闹去！听说这次敲砂锅②的是个大姑娘！

薛美仙是酒州的名人，早在一年前，她的事就传得沸沸扬扬。她原来是县一中的高中生，成绩也不错。此前，她订有一个娃娃亲，那个未婚夫比她大，学习非常好，几年前就考上了北京的一所名牌大学。考上北京的名牌大学等于登天，不想那男的去读书的第二年，就在大学里谈了一个，就想和她分手。分手就分手，有啥了不起，人世间结过婚最后分手的也多得是，他们不过就是订了个娃娃亲，这种情况在杨树村，在酒州城也不是没有过的。可偏偏那男的以前海誓山盟向她承诺，不止一次地睡了她。她心里不好受呀，不肯就此罢休。就给那男的天天写信，墨水是不足以表达的，就用泪水写，就咬破手指用血水写。那男的还是不理她，她就追到了北京，把那男人叫出来。那男人怕事惹大，只好乖乖地跟着她走，暗地里想着如何化解这事。两个人谈呀谈，谈了半天也没有谈在一条理路上。薛美仙咬了咬牙说，你我两个天生没缘，可我心里放不下你，我最后的梦想

---

① 杀人时陪在旁边，起了杀鸡吓猴的效果。

② 枪毙，打脑袋。

是要你一次。此后你我恩断义绝，我也不再找你，那男的不敢说话。她笑了起来，一脸的温柔，你答应我呀，这些日子里，我就一直在想我们在一起的美好时光，我忘记不了。那男的犹豫了一下，就答应了。两个人在学校附近开了房，缠绵了一夜。那薛美仙先是笑，后来是哭，最后又是笑，又是哭，弄得男人发了毛，脊背发凉，穿衣要走。薛美仙居然从床下拖出一把砍刀，劈在男人的头上。男人反抗，企图逃生，薛美仙一时怒气冲天，将他砍了二十多刀，男人血流成河，当场毙命。

薛美仙故意杀人，一时成了酒州城街谈巷议的大事。大伙儿都惋惜，说听老师讲，这女孩本来学习也不错，也是考清华北大的料，砍刀一下，就坠入地狱，什么也没有了。

薛美仙判了，而且是死刑，被带回老家执行。这些在此前都是传说，但冯婶想不到现在居然看到了薛美仙被押赴刑场。

冯婶背起背篓就跑，买谷的男人扯她背上的背篓，顺便在她的胸上摸了一把，一边嚷道，忙啥子，忙啥子，每斤我再多给你三分。冯婶来不及和他计较，呸了他一口，说我不卖了！就急急地挣脱他的手，汇入跟车的人流。

刑场在街子西头的一个叫沙子坡的山冈上，好多年以来，这里就是死刑犯们进入天堂的望乡台。冯婶没少去那地方，没少见到有人在枪响后"扑通"一声跌在事先为他们掘好的土坑里。那些惊恐的场面，成为乡下人长久的谈资和枯燥生活中的油泼辣椒，同时也是规范村民行为的一个个范本。村里人生气了，骂人最恶毒的一句话就是：你这个坐慢汽车的！你这个滚沙子坡的！这些年，因为家庭的原因，冯婶对这些事淡了，麻木了，没有心肠看，没有心肠想。不过，今天这个薛美仙可是不同于一般人，值得一看。

在刑车上，薛美仙头一摆，将遮住她眼睛的头发甩开，炯炯的目光往人群看过来，唱起了歌：砍头只当风吹帽……音调或高或低，或唱或哭，不断反复。

旁边的人说，看看，这薛美仙可真是了不起，那脑壳里不知道装些啥，要不是遇上这倒霉事，她可是我们酒州百年难遇的人才呀！遇上这事，可惜了。

也有人说，薛美仙真是无法无天，憨胆子大，有啥事可以通过正当途径解决，为啥偏要用命来拼，太值不得了。

还有人说，她即使丢了命，也解决不了大问题，教育上的问题，人脑壳里要解决的事，多了！

"脑壳里不知道装些啥……"这句话，说在了冯婶的心坎上。冯婶在那一瞬间坚定了做那件事的决心，那件事她和冯敬谷商量了多少次，也犹豫了多少次，现在终于有机会了，现在终于可以做了。那一决定让她热血上涌，心跳加速，浑身打抖。

冯婶站住猛吸了一口气，镇定了一会，继续往前走。她赶到刑场的时候，薛美仙已被法警拖到沙坑面前，按照程序，由法医验明正身。

冯婶费了九牛二虎之力，好不容易挤到了警戒线边。在薛美仙随着枪响倒入沙坑里的那一瞬间，冯婶丢下背篓就往那边冲。武警回过神来时，她已经奔到了那尸体的旁边。法警一把捉住她，你是她的家属吗？冯婶没有说话，只是将那些散落在地上的白花花的脑花连同泥巴一同往衣兜里搂。武警先以为她是薛美仙的亲人，看到她不哭不闹也不去整理死者的尸体，才知道她不是死者家属，又毫不留情地命令她放下手里的东西，将她拖出圈外。

再不离开，我不客气了！法警命令道。金黄的谷粒撒满一地。

原来，那天冯敬谷说的三个字是：人、脑、髓。碓房村曾经有过一种说法，就是刚死去的人的脑髓可以治疯病，而且效果非常好。冯婶这次没有弄到，后悔死了，要是她当时装成那薛美仙的亲属去料理尸体，哭上一阵子，说不定就如愿以偿了。或者直接和薛美仙的家人商量，给上一点钱，也就有达到目的的可能。薛美仙年轻又聪明，读书长劲，那应该是脑髓中的极品！

那天冯婶被法警控制，半天脱不了身，还丢了一箩谷子，真是运气太差。

冯婶回家一讲，赵婶说她知道薛家的。几年前，薛家还请她去送过鬼呢！

赵老师说，那你就去她家看看，说不定还能要一点来的。赵婶立马行动，打着电筒，在赵老师的陪同下，就往三十里外的薛家村赶。等她赶到时，薛美仙已经下葬了，薛家一家在那里哭得死去活来，悲伤欲绝。赵老师和赵婶只得装着前去吊唁的样子，哪里还敢说那话。他们在坟头磕上三个头，烧了三份纸，揉揉发红的眼睛，沮丧而归。

这天天一亮，冯敬谷就撵着牛上山去放。冯敬谷专往乱坟冈里走。乱坟冈里的青草有的是，但一般人都不去的，牛马畜生也得图个吉利，吃草也要吃好的草。那些地方阴沁得很，非常恐怖。常常会有新坟出现，会有死猫死狗抛尸荒野，甚至还有未成年的死娃儿被抛尸野外。幼儿太小，不能入土，按照碓房村的风俗，只能扔在乱坟冈子里让鸟啄狗啃，灵魂才会很快投身转世。

这地方让人恐怖。但冯敬谷就去，他去是有目的的。

冯敬谷晚上回来，朝冯婶点了点头，说了一个行字。天上没有一颗星，地上没有一丝风，夜漆黑得像是一件穿了多年的冬袄。冯敬谷和冯婶出了门，冯敬谷的手里除了手电筒，还提了板锄，冯婶的手里握了一把白日里磨了又磨的砍刀。两个人像是做贼，偷偷摸摸出门，很快就在黑暗中隐身。

夜里摸黑，对于他们来说，是常事。只是今天夜里要做的事，他们从来不曾做过，让人害怕。冯婶紧紧攥住冯敬谷的手指，手心里出了汗。冯婶感觉到自己不是在走，像是在飘，是浮在暗夜里的一朵苦荞花。她的声音有些颤，他爹。冯敬谷知道她的意思，只嗯了一声，却不说话。冯婶再说，他爹。冯敬谷不说，还是嗯了一声，只是步子慢了一步，将板锄放在另一只肩上，腾出一只手来，拉着冯婶的手，给了她一点力量。

爬坡上坎，越沟过河，走了很久，冯敬谷站了下来，指了指面前的一片更黑的地。虽然黑，看不清，但冯婶感觉到了，这是一块坟地。她感觉到像是有人在她的后背里放进了一条蛇，冰凉而可怖。冯敬谷拉着她的手，往黑里走去。冯敬谷在前，一只脚往前点一下，走一步。冯婶跟在冯敬谷的旁边，也一只脚往前点一下，走一步。

他走一步，她跟一步，他们只能摸黑。虽然手里有手电筒，不到万不得已，是不打开的。

他们趸进了坟地的正中。这里坟堆密集，坟头高耸，在暗夜里露出可怖的威严。有好几百座坟吧，据说明清以来，这里就是埋人的地方，来自四面八方的人，老了，死了，就在这里了却一生。

大多是土堆，偶有墓碑，风沁水蚀，残缺不堪，字迹都看不清的。就是白日里，也阴森恐怖，绝少人迹。冯婶觉得血往下沉，心往上跳。她说，敬谷……

　　冯敬谷在一块残碑面前蹲了下来，喘着气裹了一袋叶子烟，掏出火机刚要打火，却又塞回衣袋。有什么在扑扑地跑动，冯敬谷摸了一下心口，不是自己的心在跳。是鬼吗？是野兔吗？是狐狸吗？还是其他的什么东西？夜空里的枯树上，夜鸹子突然吐出两声尖锐的叫喊，像是从树上丢过来两个石头。冯婶觉得全身发麻，摸索着坐下说，他爹！

　　冯敬谷一字一字地说，别怕。待眼睛慢慢适应了这里的黑时，冯婶才看到，自己坐在一个坟头上。自己怎么就坐在一个死人的坟头了呢？冯婶平日里最忌讳这样的事。一个人走进坟堆里，就会觉得背脊发凉。她觉得全身都在发抖，像是筛豆。这样黑的夜，这样恐怖的时刻，她感觉到自己像是进了地狱。冯敬谷紧了紧她的手，算是给她勇气。

　　冯敬谷打开电筒，往那块残碑的旁边一照，一个破烂的箩筐里，模模糊糊有个什么东西在里面。冯婶知道，那一定是个死掉的娃儿了。冯敬谷将手电递给冯婶，伸出大拇指，在砍刀口上试了试，刀口发出索索的声响。他让冯婶将手电往前射，再往前射。那团黑物，冯婶根本就看不见是啥。冯敬谷说，对。然后站起来，勾着腰，朝那东西靠近。

　　冯敬谷将那黑物拨弄了一下，然后举起手里的刀，挥了下去。也就砍了两刀，冯婶的手电光不在了，冯敬谷说，灯。话还没有说完，听到冯婶恶声辣气地叫道，妈呀！冯敬谷一回头，看到几个黑团扑来，冯婶随之倒地。冯敬谷还不明白是怎么回事，就感觉到自己的背上挨了重重两下，手被重创，手里的刀被击落在地。他跌倒了，又猛地撑起，三跳两跳，想往外蹿。不想被什么东西猛地一绊，跌倒在地。七八支手电光全集中在他的身上。他眼睛都睁不开了。

　　冯敬谷嘟囔着，咋？

　　他的身上又挨了几下重创。接着就有人说，这不是冯敬谷吗？身上的打击一下子停了下来。有人说，冯敬谷，你这是干什么！盗墓吗？冯敬谷听声音知道是万礼智，就说，我、我，还没有说完，就一下子失去知觉。

那边的冯婶摸了两下，还是没有摸到手电筒，便大声叫，他爹！有人说，麻烦了，惹祸了。

有人说，快走，撒！啪嗒啪嗒的脚步声像急雨一样远去。坟地里一下子安静了下来。

冯婶撑着被打伤的腿，摸了一会儿，才摸到手电筒。推了两下，还好，手电筒打开。

在手电光的照射下，冯婶看到冯敬谷躺在地上，头耷拉着，乌黑的血从头发里慢慢渗出，满脸可怖。

冯婶大哭，天呀，悖秋时了，这咋个办呀！

二十四

那天晚上，冯天俊将哥哥哄在里屋弄他的冯二十一，自己在里屋复习。今年他高三了，很快就要参加高考，他吸取哥哥从前的教训，考试前不慌张，不赶急，提前准备，认真看书。爹妈也明白这个道理，这段时间不让他下地，不让他熬夜，让他既不耽误复习，又不至于劳累。

教训真的太惨痛了，冯家永远也不会忘记。轻微的响动。冯天俊抬头，在恍惚的灯影里，看到爹妈悄悄出门，以为他们是去给田里的秧苗加水，爹妈多少年来都是如此，为这个家，夜以继日，艰辛备至。冯天俊继续低头看书，不知是什么时候，冯天俊在桌子上睡着了，梦里稀里糊涂，怪事不断，一下子是海水上涌，满布天空。一下子又是江河干涸，死鱼奇臭。

突然他听到有人大吵大闹，声嘶力竭。他惊醒。屋里拥进了很多人。妈满头大汗，双目恐怖，背上还驮着血淋淋的爹。爹四肢长伸，有骨无力。有人忙将门板拆下，放在堂屋的正中。有人将爹从妈的背上接下来放在门板上。冯天俊一看就知道，这是摆死人的样子，满脑空白，大哭起来。

原来，冯婶那次在刑场上没有拿到死人的脑髓，冯敬谷就另想办法，这几天以放牛做掩护，在乱坟冈里到处寻找。白天终于看到坟地里有一个死婴。这一发现让冯爹激动不已。因为婴儿的脑髓治病效果更好，两个人商量，晚上就开始行动。可他们在坟地里刚刚动手，就有人在黑地里将他们打翻。

乱坟冈有些年头，古人的东西，除了死人骨头，其他的全都是宝，墓碑上的字，棺材里殉葬的衣物、首饰、用品。只要是民国以前的，都值钱。近年来常常有盗墓贼偷偷挖坟，窃里面的东西。

祖坟被掘，可是不得了的事。一些坟主就在夜里守着，专抓盗墓贼。碓房村里，特别是万礼智，对他们家的坟山更是看得紧，万姓人家组织了一支守墓队，隔三岔五，都要去看看。这不，他们把冯家两口子当成了盗墓贼了。冯敬谷挨了几棒几脚，现在气若游丝，人事不知。

冯敬谷被弄回家后，一直不醒，牙关紧咬，双眼紧闭，脸色青白。除了鼻息里还微有热气外，和死人没有半点差别。冯婶想送酒州城里的医院，请人打了电话，救护车走到半路，就进不来。前几天刚下过暴雨，山路塌方，路太烂，泥潭太深，开不动，只好往回走。医生徒步来看了一回，给了点药，做了些日常的交代，便一甩手走了。冯敬谷因为伤到脑，不能动，稍动一点，有可能会引起脑出血，那就没有救了。冯婶没有办法，只好死马当成活马医，请村卫生所的赤脚医生给冯敬谷输了液。然后杀了羊，圈了鸡，点了香，燃了纸，请赵婶求神打卦送鬼。再就是备些香蜡，到庙子里祈求圣人保佑。

冯天俊守在爹的身边，寸步不离。每到黄昏，他就给爹喊魂，不停地在爹的耳边叫，爹——回来了，别在阴山背后挨了——！

冯天俊还说，爹呀，你别一个人走掉，我，还有哥，都等着你，你要看着我们考上大学，当上国家干部……

冯天俊说，爹呀，到时我和哥领工资了，在城里有房子了，有车子了，就来接你和妈去享清福，你们不用再种田，不用再养牛，不用再长年清白淡菜。

冯天俊说，爹呀，哥还需要你，他虽然现在不好，但他不是病，他是心里有事。他一定会好起来的，你一定要有信心。

冯天俊说，爹呀，你不是还惦记着一个人吗？天香姐！你醒醒，我们去把她找回来。

冯天俊说着说着，眼露水就汪下来了。说着说着，眼露水又干掉了。

赵婶的羊皮鼓咚咚响，一直敲了半个月。冯敬谷腿一蹬，眼隙睁开一线，蜕了一层皮的嘴唇动了一下。

赵婶连忙丢掉捏得汗腻的鼓槌，说，醒了！醒了！冯婶倒了半碗温水给冯敬谷慢慢抿下。

半晌，冯敬谷歙动嘴唇，小声说，咋？一直守在身边的冯天俊顿时哭出声来，悲天恸地，难以自制。

半年后，冯敬谷才能撑着根木棍勉强下地。他挨这一场打，一是脑子受了伤，医生说是严重的脑震荡，还有根脑血管给堵住了些天。二是腿骨给打折了，一块骨头从中折断。好在有天保佑，他总算活了过来。冯婶见老伴活了过来，上山挖了些草药，给他又吃又洗又敷，精心调理。等冯敬谷情况稳定了，她就让冯天俊将事发当天的情况写了，其中包括对万礼智作为主犯的怀疑也写了进去，让冯天俊誊抄了好几份，背着一袋煮熟的冷洋芋就出了门。

她是上酒州城告状去。几天后的一个晚上，一辆吉普车开进碓房村。车上下来几个民警，将正在家里火塘边喝酒的万礼智抓走。万礼智对派出所的人说，其实他这一段时间也心神不宁，白天坐不住，晚上睡不着，满眼都是冯敬谷血淋淋的脸。

抓就抓吧，该咋判就咋判。万礼智连一句申辩也没有。万婶逢人就说，只要不负民事责任，不赔钱，要咋就咋。要赔钱，那可没门。不久，万礼智因故意伤害罪被判了三年徒刑。据有关人士透露，他认罪态度好，为此少判了两年。

冯维聪整天神经兮兮的样子，令冯婶心里火绿。她听有人说，这种病大多是闲出来的，仔细一想，还有道理：谁会看到一个劳动者，一个整天匆匆忙忙的人会得这样的病？冯婶由此推断，冯维聪得的是懒病，就给了他一把锄，每天早上天刚蒙蒙亮，就把他催醒：起，起！起！冯维聪一翻身，咕噜一下爬起来，揉着惺忪的眼，磕磕绊绊，跟着妈走。

冯维聪从这个时候起，由一个读书人变成一个地道的庄稼汉。

他承担起了家里种谷、栽树、喂猪、舂房等一切农活。

冯维聪有的是力气，干得不错。

冯维聪对着猪笑，和猪说话，很亲切。猪见他手里没有猪草，不理他，他就掀起猪的长耳朵，对着猪耳朵心子大吼。猪吓得突站起来，他就很开心。有时，他的嘴和猪的嘴逗在了一起，有时，他干脆骑在猪的背上，任猪奔跑，累得猪呼呼直喘气，甚至直到猪因累而倒下。

冯维聪走在路上，他感觉到那些树叶会飞来黏在自己身上。那些鸟啼一摞一摞飞进他的耳朵里，最后落在他的心口。在家里，他在灶台上炒着菜，冯敬谷撑着木棍和妈说了些话。冯维聪就说，爹，你们的话，一字一字地，都给我炒进菜里了。炒得不是很熟，小心硌牙！

冯婶说，聪儿，那菜是啥味道？冯维聪说，有些是脆的，有些是硬的，有些是嫩的。冯婶问他，香不香呀？冯维聪说，有的香，有的甜，有的很臭。冯婶问，那啥时候香？啥时候臭？

冯维聪说，你们骂万礼智的时候，就臭。刚才说话的时候，就甜。

冯婶回头对冯敬谷说，儿子虽然有些小病，可有时候，他比任何人都清醒！

二十五

赵得位骑着辆摩托车回来。喇叭嘟嘟一响，排气管里浓烟一卷，咕噜噜响了几声，大伙儿就知道赵得位回来了。全村轰动了，大伙都来看热闹，赵得位是碓房村第二个把摩托车开回来的人，他这辆摩托是靠自己的劳动换回来的！这就比万礼智有名气得多。万礼智就是开飞机，也没有人理会，大伙儿对他是怕而远之。赵得位不同，赵得位是村里大伙儿的侄儿，是兄弟，是朋友。平日里只要谁家有事，赵得位一定上前帮忙，挑轻拿重，不遗余力。遇上难解的疙瘩，可以打一架，但很快又可以敞开心口说上一夜话。

赵得位打了转弯灯，车屁股一掉，奔到院门口，脚架一支，熄火，就往家里拿酒拿肉，搬米搬面条。这两年日子好过的就数赵成贵家了。赵得位的生意不错，时下的酒州城里商业涌动，做生意的很多，大伙都生怕别人不知道自己在干啥，卖面条的小店，要在房顶上做一个几平方米的大喷绘；跑管道修理的也要做一张名片，见人就送一张；洗发店、桑拿店、打印室……全都弄得红红绿绿，灯闪光烁。而政府部门更是，每开一个会，不论大小，会场里都要有鲜花布景，都要搭台，都要有醒目的桌签和大红的布标和背景。迎来送往更是形式不断翻新。赵得位有语言文字基础，有想象力，每做一个设计都会让人耳目一新，拟个标语常常出彩，让人满意，因此他的生意就很好。刚开店三个月，就请了七八个小工帮忙，还忙不过来呢！

赵得位先是不敢给家里说。现在，临近高考了，他才回到家，一个扑爬，跪在爹妈面前，打自己的嘴巴认错，请爹妈原谅自己。赵成贵和赵婶两个人一头雾水，好好的儿子，咋个这样？是不是疯掉了？脑壳进水了？整了半天，才明白儿子脑子正常，才知道原来这几年儿子根本就没有读高中，读的是中专，而且早就毕业自己做生意了，当爹妈的还蒙在鼓里。赵成贵生气呀！儿子这样，自己的脸往哪里放？自己是老师，教出过很多别人家的娃儿，就是教不出自己的。

自己无脸见村里人，更无脸面对供桌上方牌位上的列祖列宗！要不是赵婶拉住他，赵成贵早一头撞到供桌前的神龛上去了。倒是赵婶，生了一会儿的气，脸色也就转了过来，她要儿子不要东想西想，大不了就回来种地，过几天去后山相相亲，听说那村有个姑娘不错，长相好，吃得苦，如果缘分到了，年底就可以办喜事，请喜酒，来年生个胖孙子。

赵得位"扑哧"一笑，将自己这几年来做的事情慢慢说出。妈笑了，只有爹还丧着脸。赵得位从腰间掏出钱包，那钱包牛革做的，鳄鱼牌，板栗色，又厚又鼓。他从里面拿钱，那钱不是一张两张，而是一沓。那钱票面不是几块、十块那种，而是一百的！让爹看得发呆，看得怀疑，爹说，你没有不正道的吧？你没有偷人抢人犯毒做高脚骡子生意①吧？你没有贪污受贿吧？

赵得位鼻子哼了一声，有些不屑，不说话，赵得位懒得说话。赵婶说，

---

① 人贩子。

老头子，你代了一辈子课，摞起来恐怕也没得到这么多钱吧！

赵得位将钱一大沓塞进赵婶的手里说，妈，这点钱你们就拿着，把我这些年读书欠的钱一次还清，还剩一点，你们想咋用就咋用。过段时间我再给你们。

赵成贵的脸一红一白。赵成贵说，你的钱真的来得正道？

哪会有不正道的！赵得位说，我做小本生意，一块一块地赚。我咋会做你说的那种事儿！

赵婶收了钱，说，我和你爹有空了，就去看看你说的是不是实话。欢迎欢迎，明天就走！赵得位现在可以大声武气地说话了，我说呀，这人，非得就要考大学才有出息吗？大学是人生的唯一出路吗？赵成贵连忙喝住他，狗家伙，还轮不到你说这话！赵得位吐了吐舌头，说起"大学"二字，他的心里到底还是有点虚。他说，那、就当我没说。

赵得位往家里拿的那些东西，放在堂屋实在耀眼。家里还从来没有过这么多这么好的东西，赵婶太容易满足了。她让儿子给冯家拿一点。赵成贵让他晚上再送去，不然怕他们家脸上过不去。赵得位说，做生意要面子挣不到钱，谈恋爱要面子整不成事。赵婶打了他一下说，你跟啥子人学的？这样油腔滑调！根本就不像人家冯天俊，文笔韬韬！

赵得位说，冯天俊呀，文雅得太过分了。赵得位换了个话题说，妈，我觉得维聪哥没有病。

赵婶说，你这狗啃的，尽说些难听话，谁说你维聪哥有病了！赵得位说，我想领他出去跟我一起做事。赵婶愣了一下，说，这、你想好再说吧！怕的是他一样也不懂。赵得位说，让他跟我学呀，谁天生下来就会了？跟我学，都是些有用的东西，又不是高考的那些东西，屠龙术。

赵成贵说，啥屠龙术？

赵得位笑，说，爹，《庄子·列御寇》里说，"朱泙漫学屠龙于支离益，单千金之家。三年技成，而无所用其巧"。此人学"屠龙"之技，耗资巨大，三年学成，虽是一门好技术，但到哪里去找龙来杀呢？

赵成贵老脸一红一白。他懂的还没有儿子多呢！

二十六

　　酒州城里突然到处彩旗飘飘，标语红红绿绿，凡是可以贴的墙面，到处都贴上了。原来是省教育厅的徐厅长下来视察工作。徐厅长开了一天会，听了酒州相关领导对工作的汇报，看了几所学校，其中包括冯天俊所读的一中。徐厅长很想到碓房村看一看，但碓房村校舍太差，多少年没有投入过一分钱。不是县政府不重视，实在是这些年上面根本就没有啥投入，而市里的重点又是在高考上，精力、经费全都集中在了县里的几所重点中学。怕出丑，也怕丢官帽，县里便做了点手脚，临要下去碓房村的头天晚上，县政府办公室突然送上一份下面乡里发来的特急上报信息，说道路塌方，中断路线有一公里多。

　　不能亲自去碓房村，徐厅长很是惋惜。徐厅长在酒州的三天，通过深入调研，最大的一件事是把酒州定为高考重镇。因为这里每届高考下来，全省的前十名几乎都出自酒州。这里教育工作的扎实和超前，就可想而知。但是，这里又是全省乃至全国的贫困县，好多人家，为了供子女读书，举债逾万，最后在子女考上大学后却没有钱供，为此而辍学的不少。经徐厅长协调，酒州县出台一个文件，凡是县里的居民，只要是在这块地盘上有户口的，每个高中生凭身份证、户口簿和学校证明，可以向银行低息借款两万块。每个大学生可以向银行借款五万块，政府担保，五年还清。此举一出，即得到了老百姓的拥护。

　　据知情人说，此徐厅长就是当年碓房村的下派干部徐雅君。冯天俊回家把这事一说，爹就高兴得不得了，撑着还没有完全痊愈的身体，立即赶到信用社。信用社门口挤满了人，一问，还真有这事，大伙都是来贷款给子女读书的。看来，穷人不是一家两家，为儿为女的也不只是一家两家。冯敬谷原来有些羞愧的脸一下子就舒展开了。冯天俊打来学校证明，冯敬谷拿了户口簿，填了表，立即向信用社贷出了五千块钱。

　　他不敢多贷，那钱毕竟是要还的。不需要走后门就可以贷款，不需要看脸色就可以借到钱，冯敬谷真的高兴。这个社会是在进步呀！说明上级领导对老百姓的困难还是看在眼里的。要是以前，就是贷上五百块钱，至少也要在万礼智家门口等上三天，至少要送他一只阉鸡，或者给他家田里除上三天草。

冯敬谷高兴哪！他在镇上的土杂店门口来回走了三转，狠了狠心，买下了一瓶瓶装酒。瓶装酒比散装酒好多了，平日里冯敬谷根本就不会花这笔钱，他冯敬谷钱还没有多到烧包的地步。

回到家，冯敬谷把酒瓶盖撬掉，小心地倒一点儿在窑土烧的牛角杯里。先放在鼻子下，小心地嗅，让那酒味小虫儿一样慢慢钻进鼻孔。他张大鼻孔，轻轻地吸。哎呀，真是舒服！鼻孔张开，再嗅一下。忍不住了，他张开厚厚的嘴唇，吱儿地吸了一口，那酒就长了腿似的一下子跑进了他的喉咙。干涩的喉咙，经酒一润，爽死人了。他没有咽，努力让酒在口腔里多停留一会儿。

他慢慢地抿，不一会儿居然抿掉大半瓶酒。板了多日的脸，经酒一润，一下子就活了。脸上的肌肉会动了，铁青的脸红了，脸上的笑也就上来了。

喝了酒，冯敬谷将包里的一坨钱抠出，给了冯天俊三千块钱，另外两千留下给冯维聪买药。冯敬谷是将那钱扔给冯天俊的。冯天俊没有思想准备，不知道醉了酒的爹会给他扔钱，也不知道爹扔在他身上的是钱。他一缩身，那坨钱就掉在了地上。爹说，冯天俊，钱我可是一次给你的，你也一次给我考上一个大学。考不上，你就别回来了。

冯天俊知道爹醉了，爹多年没有喝酒了，他现在好不容易醉上一次，他理解爹，原谅爹。他点头，含着泪，将那坨钱从地上捡了起来，拍拍灰，握得死死的。没有钱想钱，钱到手了，冯天俊觉得这些钱又像是一坨烧红了的生铁，烫手。

冯天俊扛起行李，走到院子里。阳光在他的头上照了一下，他站住，又回过来，进屋，洗手，找了块红布，将供在供桌上的孔子像搂在胸口上，大步出了门。

冯天俊在城里溜达了两个小时。城里虽然比乡下富裕得多，但这城里和农村也一样，有富人也有穷人，有豪宅也有危房。看着那高高的楼房，那些奔去驰来的各种车辆，冯天俊想，自己虽然现在穷，就光棍儿一根，但通过努力，将来有一天，也会成为这些豪宅里的一员，会提着一个文件包下楼，坐上早在楼下等候的轿车去上班，去开会，去参观，去决策某一件关乎这个城市甚至比这个城市更大的事情。想到这些，他的心里一阵甜蜜，内心的自信心得到了增强。孟子不是说过"故天将降大任于斯人也，必先苦其心志，劳其筋骨，饿其体肤，空乏其身，行拂乱其所为"吗？现在穷、累、苦，其实就是上天要自己做大事的前奏。

这个学期插班人数又有增加，报名晚一点的，根本就没有宿舍，没有床。学生们就像没有故乡的鸟，哪里有食物就往哪里奔，哪怕山遥水远，哪怕天寒地冻。明年夏天，冯天俊就得高考，没有住处那可不行。冯天俊摸摸裤裆里的钱，觉得还是可以租上一间房的。班里的同学没少在外租房的。冯天俊也想奢侈一回，租个地点，安安静静地学习。只要能顺利考上自己梦想的大学，多花这一点钱算不了什么。

远离学校，冯天俊钻进那拐弯抹角的小巷，在那些高一幢低一幢的民房堆里游来荡去。时值正午，人很少，偶有依墙晒太阳的老人。他们看到冯天俊，都显得很警惕，好像一不小心家里的东西就会被这人拿走似的。房子不好找，好多人家的房都租了出去。在酒州城，这也是一个现象，一些居民靠租房都有不少的收入。外边的好多人家都来城里租房给孩子读书，大人要么是专职陪读，要么是在城里打工，二者兼顾。

好不容易找了一家民房。那老板娘犹豫了一下，说都租出去了，没有了。冯天俊说，婶儿，就我一个，我复读高三，不一定要大，有几个平方米，能铺个铺，摆张桌子就可以了。我不会呼朋唤友，不会夜不归宿，更不会做违法乱纪的事，不会给您带来任何麻烦的。

老板娘说，那你看看，楼上行不行？冯天俊随那老板娘上了六楼。那民房不大，一层大概也就百多个平方米，五层半，老板娘说的是顶楼那半层上的一小间，六七个平方米，石棉瓦搭的顶，空隙大，估计冬天很冷，夏天又会热得受不了。冯天俊回过头来，看得见楼下的水塘，后面是条小路。水塘里有几只鸭在游来游去，岸边有几株白杨，高矮粗细不一，错落左右，但都叶片肥硕，一看就是营养充足的。冯天俊点点头，回过脸来，和老板娘谈价，讲来讲去，一年二百六十块钱租了下来。

老板娘说，闲着了是闲着。不过你可别给我带来麻烦，比如领男生来喝酒，领女生来睡觉什么的。那可不行！

冯天俊很委屈地说，婶，你看我是那样的人吗？我不是都给您说过了吗？考上大学是我的唯一出路，我是复读生，我要对得起自己的爹妈。

老板娘说，你这话还中听……算是给你敲一下警钟吧，现在的年轻人，鬼得很。你以后就叫我尚婶，有啥事儿说一声。

冯天俊将卫生打扫后，第一件事就是将红布打开，把孔子的像取出，小心擦干净，摆在屋子的正中。没有桌，他将外面建房时留下的旧砖抱进来，码高，表面覆了一层报纸。孔圣人高了，也就有了些端庄肃穆。他又跑到小巷里的摊点上买了些香烛，点燃，对着孔圣人三叩九拜，喃喃有词。他在低语里祈求圣人保佑，让自己学习进步，在明年的高考中如愿以偿。那孔子像是好些年前哥哥冯维聪亲手雕的。冯维聪离开碓房村读书，曾一直带在身边。

礼毕回头，却见一个身材高挑的男孩子抿嘴而笑，那男孩像个小甜瓜，脸白白的，头发染得黄黄的，耳垂上也有穿洞的痕迹。一看就是没有受过苦的那种，一看就像是个高富帅、啃老族。恍惚间，这个孩子好像是在哪里见过，仔细想，却又没有。冯天俊有些尴尬，后悔没有关门。

冯天俊说，你……那个男孩个子高挑，瘦，一脸的嫩，两眼清澈明净，比自己应该小两三岁，是刚从土里冒出的豆芽。冯天俊看到他的一瞬间，就觉得自己和他的差距太大了。一问，那个男孩也是在读高三。冯天俊的脸暗地里红了。

冯天俊只说自己是来这里租房读书的，并没有说读什么，家住哪里。但有一天，他这个可怜的秘密还是给人发现。这个男孩拿着高三的一个化学题来问他。

冯天俊很快给他做了讲解，反问他，你知道我也在读高三？男孩笑道，是。冯天俊说，那就互相帮助，好好苦一年，争取明年考个好的学校。男孩说，这是我们学生共同的梦想，不过也要劳逸结合。

冯天俊说，背水一战，劳者生，逸者死。男孩说，你学得太辛苦了。冯天俊问男孩的姓名，男孩笑着不说。再问他是哪里人时，男孩就笑了，说，我知道你的。你学习好，就忘记我了。冯天俊再问，他就笑，不答。

男孩就住在三楼，也是租房。冯天俊应他之约去看了一次，他的屋里就比冯天俊好多了，比冯天俊的屋子两倍还宽，床铺、桌椅都很有档次。铺上散乱地放着 DVD 机，各种时尚画册、面包、饮料，脏衣服、臭袜子到处乱放。墙上挂着一些扭着各种动作的、半光屁股女人的画像。冯天俊叹了一口气。

两个人谈理想，谈未来。男孩说他最大的心愿就是当一个歌手，唱透年轻人的心事，唱响大江南北。他说，你不知道，站在台子上的那种感觉，是发号施令的感觉，是征服了世界的感觉，是让别人言听计从的感觉，爽死人了。

男孩说，艺术的魅力，你以后会懂的。艺术？冯天俊知道，但他不懂，他不需要懂，甚至对这所谓的艺术，他内心有些鄙视，有些反感。冯天俊作为一个乡下孩子，他的理想要现实得多。

男孩喜欢玩，常常夜很深了才回来，有时是去看电影，有时是吃烧烤、喝酒。男孩曾好几次约冯天俊一起去，都被冯天俊拒绝了。冯天俊板着脸，不容置辩。

冯天俊说，我可不是来玩的！男孩就笑，边笑边走说，书呆子！夜里，冯天俊解完题，卧在冷铺里看书。已进冬天，酒州天气骤冷，凉风无微不至，冯天俊将衣服全都压在被子上，还是冷。便用一根绳，将脚那头的被子紧紧捆住。

油灯如豆，僵卧孤床，冯天俊苦其心智。

不知道是什么时候睡着，也不知道是什么时候突然醒来。有人在恸哭，声音压抑却又无法控制。其间夹杂着打人的声音和人被打的声音，还有骂人的声音。冯天俊听了一会，又掐了掐自己的手臂，才弄清自己不是在梦中，这声音是楼下传来的。

他心里一惊，莫非主人家出了什么事！冯天俊忙穿衣下床，奔下楼去。原来是万勇屋子里出事了。他推门，门是关着的，他敲门，没人开门，里面哭闹还继续着。他侧过身，收肘，用肩猛击。一下，两下，三下，门闩断了，门开了。

灯光下，万勇站着，满脸是血，神情不知所措。光着的上身，居然绘有光屁股女人的彩绘。万勇的面前蹲着一个人。那个人正在痛哭，你是我爹呀，我爷爷呀，我的老祖宗呀！我就全靠你了！

冯天俊说，你们……那人回过头，让冯天俊又是一惊。这人是万礼智。

照时间算，万礼智应该刑满释放一年了。但这一年里，万礼智并没有回碓房村。有人说他到新疆做生意去了，有人说他又犯了事，继续在狱里待着，也有人说他为了让儿子考上最好的大学，在城里出苦力挣钱供……

想不到当年碓房村的烂肚皮①会在这里出现，想不到会以这样一种方式见面，更想不到的是这个男孩，以前只觉得面熟，却不知道他是万礼智的儿子。

万礼智看到是冯天俊，脸上顿现尴尬。他站起来，板着脸说，没你的事，你走吧。

其实冯天俊见到他的那一瞬间就想走掉。不过他还是说了一句，有啥事，好好说，不要动武。

万礼智说，你走吧，跟你没有关系，这是我家的私事。正说着，尚婶也赶了上来。尚婶披着衣服，还大口大口喘气。尚婶说，哎呀，老万，吓死我了，我还以为是盗贼呢。万礼智对尚婶要客气一些，说，这娃儿不听话。

尚婶说，我说句不该说的话，这人哪，成龙上天，成蛇钻草。不一定个个都要成多大的器。你常常这样打他，也不是个事。

尚婶回过头对万勇说，只是小勇呀，你以后出去玩，那种日混打谧②的生活不适合我家小霏，你就别叫我们家小霏去。她爹也是个凶巴巴的人，巴不得她考上大学的，一见她不努力，就凶神恶魔似的，啥事都做得出来。

万礼智说，我在他头上寄了多大的希望，他总是不听话，整天去喝酒、唱歌，花天酒地。

万礼智回头说，你想当啥屁歌星，那也是你当的吗？你读好书，有个好的饭碗不就得了。

万礼智说，这么些年，为了你们，我吃过多少亏，受过多少罪。

① 一肚子坏主意的人。
② 混日子，不干正事。

159

万礼智说着，居然号啕大哭，老狼受了伤一样。一个男人伤心到这样一步，冯天俊还是头一次见到。

过不了多久，万勇又出事了。

万勇已经有一个星期没上课了，老师从他住的地方找到他的朋友家，再从朋友家找到酒吧、舞厅。最后在网吧的一角落里将他逮到，万勇面前摆着几盒方便面，穿着一个纸尿裤，裤子里装满尿，还在电脑面前聚精会神打游戏。游戏的场面很火爆，很吓人，万勇作为一个胜利者，手中的利剑一晃，那边怪兽就掉下一只手，再一挥剑，又掉下一只脚，又一挥手，头给掉下来，鲜血淌了一地。万勇血红的眼睛鼓得像汤团。老师看到他的那个样子，心里是五味杂陈。班上的几个同学在老师的指挥下，将他拖过来，擒小鸡一样拎回学校。万勇一走动，裤子里的尿就淌出来，又臊又臭，臭味弥漫，令人作呕。

万礼智赶到学校，儿子头发乱得像狗窝，衣服脏得三步之外闻得见臭味，人萎靡得像个因犯。万礼智又气又恨，拾起屋角的一把扫帚就打过去。万礼智打他的脸，打他的手，打他的屁股。越打他越生气，越打他的力气越大。万礼智鬼火绿得很，咬牙切齿，死死抓住儿子的头发，令他跪下，让他去舔地上的浓痰。

万礼智气呀。万礼智早年受穷，没有裤子穿，常饿肚子，肋巴骨根根可数，还没有书读，好不容易混到个工作，就下狠心要盘儿女，要让儿女个个脱掉沾满泥巴的草鞋，过上好日子。前两个女儿都不成器，读书不行，都给万礼智通过关系找了工作，虽不正式，但勉强有口饭吃。万勇最小，生活条件最好，人也聪明，万礼智下狠心要让万勇考个好学校。特别是村里的冯春雨考了村里人从没有考上的名牌大学后，万礼智没少进孔庙烧香，一边求孔圣人保佑万勇考上清华北大，一边思忖下一步该怎么办。他将家里存起来的别人送来的火腿、烟、酒等贵重东西拿出，偷偷卖给城里人。钱存下来，然后在村里放出风声，让大家都来捐款送粮，再建孔庙。事实上，村里人也出不了多少钱，很多人家给的多是一担谷、两升豆。钱大部分是他出的。他是哑巴做事，苦累只在心头。孔庙修好，他天天祭拜，希望万勇能够得到孔圣人的庇护，考上最好的学校，让自己扬眉吐气，这一生的大事就算完成。

可是万勇现在居然是这个样子，怎么不令他心寒！希望太大，失望无边。原本高高的山，一下没有了。人没有依靠不怕，心没有了依靠，其实就等于没有了这个世界。

学校老师见万礼智这个样子，以为他疯了，一帮胆子大的冲上前，把他拉开。万礼智放开手，但他的手里还握着儿子的一团头发。他坐在学校的篮球架下，全身抽搐，胸腔里发出哀哀的痛哭。

这天的场景，冯天俊全看到了。整个夜里，他都没有睡着，看着漆黑的天花板，满脑子要么是万礼智号啕大哭的样子，要么是大学录取通知书飞来飞去的样子，要么是爹妈在田里泥一脚水一脚的样子，要么是维聪哥神戳戳的样子。第二天早上，电子表叽叽叽地叫了几声，冯天俊在睡梦中一跃而起。快速洗脸，快速收起书包就往外奔。门一打开，冯天俊吓了一跳。

门口站着一个人，这人是万礼智。万礼智一把抓住他的手，说，侄儿，耽误你两分钟时间，就两分钟。

冯天俊不知他要干什么，一时束手无策，不知如何才是。万礼智又说，侄儿，我知道你是个品学兼优的学生，以后一定会前程远大。以前我对不起你，对不起你们一家，我后悔了，法院让我坐牢我也坐了，如今，我改邪归正了。

冯天俊说，你没有事我就要先走，我要背英语单词。万礼智说，就一分钟，我的意思是，你帮助我照看一下万勇，他有不学习、鬼混的时候，告诉我一声。平日里领领他，和他多谈谈。对他来说，是君子一席话，胜读十年书。我说的他不听，你说了，他肯定会听的。

冯天俊点点头说，这没有问题，我走了。万礼智往冯天俊手里塞了二十块钱说，我现在在做小生意，一点点，不好意思。冯天俊说，你这样麻筋①！你烦不烦呀！冯天俊没接那钱，争执中，那钱就掉在了地上。

万礼智更加尴尬，弯腰捡起钱说，我知道这点钱太少了。这样，你

---
① 肉麻的意思。

们家需要贷款，就告诉我。我虽然没有在信用社了，但里面还是有几个朋友的。

第二天，第三天，甚至是第四天，冯天俊每天放学都要在二楼停下来，敲敲门看万勇，可万勇并没有在。两个星期后，一天放学，冯天俊回来，看到万勇的门开着，他心里一喜，冲了进去，却见万礼智在收东西。冯天俊一问，原来万勇离家出走了，不见了。

万礼智一脸的哭相。万礼智说他在城里帮人打工，说了个大概地址，要冯天俊一旦有万勇的线索就告诉他。当然，冯天俊自己的事也可以去找他，他会尽力而为。

二十七

酒州城的书店最多。一条不大的主街上，每隔一二十家店面，就有一家是书店。书店里除了一些常规科普的、饮食的、农业的、历史的、文化的，更多的是高考的。什么《高考百日通》《一考就过》《在清华等你》《作文诀窍一百问》多的是，至少上千种。每个书店一进门的地方，就是高考书的海洋，是高考书堆成的喜马拉雅山。每到吃过晚饭，或者周末，书店里就是人山人海，比肩接踵。夫妻、父子、母女、兄弟姐妹、朋友、同学，他们相约着，互相照应着，互相叫喊着，拥进了书店，在书店里缓缓流动。只要有本好书被电视里广告过，被报纸推介过，被任课老师提醒过，被某位先前考走的师兄师姐说起过，就会有人竭尽全力要找到它，买下它，学习它。吃饭、穿衣什么都可以省，买书不能省。不吃早点没有人笑话，不买书却会被人看不起的。

好多在外走南闯北的人说，书店是酒州的奇观。冯天俊没有到过酒州之外的地方。为给哥治病，他去过一次省城，但根本就没有进过书店。没有比较，他不知道。他只是感觉到酒州的书店好，温暖，在里面走走，贴心的温暖。多少个周末，解不起题了，背不起书了，眼花了，腰酸了，冯天俊就煮两个洋芋，撒上些辣椒面撑一下肚子，就到书店里看书。看书会忘记饿，看书会忘记烦。只要不买，就不必出钱。随便找个角落，可以坐着看上一天，一直到书店服务员关灯走人。

头昏了，脑胀了，冯天俊就把上书店看成一种休息和对身体的整顿。这天他刚要进书店，前面的人群里走来一个人，一看就是赵得位。赵得位虽然和冯维聪关系好，但他和冯天俊却没有共同语言。冯天俊眼皮往下一耷，木着脸，往边上一拐，准备躲开。不想赵得位先喊他，冯天俊！

冯天俊装没有听到，继续往前走。赵得位又喊，冯天俊！冯天俊！

冯天俊还是装没有听到，只顾走路。赵得位几步蹿上来，堵住他，拍拍他的肩，说，天俊！

冯天俊只好站住，抬起头，往上翻了翻眼，做出努力看他的样子。然后说，哦，你是得位兄。

我不是得位是谁？敢情是你要考重点了，不想理我了。冯天俊努力解释，不是不是，我这段时间视力下降得多。可能是看书时间长的原因。赵得位说，那可不得了，眼睛是第一位的。悠着点吧。冯天俊说是。

赵得位退后两步，举着两个手指说，几？冯天俊看清楚了，但他脑袋里转了一下说，三。赵得位走近一步，伸出五个手指，几？冯天俊说，六。

赵得位大笑，说我哪里有六个指头！看来你的眼睛真的出问题了。说着便硬拉着他走过书店，到旁边的眼镜店里，让店员给他看视力表。冯天俊有苦难言，只好继续装瞎，在看较小的几排图形时，故意把上说成下，把左说成右。赵得位吓了一跳，说天俊，你这眼睛问题太大了，怕不等你考上清华，就瞎戳戳了。冯天俊说，主要是模糊，医生，你再让我看一次表吧。医生又让他看了一次，说这次好多了。

赵得位说，医生，怪了，咋个差距会这样大？要不，天俊你休息一下，再测一次。

冯天俊对着大街上的红男绿女和湛蓝的天空看了一阵。第三次测试，店员给他定位是：左眼 0.8，右眼 0.6。半个小时后就给他配了眼镜。赵得位要了最好的，要三百多块钱呢！吓了冯天俊一大跳。冯天俊说不配了！不配了！转身就走。赵得位一把将他抓住，笑着，把眼镜给他戴上，偏头看了看说，好！好！这下才像个知识分子！

赵得位给他付钱，冯天俊不让，红着脸推着他。赵得位一副老板样，说他这几天收入不错，平均一天至少有七八十块的收入，如果做到一个好单，那收入就不好说了。他不给付哪个给付？

事实上，冯天俊根本就不会买眼镜的，他哪舍得！何况他根本就没有近视。

赵得位说，我这钱不给你用给哪个用？我不赌不嫖，开支不大。赵得位说，我的钱少是少点，但用在你最需要的地方，我高兴。要是你以后考上大学了，有工作了，我还好意思在你面前要这点小钱？

冯天俊说，让你来读书，你却来打工啊，这样行吗？赵得位说，有啥子不行的，我觉得这样快乐些。对我来说，走入社会，才算是进了最好的大学。冯天俊是哑巴吃黄连，有苦说不出，只好把眼镜戴上。本来很好的眼睛，现在眼睛的焦距硬被调整，他感觉到有些吃力，看东西有些模糊，走路有些趔趄。

赵得位说，现在看我，清楚了吗？冯天俊点点头。

赵得位笑，说，以后再遇上我，就不存在看到我还不理我了，要先喊我，行不行？

冯天俊脸红。赵得位退了两步，说你看看我左脸上有啥？

这下，冯天俊真的看不清了，赵得位的脸一片模糊。他摘下眼镜，揉了揉说，好像有个什么印？

赵得位说，是不是医生没有校准？让他再看一看，现在的商家到处都在骗人，不实靠……说着就往眼镜店那边去。

冯天俊连忙拉住他说，算了算了，刚配的眼镜，还需要适应一下。

赵得位说，你是个有学问、有大学问的人，以后还要看很多书，还会写很多书，最需要用眼睛，一定要保护好。眼睛是学者的生命，知道吗？

冯天俊点点头。赵得位指着脸说，说来你不相信，这是一个疤，前不久实验时给炸的。

冯天俊很是吃惊地问，实验？炸的？你？赵得位点点头。

冯天俊摇摇头说，你呀，不好好读书，要立足这个社会，还嫩。赵得位笑，说，孔子不是说了，君子食无求饱，居无求安，敏于事而慎于言，就有道而正焉，可谓好学也已。那些死书有啥子用？你不是不知道大发明家爱迪生。小学未读完就辍学，在火车上卖报度日。但他有奇思异想，喜欢做各种实验，制作出许多奇巧的机械。他的一生，除了在留声机、电灯、电话、电报、电影等方面的发明和贡献以外，在矿业、建筑业、化工等领域也有不少著名的创造和真知灼见。爱迪生一生约有两千项创造发明，可是你知道吗？他进过啥子学校？

冯天俊点头称是。赵得位领他去吃了一大碗酒州羊肉米线，还加了肉片。米线又麻又辣又烫又香，爽死了。他冯天俊可是第一次这样奢侈啊！不知是辣了还是咋的，他泪水汪满了眼眶。

高考结束，冯天俊没有回村，而是留在城里。他找到建筑工地，给人干了一个月的活，挑砂浆，砌砖。想想城里这样的高楼大厦，有自己的心血在里面，觉得还是有一点点的高兴。但是他还是觉得自己的汗水和青春花在了这些体力劳动里，自己此前学的好多东西一点也用不上，又觉得有些值不得。我是干粗活的命吗？他扪心自问。

考分公布的头天夜里，冯天俊煨了水，将自己从头到脚洗净。沐身焚香，在孔圣人面前三叩九拜，祈求先师的保佑。

蜡烛芯子跳了一下，嗞嗞作响，他觉得这是一个好兆头。冯天俊想，是孔圣人保佑了我，这是考取的预兆。第二天，冯天俊早早到了学校，考分公布在大红榜上。他的成绩在自己的想象之外，不是很好，但估计取个大专没有问题，要上本科就有点儿玄。

冯天俊有点垂头丧气，他不想回家。作为一个即将由农村户口转变为城市户口的人来说，土地已经不再有吸引力，那些豆苗、果树、稻谷、牲口让他觉得实在没有什么意思，已激不起他对生活的梦想。万般皆下品，唯有读书高。古人说的，原来是有道理的，虽然此前他不这样认为。再就是偌大一个村子，老的少的，男的女的，一见面就讲考试的事，一见面就讲钱的事，一见面就讲地位尊卑，一见面就互相比较……太累了，不仅身体累，而且心累。身体累了，可以休息，休息一下可以恢复；心累了，却很难解脱。

一个气饱力壮的人，总不能整天躲在这个小破房子里，透过破瓦数星星。星星是要夜里才出来，即使出来了，即使数清了，也没有意思。冯天俊想了半天，想起了赵得位。

<h1 style="text-align:center">二十八</h1>

赵得位的门面并不难找。在酒州城东门小河边的一个卷帘门里，冯天俊找到了他。赵得位制作广告的屋子里乱七八糟地堆放着不锈钢管、喷绘布、螺钉、移动楼梯、吹塑纸……赵得位正撅着屁股和几个小伙子在一个不锈钢管焊成的方架上绷喷好的写真布。冯天俊从包里掏出赵得位给他买的眼镜戴上，扶正，伸出手，准备在他的屁股上拍一下，最终还是没有拍。广告写真绘布绷紧了，打上胶固定了，赵得位直起腰，擦了擦脸上的汗，一回头，就看到了冯天俊。赵得位看到他很高兴，一把拉住，拖着他就往里走。

赵得位边走边说，兄弟，对头！我就知道你会来找我的！天天读书，会闷头的。

赵得位将他领进里间，这里和外面就不一样。有沙发，有电脑，有一套喝工夫茶的茶具，背面的墙上还有一副字：从无字句处读书。更与众不同的是，沙发上、椅子上、靠墙的铺上，到处都是书。冯天俊随手拾起一本来看，是《聊斋志异》，另一本是卡夫卡的《城堡》，再看一本，却是《疾病阅读史》，书堆里，还有一些军事的、政治的、民俗的书。冯天俊吃惊了。他说，你都看这些书？你有闲心看些闲书？赵得位说，生活中累死了，只有坐下来，和这些人坐在一起，心情才会平静。

两个人闲聊了半天，冯天俊才知道，赵得位现在注册了一个广告公司，当了经理。他揽了些活做，同时，有空的时候他就看书。现在他自由了，想看什么书就看什么书，反正随时都有小钱进账，不愁吃不愁穿。他常常进书店，想看什么书就买什么书。有空的时候，他还写东西。坐在电脑面前，乱七八糟的，想写啥就写啥，又不受人约束。冯天俊说，你拿去发表了，就是作家了。赵得位说，我这水平，当啥作家，只不过是把自己的所见所闻，以自己的视角写下来罢了……我的这些想法，与社会格格不入，没有地方发表。即使发表了，怕有人要把我撕吃掉。

到了吃饭的时候，赵得位叫上他的一帮弟兄，拉着冯天俊的手一起出门，就在旁边不远的地方，找了一家小馆子坐下。赵得位坐在主位上，让冯天俊坐在他的旁边。赵得位挥挥手，让服务的小姑娘进来，点了菜，然后说，我让一个人来和我们一起吃饭，你一定不要介意。冯天俊说，谁呀？赵得位说，来了你就知道了，但你得答应我不生气。冯天俊点点头。

赵得位让人打了传呼。不一会儿，就有一个五十岁左右的人，逆着外面的光影跑进来，说对不起，对不起，赵总，有什么事吗？我来晚了！赵得位让那人坐在桌子的靠边，说，没有什么事，是让你来陪我们吃吃饭。

冯天俊把眼镜取掉一看，吃了一惊，是万礼智！冯天俊受不了，站了起来。赵得位一把将他摁住，说，你答应过我的，不能走。

原来万礼智是在给赵得位打工，这人生真他妈的有意思，这人生有很多的意想不到。冯天俊平静了一下，想，假如自己哪一天读出书来，能让万礼智干啥呢？自己读不出书来，又能让万礼智干啥？

赵得位站起来说，我来给大伙隆重介绍，这位是我们同村好友、兄弟冯天俊。说完，还带头鼓了一下掌，其他人也纷纷配合，把掌声拍得响响的。接着，赵得位给大伙倒了酒，酒是白酒，晶莹透明。每人面前满满一玻璃杯，至少也有二两酒。给冯天俊倒酒时，他连忙摇手说自己干不了，自己不会喝酒。赵得位说，人在江湖走，哪能不喝酒。高考都过了，放松放松，难得有这样的好日子。冯天俊摇摇头说，我没有喝过酒，我不喜欢酒。赵得位说，兄弟，以前我也不喝酒的，看到那些把酒喝得不像话的人，我就心烦，甚至知道我们这个酒州，居然以酒来命名，内心真是愤怒至极，可后来我爱上了酒，嗜酒如命，我才知道，我爱上的不是酒，而是那种感觉。赵得位倒了很少的一点酒递给他，你先嗅嗅。你长长地呼一口气，把肺里的污浊之气全吐了，把空间留出来，然后对着杯子深深吸一口，让它的味入心入肺，不要摇，摇动了酒会烦躁的。冯天俊接过来，依照赵得位说的，深吸了口，一股浓香喷冲而入，蹿入了他的鼻孔，一直往里跑。那香味儿真的是又浓又纯，它区别于五谷，区别于花草。那，这香味要怎么形容呢？

赵得位说，对，就这样。你再用手掌轻轻扇，让酒味自然入鼻……这香是不是有种愉快感？是不是没有其他邪杂气味？

冯天俊点点头。赵得位又说，现在，你将酒杯送到嘴边，将酒含在口中，不要太多，也不要太少。嗯，就是这么样，你将酒含满口腔，然后慢慢咽下。用舌头抵住前颌，将酒气随呼吸从鼻孔慢慢排出，一定要慢，越慢越好。在用舌头品尝酒的滋味时，主要是用舌头的边缘，舌面要在口腔中移动。

冯天俊照着赵得位说的，一步一步地做，嘿，还真是有意思。酒液进口，真的柔和爽口，略带甜味。酒留在口腔中的时间约十秒钟，赵得位说，现在可以咽下啦！

冯天俊一口咽下，果然又香又爽，他忍不住又咕噜地咽了一下口水。

这就对啦！赵得位将冯天俊的酒杯倒满，自己也满满倒上一杯，端到冯天俊面前说，我一口干了，你就干到中央，预祝你被中央的大学录取！说罢，一仰头，一杯酒就进了喉。冯天俊说，我、我就少喝点吧！赵得位说，那怎么行，以后你考上国家公务员，当上了领导，八面威风，四处恭奉，应酬必不可少，现在就先练习练习。

赵得位就看着他，一脸的真诚，说，喝吧！喝吧！我这老师，不收费的！

听人说过，酒是要逢自己人的！赵得位算是自己人，那就喝吧！冯天俊将酒杯高高举起。赵得位说，慢慢喝，别急，酒这东西，性子不好，急了会伤人的。冯天俊就慢慢地喝，咦，还真不错，酒入了喉，进了胃，一股热流就在全身体慢慢涌动。冯天俊此前没有体会到酒的好处，现在，他感觉到喝酒的乐趣了。

赵得位说，你看，没事吧？喝了酒，你就会舒服的。吃菜吃菜！赵得位给冯天俊碗里夹了一大块肉。这肉既厚又腻，加了葱、蒜、花椒和辣子，炒得香辣，只一闻，就口生涎水。冯天俊小心地往嘴里一塞，哎呀，那香可真是像一条虫，先是在嘴里乱窜一通，然后就顺着刚才酒流过的通道，向胃的深处奔去。

吃了些菜，大家就互相敬酒。冯天俊还很拘谨，看大家热闹的样子，只好埋头吃菜。万礼智端着一大满杯酒，走到旁边，弯着腰，将杯子矮于赵得位的杯子。赵得位要站起来，万礼智却将他按住，不让他起。万礼智说，老板……不，兄弟，祝你发财！你发财了，给我们多发点钱，我们日子就好过了。赵得位说，不说那些，我也不是什么老板，我是带个头，有钱大伙找，盘儿盘女也才轻松些。万礼智说，就你这句话，我感激不尽，我干杯，你随意。说着，咕噜一大口将酒喝掉。

万礼智回过头，抓过酒瓶，倒了半杯酒，对冯天俊说，天俊，我们俩整一口。赵得位说，慢。赵得位从桌上拿起酒瓶，让万礼智把酒杯接过来，他把酒杯添满说，敬酒就要干满杯！否则心不诚，不是朋友。万礼智说，醉，醉倒了可不好，晚上还要加班干活。

赵得位说，我没有说今晚要干活呀，喝了喝了！万礼智皱了皱眉，杯子一端，一口喝掉。万礼智顺着桌子敬了过去，一转过去，就有十多杯。一个晚上，万礼智至少喝下两斤白酒。

赵得位说，我们酒州人喝酒啊，一两二两漱漱口，三两四两不算酒，五两六两扶墙走，七两八两还在吼，呵呵！我气概！

趁着那边的热闹，冯天俊端起杯，站起来说，老、老板，我敬你。赵得位说，说啥，我们俩哪跟哪！他将冯天俊按住，说坐着喝，能喝多少就喝多少。冯天俊还是一口喝了个干。赵得位笑了，说天俊你酒量不错呀！我把你培训出来了不是？

赵得位说，喝酒是一种感情的释放和发泄，偶尔喝上一点，给心灵解压和安慰，许多开心与不开心，许多平日里不敢说的话，不敢撒的野，都可以借酒消解。

冯天俊感觉到全身热了起来，脸上发烫，血管燥热，喝下去的酒不再像先前那样辣，还有点香，有点甜。赵得位说，酒呀，在生意上可是和气酒，在我这里是弟兄酒。赵得位那一帮员工轮番来敬酒，冯天俊先是推辞，现在却不推了，一口就是一小杯。还要给各位敬酒，赵得位按住他说不必，他才趔趄着坐下来。冯天俊听到赵得位在说，这酒呀，装在瓶里像水，喝到肚里闹鬼，说起话来走嘴，走起路来闪腿，半夜起来找水，早上起来后悔，可第二天端起酒杯还是很美。

冯天俊开始说话了。冯天俊打离开碓房村到酒州城读书后，就没有再彻彻底底、开开心心说过话。这些日子以来，他的脸是板硬的，他的眼是呆滞的，他的血是冷的，他的身体是僵硬的。遇上同学，他难得说上一句话；遇上老师，他一时难得反应过来；就是和爹妈在一起，他也只是机械地配合着，做一些简单而又枯燥的农活。现在，他的血管给酒精疏通了，他的脸上多了红晕，舌头给安上了弹簧，手脚也像是除却了镣铐。他开始手舞足蹈，开始夸夸其谈，他说他的学习，说他的高考，说他的同学，说他的亲人……父亲的形象，哥哥的声音，那个早些年就离开了碓房村的姐姐……这一切，放电影一样，一一地在他的脑海里闪现，既具体又抽象，既可亲又可憎。他不断地说下去，不断地把酒杯举起，他成了一个演讲家，成了一个布道者，谁也说服不了他，谁也阻止不了他。当有人要将他拖出去的时候，赵得位轻轻地摆摆手，让人们不要打扰他，让他继续下去。

赵得位小声嘀咕，随他便，让他泄一泄吧，他嘴里的啰唆，内心的苦楚，包括他肠胃里的食物。

冯天俊不知道自己喝了好多酒，说了多少话。他出门的时候是给人架着的，脚底上踩着棉花，关节处好像散了架，眼里看到的东西都是多层的，四周的景物在旋转，想说话舌头却不听使唤，哼了一声，那声音像是飘飞的蒲公英，轻轻软软，在空中游了半天，却坠落不下来，别人听不到。

冯天俊算是尝到了醉酒的滋味。夜里吐了几次，酒桌上吃的东西全都吐了出来，吐得口苦，吐得鼻子发酸，吐得翻江倒海。睁开眼房顶是转的，闭上眼心里是烦的，硬撑着要起来，却是头重脚轻，四肢无力。

他长长地叫了一声，天哪！觉得冷，全身发抖。赵得位过来，给他又压上了一床被子。折腾到后半夜，好不容易，他才进入了梦乡。第二天起来，满眼陌生，满头生疼，以为又是在做梦，或者是自个的前生。想了半天才记起是在赵得位屋里。屋里没有了人。他找到洗漱的地方，胡乱地洗了脸。口还是苦，他就伸过嘴，含着水龙头喝了一阵水，凉凉的水将口腔、肠胃里的酒液残物冲洗了一遍。

头昏，还疼，他就干脆在水龙头下洗了一下头。清醒了些，他觉得自己该回屋去了。脚步一动，全身还是没有力气，脚软，心翻，眼花。好不容易那到租房里，睡了一觉，觉得是大病了一场。三天才恢复过来。他暗自下定决心，不再喝酒。

心里乱得很，在城里坐不住，那就还是回家吧，估计这时候，录取通知单应该到了。冯天俊填的联系地点是碓房村。回去看看吧，会取到一个什么样的学校。考成这个样子，应该不是爹妈的心愿，也不是自己想要的。不管考分如何，必须给爹妈汇报的。在碓房村，面对那一片谷田，内心也许会平静一些。

冯天俊在出租房里收拾东西。一年来，他也没有啥东西，除了薄薄的被子、几件单薄的衣服，都是反复看得卷了边的高考复习书。他想扔掉，估计以后都用不上。放到地上，又觉得可惜，毕竟都是钱买来的，毕竟和自己有着深厚的友谊，想想，还是收了起来。

那些书，一捆一捆地，像是家里砌房的土基。父亲在家里砌房不容易，自己在学校砌梦想的生活，也不容易。

下了楼，不想房东的女儿尚霏也在收拾东西。尚霏初中毕业，人不大，却机灵得很，眼睛一眨，便是一个主意。她连高中也没有考上，尚伯伯对她横眉毛竖眼睛，她心里很难受，不想再读。她悄悄地对冯天俊说，她准备到深圳去打工。她说她表姐就在那里的纺纱厂工作，一个月要挣一千多块钱。这些情况冯天俊早就知道，不想她做出这样的决定却很快。冯天俊说，你不想好再走吗？尚霏说，等我想好了，大水都淹城了，我要趁家里人都不在，好走！

尚霏扯了张纸，垫在膝盖上，写了个地址和电话号码给冯天俊，说如果他没有考上，或者不想读，就去那里找她。冯天俊心里骂了她一句，乌鸦嘴！我才不耐烦来呢，我一定能考上大学的。冯天俊心里恨，暗地里吐了口唾沫，脸上却挤着笑，表情就不是很好看，很变态。

眼前的尚霏长得很好看，一脸的粉红，体态已渐显丰满，屁股很大，腰身却很灵活。最可人的是那双眼睛，春水一般，微波荡漾。冯天俊想，如果用妈的标准来看，尚霏无疑是最佳的儿媳妇人选。屁股大，生娃不费劲。

尚霏发现了他的难堪，她说，我不是说你考不上，你比我强多了。你考上大学，有了好工作，不要忘了我啊！我给你联系方式，我是想，如果我被我表姐卖给别人做媳妇了，你一定要来搭救我。这种事发生得还少吗？

冯天俊说，你为什么不接着读书？尚霏说，不是不想读，是觉得无聊。读书让我头都大了，整天神经绷得紧紧的，心力交瘁。读书不能让我快乐，我还读它干啥？我喜欢唱歌、跳舞，我是班里的文娱委员呢！可学校里总是强调主科的成绩。你不知道，我唱的歌，在市里都得过一等奖，可他们就连高中都不给我进，考分居然不够。恨死！

冯天俊笑了一下。尚霏说，不是吗，我们县里的考试标准太高，中专、大专没有人读，本科才算考取，你又不是不知道，市里的师专只有外地人才会来读。我没有那份闲心，出去闯闯，说不定过几年就当个小老板，挣的钱比那些当官的多。吃香喝辣，再整辆小车来开开。

尚霏的观点和得位的差不多，也和万勇的差不多吧。冯天俊心里醋了一下，突然问，你是和万勇一起出去吗？

尚霏说，我才不跟他去，他这个人跟我不是一个道儿的。别提他，他不配。

冯天俊觉得自己多嘴，这万勇跟自己有啥关系！尚霏说，你会考上个啥？说不定都通知了，你应该到教育局去看看。

冯天俊支支吾吾，说，好像还没有通知。尚霏说，那你就随时关注，天天跑教育局，我听说有的人考上了，却给教育局关系户的子女顶替，你要小心，这个世界有些人为了自己的利益，啥事都干得出来。

冯天俊说，你小小年纪，心里怎么这样阴暗！尚霏说，生活在这个小城市里，我爹又是个所谓的小老板，我啥事不清楚！所以我要阳光，我要开心！冯天俊连连点头。

二十九

可到碓房村，冯天俊将自己的考试、报考志愿的情况给家里说了。妈说，我也没有了主张。你看，能考啥就读啥吧。有个工作，就不错了。

爹坐在檐墙坎下，不吭气。偶尔睁开眼，咂一口烟锅，让烟雾慢慢从嘴里冒出，再闭上眼。

爹现在是连一个字都懒得说了。在山上放放牛，在谷田里坐坐，都很好的，成熟的野果有野果的香味，疯长的稻谷有稻谷的香味，躲在山沟土垻上开放的小花小草也有它的香味。不去管那些高考的事了，他的心情倒还是不错。只是冯维聪还是那个样子，好想事，好动，整天静不下来，也不会好好给家里干干活，还是整天弄他的那些杂七杂八的东西。

万礼智出去打工了，万婶现在守着他留下的那几间屋子和几亩责任田不能走开。本来万礼智也要领着她走的，可她就是舍不得那几亩上好的水田。万婶说，拿给村里这些狗日的种，可惜了。万礼智说，你不走你就要把它种好，不要荒掉啊！

万礼智走后，万婶就天天下田。原来闲惯了，懒惯了，现在不干不行。可一下田，红润的脸就晒煳。一握锄，白嫩的手就起泡，泡磨破，出血，长痂，生茧。担一上肩，肩就是软的，人就往矮处缩。她受不了，就请村里的人帮忙。以往万礼智当道的时候，不管是生产队的队长，还是信用社的信贷员，家里的活不消操心。到育苗的时候，早有人帮助把土整平，把种子准备好。秋收的时候，别家的谷穗还在田里站着，他家的谷粒早已金晃晃地晒在场院里了。脏的重的都是村里人抢着干，遇到修房、挖井这样一些大的活，外村人也寻机参加进来。可现在，万礼智倒台了，没有人理了。村里的人见到他家的人，要么绕开走，要么低下头装没看见，更不会给他们家干这样那样的活。万婶一个人做不了，就上门去请。可村里这家在薅草，那家在喷药，就是院里有人，人家也在给猪添食，或者在给牛身上捉虱子。忙啊，庄稼人谁不忙呢！

万婶生气了，脸气白了，胸也闷了，声音就着了力，尖锐无比。万婶骂花鸡公①，自家院里骂不够，就在门外骂。檐前屋后骂不够，就在村里骂。从这家的门口骂到那家的檐后，从村子的前边骂到溪水的尽头。她骂树，骂房，骂马牛羊鸡狗猪，骂地上的虫蚁，粪堆上的蚊蚋，天空中的白云和树枝上的鸟儿，骂村庄里所有的人以及并不存在的祖先和神鬼。据说，当年万婶还是姑娘的时候就特能骂，她那时候骂起来一早上不会重复一句。骂人能骂到这样一个份上，是需要才智的。当年万礼智的父亲为了让万家在村子里不被欺负，特意请媒人说给万礼智做媳妇的。

万婶骂得有人听不得，夜里在她家的大门上倒了一桶尿。在早晨的阳光和空气里，尿的味太重，万婶一早起来，觉得味不对。那腥臭让她张不

---

① 骂街的意思。

开嘴。她开门一看,一下子全都明白了,她积累了好久好久的火,像长时间给堵的水,让那一桶尿给泼开了缺口。她怒火中烧,血脉偾张。那个泼尿的人现在一定缩在屋里捂着嘴笑,悄悄听着万家院子里的动静。万婶随便一数,村里至少就有十人以上会干这样的事。她就采取骂的办法,先解了恨再说。她先是在院里骂,后来是在门外骂,再后来是在场院里骂。先是站着骂,掐着腰骂,指着青天白日骂:

做短命事,短命鬼!做无屁眼的事!有娘养无娘指教的!短棺材!

绝孤寡!烂尸板板!八个老人抬的!烂撮箕端的!塞炮眼的!狗啃老鸹啄的!

坐慢汽车的(被枪毙的人先是要坐在车上游行示众)!

……

骂着骂着,她干脆找一块木头,从家里提一把菜刀,坐在场院的中间,砍一刀骂一句:

砍血脑壳的!砍秋头的!砍血脖子!砍血桩桩的!砍你的脚杆杆!砍你血浆浆冒!

砍你一走一个血脚迹!砍你五马分尸的!砍你断子绝孙的!

……

据说她这骂人的话就有十八砍。骂完这些,又历数所骂对象的来历:

牛日马下毛驴子带大!花猪儿日的!老母猪下的!

他妈搭他舅舅日弄出来的!

……

所有污脏恶毒的话骂了一遍,菜刀口也砍卷了。万婶口干了,嗓子哑了,也累了。天上的太阳也毒了起来,照得她汗淌。万婶就站起来往回走。

万婶走过冯家门口,见冯维聪正撅着屁股在院里鼓捣他的发明。万婶眼珠一转,走了进去。万婶说,维聪哪!

冯维聪正专心,没有听到。万婶声音大了起来,冯维聪!

冯维聪还是没有听见。万婶走到冯维聪的身边,一把抓住他的后领,用力往后拽,尖锐的声音从他的后脑勺穿了过来,冯——维——聪——!

冯维聪吓了一跳,站起来。他回过头来,看到了手提破刀、满脸凶相的冯婶。冯维聪吓得魂飞胆丧,扭头往屋里跑,一边跑一边喊:杀人了!

杀人了！万婶杀人了！

冯维聪跑进屋，"咣当"一声把木门关上，拉上门闩，用背紧紧抵住，全身哆嗦。可好一会儿，并没有人来打门，他哆哆嗦嗦转身，凑近门缝往外看，万婶手里已经没有了那把吓人的刀。相反，万婶还笑眯眯地看着他。

万婶说，维聪呀，你出来我给你说，有好事呢！万婶不杀人了，笑眯眯的，还有好事！以往可很少见她笑过呢！

以往她可连看都不看一眼别人的。冯维聪想不通，他纳闷。万婶说，维聪，你出来，出来我给你说。冯维聪战战兢兢地开门出来。万婶伸手摸了一下他的脸说，看你，都吓成啥样了！冯维聪说，你不杀人了？

万婶说，乱说，婶才懒得杀人呢，婶那刀是切猪肉的。维聪脑壳好用，婶是想请你办点事。

冯维聪还从没有听说过万婶夸奖他，还要请他办事，是看得起他呢。

冯维聪说，婶，你有啥子事？万婶拉着他的手就往家走。万婶说，你帮我做事，我也会帮助你的。

冯维聪说，你能帮我贷一点款吗？万婶一听，笑了，说，贷款？贷好多钱？冯维聪犹豫了一下说，五百块。万婶说，五百块，我还以为好多呢！好说好说！我给你贷五千块！冯维聪随着万婶到门口。万婶让冯维聪从水泵里压出两桶水来，抬到大门边，要他把那些尿迹洗掉。冯维聪抽了抽鼻子，将手缩回，不干。万婶说，你不是要贷款吗？你读书不是等着钱用吗？冯维聪身体抖了一下，眼里的光亮了。他说，万婶，你去忙嘛，我给你洗干净就是了。万婶伸手摸摸冯维聪的脸说，就是嘛，好多人说你有疯病，其实你是好好的。

冯维聪洗了一半，后面噼噼啪啪有人赶过来，他还没有回头，就有人一把夺过他手里的水桶和抹布。他的手被人捉住，紧紧牵着就往外走。

冯维聪一边走，一边说，别呀！别呀！啥别呀！回家！说话的是冯天俊。冯天俊紧紧攥住他，流着眼露水说，哥，你好憨呀！

冯维聪生气了，说，我咋憨？我哪里憨了？你给我说清楚！

冯维聪的衣袋里藏着一个东西，那是他的秘密，也是他的最爱。那是一张照片，是冯春雨的照片，黑白的。当年冯春雨和冯氏兄弟俩一样，没有钱花，也舍不得钱花，照相对于她来说，是一件很奢侈的事，那种梦想他们都一致把它放在大学毕业之后。冯春雨最后一次毕业，禁不住相馆里的人的劝说，才在学校的水池边留了一个影，那一次摄影师收了一块二角钱，洗了两张照片，冯春雨送了一张给班主任，一张自己留着。冯维聪看到了，跟她要。冯春雨说，你还要呀？你不是天天都能见到我的吗？冯维聪说，各是各，看照片有看照片的感觉。冯春雨还是不给。

冯婶就说，冯春雨，你迟早是我们维聪的人，给未婚夫一张，有什么样不可以的！

冯春雨脸红了一下，把照片给了冯维聪。冯维聪得到了照片，好像比得到了真人还高兴，整天嘴角往上翘，牙齿外露。常常在一个人的时候，拿出来看。看着看着，就笑了。冯春雨走了，读大学去了。好一段时间里，冯维聪都沉浸在他的创造发明之中，他常常为一颗螺丝钉的位置，为一个力臂的长短，为一根拉杆的角度而焦虑。他进入了另一个世界，这个世界只有已知和未知，只有陌生和新奇，这个世界像是一个黑洞，无限空阔，无限神秘，有一种力量在牵引他，让他不由自主地往里走。他不喜欢学校教育那种强迫，那种固执，那种是就是是、非就是非的森严和刻板。他喜欢这种创造，这种新，这种好玩。在他搞发明的过程中，父母不理解他，村里人嘲笑他，他心如刀绞。虽然妈不说他，但他心里清楚，妈是可怜他，同情他，疼他，爱他，是慈母本身固有的那一种。但母亲根本就不理解自己。而爹，严厉得像是一块木头，即使春天来了，连芽也不会冒出一叶。爹对生活的欲望比任何人都强烈，他虽然从不说一句完整的话，但他所要表达的，却比谁都完整和果断。冯维聪常常在爹的眼里看到一种仇恨，仇恨高考，仇恨人生，仇恨家人。那种仇恨是爱到极致的变异。他每看到爹，身体由不得地打战。而冯天俊，年龄比自己小，精明，但这些年的高考，已经让他过早成熟，说出一句话来，和四十岁以上的人差不多，和他也没有啥共同语言，他每次回家，背着手，在檐前屋后转来转去，特别是戴上那副眼镜后，像个四眼狗，与当哥的，距离就更远了。

在冯维聪的生活里，有一个人和他息息相关，和他在一起的时候，就是一句话，一个眼神，或者是一个动作，他都觉得熨帖，觉得踏实，觉得是一股暖流。这个人就是赵得位，赵得位比他小好几岁，这家伙却很理解人。他文学水平高，据说好多老师都不如他呢！他的文章，比酒州城里的那些被称为作家、记者写出的文章好多了。他也曾动员他给城里的报社、刊物投稿，不料这家伙说出了一句让人绝望的话：他根本就不愿意同流合污。这家伙的话不见得对，但个性十足。

冯春雨是另外的人，是和他冯维聪连在一起的人，抓心的那种，但又隔得很开的那种。想别人是暂时的，想冯春雨却是长久的，像是一根线扯着，偶尔一提，心就会疼。冯春雨走了，他偶尔从发明里抬起头来的时候，一下子觉得空虚，一下子觉得生活差了一样东西。摸摸头，头还在，摸摸手，手还在，跺跺脚，脚也还在。摸摸胸，很空。原来是心不在了。

小时候，村里人一看到他和冯春雨在一起，就拿他们俩取笑，说他们小两口如何如何。那时他心里很烦，很恼火，恨说话的人。现在他长大了，成人了，冯春雨不在了，也没有人说他们的事了，他倒难受得很，他恨不得有人来说说他们。

现在，冯维聪看冯春雨照片的次数更多了，时间更长。白天看，夜里还看，醒时看，睡着了还看。他不知道她现在在哪里，不知道她的情况是啥，自她上大学后，她没有给他写过一封信，哪怕是片言只语。

他又开始看相片了。黑白的相片，上面的那个人，头上扎着马尾巴辫子，刘海掩过了一点额头，脸白而略显长，瓜子形，薄薄的嘴唇，轻轻地抿住了。一双眼笑眯眯地看着他，像是在说什么，又像是什么也没有说。胸脯有点鼓，将白色的衬衣顶起了一点点。

这个人在和他说话了，很小声，很温柔，像是微风轻轻吹过河面，又像是夏末的稻谷扬花时飘出的一丝儿芳香。冯维聪就去牵她的手，她让开，一甩辫子转过身去了。冯维聪就追，跑趟子是他的强项，他的步子密得像雨点，能带起风。小时候他常常追她，她跑不过了，就一跤跌进谷草堆里，他也跟着一跤跌了进去。可现在他就是追不上她，他叫，她不理。他喊，她不应。眼看快要抓住了，她柳枝一样的腰轻轻一摆，他挥出的手就只握了个空。

他坐下来哭。他已经多少年没有哭过了，现在哭，哭得山摇地动，哭得风飘雨摇。哭哭，闷闷的胸里心里居然轻松多了，好过多了。

没有捉到冯春雨，却听到冯春雨说，要追上我，要读书，要高考。听到"高考"两个字，冯维聪的心里一激灵，居然就醒了。原来他做了一个梦。梦在他的心里最疼的地方扎了一针，让他辗转反侧。

是梦提示了他，冯维聪想读大学，最好是清华，在那里找冯春雨，和冯春雨在一起。

那么，他首先要做的事情就是快速制造一架飞机，要么卖掉，换钱来读书；要么他的发明引起清华大学校长的关注，破格录取他。为了推动社会的进步，他努力了很多，他比那些只会死读书的人强多啦！清华大学的校长不会是睁眼瞎吧！飞机造好的那一天，最好的办法是，风风光光地驾着飞机去清华大学，风风光光地出现在冯春雨的面前。

三十

到了开学日，村里又乱了起来，家长们开始筹钱，有稻谷的卖稻谷，有家禽的卖家禽，有牲口的卖牲口。家里一样都没有的，就在村里蹭，从东家跑到西家，从南边跑到北边。村里都是穷鬼，就往外村跑。其实这些年哪个村都差不多，都把重心放在儿女的身上，家家户户的钱包都瘪得像个陈年的猪尿脬，互相借钱，变成了互相问候。要是哪一家不借钱了，大伙儿倒还会想起：要么娃都成器了，要么出啥问题了。

村里大伙都怕互相撞见，远远看到，连忙往旁边躲，生怕口齿快的人先提出借钱。大伙儿都没有办法，还只得往信用社跑，信用社是农民的大救星，但只要把上次的贷款还掉，办办手续，钱还是可以到手的。既然有这样的好事，那就贷吧，虽然利息不低，用一天算一天，但只要孩子能读出书来，他就从黑夜里走进了早晨，阳光灿烂，一家人就糠箩跳进米箩。哪怕欠上五万、十万，一家人只要有一个人读出来，前十年的工资还债，以后的收入就是净赚的了。如果一个人二十岁考上大学，基本上三十岁以后就可以过好日子了。这个账好算，村里人都心知肚明。

狭道相逢勇者胜，就都一个劲儿地往高考那条独木桥上奔了。村里的孩子们背着行李，吆五喝六地、一帮一帮地往城里跑。冯天俊却迟迟不动。到了所有的大学都录取完了的时候，冯天俊还没有得到通知书，他觉得奇怪，就跑到县教育局招生办去查。

意外地见到尚霏，她是去看初升高分数不够能不能插班。

冯天俊说，你不是要私奔吗？没有下决心呀？尚霏说，决心不下我不是人！我都上火车了，是给我爹拽回来的。冯天俊费了半天力，终于查到了结果：通知书二十天前就寄出去了。他回到碓房村，到镇上的邮局查。邮递员打开记录一看，告诉他是送到碓房村的万礼智家的，一个女的收的。

邮递员说，你看，没有签字，但有她的手印呢。

万礼智家的女的，不是万婶是谁？她不会写字，盖的是手印，这当然就符合了。原来他的大学录取通知书给这女人捏掉了！

冯天俊的那个气呀，一股子就往额头上冒。快速回到碓房村，快速跑到万家的大门口，快速地敲打万家的门。

门开了，万婶正在给猪厩里除粪，一身的臭味儿。冯天俊很不客气，我的录取通知书！万婶说，啥通知书，我不知道呀。冯天俊说，邮递员说了，是你盖了手印的。你还耍赖！盖了手印？万婶想了一下说，想起来了，一个大信封，早给了你爹，有好几天了吧！你是六月间吃桃子，冲着软的来咯？给爹了？冯天俊当然不排除这种可能，他转过头就往回跑。万婶在后面叉着腰大声骂，兰花烟呛昏了，小杂种，瞎子厮尿，乱干！来呛我了！你不得好死！

冯天俊回到家，爹正靠在墙角晒太阳，手里的烟锅落在脚下。睡着了。

爹！爹！爹！冯天俊连叫三声，冯敬谷才醒过来。冯天俊说，爹，万婶给过你一个信封吗？

冯敬谷没有反应过来，一脸茫然地看着冯天俊。冯天俊比比大小，说，万婶说给你的。信封。里面有我的大学录取通知书。

爹想了好一会，才从包里掏出一个牛皮箍的烟盒。冯天俊抢过烟盒，旋开，里面是为数不多的几张破碎的小纸片。冯天俊给雷击中了一样，呆

179

住了。拐火①了，爹把他的录取通知书裹烟烧掉了。冯天俊将还余下的若干纸片拼在一起，只看到通知和兽医几个字，其余全不在了。原来万婶那天将信送来，往爹怀里一扔就走了，一句话也不说。不说话当然很正常，两家不是多年来一直关系很僵吗？爹不识字，也不知道那女人是什么意思，就将信封在怀揣了好几天，一直没有见万婶来要回，就撕开裹叶子烟烧了。

冯天俊快速进了县城，在招办，他让老师给他查录取学校。好容易查到，录取学校是西南农学院兽医专业。

招办老师说，今天就是最后一天报名时间了，你快去吧。今天是肯定赶不到的，手里又没有通知书，还不知道学校会不会给报名呢！冯天俊也不想赶到。让他花钱费米，读几年大学，毕业出来给牲口治病，吃错药了吧。

回到家里，冯天俊给妈一说，妈心就凉了半截。给爹说，爹摇摇头，不吭气。冯天俊说，要不，我就回家种地算了，那兽医和种地有啥区别！这话一说，爹就听到了，又摇摇头。咬着牙，绿了眼睛说，不！

商量的结果是进城继续补习。

都基本定了下来，可好几天过去，冯天俊还是没有动静。妈催他进城读书，他叹了一口气。妈就知道他叹的主要是钱。家里毫无积蓄，田里的秧苗刚刚出穗，实在是没有什么可卖的了。冯婶照例又到信用社贷款。旧债未还，又借新债，信用社里的信贷员不干了。寡着脸说，冯婶呀，上次借的还没有还，现在又借，拿啥来还？到时整成呆账，我就汤灾了！

面对这样的尴尬，冯婶也口吃了。她说，还、还、还……她是想说她们家借钱的总数还小，大伙都有借两万的权利，为什么她才借了五千就不给借了。但她说不出，干急。旁边的人就都笑了起来。冯天俊站在人群堆里，看着别人的耻笑，看着妈脸涨得通红，却说不出一句伸展的话，内心受到前所未有的打击。他一把将妈从柜台前拽出来，要她回家，不要再贷款了。

冯天俊说，妈，不读书就真的不行吗？非要读书才能活下去，是不是？

妈吃惊地看着他。他又说，妈，你也不觉得我在这条路太难走了？太可怜了？不想妈抬起手来就给了他一嘴巴。妈用力太大，打得他两眼冒火、

① 遇上麻烦的意思。

180

头晕目眩。冯天俊呜呜叫了两声，妈干脆劈头盖脸就给他几拳。妈从来没有打过他，这次出手，居然是这样的重。他坐在外面的檐坎上晕了半天，等他醒过来，妈已经将钱借了出来，又是五千块。妈的旁边跟着成贵叔。原来妈是请成贵叔帮的忙，成贵叔和信用社的人熟。

现在，啥都讲关系。赵老师说，天俊呀，好好读书吧。啥话都别说了，路只有一条，看你咋个走。

背着薄薄的行李和一口袋沉重的书走在路上，冯天俊心乱如麻。

第二年，冯天俊考上了本地的师范学院。这次他的录取通知书是送到学校的。冯天俊顺利领回家，和家里商量了一下，觉得没有必要再折腾了，师院就师院吧，三年读出来，回碓房村去教书也不错。

想通了，他高高兴兴地来到教育局。大门口，他意外地见到了万勇。

万勇一脸的青春，一身的活力，和几个人在说这说那，一看就有好事。冯家和万家势不两立，冯天俊不想理他，眼皮一耷就走过去。不想他刚走过去，万勇看到了他，叫道，冯哥！

冯天俊只好回头。万勇的旁边还站着万礼智。万礼智也是一脸的幸福，满面红光。冯天俊装着很吃惊的样子说，哦，是万勇呀！取到哪里了？

万勇说，是上海复旦大学。你呢？冯天俊觉得不可思议，两相比较，自己差得太远了，一下子变得矮子放屁，低声小气地说，我、我、是酒州师院。万勇一脸的惊讶：不会吧，你学习那么好，呃，你听说了吗？冯春雨姐考博了。冯天俊一愣，考博？

万勇说，是呀，我上次去北京，见到她了，她还问起你们家的情况呢！

冯天俊说，呃，她不错的，你也争取考博吧。万勇说，我是得努力一下，以前太贪玩了。万勇还想说什么，冯天俊借故转身就走。

到了酒州城，冯天俊直奔中学，今天的遭遇逼迫他想要再次发愤。

校园里到处挤满了人。他奔到教务处，找到原来的班主任。班主任面前一大帮人，都是些复读的、插班的，都在不停地找机会说话。

因为之前和班主任说过，如果考不理想，还想复读的话，就来找他。现在他来了，班主任没有食言，开了收费通知单，让他到收费处交费。冯天俊一看收费通知单，一学期的水电费、卫生费、资料费、注册费、管理费、考卷测评费、监考费、教师辅导费、保险费……十多项加起来，一个学期是四千八百元，一年就将近一万！比去年高多了，他伸了伸舌头。

收费报名的窗口边人山人海，学生们都在挤着往窗口里大把塞钱，然后换回一张收据。冯天俊站了一会儿，看起来要交掉费，起码要排两个小时以上的队，想想，他就退了出来，不由自主地走回他租房的尚家。

尚家门开着，尚婶坐在沙发上，一脸的忧愁。尚婶额上多了些皱纹，头发里也长出了好几丝白发，好像老掉了很多。一看是冯天俊，忙站起来说，天俊你来了！

冯天俊说，婶！尚婶眼一红，声音哽咽了起来。冯天俊说，婶！

尚婶说，天俊，尚霏出去都快两个月了，一点消息都没有。冯天俊知道这事。尚霏几次都想逃走的，没跑成。想不到现在她终于逃走了，逃脱了。冯天俊说，哦，我帮你问问，看她在哪。

尚婶脸上笑了起来，说，今天早上喜鹊在楼上闹，原来是叫这事！快点，儿子，帮助找到，我会感谢你的。

冯天俊说，她走的时候，有没有给你留下电话号码呀什么的？尚婶找出一个本，让冯天俊按上面的号码打过去。是空号，再打另一个，却没有人接。冯天俊掏出自己的笔记本，打了尚霏留给他的那个电话号码，响了几声，那边接了。冯天俊说麻烦你给我找一下尚霏。那边接电话的是个女的，好像听不懂他的话。冯天俊又说了一遍。她才说，没有这个人。说着就把电话挂了。

尚婶说，天俊呀，你看你看，这怎么找？我是想亲自出去找找，她爹又不准。我一个人……

冯天俊说，你们打她了？骂她了？

尚婶叹了一口气，正要说话。里屋一阵响动，走出一个人来，这人满脸胡子，黑脸丧风，说，老子拿着她，要把她的脚杆撇断！看她还跑不跑！

这人是尚霏的爹，是个什么建筑公司的老板。

尚婶说，你别再喝马尿了。一醉就啥都不知道。一个姑娘家，早给你吓跑了。你以前就是逼她学习要好。都考八十多分了你还不满足，要她考九十分，考九十分了还不满足，要她考一百分。她负担太重了，她不跑掉也要让你整疯掉。

尚叔说，婆娘家，就是头发长见识短！尚婶一下子火起来，老娘是头发长见识短！你见识长，你有本事你给我找回来！找不回来老娘死给你看！冯天俊忙劝架。尚叔恶狠狠地瞪了他一眼，丧着脸走了。冯天俊一时觉得尴尬。

冯天俊上了楼。二楼上的那几间，已经租给了一些学生，五六个学生正在匆匆忙忙地打扫卫生，整理床铺。那几个学生，小的十一二岁，大的居然也有二十来岁的，都是些陌生面孔。冯天俊心沉沉的，慢慢爬向五楼。

冯天俊租的那一间因在顶楼，大半露天，门槛角积满了雨水泥浆，门边布满了蛛网，推门，两只耗子尖叫着从脚下一蹿而过，吓了他一跳。他在屋里站了两分钟，觉得肩上那一捆行李放在哪里都不合适，便又转身出来。突然，冯天俊的大脑里，多少年前离家出走的天香姐晃来晃去。

冯天俊咚咚咚下楼来，对还在伤心落泪的尚婶说，婶，要不，我帮你去找尚霏，可以吗？

尚婶当然求之不得。可是这不是一件小事情，欣喜的脸上露出了些犹豫，这……

冯天俊说，我试试吧，行吗？婶。尚婶说，你是怎么找呀？冯天俊说，我想想办法。尚婶说，那，你不读书了？冯天俊说，我回来再读，也耽误不了多久。尚婶掏出钱包来，说，我给你一点路费吧。冯天俊说，不要不要。

冯天俊将行李寄存在尚婶家里，在电话亭花了两块钱，再往那边打。那电话终于通了。那头是个女的，操着普通话问，谁呀？冯天俊报了两次名。那头说，原来是你！我是尚霏。吓死我了，我一看是酒州的电话，我就不敢接，特别是家里的。冯天俊说，你疯了没有？家里的电话你倒不接！尚霏说，我是私奔出来的，他们把我油都恨出来了。冯天俊说，哪里，尚婶都老多了，你说她想你不想你？尚霏一下子就哭了起来，我妈对我倒是好，可是我爹……

冯天俊等尚霏哭得差不多，才说，你到底要回来不？

尚霏说，我不想回来，家里闷死了，我爹简直就是个活阎王，整天都是读书读书，要命，你不知道，外面的世界太精彩了。我情愿生活在这里一辈子，就是捡垃圾，就是卖唱，也不想回酒州。冯天俊说，真的有那么大的吸引力呀？你有责任心没有？你在家里会饿死你不成？尚霏笑了，说你呀，太憨了，在那样小的地方讲啥责任心？你过来看看，过来……你过来嘛，我都想你了！冯天俊心里像是根羽毛拂过，心里痒痒的。他说，我在你心里还有地位呀？尚霏说，怎么没有？你怎么说没有？我都……尚霏的声音小了下去，冯天俊就听不清她说的是什么，但从她先前的几句话里，冯天俊是听出了，尚霏对自己是很特别的。

尚霏声音又大了起来说，她在那里很好。她看到大大的城市，上百层的大楼满街都是，看到了很多自己没有看到的风景，还挣到了一点儿钱。公司发得也不多，一个月才一千多块，但按时发放。她说社会本身就是一所大学，她让冯天俊去她那里，她给他找工作，保证比她挣得多。

那就去吧，在这里读死书有啥子意思。逃离，不见得就是坏事。冯天俊还窝有一个想法：说不定在那里会见到冯天香姐。冯天俊回到屋子，将行李重新收拾了一下，将要带走的和不带走的分别打成包，特别将那木雕的孔子像包了好几层，小心地放在要带走的那一捆东西中间。他将留下的行李交给尚婶，要她把自己原来租的那间房暂时租出去。

尚婶说，天俊呀，你是真的要去吗？我去看看，尽力而为，如果找到了，我给你送回来。冯天俊并没有讲实话。

尚婶犹豫了一下说，你还是别去了。冯天俊有些惊讶说，尚婶，你是怕我找不到？尚婶说，不是不是，我是觉得，你爹你妈让你来读书，你却去给我办事，耽误你的学业，天打五雷轰呢！

冯天俊内心对读书已经十分疲倦，他已不想向大学的门槛迈进了。条条大道通北京，非要和数十万甚至上百万的人挤这座独木桥，给踩扁了，踏死了，落河淹死了，却还是没有实现这一目的，实在是令人绝望。但这些话太悲观，他怕说出口，会遭尚婶骂。

冯天俊没有目的地在街上走。酒州城不大，两三个小时，他已经在城市的几个重要街道和公园转了一转。太阳落山，高楼掩映在落日余晖的金色里，有些酒醉了的感觉。在县城客运站的房顶上，巨大的广告牌引人注目。说不定这还是赵得位做的呢！广告牌中间是几个戴着博士帽的青年，三男两女，手里抱着厚厚的书卷，脸上笑笑的，据说是八十年代第一批成为博士的酒州人。其中有两个已经是博士后了，而另外三个也是国家级的专家和教授。他们成为酒州人教育一代代人的楷模。旁边是几个红色的大字：百年大计，教育为本。广告的边框，由七彩绚丽的灯带圈住，各种颜色的灯光闪闪烁烁，绚丽之极。如果万勇说的是真话，过两年，这些相片中又要增加冯春雨了。此前，冯天俊无数次特意来到这里，无数次在心中发誓要成为其中的一位，甚至比他们更好。

但现在事与愿违了。冯天俊打起了另外一个主意。

他在乱而拥挤的石台阶边停了下来。这是城市最紧张最拥挤的地方。一辆接一辆的大车从城外开进来，排着队缓缓进站。车刚停稳，里面就往外掉出人来，咕咚一个，咕咚又一个。那些人大都是些青春少年，从十一二岁到十八九岁，一个个脸上既疲惫又兴奋，脚下弹性十足，肩扛着大包小包的东西，快速往车站外蹿。也有的家长跟着，背上背着包袱，手里抱着东西，眼睛还四下里盯着这些活蹦乱跳的人，生怕丢失。前一辆车的人下完，开走，另一辆就快速跟过来，继续下人。冯天俊呆在那里，他觉得自己不能再过这样的生活。

冯天俊觉得自己久在樊笼，过得憋闷，过得委屈，过得暗无天日。

现在他想要离开，想要飞。而且越远越好，越久越好，最好不要再回来。

三十一

冯天俊坐了一夜汽车，又坐了三天三夜的火车，来到深圳这个让碓房村人无比仰慕的地方。高楼、大街、车流、人潮、深远的天空、巨大的广告牌。一切都让人向往，一切又都让人迷茫。站在事先约定的公交车站台旁，冯天俊激动地等着那个叫尚霏的女孩来接自己。他觉得自己有些滑稽，一个女孩不经意的一次约请，就放弃学业，远走他乡，从中国的大西南走到了中国的南部海滨。弯弯曲曲地画了那么一大笔，他不知道自己最终又会在什么地方留下来，不知道在自己前面摆着的是一条什么样的路，是上天的路，还是入地的门？是平坦的大道，还是弯曲的山路？这路有明媚的阳光照耀，还是被黑暗和阴霾所裹缠？

他把小小的行李包放在脚下，伸手往包里摸，掏出手帕来揩揩汗。不想手帕擦在脸上，有些刺，他一看，原来手帕上夹杂了些谷壳，冯天俊这才想起，离家前他还和妈一起舂过碓，筛过糠，那些调皮的谷壳就趁他不注意，悄悄地钻进了他的包里，躲藏了起来。那一整天，娘儿俩舂出了两百斤米，全都挑到街上卖掉，得到的钱妈都给了他。这不多的学费变成了他逃亡的路费。空空的谷壳让他想起早年发生的事，想起据说一直躲藏在这个城市里的姐姐，忽然就觉得希望渺茫，人生无常。冯天俊心慌意乱，眼睛有些潮湿。

云俊！冯天俊！繁乱的人流中有人喊着。他回过头，一个穿着白色短裙的女孩挤过人隙，朝他奔了过来。她一边奔跑，一边叫他的名字。

他眼花了，他傻瓜了。她，是尚霏吗？是尚霏。尚霏一把抓住他，你终于来了！

那种感觉好像多日不见的恋人。尚霏的双眼火辣辣地看着他，看得他脸红心跳，看得他热汗直流。

冯天俊说，你，你给我找的工作呢？尚霏说，一见面就说工作，多没有意思！你，你就没有其他想说的话吗？

冯天俊挠了挠后脑勺，想说？我想说什么呢？真是乡下人啊！是该来见识见识了！尚霏取笑他。冯天俊提着包，跟在尚霏后面。他总是拖在尚霏的后面，尚霏走一步，他就跟一步，尚霏走半步，他就跟半步，尚霏便停下来等他。尚霏那样子，快活得不行。冯天俊说，你来这段时间，还是没有变。尚霏说，你说我什么没有变呀？冯天俊说，你的性格，一样的开朗。尚霏说，我才不呢，在别人面前，我话都懒得讲。冯天俊说，咋个呢？尚霏说，这个世道，不是我们想象的那样。这个深圳也不是想象中的那样。冯天俊说，你失望啦？尚霏说，谈不上失望，只是觉得，生活就是这个样子！冯天俊说，这是一个人成熟的表现。

尚霏领着他，转了两趟公交车，好不容易，才到一个小巷子，再往里走了好一阵，算是到了。

打开铁门，上楼，再上楼。一间小屋，里面摆一张小铁床，两层的，角落里，塞了张小桌，一些化妆品摆在上面。高处拉了两根尼龙绳，上面挂了些女人的内衣，红红绿绿，色彩斑驳。冯天俊看了一眼，脸红，心跳。

门被"咣当"一下关上，尚霏紧紧搂住冯天俊。冯天俊吃了一惊，说，你这是？你这是？尚霏不说话，紧紧地靠在他的怀里，全身颤抖。冯天俊的心怦怦地跳着。一阵慌乱淹没了他，一张柔软的唇紧紧盖住了他的唇。

偷了个空，尚霏说，天俊你不知道，你一直是我心中的偶像。

冯天俊是第一次和女人搂在一起，第一次和女人接吻。他的手是颤抖的，他的心也是颤抖的。不过，他很快就适应了，很快变被动为主动。是尚霏启发了他，他将自己的舌头，不停地在那个叫尚霏的女孩的嘴里一伸一缩，搅来搅去。

钥匙在锁眼里搅动发出了声音，冯天俊吓得连忙住手。尚霏有些不情愿，悻悻地回过身，打开门，说，老梅，这么早就回来了？

叫老梅的女人进来，一看，笑了，说，我说怎么门会被反锁，原来我们小霏接了个男人回来……这下你就不潮了？

尚霏说，死婆娘，我不潮，你潮了咯？老梅其实并不老，也就大他们两三岁的样子，略略的胖。她径直走向床头，空间太挤，她和冯天俊擦肩的那一刻，丰满的身体肉肉地挤了一下他，一股浓香蹿入他的鼻孔。冯天俊又是一阵脸红。

晚上，尚霏领着冯天俊在后街的小吃摊上吃了一顿。老梅原本是要跟着来的，尚霏有些不愿意，说，我和天俊还有其他事，你忙你的吧。已经在脸上擦润肤露、换了衣服的老梅，出了门又只好返回，重重将门关上。

叫上她吧，她都生气啦！冯天俊说。

尚霏才懒得理她，一出门就紧紧挽住冯天俊的手，两个人就像一对早就贴在一起的恋人。冯天俊缩了缩手，缩不回，就说，怕不好？

尚霏偏着头说，有啥不好？你不是来找我的吗？冯天俊说，我是来找你的，可我是要领你回去的，我答应过你妈妈。

尚霏有点不高兴，说，不要说这些，来这里，你待上一段时间再说。

冯天俊想说什么，可又说不出来，干脆噤声，抬起头，看这个城市的无限风光。

两个人在小吃摊上坐下，尚霏点了些东西，都是冯天俊以前没有吃过的：诸葛烤鱼、广东肠粉，还来了一碗云吞水饺。他吃得满口生津，汗流浃背。多好啊，原以为，天底下最好吃的是碓房村的大白米，真是井底之蛙。

要不要来点酒呀？尚霏问他。冯天俊连连摆手，在他眼里，酒不是好东西，酒的坏处太多。尚霏说，我也不喜欢酒，我爹经常醉酒，然后回家发脾气。冯天俊找了个说话的机会，说，你给我介绍啥子工作呀？尚霏说，看看，又来了。冯天俊嘴里的东西一下子喷了出来，急了，我这么远来，原来还没有着落呀！尚霏说，慌什么慌，我都不慌你还慌！冯天俊说，我包包里没得钱了。尚霏说，有我在，饿死你啦！

过了一会儿，冯天俊转移话题说，那个老梅，听口音是我们那一片的。

尚霏说，她是那边劳务输出过来的，也在纱厂。

冯天俊说，你和她是不是有点……尚霏说，她这人心不错，只是见不得男人。两个人边吃边说。原来尚霏的表姐是在夜总会上班的，的确很挣钱，每月下来，至少要挣一万块钱。尚霏来之前，一听说这么多的收入，吓得伸出的舌头半天回不去，当然就很向往。但表姐将尚霏领进夜总会的第三天，尚霏就不干了，在那里面不卖身，站在大门边迎送一下客人，或者引引路，端端茶，是赚不到大钱的。尚霏终于明白了表姐的准确身份，转身就走，她尚霏是需要钱，但她不是个没有见过钱的人，她家钱有的是，她出门的原因是家里对她读书期望太高，她反感。她本来是想通过自己的努力，不高考，不读大学，也能挣到钱，也能有一立足之地。让爹妈看看，让世人看看。可她出来遇上的居然是这等事。她的心里灰暗到了极点。好在包里是有钱的，她离开了表姐，找了一个住处，夜里不敢出门，白天到处找工作，现在她找到的是一个纱厂的工作：纺纱。苦是苦点，挣钱不多，但好歹有个立锥之地。事业嘛，只能找机会，慢慢发展。

两个人吃完，尚霏付了钱。依然是尚霏主动来挽他的手，两个人沿着城市的人行道慢慢地走。城市灯红酒绿，高楼大厦密如老家的白杨树林。车流更是不得了，拥挤得不行。白天这样还说得过去，可晚上依然车水马龙，实在出乎冯天俊的意料。

冯天俊问，哪种车是奔驰？尚霏说，我也不知道，你关心这干啥？我听说奔驰是很贵的车。冯天俊。尚霏一下子跳了起来，说，我是听说过……对！对！你以后就用奔驰车接送我吧！上下班啦，看电影啦，周末到海滨去玩啦！冯天俊也跳了一下，不过他马上就停了下来。他说，我是要买奔驰车的。我下决心，一定要买上一辆奔驰！

说到未来，两个人都激动得不行。

可是我、可是我的钱在哪里呢？

尚霏朝那些车流努努嘴：他们在此之前，想必都不富有吧！这倒是。冯天俊点点头。快到宿舍了，冯天俊说，晚上我住哪？尚霏说，你跟我回去，有我睡的，就有你睡的。冯天俊说，啥意思？尚霏说，没有意思，一个大男人想这么细？你累不累！宿舍是尚霏和老梅合租的，老梅下铺，尚霏上铺。他们进屋的时候，老梅出去了，还没有回来。冯天俊在尚霏的指引下，在楼道里的公共浴室里洗了个澡。洗漱完，尚霏让他睡上铺。他爬到上铺，解了两个外衣的纽扣，又觉得不妥，说，小霏……

尚霏抬起头来笑，说，咋？冯天俊说，你们都是女的……

尚霏说，出门在外，讲究得起好多？要住宾馆就自个儿去。正说着，老梅进来。这个时候应该是夜里两点多。冯天俊只好躺下不动。老梅一脸红扑扑的，还兴奋着呢！她说，还得感谢你们没有邀请我，手臂上刺龙的那个李强请我喝酒了。尚霏说，就是嘛，我们梅姐可是红得抢手呢！追你的怕有一个排。老梅说，哎哎，说这些干吗，羞死人了。你和那个老乡上床没有？他去哪了？

冯天俊脸红得不行，正要反驳，尚霏说话了，哦哦，你和那个李强上床了？解馋了？这下你不潮了？祝贺祝贺！

老梅脚绊了一下什么东西，低头一看，是男人的鞋。她抬起头，正好看到了冯天俊的头，说，哎哟，哎哟，老姐低估你了，要不要我让你？

尚霏说，你说哪里话，今晚，不，最近一段时间我都跟你挤一下。

老梅说，我是姐，当然会关照你。你要和我睡也可以。不过有男人了，还和我睡，是啥意思？

尚霏说，你说个啥呀，你……两个女人互相取笑、挠痒，笑得喘不过气。倒是冯天俊缩在上铺一句话也不敢说，连动也不敢动一下，吸了口气半天没有吐出。太累了，冯天俊很快就睡着了。脑海里一下是火车的轰隆声，一下是村头石碓落下的闷响，一下又是冯维聪。再后来的夜里，醒了过来，是因为下边闹了起来。

尚霏说，你太胖了，屁股又大，都要把我挤下床了。老梅说，就是，床本来就很窄。要不，我到上铺睡去。去你的！尚霏说，你又宽又大，影响了人家天俊。老梅顿了顿说，那你上去吧，只要不把床弄塌下来打死我，你们干啥我都不反对。窸窸窣窣一阵响，床一阵晃动，尚霏果然就爬了上来。冯天俊不敢动，装睡。尚霏的头发在他脸上撩了一下，身体朝他挤了一下，体香毫不犹豫地蔓延过来，尚霏穿着薄薄的一层，靠他睡下，轻轻地吻着他，柔软的乳房紧紧挤在他胸前。

冯天俊的气粗了。

尚霏的手伸到他的身上，慢慢地游走全身。冯天俊努力控制，但那个东西居然不争气起来。他脸热、心跳、血脉偾张，实在控制不住，又顾忌到下铺的那个老梅，他只好在尚霏的手里射了。两大串泪珠在冯天俊脸颊上滑过，这可是他的第一次呀！尚霏轻轻地给他擦了，紧紧搂住他，不再动弹。

下铺传来老梅有节奏的呼吸，她居然睡着了。

第二天是星期天，老梅早早地出去了。听到关门的声音，尚霏迫不及待，一跃而起，匍匐在冯天俊的胸前，吻他双唇、颈、肩，最后是鼻翼和额头。冯天俊再度崛起，这下他们做得如火如荼。尚霏几次尖叫起来，晕头晕脑的。冯天俊脑袋一阵轰鸣，不知事理。

尚霏陪冯天俊上了一天街，到处给他找工作。灯红酒绿的宾馆、按摩店、歌厅、赌场、洗浴室，冯天俊都不愿意去，尚霏也说怕他去了会学坏。建筑工地上太苦，危险性大，也不好。饭店的厨房里要的又是厨师，洗碗抹筷要的是女人。

冯天俊的工作很不好找。

到了周一，尚霏早起上班，冯天俊自个儿早早出门去找工作。对于深圳，他不是一个热血沸腾的建设者，倒像是个无家可归的流浪汉。不，他本来就是个流浪汉，本来就无家可归。这个城市里有无数的人在干活，可就没有一样活可让他干。这个城市里有很多的钱在交易，可却没有一分钱由他支配。他在中国这个最前沿的城市里跑了几天，最后还是一无所获。

冯天俊嘴上起了泡，一股一股的火往上蹿，火绿。倒是尚霏不急，白天上班，天黑才回，有时要到晚上两三点才回来。冯天俊气馁地说，再找不到工作他就要回家了。尚霏说急什么急，我一直都在托人给你找理想的工作。说完还在他的脸上吻了一下。

只要老梅不在，尚霏就嗲声嗲气地要他，尚霏胸有韬略，办事果敢。这天冯天俊从外面回来，已是深夜了，他一进门就被尚霏吻住了。尚霏告诉他，他已经有了工作，是在深圳最大的手机制造厂工作，月薪一千八百元，三个月后还将有所增加。冯天俊的心落了下来。

冯天俊在手机厂里工作，感觉到了生活的美好，尽管身在异乡，但离开那些枯燥的课本，他便有了短暂的欢乐。想象着全国各地不同身份、不同年龄、不同性别、不同族别的人，都在用他所参与生产的手机，交流感情、问候爹娘、做生意、讲发展，他心中就有着无限的快乐。这里很忙，但他愿意；这里很累，但他开心。比这里忙、比这里苦的日子他都经历过，他不怕。但就是不能每天回尚霏的住处，吃在厂里，住也在厂里，从周一到周六上班，周末有一天的休息。

相对来说，有点遗憾的是，他所学的东西居然没有一点能在工作中用上，因此他的待遇和那些初中生甚至小学生，没有什么两样。

这天他回到尚霏的住处，尚霏等着他呢！几天不见，两个人耳鬓厮磨，难免亲热。尚霏让他试新买的衣服。这衣服都是些相对高档的，冯天俊此前不要说穿，就是见都没有见过。他有些难为情。尚霏说，以后挣到钱，你给我买不就行了？话是这样说，但他觉得那日子好像还很遥远。

冯天俊突然想起什么，忙将行李抖开，里面的东西撒了一地。他带着的那几本书还在，其他什么也没有。

冯天俊急了，我的东西，我里面的东西！尚霏说，啥呀？看你这样子？冯天俊说，孔子像，孔圣人……

尚霏笑。冯天俊说，那可是我的命，我的魂啊！

尚霏努了努嘴，你不早说，黑乎乎的一团，差点给我扔了！孔子像连同包着的作业纸，给丢在墙角。冯天俊心里一阵剧痛，连忙搂起，泪水一涌而出。

尚霏说，是你的命咯，看你那鸟样，脸都白了。

冯天俊用袖子将孔子像揩干净，说，唯女子与小人难养也，近之则不逊，远之则怨。

尚霏说，你叽里咕噜说个不停，是什么阴骘文①呀？会不会是骂我？

冯天俊不理她，一个人坐在门口生闷气。尚霏说，冯天俊，你一个男人，大度一点不就行了，又不是什么大事！比钱还重要吗！冯天俊说，燕雀安知鸿鹄之志哉！

尚霏笑了，说你这句话我听懂了，我读过的，你的意思是说我不知道你的志向。我知道，我知道，你想考大学。

冯天俊突然想起，说，尚霏，你不是喜欢唱歌，喜欢跳舞吗？怎么没有听你说起？你的梦想怎么不在了？

尚霏抿着嘴说，你别哪壶不开提哪壶，那是一个黑暗而又肮脏的世界。

不等冯天俊接话，尚霏在冯天俊的脸上吻了一下，抱住我，紧一点。我的梦，难得实现了，下一世吧。不过，俗人的梦想，总该可以吧！

冯天俊没有啥爱好，不会唱歌，不会跳舞，不会下棋，不会玩扑克。同宿舍的舍友们，他们干完活后，打牌、吹牛、喝酒、疯闹，再就是到外面的网吧里上网，简陋的歌厅里吼歌。时间一长，冯天俊颇觉无聊，就拿出带来的书看。一看，还真就看进去了，多少年养成的习惯，还真是改不了。冯天俊怀念碓房，怀念学校生活，只有看书解题，才是他最快乐的事。

周末，冯天俊回来，尚霏不在。老梅又在洗内衣，老梅的动作很快，很干练，她背对冯天俊蹲着，宽而胖的屁股就露出了半截。冯天俊突然想起老家的一句话：婆娘要胖，豆花要烫。碓房村人吃豆花，就是要煮涨煨开的那种，油辣椒蘸水里一滚，在嘴里又辣又烫，爽死了。婆娘为什么要胖？胖婆娘身体好，干活厉害，生娃也厉害。想到这，冯天俊对老梅更是尊重。这个叫老梅的女人，比他大五六岁的样子。她是乌蒙山人，老家在乌蒙大山的山谷里，家里穷，姊妹又多，初中毕业就出来了。说起来也挺让冯天俊同情的。老梅的处境让冯天俊想起了天香姐。天香姐也在这个城市里，可她到底在这个城市里的哪里呢？

听到响声，老梅回过头来，一下子就看到了冯天俊。老梅一愣，脸上旋即笑出一团花。

你来了！屋里坐！屋里坐！老梅那客气，是把他当成了自家人的。

---

① 道家劝善书，学佛人必学的一部经典。这里指听不懂的话。

老梅走在前边，冯天俊跟在后面。进了屋，坐在床沿上，两个人开始聊天，从老家说起，从读书说起，到打工的酸甜苦辣，再到对亲人的思念，两个人说得心潮起伏，说得眼露水汪汪。

冯天俊说，你知道一个叫冯天香的人吗？她和你差不多大。老梅哪里知道。老梅摇摇头说，深圳的人都是外地人，到处都是人的海洋，没有一点信息，找人谈何容易。想想也是，但是他还是梦想有一天，突然见到一个女人从他对面走来。仔细一看，不是冯天香姐是谁！做梦的事，只能梦里说了。

说着说着，老梅突然哎哟哎哟地叫了起来。冯天俊急了，说：梅姐，你怎么了？梅姐，你怎么了？老梅说，哎，我，不舒服，我，难受。冯天俊不知所措，哪，哪儿？老梅说，哎哟，就这里，哎，就这里。冯天俊的手给老梅拉着往胸口上贴。老梅的胸很大，很热，胀鼓鼓的，软嘟嘟的，让冯天俊吓了一跳。

老梅倒在床上，掀开半边衣服，哼哼说，你给我揉揉，我、我不舒服。

冯天俊脸涨得通红，说，我，我给你叫医生。

老梅哼哼说，不要叫了，你给我随便揉揉就行了，哎哟！哎哟！

冯天俊正不知如何是好，门"咣当"一下打开了。尚霏将身体靠在门边，不说话。

冯天俊，小霏，我！老梅将被子一拉，盖住大半个裸露的身子，说，小霏，我肚子疼，你来得正好，你帮我揉揉。尚霏冷笑，我来得正好，要不然，你很快就会疼死了！哼！

冯天俊回到厂里，就不再回尚霏住的地方。这样也好，冯天俊开始做另一件事，这件事才是他来深圳要做的大事。他每天一下班就胡乱吃完饭，匆匆忙忙上街，专往女人密集的地方走。公园里，影院门口，甚至是歌舞厅、桑拿城、洗脚房、洗浴中心、酒店。当然，有的地方他去了，却不敢进，也不能进。保安根本就不会让一个鬼鬼祟祟的人往里走，一看到他探头探脑的样子，就会毫不犹豫地将他请开。

看到街上的广告，忽然他受到启发，买些白纸来，撕成小条，写上：冯天香，冯天俊找你。然后再写上公司地址和公司的公用电话号码。晚上在街边顺着墙走，做贼一般，看看周围没有人，就贴上一张。

大街上不能贴，他只能贴背街背巷，一个月下来，至少贴了上千张。

他渴望有一天，天香姐突然出现在他面前，抱着他哭着说，弟，我是冯天香。

这天下午，突然发生了一件事，打乱了冯天俊的计划。他从生产线上拿到刚出的成品，清点数量后，用保密封条封好。想立即把东西送出去，但主管开会去了，还没有开放行单。冯天俊只好暂存起来，准备下午发货。下午，取样机的人来了，他打开纸箱确认数量。突然他肚子不舒服，控制不住，只好往厕所里奔。五分钟后，他回来，取机人称少了一台。冯天俊自己重新点一遍，确实少了一台。他脸白了，当时怀疑样机可能是丢在生产线上了，冯天俊便把生产线和打包的地方找了几遍，但是没能找到。

他再仔细翻找，还是没有。汗水从他的头上冒了出来，他只好汇报主管。

这事在厂里时有发生。主管的经验丰富，他一脸的冷，马上就通知保安。恰好街道委员会的人来到公司，将冯天俊贴出去的"广告"给主管看，要他协助处理此事。很快，保安进入现场，冯天俊向保安交代事情经过。然后，和安管人员一起到丢失地点模拟手机交接情况。下午六点，再次回到现场进行模拟。冯天俊有些受不了，他说，我没有，我真的没有拿。保安说，我们没有说你拿，也没有说你没拿，用事实说话吧！保安带着他，到他住的地方进行搜查。冯天俊的床里堆着很多书。保安很不耐烦，将那些书到处乱扔。他们扔一下，冯天俊心疼一下。

突然，保安停下，大家的眼光都往一处聚。原来这里有一个包裹，用红布缠得死死的。主管冷冷一笑，说，这是什么呀？没有等冯天俊说话，主管厉声说，打开！

那个红布包的疙瘩是个死结。保安费了好大的劲还是没有打开。主管说，找刀来。冯天俊忌讳用刀，特别是针对红布包里的东西，他一把抢过来紧紧抱住说，你们，你们千万别……

主管说，没有猫腻你慌啥！保安从他怀里将红包夺过，用刀挑开。大家都很意外，呆住了，原来那是个木雕的孔子像。冯天俊将孔子像抢回，放在窗台上，跪下去磕了三个响头。这太伤自尊心了，太有损于冯天俊的人格。在碓房村，在酒州城，可从来没有人会怀疑冯天俊的人品。更要命的是，孔圣人像有此遭遇，他深感悲凉，自责不已，都是自己的过错，他一遍又一遍地祈求圣人原谅自己。

保安们悻悻地离开了，没有将追究持续下去。倒是乱贴广告的事，城管要罚他两千块钱的款，可他哪有那么多钱！更何况姐没有找到，要是姐找到了，他就是卖血，也要交这笔钱。

冯天俊受不了，这样的环境里，再也待不下去了！现在他终于觉得，任何一个地方都没有酒州好，没有碓房好，没有学校好。如果有机会，他还想复读，再搏一回。

就在这个时候，尚霏有反应了。尚霏呕吐完，白着脸说，冯天俊，你狗东西，你把东西放进我的肚子了，你看怎么办？冯天俊从没经历过这种事，根本就不知道如何是好。他满头大汗，全身发抖，坐不是，站不是，像是热锅上的蚂蚁。

尚霏说，你不会抛弃我吧？冯天俊连忙说，怎么办呢？要是你不放心我，我们就结婚吧！

尚霏说，结婚？我看你是头昏！想得美！冯天俊说，要不，过段时间，我们就回家。尚霏想了想说，我们回家吧！要不然你迟早会上老梅的床。

可是，为什么要过段时间呢？说着，尚霏还生气地扯了扯冯天俊的耳朵。冯天俊眼里起了泪花：我想找天香姐。

三十二

冯天俊的突然消失，对于冯家来说，又是一个沉重打击。从冯天香开始，冯春雨、冯天俊一个个都往外跑，只有冯维聪没有离开，那是他病了，他跑不掉了。

年少时一直觉得碓房村是天下最好的乡村，怎么现在一点吸引力也没有了呢？对于冯天俊的逃离，冯维聪没有表情，冯婶却哭得死去活来，哭得嗓子哑了，哭得眼睛迷糊了。冯敬谷不说一个字，唯一就是用沉默来支撑。他的沉默，代表了他的一切。几年过去，受的伤也算是好了，好了伤疤忘了疼，他早麻木了。他依然下田插秧，上山放牛。该做的活，他一天也不落下，只是心如死灰，觉得这个家是麻布袋换草袋，一袋（代）不如一袋（代）。

冯维聪干活，从来就不主动，喊他，他就干。不喊他，他就不动。哪怕锅里的菜烧煳了，哪怕稻田里的水漫堤坝了，但他就从没有停止过对于自己梦想的寻找。

眼下，他的机器人已经做到第二十二个了。这个机器人和以往的不同，需要更多的帮助。这不，冯维聪跟在赵得位的屁股后头，来到了酒州城里，找到电脑经销商，把这个想法和老板谈了。老板大笑，说你真了不起，虽然是个农民，但你的想象超出了很多搞研发的人。赵得位要求老板支持一下冯维聪。老板说，我只卖电脑，不搞研发。赵得位说，这个研发，对于推动中国的教育改革，特别是高考制度的改革，有很重要的意义。

老板笑笑，对冯维聪说，你会电脑吗？会组装程序吗？冯维聪说，不、不会。老板说，连电脑程序都不会装，搞什么研发？电脑只是机器人的一部分。

赵得位说，我告诉你，老板，我哥可是个聪明人，不，是个天才，一个月！如果一个月我哥都整不会这个，我的赵字，倒过来写。

老板说，电脑程序不难，但要研发，真的是笑话。

赵得位说，你当了老板，钻进钱眼眼里去了。抠屁眼吮指头，吝啬得不行，生怕出一分钱，倒说些言不由衷的话。

老板说，得位，别说那样难听的话。你讲义气算是到家了，别说得那样难听，我给你一台电脑就是。

赵得位说，新的还是旧的？老板犹豫了一下，说，新、新的。不过下次你给我做活，要把这考虑在里面啊！赵得位笑了，说，我不要你的新的，我只要你的旧的，三台。老板说，赵得位，你这猪脑壳真的转得快，我服你了。

冯维聪将三台旧电脑弄回家，整天就勾在电脑面前。半年后，他的考试机器人出来了。他只消对着机器人说，王维，机器人就会流利地将王维写的几首诗歌背出来。他只要说硫酸，机器人就会将硫酸的生成、分子式和与其他物质发生反应的全部式子都说出来。他只要说：生命中最难忘的一件事，机器人就会说出这个标题下的三篇不错的作文。冯维聪很是满意，跑到村口的小卖部，给赵得位打电话。赵得位也很高兴，连忙赶回村里。在充分体验了冯维聪机器人的智慧后，赵得位拍拍冯维聪的肩说，我们碓房村真了不起，出的人才是一拨又一拨，又一颗耀眼的星星升起来了！

不过。赵得位说，你这个机器人，只会说，不会写字，还不够。冯维聪拍拍脑袋说，是了是了，怎么我就忘记了呢！赵得位说，想想吧，这才是最关键的。冯维聪再一次进入了艰苦的探索，两个月过去，机器人勉强可以写字了。也恰巧到了高考报名的时间，冯维聪就请赵得位在县招生办公室把冯天俊的名报了。冯天俊消失后，一直还没有消息。冯维聪就决定让这个会考试的机器人代替他考一回，这个大胆的想法让他兴奋不已。他用冯天俊的衣裤鞋子给机器人穿上，头上戴了低低的帽子，面容是用冯天俊照片复制的，眼镜也用上了的。冯维聪转着看了两转，拍拍机器人的肩膀说，听我的话，争取考上清华！

机器人晃了晃身子，像是答应了的样子。冯敬谷看了，脸垮下来，不说一句话。

临近高考，冯天俊还是没有一点音信。高考那天，赵得位借来一辆手扶拖拉机，凌晨四点钟就将机器人"冯天俊"抬上车，赵得位在驾驶位上开车，冯维聪在货箱里搀扶，生怕他摔倒，拖拉机点火，轰隆隆就往城里跑。冯维聪那个高兴，嘴都合不拢，那个得意，在脸上放光。

拖拉机开到城里，天正亮，远远地看到了考试的学校，考试时间也差不多了。四周有三三两两的考生在往学校走去。赵得位停下车，和冯维聪一起将机器人"冯天俊"搬下车，两个人一边一个，夹着"冯天俊"就往学校里走。高考特殊，看门的都是警察。警察一看，觉得有点不正常，就伸手拦住说，咋回事？请拿出准考证。冯维聪说，我弟弟，冯天俊，他有些感冒，让我们送来。警察伸手推了推"冯天俊"的帽子，想看看脸。不想一看，当即吓得大惊失色。

警察一边阻止他们再往里走，一边对着对讲机大叫。才一分钟，冯维聪、"冯天俊"的周围站满了警察，一个个如临大敌，严阵以待。而那一瞬间，赵得位见势不妙，早逃出人群，躲进了附近的小巷。

冯维聪被带进了派出所。下面是他们的对话。警察：姓名？冯维聪：我，冯维聪；弟弟，冯天俊。警察：家庭住址？

冯维聪：碓房村。警察：身份？冯维聪：学生。警察：学校？冯维聪：清华大学。

警察惊了一下：清华大学！为什么回来？冯维聪：搞研究。

警察：什么研究？冯维聪：机器人。警察：为什么要做机器人？冯维聪：考试。警察：为什么要这样做？

冯维聪：让我弟弟不再受罪，然后让所有的考生都不再受罪。冯维聪越说起离谱。警察联系碓房村，让来带人，才知道是精神病患者。

疯子！那警察一下跳起来，他妈的，怪事！疯子比我们还正常，比我们还有本事。警察在释放冯维聪的时候，说，你真了不起，你给我制造一个警察，不，一批警察，专门维持社会治安，抓坏人，我给你买专利……你会很有钱，你就不必再读什么书，不必整天想着考试的事了。

冯维聪说，贵得很，怕你买不起。警察说，狗家伙的，还看不起我！我买不起，国家买得起，只要对我们国家有益的事，都买得起。警察说，我们国家有实力了，已赶超世界先进水平！你又不是不知道！

来接他的是赵得位。赵得位的拖拉机就停在路口，赵得位牵着冯维聪出来，长长出了一口气，说，吓死我了！冯维聪爬上车，赵得位又说，吓死我了，你那个发明还是不成熟。

冯维聪说，我就知道你是个脓包，关键时候当逃兵。赵得位急了，说，我要是脓，还来接你整啥？冯维聪说，你对我的发明，有信心没有？赵得位说，怎么没有，没有这些年我还一直支持你呀！我以为，是你这样的人，推动了这个社会的进步！

三十三

在深圳漂泊的打工生活让冯天俊他们觉得迷惘，尚霏越来越大的肚子让她感觉到异乡的不踏实。一年不到，两口子就开始返乡。摇摇晃晃三天的火车，再坐上到镇上的班车，再走一段小路，两个人终于回到了碓房村。

冯敬谷终于知道冯天俊这段时间没有读书，跑到外面打工。又见冯天俊领着个大肚子女娃儿回来，肚子里的气又涌起了一大股，想吹吹不出，想咽咽不下。要知道，冯家不缺女人，也不缺孩子，冯家缺的是那种衣锦还乡的达官贵人。冯敬谷将烟锅往火塘边一扔，闭上眼，不说一个字。倒是冯婶见了，忙迎接他们，又是倒洗脸水，又是让吃刚摘回来的苹果和梨。还忙着将院子里还啄食虫子的母鸡诱来杀了，炖得满满的一砂锅汤，给尚霏舀了两碗。

冯维聪脸白了许多，头发老长，目光里依然驻着几分呆滞。冯天俊叫了一声，哥！眼眶就潮湿了。冯维聪见到他的第一句话是说，天俊弟，你回来了，这次考上的是北大还是清华？

冯天俊给噎住，说不出话来，眼露水就掉了下来，也不知道哥那脑子里是清醒着的还是糊涂着的，不知道他是在挖苦自己还是真不知道。

冯维聪没有注意到他的表情，只是说，你来得正好，帮我把飞机的架子搭好。

屋子中间，摆着那个机器人考生"冯天俊"，冯天俊一看那脸就知道是自己，这让他哭笑不得，也为哥哥的一片苦心痴情而感动。此外还摆着很多钢架、木板、铁皮，还有摩托车的发动机。冯天俊说，哥，你这是干什么？冯维聪说，呵呵，我研究飞机。告诉你吧，我已经掌握了飞机的原理，造出来，我们一家，载着爹，到北京去，到上海去，到深圳去……哦，对了，你要是真的考上清华或者北大，我就送你。

冯天俊说，除了这些，你这飞机还有什么能耐？冯维聪说，上天呀！上天看看，那些盖住碓房村的云是怎么形成的，那些云的后面，到底还有些什么，到底还有多远。这些话越说越离奇，冯天俊说，你不接着研发考生机器人了？冯维聪说，你回来了，我还多这事干吗？你考你的，我不管。冯天俊在哥的吆喝下，帮助他把那些钢架子搬到院子里进行组装。冯维聪的脸上，露出少有的兴奋，有兄弟你帮助，我轻松多了。冯天俊说，能飞起来吗？冯维聪充满信心说，还没有做完，还没有试飞，应该没有问题。冯天俊到孔庙里烧香。几年不见，圣人面前的香灰高起了两尺。

这些年来，乡下人对圣人的尊重，愈加强烈。跪在圣人面前，冯天俊内心的情感难以言说。他将在内心储存已久的愿望默默地说了一遍又一遍，抬起头来，看到的依旧是圣人冷漠的、多年未变的面孔。

回来的路上遇上了赵得位。赵得位说，你都逃到哪里去了！好久不见，你爹都给你气死了！冯天俊推了推眼镜，冯天俊现在戴眼镜已经习惯，相反不戴还不舒服，几年过去，已由假近视变成了真近视。赵得位说，走，看维聪的飞机去。冯天俊说，那哪是飞机，鸡肋巴还差不多。赵得位盯住冯天俊半天不动，看得他有些发毛。赵得位说，不要看不起劳动人民啊！维聪是创造，是发明，没有他这样的人，这个社会恐怕发展不到今天。

冯天俊说，得位哥，你不能这样说，他是我哥啊！我没有看不起，我本来就是农民。

冯天俊说这话的时候，自己都觉得很勉强。赵得位眨了一下眼，我看你就不像农民，不像是碓房村的人。冯天俊和赵得位说不到一起，简单告别，就各自走开。村里到处都静悄悄的，偶尔有两头猪在打泥，有几只鸡在啄食，狗伸长舌头喘气，知了在树荫里哼哼。

对于农活，冯天俊原本是熟稔的。撒种、插秧、薅草、收割、脱粒、舂碓：没有一样他不会。正是初夏，田里的稗草多得很，一夜要长三寸高，都欺到秧苗的头上了。秧苗间里还有星秀草、水白菜、野刺菇等不下十种杂草，其中还有一种牙齿草，刚出芽时，状如牙齿。一有水润，叶往上长，根往下蹿，怎么抠也难抠掉。冯天俊一下田就遇到一簇牙齿草。抠了半天，指甲破了一块，血渗出来，痛得他直吹冷气，那丛牙齿草的根还在泥水的深处，如不除净，过不了多久，它又会长出来，与秧苗争阳光，争养分，霸道无比。

冯天俊赤着脚，站在高高的田埂上，看看那些贴地而生的草蔓，都疯长得遮土掩石。那些草隙间，三棵两棵的花，小小的，却开得亮眼儿。冯天俊知道它们永远都长不大，无法和参天的白杨相比，更无法和山巅的松树比肩。可是奇怪的是，它们却一年又一年地生长，绿了黄，黄了枯，枯了又绿，从没有停止过，生命在不断地轮回。死过的再生，生长起来的更葳蕤，更加迷人。

冯天俊叹叹气，勉强地笑了一回。冯天俊再次下田，腿就给稻草叶子划破，不一会儿，就有肉肉的蚂蟥叮在他的腿肚上不放。而肩上、背上裸露的地方，全都在无遮拦的太阳光下，不几天，身上全黑了，皮全都破了。

冯天俊这个样子，让村里人瞧不起，大伙都知道，这个读了多少年书、考过无数场试的人，原来不过是绣花枕头一个。他成了几不像。在农村，他成了城里的闲人。在城里，他又是土不拉叽的农村人。村里人在他的背后指指点点：这个冯家少爷，早就忘了本，根本就不是农村人，看他那样，书没有读成，还戴眼镜，充什么斯文，装样，恶心！

在家里，爹铁着脸，旧木板一样，从不见个笑。冯天俊知道爹就是这个德行，多年的了。可妈以前却不是这样，妈以前脸色红润，多言多语，没有心事，就是遇再大的事，也乐观积极。可现在不一样了，妈好像是觉得希望已经不在，万念俱灰，说与不说一个样，多说少说一个样。冯天俊和她说话，她看都不看他一眼。只有尚霏和她说话，她勉强说上两句。冯天俊觉得这个家已经失去了往日的温暖、积极和上进的氛围，失去了往日的朝气与活力，真是谷荏田里碌头——戳眼。而尚霏更是受不了他们家里的这种冷火烟，暗地里落了几次泪。冯天俊泪水在眼眶里打转，却咬着牙，硬是不出声。这当然瞒不过尚霏的眼睛，尚霏说，受不了，我们就进城。冯天俊说，说哪里话，我冯天俊可是七尺男儿。尚霏知他是嘴硬，说，别犟了，在这里吃住不方便，还遭蚊子咬，虼蚤叮，我都几天没有洗澡了，早就住不下去了。我们回城里，我打工，你读书，天无绝人之路。还有，你看我这个样子，在这里营养不良，以后我孩子生下来，怕像只小耗儿。

第二天，两个人离开了碓房村。到了酒州城，两个人回过尚霏家里一次。尚老板对他们两个人吹胡子瞪眼睛，要不是尚婶死拉住，他的拳头早落在了冯天俊的头上。两个人只好在尚婶的哭泣中离开尚霏的家。

他们居然走投无路，归家无门。一苗露水一苗田①，好在尚霏手里有点钱，他们在靠近中学的地方，找了一小套房子住下。房子楼层最高，顶上还有一个空地，冯天俊花了点钱，把那个空地搭盖了一下，摆几张桌子。靠里放一块简易的黑板，算是他的临时教室。然后他上街买些红纸、毛笔、

① 一方水土养活一方人的意思。

墨，铺开写了招生启事。他想通过辅导学生来挣点钱过日子，凭他对教材的熟悉程度，要辅导好学生，一点问题也没有。

他的广告一贴出，就有补习的学生找上门来。冯天俊对教材十分熟悉，丢开书也能说出数理化的任何一道公式、任何一道例题所在教材的哪一页哪一行，一点不差，甚至这道题在近十年里高考时出现过几次，是对哪一个知识点的考查，他都一清二楚。他的这点本事让学生佩服。他让先来的学生不交钱，先听课。一堂课下来，一个个学生对他佩服得五体投地。不几天，他就收了十多个高三学生。他轮番给那些学生讲课，讲的同时，也对学生在学校里上些啥、高考的动向寻根问底，全盘掌握。这样下来，他觉得比自己进学校还对劲。

他将孔圣人的像取出，小心擦干净，摆在醒目的位置，高高的，每天早晨磕磕头，烧烧香，虔诚至极。

这天，楼下一阵车喇叭怪叫。有人叫，冯天俊！冯天俊！房东忙打开门。是城管的车，车上下来好几个人，其中一个举着一张冯天俊的招生启事，问，谁是冯天俊？谁是冯天俊？

房东抬起头往上叫，冯天俊，有报名的来了！冯天俊正备课呢，他心里乐滋滋的，心里一边盘算着这个月增加的钱，人就连忙下楼。还没有站稳，他就被人揪住领口，你小子，遍街乱贴，影响了城市的美容，怎么办？

冯天俊知道惹上城管了，说，你们说怎么办？城管说，依照你的非法广告数，最低罚款两千块！冯天俊苦着脸说，我哪有两千块，我都穷得叮当响。城管说，你还是个读书人，城市环境卫生靠大家，知道不知道？

为了挣钱，什么也不顾，眼睛呢？又没有瞎！冯天俊好话说尽，却一点作用也不起。最后，城管说，如果你拿不出罚款来，就去把青年路上的广告全清除掉。不仅你贴的，全部！

尚霏挺着大肚子出来求情，可根本就没有人理她。但她看到其中有一个不说话的，往后面站着，就知他是领导。再仔细一看，却是认得的，是城管大队的队长，几年前常常到尚霏家，开一辆微型车，将爹拉走，说是吃饭喝酒打牌，常常晚上两三点钟才将爹送回来，他和爹的关系好得很，常称兄道弟。

尚霏跑到公用电话亭子，要给爹打电话。冯天俊走过去，恶狠狠抢过话筒，说硬气点，死不了人。

冯天俊选择后一种处罚。他提着一桶水，手里还握着铁铲和抹布。上了青年路，他才知道，这是一条烂广告最多的街。广告内容什么都有：治牛皮癣的、治淋病梅毒的、征婚的、卖枪支迷药的、房产交易的、寻人的、印刷的、开鲜花店的……看来贴广告的不只是他一家。可别人没有被捉，没有被罚，只有他，运气不好，撞在了枪口上了。

冯天俊举起铁铲就刮。不想，有人走过来，将他手里的铁铲夺了过去。那人说，你病了！冯天俊说，没有。那人说，我告诉你，这是我贴的。冯天俊说，你这是非法广告。那人举手就给他鼻子上一拳头，冯天俊鼻血流了出来。等他把鼻血擦干，抬起头来，那人早已不见了。监督他的城管工作人员走过来，喝道，整快点，今天你必须把这条街整完！明天有领导要来视察！

冯天俊哑巴吃黄连，有苦难言。

那些广告，多是米糊粘贴，纸也很薄，水汽一干，硬得不行，根本就揭不下来。弄了好一阵，才整下一张来。旁边城管的工作人员监督着，冷笑了一下，说，这样你才知道我们工作的难度。冯天俊讨好说，就是就是。

冯天俊觉得这比种地还难。太阳直射下来，那阳光不仅热，好像还有重量，落在身上抖都抖不掉。头上直冒汗，口渴得连嘴都张不开。到了下午，他更是心跳、头昏、眼冒金星、呼吸不匀、小腿打战……然后，冯天俊就什么都不知道了。好久，他感觉到脸上凉凉的，伸手摸，一脸的水。有人放下水桶说，醒了醒了。他睁开眼睛，最先看到的是妻子尚霏。尚霏挺着大肚子，对他说，起来，回家了。冯天俊说，怕城管的不饶。尚霏说，都要死人了，他还不饶，不要命咯！

冯天俊跟着妻子回到家，忙给那个木雕的孔圣人烧香。尚霏踢了他一脚，告诉他实情，才知道是岳父给城管的领导打了电话。冯天俊有些不高兴。尚霏说，我也不想求他，只是你都要死了，命都快没有了，还要脸干啥？

还好，冯天俊收到十五个学生，每人每月一百块钱，这样，一个月下来，他就有一千五百块钱的收入。这相当于一个正式老师的月工资，他略满意。每天放学时间直到夜里十一点钟，他都忙得不亦乐乎，收入除掉房租，还勉强够家里的正常开支。

事实上，清华北大并不是立下志向就能考上的。冯天俊在此后的几年时间里，每次考试，他都迎难而上；每次考试，他都遇上了很多的困难。邻省的录取分数略低于酒州，他就借那里的户口考过。少数民族可以加分，他就想办法在自己的户口册加上土家族的族别。年龄超龄了，他就把自己的年龄改小，但均是屡战屡败。或者说，他不是战败，而是成绩的提升不那么明显，或者是国家选人用人的标准又有了新的标准。每一年录取通知书送来，他填报最好的志愿，取的却是他认为最差的学校，而且专业也并不令他满意。还让人尴尬的是，他辅导的学生，大多成绩比他理想，考取的学校比他的好得多。

那他当然不去读。

三十四

时光好快，一晃，儿子都五岁了。为纪念自己曾经的高考历程与还未熄灭的梦想，冯天俊给儿子取了个名：考考。冯天俊准备第十五次考大学，而事实上，就在五年前，教育部和人事部就已经发文，今后的毕业生不再分配工作，要就业还得参加公务员考试和事业单位的招聘考试。

不分工也要考，不分工就业的空间更大。原以为考生会少，想不到随着国家大专院校的扩招，考生更多。乡下的穷人更多了，依靠考试来改变一家人的命运更为艰难，希望更加渺茫，因读书而返贫的人家越来越多。

这一次，高考前两个月，冯天俊将辅导的学生们都退了回去，一个人潜心梳理那些需要死记硬背的东西。政治、历史、地理……这些必须背得滚瓜烂熟的东西对于一个三十二岁的男人来说，真的很要命。背着背着，他的头就沉重无比。他知道是瞌睡来了，打了一盆清凉的水放在屋里，每隔五分钟就往头上淋一次。时间长了，还是没有效果，他就学着古人，狠命扯头发，掐人中。他在心里对自己怒喝：这是你人生的最后一搏！

这是你人生的最后一搏！冯天俊跪在孔子像前，对自己再一次怒喝。是的，折腾了这么多次，最美好的人生都交付给了考试，人生却不可逆转地往另外一个方向滑去。此生不是失望，而是无望；不是无奈，而是无法。

正在这时，门外有人说，就是这里！就是这里！接着就有人咚咚咚地敲门。冯天俊心里生怨，怕是找碴儿的，不开。冯天俊从门缝往外看，却一点也看不清。外面的房东说，他在的，一小时前还在的，我没有见他出去，想是睡着了。接着又是咚咚咚的敲门声。冯天俊想是躲不过的，只好装作睡着了被惊醒的样子，一边打着呵欠一边开门，一边准备着有可能是不由分说的暴力打击。门外一大群人站着，门一打开，人就全部拥了进来。

照相机"咔嚓咔嚓"地响着，镁光灯的光太强，冯天俊一时不适应，只好眯着眼睛，甚至用手掌盖住脸。

有人说，冯天俊，是老厅长来看你了！老厅长？冯天俊一头雾水。接着他的手就给一双温暖的大手给握住。那手握得太牢，紧紧不放，冯天俊感觉到手被握得酸疼。老厅长说，天俊，听说你是碓房村的人？冯天俊说，是。老厅长说，现在碓房村还好吧？

碓房村？一下子有人提起碓房村，还问碓房村好不好，这在此前可是从没有过的事。冯天俊觉得碓房村有些遥远，有些让人迷糊。碓房村在他的脑海里面一下子不真实起来。

老厅长说，天俊呀，我也算是半个碓房村人。这样说来，是不是老厅长娶的妻子是碓房村的？那个女的又是谁呢？冯天俊想。老厅长说，当年，我在过碓房村，老厅长说，我叫徐雅君。

哦，徐雅君！冯天俊想起来了，碓房村的人常常说起他，他对碓房村的影响，他对教育的影响，他在领导岗位上时，给冯春雨和很多学子的帮助。

冯天俊点点头说，碓房村的人常常念起您呢。

谈话中，老厅长知道了冯天俊就是冯敬谷的儿子时，很激动。

他拉着冯天俊的手，说当年碓房村的米粉，说独眼赵四的死，说万礼智，说赵成贵和冯敬谷。他说了很多，说得老泪纵横，声音哽咽。

老厅长说，你这是多少次考大学了？冯天俊有些羞愧，说自己也记不清是多少次了，大约有十多次了吧。

旁边陪着的教育局局长也温和地说，厅长问你呢！儿子考考冲过来说，我爹都考十四次了！冯天俊过意不去，一脸尴尬，啐儿子说，多嘴！一边玩去！老厅长说，天俊呀，我对不起你们。我这是离开酒州后的第三次来这里，我退二线了，以后要下来的机会就更少，我希望你们过得更好，希望教育能真正培养人才，改变人的命运，教育能真正促进地方经济的发展……

老厅长说着说着，居然掏出纸巾擦潮湿的眼角。

临别时，老厅长给他送了一盒人参蜂王浆，要他好好补补脑，再做冲刺。老厅长说，天俊，好好考，考上了就去读，不管是什么学校，不管是什么专业，对我们的社会都是有贡献的。

冯天俊点点头，连说谢谢。老厅长走了后，第二天酒州的报纸就登了他来的消息。消息里说到的教育问题，说到了冯天俊，说到了徐巡视员去碓房村的事。徐巡视员还拨了五十万元，让教育局把碓房村的校舍翻修一下，让教育部门招聘一些优秀教师到那里工作。

哎呀！徐厅长到了碓房村！冯天俊一下子觉得云开雾散，天亮了起来，寂寞了很久的内心，有一股暖风流了进去，绕去绕来。

楼下有汽车轰隆隆开来，熄火。接着就有人咚咚咚地上楼来。冯天俊凑着门缝看了看，是赵得位。赵得位很久没有来了，这次他送了一袋天麻粉和两瓶蜂蜜来。他说前几天他一个人开着车，跑了七十多公里的山路，去碓房村后面的小草坝原始森林里弄了野生天麻来，晒干，打成粉末。他要冯天俊兑蜂蜜、蒸肉饼或者鸡蛋，每天吃两次，补补大脑，增强记忆力。

赵得位说，争取这一次一考走红。冯天俊摇摇头说，看命里头有没有啊！

赵得位说，一定会有，咋没得？我看你印堂发亮，面目吉祥，一定会中的。

很久没有人这样关心过冯天俊，冯天俊眼一红，像是要掉泪了。冯天俊说，谢谢你，得位。赵得位说，谢我干啥！你考上了，以后给我坐坐你的好车就是。

你不是要开奔驰吗？赵得位说话不怕他生气，常常直来直去。

孩子大了，能腾开手脚，尚霏在楼下自己开了个小百货店，生意还不错，家里也添了电视、电脑等常用的东西。考前，尚霏在网上设了考神的位，让冯天俊对着电脑三叩九拜，要冯天俊平心静气，心中默念自己的愿望，握住鼠标一下一下地点。冯天俊点一下，那显示器上代表自己的图像就磕一下头。冯天俊觉得有些滑稽，不好接受。尚霏就告诉他说，这网上的考神呀，又叫考试必过神，原为某知名网站推出的一个虚拟公众人物，因为"考而不挂是为神"而引来万人瞻仰。随着考试季节的到来，网络"考神"的业务显得越来越繁忙。网上考神粉丝已达八百九十万之多，甚至好多大学生在期末考试前都要来拜拜。尚霏见他将信将疑，便打开网页让他看。冯天俊到目前还不会用电脑，还不会上网，甚至连手机也没有一个。他看得目瞪口呆。在"考神"的公共主页上，果然显示有八百九十多万人拜过考神，留言更是五花八门，涉及中考、高考、研究生考试、职称考试、公务员考试、司法考试、教师资格考试、工作面试这些考试内容，甚至有考生连八百米体育测试、考驾照、年终考核都要来拜一拜考神，其页面留言数量已达三十万条之多。很多考生还一天三拜，甚至数拜呢！

尚霏对他说，就当是减轻心理压力，你也拜拜嘛！冯天俊净了净手，按照尚霏的要求再次认真地拜了。他慈眉善目，一脸虔诚。然后，他又将小书桌上的孔子像擦拭了一遍，燃香烧纸，也拜了一回。

三十五

冯天俊借了辆自行车骑上，摇摇晃晃地回到碓房村。也就是几十里路，他居然累得全身是汗，在路上休息了好几次。

当他进了碓房村，偏身子下车时，腰腿酸得不行。以前不要说骑车，就是走路回家，这几十里下来，也不觉得累，家里木桶里的水倒一瓢进嘴，立马又精神抖擞。他想，自己是不是老了，又一转念，不是，是自己懒到头了，这些年缺乏运动。

到了自己家的那个位置，他一愣，觉得自己是不是走错路了。眼前的景象让他不相信是真的，自家的那个院子，围墙是用红砖砌的，高处还设有镂空，原来的白杨树板钉成的院门，换成了铸铁焊接的大门，高大而威严，比万礼智家的气派多了。门上的新油漆发出暗红的光泽，一股浓郁的漆香直往鼻子里冲。门口的土路，打成了水泥地，干净而且平整。

这哪是自己的家！这根本就不是自己的家！冯天俊揉揉眼睛，推着车往前走。走过五百米，就是村里的场院，场院的南边，就是村里的小学，场院的东边，远远的有孔庙的影子。他回过头，自家檐前的那棵老白杨树还在。自己并没有走错呀！

绕了个圈，他在院门口停下，用疑惑的眼光打量着眼前的这一切：双手都抱不过来的老白杨树干上，还有当年冯天香、冯维聪、冯春雨和他刻在上面的刻痕，一道道，多少不一。冯天香刻到她出走的那一年，冯维聪刻到他高考出现意外的那一年，冯春雨刻到她离开碓房村之后就再也没有刻过。尽管冯维聪后来好一些，精神状态渐次正常，但他再也没有往这树上刻过任何符号了。而冯天俊则一直刻到他离家出走到深圳的那一年。

这刻痕是他们的一生的记忆，每长一岁，他们就在自己名字的旁边刻上一道深痕。

刻木记事的人，顾后而瞻前，都是有梦想的人。那刻痕的旁边，冯天俊还清楚地看到他刻的另外一种痕印：一个深及木质、铜钱那样大的洞。那洞到现在已经十个了。那是什么意思呢？那洞表明的是他考试的次数。事实上，他冯天俊已经先后考了十四次高考了！这一次接着再考，他就考了十五次了。那么，这里应该有十五个树洞。

冯天俊在地上捡了块瓦砾，往树上刻去，瓦砾经风蚀雨，腐朽得一用力就成了粉末。他想起姐弟四人在树上刻字的情景和修天的情景，想起那天晚上之后发生的各种辛酸往事，手居然软得没有一点力气。

他从裤带上摘下钥匙扣上的小刀，他一刀一刀地往上刻，他要把还差着的另五个孔刻上。核桃木太硬，他的刀太小，刃太薄，手上的茧这些年已经消退，肉嫩嫩的像是城里人，也就勉强刻了两个，掌心就受不了啦。他往掌心吐了吐口水，咬咬牙，坚持着往下刻。

勉强刻完，冯天俊还是不急着回家。家变成这个样子，一定发生了一些非常的事，这些年他遇上的太多，知道该来的已来，还不如趁现在清静，去拜拜孔子。

到了孔庙前，又是一个意外。孔庙又高又大，被修葺一新，青的砖，白灰勾缝；黄的瓦，华贵典雅；红的门，铜钉的光芒气势咄咄逼人。门的两边，还有一对石狮子，威严而沉着。脚下一律青石铺地，干干净净，整整齐齐。冯天俊一脸惶惑。在墙角放好自行车。走进大门时，又一大股新漆的味道扑进口鼻，把他呛得揉眼抹泪。

高香燃了，红烛点了，纸钱烧了。三叩九拜间，冯天俊在心里念念有词。这样的祷告，已经不是第一次，但内容，却和第一次一样。他一如既往地渴望孔圣人保佑维聪病愈，一如既往地渴望孔圣人保佑自己考上梦寐以求的大学。这是他一次又一次重复的主题，是他几十年来不停地梦想的天空。

心诚则灵，冯天俊多年来一直诚心诚意敬祭圣人。

冯天俊还在跪着，背后有人啪嗒啪嗒地走来，好像不止一个。到了院门外，脚步停了下来。

女的说，你暂时就到这里，不要在我的屁股后面追来追去，我不喜欢这样的人，特别是个看着就让人恶心的男人。等我把思想工作做好了，你再来。要不，我告诉你啊！我爹那脾气，你又不是不知道！

男的说，我都等了这么长时间，还要等到哪七哪八年？女的生气了，说，让你等等咋了？谁叫你爹做丧德事！谁叫你们家不仁不义！男的说，不是我。

女的火气大了起来，不要说那些，我说咋办就咋办！别癞蛤蟆跳秤盘，不识抬举！

冯天俊正想起身。那个女的叫道，你是哪个？是整啥子？没有我的同意，就进庙里来了！还拜孔圣人啊！这孔圣人也是你想拜就拜的？

一双女人的脚站在冯天俊的面前。鞋子在地上咚咚咚作响，跺得冯天俊心惊肉跳。那女人的脚穿的是黑亮亮的皮鞋，鞋子质地非常好，十分上档次的，式样也很新潮。腿子上是非常紧的那种羊毛裤，上面一条小摆裙。

冯天俊抬起头来。冯天俊和那个女人目光对视，冯天俊觉得她好像是在哪里见过。

那种见，好像很遥远，五年前？不。十年前？不。好像是前世，要不就是梦里。他不确定，但确定的是，他的的确确见过她。

那女人先是一种傲，再就是惊讶。冯天俊也是一脸的惶惑，他的心开始狂跳。那女人往下蹲。

冯天俊直起腰来。四目相对。

冯天俊叫道，你是天香？是姐！那女的叫道，你是天俊？是弟！冯天俊说，姐！

那女的说，弟！已经是十多年没有见面，两姐弟抱头呜呜痛哭。哭完了，互相都在问对方此前的经历，但互相又都一时说不清。是啊，一两句话，怎么能够概括一个人的半生！

最后两个人都说，回家说！回家说！

那棵老白杨树下的家，还真的是冯家。

冯家完全变了样。院门铸铁焊成，高大而坚固，院子里土场坝，都铺上了水泥，平整而干净。三间瓦房，大的格局没有变，但外墙上贴满了瓷砖，闪着华丽的光泽。屋内墙上刮了仿瓷，顶上的灯具很时尚，沙发、茶几、电视以及电视背景墙，和城里差不多。

冯天俊感觉这不是自己的家。自己的家怎么会是这个样子呢？自己的家怎么能是这个样子呢？漆黑的土墙、木楼、竹子铺的楼面，不太规则的石头砌成的火塘，谷草绾的草墩，堂屋正中贴有被烟火熏黑的"天地君亲师"牌位……那，才是记忆中的家啊！

冯天俊很迷惑，说，谁干的呀？冯天香说，是我。冯天俊说，姐，是你？怎么会是你？

墙边的沙发上，一个黑物撑了起来。是爹！爹再撑了一下，坐了起来。妈正在里屋和面，准备做汤圆呢！她听到说话的声音，忙跑出来，双手上还沾着白白的糯米面粉。她一看到冯天俊，忍不住高兴，说，这一整，家里就好多了，干干净净，就是扫个地，也不灰了。

冯天香笑，一脸的不无得意。妈说，只是你爹不适应，睡觉非要抱床被子在牛厩楼上，听着牛倒嚼的声音、听着外面麻雀夜归的声音才睡得着……冯爹丧着脸，不看他，只是唔了一声。冯天俊拍拍脑袋，笑着，说，是啊是啊！走出门外，檐坎下，他们家舂了多年的碓窝还在。冯天俊就想起小时候，每到春节之前，爹都要将碓窝从墙角里抱出，洗抹干净，让妈春些米出来，大年三十的晚上，一家人美美地吃上一顿。村里场院里的大碓窝也能用上的，但那三五年才会有一次。需要的是年成好，风调雨顺，谷物丰收，上面收完公粮和余粮，余下的多，才会有机会用上的。冯天俊走过去，双手抱住碓窝，往上举了一下。这碓窝和当年一样挺沉的。冯天香说，这次打理家屋，好多东西我都丢掉了，只有这个我还留着，我的梦里，多少次都有碓窝在响，都有米香飘过。

院门外，一个脑袋一伸一缩。冯天俊问，谁！那个脑袋又不见了。冯天香脸上出现了些不自在，她快步走出院门，将院门"咣当"关上，不见了。

冯天俊转身，再看了一遍这个曾经生活过多少年的地方。耳屋里，传来哐啷哐啷的声音，他觉得有些奇怪，就凑过去看了一下。原来是哥哥在里面敲打着一些杂七杂八的铁器。

哥总是这样，又在搞啥发明。冯天俊最想见又最怕见的就是哥哥。冯维聪在他心中是一座山，也是一块不会化的硬石。他心里疼，但他治心疼的办法只有离开，然后不再想这事。他无能为力，除此之外更无他法。

他忍着疼，走进里屋。这间屋是他们家的灶屋，这灶屋冯天香居然将它留着！小时候，他们几兄妹最喜欢这屋子，因为这间屋里常常散发出妈炒的菜香、米香。他们无数次瘪着肚皮跑进这间屋子，又无数次搂着胀得发疼的肚子离开这里。冯天俊吸了吸鼻子，冲进鼻子的不是这些记忆里的东西，而是机械用油的焖腻的味儿。

冯维聪蹲在那里，背对着他，正努力干活。他太投入了，以至于冯天俊进来都不知道。

冯天俊跺了跺脚，咳了一声。冯维聪回过头来，一眼看到冯天俊，兴奋地站起来。他举着两只布满油污的手说，弟，你看，姐回家来，给我带来了一辆摩托，这辆摩托还不算陈旧，发动机的力量还行，我拆掉它，就可以组装我的飞机了。

冯天俊对他的飞机不感兴趣，倒是他说的姐给他摩托，引起了他的注意。

这些年，姐在外面到底是在干什么？姐身上有着太多的秘密。

冯天俊问了一下哥，哥也说不清，他便让哥继续他的发明，自个儿走出院门。那棵老白杨树下，姐和一个人在争执着什么。姐依然是一副霸道的样子，姐将愤怒的手指一次又一次地伸到那人的脸上。看到冯天俊往那边走，姐推了推那人，跺跺脚，那人才不情愿地走开。

冯天俊走过去说，姐，是谁？冯天香犹豫了一下，说，是、是一个朋友。一个朋友？什么朋友？冯天俊重复了一句。冯天香只好说，是万勇。万勇？朋友？冯天俊一头雾水：万勇他认识的呀，不是在复旦大学读书吗？

三十六

回到家里，坐在火塘边，冯天香一边抹眼露水，一边回忆她过去的十多年。当然，有的经历她讲了，有的经历则将埋在心里一辈子……

那年的那一个让人刻骨铭心之夜，拈了阄之后，冯天香无法入睡。她是个懂事的孩子，她已经长大了，她知道爹妈的艰辛。躺在床上流了几次泪，翻来覆去想了很久后，她突然有了一个大胆的决定。那一瞬间，她为自己的想法而兴奋、颤抖。她假装起夜解手，将自己的衣服和用品简单地收了几件，将假期里自己拾松菌换回的一百多块钱装好，又摸索着往木门的转轴上抹了些猪油。

鸡叫第二遍，她轻轻起床。床的另一头，妈睡得很沉，轻一下重一下地打着呼噜，其他屋子里也十分安静。她打开门，离开了家。夜黑如墨，这些路冯天香熟得不能再熟，她走起来根本就没有啥障碍。一路清凉，天空由黑转明，当太阳从东边爬上来时，她已经翻过山垭口。就在这时，背后马蹄声嘚嘚嘚地传过来，有人驾着一辆马车奔来，那赶马人甩着马鞭，大声地咳嗽。她站住，等马车快到身边时，冯天香大叫道，叔！叔！赶马人吆喝一声，马就停下来。她忙说，叔，我爷爷生病，在城里住院，重得很，我赶去看，请你搭搭我，好吗？冯天香又说，我爹他们早早就进城，我追不上他们了。赶马车的汉子倒是十分爽快，说，孝顺娃，好！上来吧，一个小姑娘，走夜路多不安全啊！冯天香连忙跳上马车，紧紧抓住车栏。马车在这凹凸不平的土路上奔跑着，实在是抖得不行。好在比走路要快得多，冯天香也就努力地忍着。

到了城里，冯天香一步跳下车来，谢过赶马人，直奔车站。她没有想过，要到哪里，要干什么，她的梦想就是越远越好，她到的城市越大越好。越大的城市越好找钱，大伙都这么说的。

也不知道吃了多少苦头，走了多少弯路，她辗转到了深圳。之所以到深圳，是因为她在车站听到有人谈话时说到深圳是个年轻的城市，深圳喜欢年轻人，需要年轻人，而且她在课本里也读过关于深圳如何好的课文。

果然，深圳是一个全新的城市，深圳的确很有钱。但深圳的钱也不是人人都能赚到的。一个女孩子，无依无靠，一人不识，要在这样一个地方挣到钱，做梦！要挣钱，就得走另外一条路，一条硔房村人谈之色变的路。

她眼下真的想挣钱，有钱才会有一切，有钱才会实现梦想。在内心无比的黑暗与无比的疼痛之后，她做出了一个决定：只要不死人，做什么都可以。她走了另外一条路。

冯天香的第一次，是给一个包工头。那人进屋时，还戴着黄色的头盔，满身尘土。那人将头盔往屋角一丢，手里的烟头一扔，就开始脱裤子。

她缩在床角哭，小声地，像只蚊子在哼。那包工头笑，说，哭啥，又得玩又得钱，你哭啥，我们男人出苦力挣钱来，还要出苦力花掉，多不值！你说，这样的人憨不憨呀！

她没有性经验，包工头说这话的时候她不懂。那包工头知道她是真正的处女时，兴致更高，在她身上一次又一次地，足足两个小时。她疼得要命，出汗，流泪，出血。那包工头却一脸的灿烂。包工头说，他妈的，这么多年了，我就遇上你是真的，连我老婆都是假的。

事毕，包工头腿软得像根煮熟的面条，连站起来都要扶墙。她那个地方像刀插进去一样疼痛，以至于包工头出门时，她连死的想法都有。包工头给了她五十块钱，她连气都没有吭一声，她在心里掂量了一下，如果她在老家拾菌卖，至少需要三天时间才能挣到这点钱。那人出门时还对小旅社的老板说，以后有这种事，你就先给我，我请你吃潮州菜。旅社老板呸了他一口说，烂嫖客，便宜你了！几个月后，她才知道自己吃了亏，那人再来时，她要那人一百块钱。但那人还是笑，把钱给了她，大笑：小妹妹，值呀，我太值了！

冯天香长得不赖，头发黑油油的，脸色桃花一样嫩红，在乡下长大，身材丰腴而不臃肿，健康而灵活，加之她身上有一股来自山村的野性，让很多男人喜欢。

她在那个男人和女人构成的圈里，过着令人恐怖的生活。有时是男人嫖了不给钱，有时是给了钱却对她的肉体和心灵大加伤害。相较而言，后者更凶。她每天都如履薄冰，随时担心着好好地出去，会不会还平安回来。

随着对环境和"行情"的熟悉，随着年龄的增加，她成熟了些。在和那些人陪说陪笑陪唱陪玩陪吃喝陪洗澡陪睡觉之后，她和那些来自天南地北的姐妹们就打牌，先是纸牌，后来是麻将。那些从男人手里拿来的钱，在她们的手里丢来扔去，多多少少寻些开心。但开心过后，碓房村就一次又一次地浮现出来。村子里山一样的谷草堆、四季分明的田野、高高的白杨树、神圣的孔庙，每到谷收后就沉闷地响起的碓声，爹妈、冯春雨、两个弟弟，还有赵家、万家……他们一次次地浮现在脑海里，在眼前，在梦里。有时她会哭出声来，有时又将那些伤心紧紧捂在被子里和梦中。

有了点钱，她就在外租房，一个人住，将屋子布置得整整洁洁，甚至还走很远的路，到郊区买了些镰刀、锄头、扁担之类的农具放在屋里。那些东西一可以怀旧，二可以防身。不管在外有多累，有多烦，只要回到那屋子里，她就会轻松下来，就会平静下来，才会感觉到自己，感觉到来自遥远的碓房村乡下的一个叫作冯天香的女孩的存在。

冯天香第一次挣了钱。拿到钱的那一瞬间，她想到的就是给家里寄。她流着泪，给家里写信，可开了个头，她却写不下去。她的这些经历，她现在的处境，是家里所不能接受的，是碓房村人所不能接受的。此前，村子里常常以责骂的口气，讽刺着那些在外地"打工"的女孩，她也跟着取乐。时过境迁，想不到自己居然落得如此下场。她流着泪，将手里的笔扔掉。就是她给家里寄的第一笔钱，她也不敢落上地址。她在附言里写上：爸妈，我挣到钱了，你们保重，让弟妹们好好读书。写好了，却又画掉。一字不写最好。

第二次给家里寄钱，她写了一封信，写了自己对家里的思念，对爸妈的牵挂，对弟弟和冯春雨的问候，并将自己的地址和可以找到她的电话号码都写在了里面。可贴上邮票的那一瞬间，她又放弃了寄信的念头，将信撕得粉碎，坐在邮政大厅的硬椅子上哭了半天。

她以身体不适，给老板请了假，躲在屋里睡了两天，想了两天。第五天，眼皮上的水肿褪下去了，她化了妆，又走进了夜总会。值班经理说，杨美丽！你从来不化妆，今天打整了一下，怕又要迷死一帮男人了！

鬼生胡子是人做的①。她在这里的名字叫杨美丽，身份证是一个有些地位的人帮她办的。冯天香笑了一下，却像哭。

值班经理说，在你的病还没有好起来之前，最好不要笑了。你一笑，客人都会被你吓跑的。

她还想读书，她有了一定的经济基础，不愁吃，不愁穿，读书一直是她的心病。有意无意地，她找了一些相关的人问了一下，要从高中读起，再考大学，实在是不现实。有人鼓励她自考。她买了一些书来，看得昏头胀脑，硬是读不进去，读不懂。找人问，圈子里的那一帮子人，一个个比她还差，看到她读书，笑，讽刺得不行。有人动员她读夜校。她就请假一个月不上班。当值班经理知道她请假的原因时，骂她神经病。又恰巧房租到期，她索性将房子租在了学校的附近。她改成白天上班，夜里就去听课。可听来听去，她还是记不住，数理化和英语都是一窍不通，看来，读书的最佳年龄已过。班里的一个小伙子，每天都挤过来和她坐一张桌，和她说这说那。居然有一天，涎着脸约她出去吃夜宵，请她跳舞。借着酒性向她求爱，摸她，吻她，死皮赖脸地要和她上床。

还没有听完一个月的课，她就不再去了。她回到夜总会继续上班。

她借用"工作"之便，问了教育部门的干部，问了大学里的教授，问了刚参加过高考的大学生，大家对她的大学梦都爱莫能助。不过她的心病很快就治好，有一天，点她的一个中年人突然拍拍胸口，说要大学毕业证，根本就不用进学校，找他就行。她再问。那人笑着说，你陪好我，我自然会满足你的心愿。

她竭尽所能，让那人在温柔乡里醉生梦死。我要死了！我要死了！那人呻吟。她说，你千万不能死，你要死了，我要的东西就没有人给了。你别收我的钱吧。那人说。

① 什么都可以弄假成真。

好吧。她倒是爽快。临走时，她把自己的相片给了那人，第三天，那人给她送来了大学的毕业证书。那人把本本在她的眼前晃了一下，她伸手去接，那人却把手缩了回去。

那人说，要证，你还得把我侍候好。她还是尽心尽力。那人"死"过一回后醒来，把证给了她。证上的她笑眯眯的，眼睛大大的，钢印硬硬的，一点也不假。毕业院校居然是北京大学数学系，本科。

回到住处，她认真看，反复看，看得泪水涟涟，看得心潮澎湃。过几天，忍不住了，主动打电话给那人。那人说，想我了？她呸了一口，说，你给我弄一个清华大学的毕业证嘛！那人说，清华的，可以，不过，成本要高些。她说，啥高不高的，你给我弄一个来。那段时间，她给那人付出了好些回，甚至还陪那人一起去吃饭，接待客人，洽谈业务。说起那些证书，她说，你这不会是假的吧？那人笑，说你太天真了，现在这世道，真的有好多？如果不是做证，我还不知道你的真实的名字叫冯天香。不过，我给你的证，放心，网上可查。

几年里，她不仅有了清华、北大的好几种毕业证书，有研究生的、博士生的，还有各种培训的、各种奖励的证书。

有了那些证书，她的"档次"也有了提升。别的女伴出场费每晚三百，她就是五百，或者是八百，甚至更多。在讲价之前，她会将包里的证给他们看。那些人乐不可支，以为是碰上了真的研究生、博士生，睡了她，引以为荣，作为谈资。

她的钱已经够多了，但她还想再挣一点，对钱的欲望，她同样得不到满足，她想让弟弟妹妹们不断地有钱读书。同时想把家里的房修好，让爹妈过上好日子。她还想捐一点钱，修村里的学校。这样，她待在这里的时间就长了起来。

醉生梦死，哭哭笑笑，十多年弹指一挥间。这些年里，她奔波于沿海的几个城市，遭遇到很多令人心惊肉跳的事，遇到很多玩弄她于股掌之间和被她玩弄于股掌之间的男人。也不知有好多男人，在她身上下功夫，发誓要将她养起来，甚至要娶她到家。她都一一拒绝。

魂里梦里，刻在骨髓里的地方，是碓房村。

她很意外地遇上了一个小男生。在夜总会，这个小男生很是引人注目。

他的歌唱得非常好，舞更疯狂，弹得一手好吉他。有一天，夜总会的歌舞散场，客人都走了。疲倦袭来，她缩在沙发上，准备休息一下再回住处。那个歌手走过来，拍拍她说，跟我走吧。她有些不屑，说得很直露，你，你有钱吗？你玩得起吗？

男生笑笑，说，你睡觉有收入哪，何况我是那么喜欢你。我又不会害你。她说，你这么小，却这样坏，你爹要用多少钱才能把你培养成这个样子呀！真不可想象！

小男生领着她回到他屋里。男生生猛得很，花样迭出，是江湖老手。天亮的时候，冯天香朝他要钱。男生掏干钱包，却只有三百。

小男生说，欠着吧。冯天香说，那怎么行！你知道，做这一行的，没有欠这一个字。小男生说，那，你帮我一个忙。冯天香说，帮啥忙，我们俩只有交易的，无忙可帮。小男生说，那就没有办法了，我的钱，都全给你啦！冯天香说，你要我怎么办呢？小男生掏出手机，拨了一个电话号码，递给她说，你就说你是我的同学，我在复旦大学门口遇上车祸了，现在刚送到医院。冯天香说，这行吗，这怎么行？小男生说，怎么不行，叫你怎么说你就怎么说。小男生又说，钱只能这样要，如果你不要钱就算了。电话一通，那边有人说，谁呀？我这里是得位广告公司，请问有需要我帮助的吗？

嘿，一听是酒州人的声音。冯天香乐了。

冯天香讲的是普通话，谁也不知道她是哪里人。她问小男生，你是哪里人呀？

小男生说，英雄不问出处。不要多嘴。冯天香按照小男生吩咐的说，我找万礼智。不一会儿，有一个喘着气的男人接了电话，说他就是万礼智。冯天香依然操着普通话说，我是上海复旦大学的学生，我们班的万勇今天一大早出门看书，被一辆小车撞倒，小腿骨折，急需做手术。

万礼智急了，声音很大，着了火一样，骨折，严重不严重啊？冯天香说，如果不及时做手术，就有瘫痪的危险，甚至有生命危险。

万礼智的声音在发抖，他说，那可怎么办呢？那可怎么办呢？冯天香说，现在主要是钱的问题，医生、床位我们都联系好了，只要钱一到账，就尽快做手术，晚了可就不行了。万礼智说，那好，那好，需要多少钱？

冯天香说：先交三万。万勇急得直摇手，伸出一个指头朝冯天香晃。

越快越好，要不然就没有命了！冯天香说完，就挂了电话。万勇说，你随便说一点点就行了，干吗说得这么惨呢？还要这么多钱？你不知道我爹是农民，很可怜的，要一万，就足够了，我不是给你手势了吗！

冯天香说，我巴不得你死掉呢！你家不是很有钱吗？你爹……冯天香连忙噤声，不小心说漏了嘴。好在万勇没有注意到这个细节。冯天香明白了，这个万勇，是万礼智的小儿子。当年她离开碓房村的时候，万勇才十岁左右，一直在城里读书，放假也很少回家，他们基本上就没有见过面。这些年过去，小杂种长大了，居然还会嫖娼，居然骗家里的钱来嫖娼。万勇只让她说一万，她说的是三万，她还恨不得要三十万，甚至三百万才解恨。

她要让万礼智也受受因钱而产生的苦痛，受受没有钱的煎熬，尽管她现在不知道万礼智情况如何。

三十七

"嗡——！嗡——！"万礼智腰上的电话发出不休不止的振动的时候，他正在给一块巨大的广告架子铆螺钉。他换出左手，打开一看，是儿子万勇找他，心里咯噔了一下，螺丝刀就杀在了手上，一阵生疼，浓稠的鲜血涌出，人差点从高高的脚手架上掉下来。

万礼智越来越感觉到，万勇来电话大多不是好事。万家的希望现在就只在万勇的身上了。万勇上头还有两个姐姐，早年学习不好。万礼智费尽九牛二虎之力，给她们找了工作。大姐在食品厂，二姐在百货大楼，这些单位，早些年都是常人为之羡慕的。两个人都因此嫁了城里人，糠箩跳进米箩。但现在单位垮了，没有班可上，没有稳定的收入，都吃低保了，靠国家养活。当然也有工作，那都是居民委员会给安排的，七八百块钱一个月，饿是饿不死，余钱却是没有的，遇上三病两痛、红事白事，就显得捉襟见肘，要让拿出点钱来，无疑鸡脚杆上剐油。万勇读书，她们也给钱，但略表心意的几百块钱，放进眼下读高中、奔大学这样深的无底洞里，显然只能算是白杨树林里的一片小小树叶，多几片少几片均无济于事。

万勇考取上海复旦大学的消息，是他自己专程跑回碓房村告诉爹妈的。万礼智高兴了，在孔庙里三叩九拜，炸了一百挂一百响的火炮。一瞬间，碓房村全村震动，除冯家外，家家都去送了礼。当年冯春雨考取清华大学，大伙儿也只是奔走相告，她走时，村里和冯家走得近的人，提上一篮子鸡蛋，或者送上五块、十块钱，哪有这样隆重。

那一次报名读书的钱，万礼智是向信用社借的，这些年来，万礼智遭遇了不少，口袋里早已空空如洗。万礼智走进信用社时满脸红光，笑容可掬。他咳了咳嗽，以期引起大家的关注。他和柜台里那些昔日的同行们说，兄弟姐妹们，哥现在有点困难，要请你们帮助帮助。以往都是同事，大家对他还是比较客气的，忙请他进里去坐，给他搬椅子，给他倒茶水。听说他要借那么多钱，有的说，是不是娶儿媳妇要发喜帖了？万礼智笑着摇摇头。有人说，是不是抱小孙孙要散红鸡蛋了？万礼智还是笑着摇摇头。又有人说，是不是儿子考上重点大学了？万礼智才笑着点点头说，对！对！除了这样的大事，谁会来麻烦你们呀！大伙儿也觉得对，纷纷点头。又有人说，你请客，我们自然是要凑份子的。万礼智说，早过了的，只是眼下钱不够用，要找你们借一点。有人就说，早时不请我们喝酒，这下有事了才来找我们！万礼智连忙赔笑，说，对不起对不起，不是清华也不是北大，上海复旦大学，不好意思惊动你们的。同行们眼睛都鼓了起来，哎呀，万兄，你太低调了！儿子考上复旦大学了，还不当回事！

第一次回信用社，以外人的身份借钱，虽然很顺利，但这种滋味还真不好受。不过，万礼智借到了钱，心里还是很轻松的。他说，就是，给点面子，以后儿子出息了，会一辈子记得你们的。

万勇说他考上的是上海复旦大学，可他的通知书谁也没有看到。

万礼智几次让他拿来给自己看看，甚至想把那通知书照一张照片，放得床单那样大，挂在家里最显眼的地方，让来的人都看一看。但万勇最终还是没有拿出来。他先是忘记在城里的出租房里了，后来是急着要去报名，还没有等开学时间到，就提前匆匆出发。这的确是非常重要的遗憾。

万礼智提出要送他到学校，给万勇谢绝了。

万勇把爹凑给他的钱装上了，还小心地捏了捏。万勇说，爹，我知道你一是挂记着儿子的安全，二是也想去上海看一看这国际大都市的样子。这也是该的。可是，爹，你挣钱太不容易了，你挣这点钱把腰都挣细了，人都急老了。

万礼智说，不是挣，是借的。万勇说，对，这钱不是挣，是借的。你去一次，要坐汽车，要坐飞机，要打出租，要住旅社，还要吃饭，要花掉多少钱呀？我又不是才三岁两岁，会弄丢？不会，我到了那里，就给家里写信，报一个平安。等我毕业了，参加工作了，在大上海，或者北京城，有钱了，有房了，有了车，有了女朋友，我就接你和妈去，享享清福，过过好日子，想住多久就住多久。

万婶说，就是就是，你花那冤枉钱干啥？烧包了咯？万礼智以前一直把儿子看成个小酱油，不懂事，整天只知道玩的家伙，现在不想却语出惊人。万礼智眼眶潮湿，他拍拍儿子的肩说，儿，你长大了。

万勇离开酒州时，带走的是两万八千块钱。他的安排是这样的：两万五交学费，另三千是他一个学期的生活费。万礼智说，儿，攒钱犹如针挑土，用钱好像水推沙，该节约的一定要节约。但也要吃饱，正长身体的时候，不要饿瘦了，长矮了。

万勇拍拍胸说，爹，我会照顾好自己的，你放心！我到了就给你们写信。

万勇去了之后，三个月没有音信。万婶急了，跑进城来找万礼智。万礼智内心里也急，但连电话、地址都没有一个，他也只好吹胡子、抓脑壳。

万礼智一抓脑壳，就看到桌上摆着的通信黄页，他忙抱到门边，对着门外照进来的阳光，眯着眼翻了半天。终于找到了那个学校。他用赵得位办公的电话打过去，那边果然有人接，是个女的。他说找人，说万勇的名字。那边说听不懂方言，请他讲普通话。他只会说酒州的方言，说不来普通话，脸憋得红，说得很急，那边还是听不懂，就把电话挂了。他再打去，那边又接，一听是他的声音，说，你是不是捣乱呀！又把电话挂了。正在这时，赵得位回来了。万礼智就请他打电话，那边接了，听明白了，说，我们大学这样大，好几万人哪，你这样根本没有办法找！什么系？哪一级？哪个班？住的宿舍编号？你弄清楚了直接打那里就行了。

什么系？他们一家根本就不知道是什么系，哪个班、住的宿舍编号，更是一无所知，万勇可从来没有和他们说过。怎么办呢？

赵得位说，你们再想一想，整清楚了，找人就更准确。万婶想，这孩子打小就惯就纵，一家人省吃俭用，好不容易供出来了，他还一去不见，万一有个三长两短，那可怎么办？万勇可是自己的心头肉呀！于是就坐在地上哭。万礼智说，你烦不烦呀？再想想吧，儿子是去读大学，又不是去坐牢充军。说完他又后悔自己说了不吉利的话，狠狠打了自己一耳光，相信儿子吧，他会好的。

万婶当然是相信儿子的。忐忐忑忑中又过了一个月，儿子终于来信了。信是寄到碓房村的，在乡邮局里待了一个星期才送到他们家。万婶迫不及待地让人念了，原来儿子一切都很好。学校里先是军训，后来是上课，很紧张，再后来，他就患了一点小小的感冒，他就没有及时给家里写信，望家里勿念。信里还对上海的风景进行了一番描述，什么黄浦江、城隍庙、东方明珠……

上海怎么好并不重要，重要的是儿子很好。万婶心上扎着的那根绳索终于被解掉，她见人就笑，就说儿子的事，说好担心呀，儿子在那里感冒，没有人给他买药、倒水，没有人给他熬粥、量体温，怪可怜的。说着这些话，脸上却布满了笑容。

那段时间里，村里人再没有见她骂人。

万勇继续给家里写信。万礼智接到信的那一瞬间，心头吹进了一股暖风。就是嘛，儿子长大了。

现在，万礼智第五次接到儿子的信。他吱儿地抿了一口苞谷酒，拾了张小凳坐下，然后再大声地咳了一下，让店里做工的都注意到他是要打开儿子的来信时，才用裁纸刀小心地将信的封口挑开。

抽出信纸，信纸散发出淡淡的香，那一定是儿子的书香。一帮人都围了过来，羡慕地看着万礼智。看着看着，周围人脸上的表情有了变化。看着看着，万礼智的脸上硬了起来。信里说了很多学校里的事。信里说，他要考研，让家里给他两万块钱。除了买考试必备的书、用品、报考费外，还要用一笔来贿赂有关人员。万勇说得振振有词。说现在这个社会，啥都要经济化了，大学也是如此，大学里是当下社会的一个缩影。他需要这笔钱，并不是说他学习不好，必须用钱来攻关，恰恰是他学习太好，学校里众多的师生都在关注他。关注的人多，好多人都怕他更有出息，都在暗里盯着他。人心叵测，大学里竞争又那样厉害，所以他不仅要把试考好，同时还要把其他工作做好，做扎实，这样才能一步步走上更高的台阶。

然后万勇留下了一个银行账号。寄信地址很简单，就一个：上海复旦大学。

万礼智只能笑，装出一副无所谓的丈夫样，但他内心是清楚的。自己的肚子疼只有自己清楚。他哪有这么多钱哪！一年时间里，万礼智已经给儿子汇了三次钱了，现在，儿子又要钱了。

万礼智再次跑到信用社里去借。既然万礼智是来借钱的，都是熟人老脸，当然要认真对待。柜员说，兄，借多少呀？借两万。万礼智话一出，大家都不作声，一时间长久地沉闷。万礼智说，是不是所里的钱不够？是不是现在没有这笔贷款？大伙都不好回答他，招呼他坐下，不断地给他杯里续水，给他递烟。这当儿，就有人悄悄地跑到楼上主任办公室里，向主任做了汇报。主任问，他以前的账还清了没有？这人就说，去年上半年借了三万，下半年借了一万，今年刚过春节借了一万，目前还没有还过一分钱。主任沉吟了一下说，他儿子考取的是啥学校？这人说了。主任说，那是个好学校，就再借他一次，也不能全满足他，就一万吧。只要他儿子毕业分了工，这点钱在五年之内是能还清的……呃，下次在他未还清之前，就不能再借了。

别人去借钱，心里愧疚着，但万礼智不。借钱给儿读书，这是光荣的事，是光明的事，是有前途的事。又不是借去赌去嫖，有什么愧疚的呢！

而这一次，儿子的同学来电话了。那个女生在电话里说儿子遇上车祸的事。万礼智的那个急呀，嘴上都起了凉浆大泡。现在要找钱，已经没有路可走了。信用社借过，主任要他还了之后再借，他哪里办得到！所有的朋友亲戚都借过，却空手而归。他坐在门槛上叹气。赵得位从包里掏出五百块钱来递给他说，你不是不知道，我这小本生意，赚头也不大。还有就是，我正在投资做一件事，需要的资金要好几十万，这几天我还在想办法贷款呢！你儿子的事，实在帮不了，这点钱，你添着点，算是我支持的，不用还了。

万礼智知道他说的是实情，不好意思地点点头，对赵得位送的钱，他内心真的是不想要，要是在碓房村里的人情来往，这点钱已经是够多的了，但对于他目前要做的事来说，真是杯水车薪。但他拒绝不了，也不能更多拒绝，只好厚着脸皮接了过来。

忽然，一团亮光在他脑子一闪而过。他想起了冯家，想起了冯家那一张张来历不明的汇款单。几年前，他不是好几次都给冯家捎带过汇款单吗？冯家不是一直都在拒绝用那钱吗？

万礼智回到碓房村，跑到冯家，除了给冯维聪带去一台废掉的电动机外，还送了冯敬谷一包香烟。万礼智的这种太客气让冯家嗅出他去的特别目的。

果然，他提出要借冯家的钱。话还没有说完，他就"咕咚"一下跪在冯敬谷的面前，满脸泪水，哥，你要救救我！

救救你？救你啥呀？我冯敬谷能救你啥呀？冯敬谷一个字没有说，内心疑惑。他挥挥手让万礼智起来。真不知道这万礼智葫芦里卖的是啥药。这人啊，真是死猪不怕开水烫。

万礼智不起，他说，哥，嫂，你们不救我，我就不起来。冯家可从来没有受过这样的大礼的。冯婶说，他万叔，你不能这样，你这样是折我们的寿。你起来，有话好好说，只要我们能做到，我们都会答应你的。

万礼智说，我是你们家的罪人，我罪该万死。现在，天报应我了，万勇在上海给车碾断腿，现在医院，急需要三万块钱做手术。肇事车逃走，没有一点办法！

冯婶说，可我们家没有钱呢！怎么帮助你呀！万礼智说，你们家是有钱的。冯婶手一摊，说，我们家有钱？有啥钱？万礼智说，以前你家不是隔三岔五，都有汇款吗？冯婶说，那、那钱也不是我们家的，我们还不知道是谁的钱呢！

万礼智说，都这些年了，如果不是你们家的，早有人找上门来了。冯婶当然不借。想起当年万家的各种苛刻，想起当年万家的高利贷，想起万家在坟地里的那一场暴打，想起万家一次又一次的凌辱，冯婶就心如刀绞。万礼智一直跪在那里，看冯家还是不软口，就说，如果你们把钱借给我，我就拿我的家当来抵，我的房子，至少可值五万。再不，就是高利贷，五分，甚至一角的利息我都答应，保证过掉这一关立马就还……

冯敬谷摇摇头。

万礼智咬咬牙说，还有，村东的孔庙以后就由你们家来管，以后即使我还了钱。你家可以一天一拜，保佑儿女、子孙后代个个考上大学。

万礼智这口才，可算是斑马的脑壳——头头是道。说到最后一句的时候，冯敬谷的眼皮动了动。冯婶和冯敬谷商量了半天，心软了，心动了，拿出存款单来一看，整整两万。冯敬谷说，都借我，到时一并还。

那些钱都让冯婶在信用社存成死期的，拿不出来的。万礼智说，只要你带上户口簿和我一起去，我会找人办理的。

当天，万礼智借走了那一笔钱。

三十八

第二天，钱就到了卡上，整整两万！可两万块钱只是他万勇听到的一个数字，全都在冯天香手里。万勇要冯天香给他卡，给他钱，冯天香眼一愣，说，放在我这里慢慢用吧，你玩一回，减一次不就得了，省得你数钱。万勇说，别开玩笑，这是家里的血汗钱，我还有很多事情要办，需要钱。冯天香冷笑说，你们家里不是很有钱的吗？这点钱就说得恁严重，羞不羞呀？你不是在读上海的复旦大学吗？你把钱拿走，你又要去嫖别的女人了？万勇说，开玩笑，你不是不知道，我现在穷得只有条破短裤了。

任万勇如何哀求，冯天香始终没有把钱拿出来，而是住在了万勇的租房里。万勇需要她的时候，她一脸的冷。万勇不需要她的时候，她却又满面春风，嗲声嗲气。几天时间，万勇不行了，腰酸背疼，浑身无力，满脸寡绿。

这天，在冯天香的鼓动下，万勇又做了一次。刚一完事，万勇倒在一边就睡。冯天香推了推他说，不行，我还要嘛！万勇都睁不开眼睛了，说，让我休息一下。冯天香说，不嘛，我要。万勇说，你让我休息一下，晚上，行不行，我都快变成药渣了。

冯天香叹叹气，天哪，你哪是人，你早就是一堆药渣了！万勇突然说，我有点怀疑？

冯天香说，你怀疑啥？你，你是不是专吸男人精血的狐狸精？万勇闭上眼睛说。老娘就是狐……冯天香的气一下冲了出来，她伸手拎住万勇的耳朵，往死里撕。

正在这时，万勇手机响了，冯天香一看，是酒州的电话。她松开万勇，打开手机。那头是万礼智。万礼智说，你好，我找万勇，万勇现在怎么样了？冯天香随手把电话递给万勇。万勇说，爹，我做手术了，现在正躺在病床上呢！我精神很差，你们过两天再打电话来吧。

冯天香说，你做手术？让老娘给你做手术！你杂种吹牛皮不打草稿，说假话不知道脸红。

万勇连忙摁掉电话，说，你疯啦，要是我爹听到了，这还了得！

冯天香回到老家。碓房村下起了多年来少见的大雪，远山近岭，房顶上，谷草堆上，全都又高又厚，全都白了，白得透骨，白得让人难以呼吸。很奇怪，爹妈、冯春雨、冯天俊一个个从她面前走过，并不理她。她喊爹，爹不理。她喊妈，妈不应。她喊弟弟妹妹，他们充耳不闻，既聋又瞎。他们朝着一条路缓缓走去，步履果断，没有犹豫。那条路从脚下始，穿过被大雪压断的乱七八糟的白杨树，向天而去。她正伤心，纳闷怎么就没有看到冯维聪。正在这时，她看见他。冯维聪全身赤裸，污脏的皮肤都给冻得龟裂，血珠从裂开的肉缝里落出，一珠一粒，将地上的雪都给染红。冯维聪在雪地里奔跑，但雪太深，大雪淹没了他的大腿。他行进艰难，每走一步，都要使出吃奶的力气。冯维聪好像没有力气了，累得直喘气，以至于冯天香都感觉到了呼吸不过来。忽然，冯维聪停下，在雪地里猛刨，掏出一把空空的谷壳，他连着沙土，就塞进嘴里。几只老鼠像黑色的闪电奔突过来，一拥而上，在他的手上甚至是钻进他的嘴里，与他争夺……

天哪！冯天香大叫一声，醒来，浑身大汗淋漓。原来她做了一个梦，她的胸脯上，紧紧压着万勇的一只手。

这个梦是什么意思呢？会不会是什么可怕的兆头？

已经是很深的夜了，外面的灯火很亮，透过薄薄的纱窗看去，大街上空无一人。

明知是梦，可她依然十分恐怖。十多年了，她对家，对父母，对亲人，对弟弟还如此深深挂记。她不知道那个养育过她的家现在情况如何。两个弟弟和冯春雨，他们应该都读出书来，过上好日子了吧？爹妈还是那样，面朝黄土背朝天吗？

她跳起来。翻床拾被，终于将手机找到。可是，手指却按不下任何一个键。冰冷的手机里，她没有老家任何一个人的电话号码。

她一下子哭出声来，撕心裂肺，肝肠寸断。万勇在熟睡中被惊醒，坐起来，茫然地看着她，不知所措。冯天香哭完，立即做出了一个决定。她草草收拾东西，简单的衣物，几个存折，打辆车就往机场奔，她要在最短的时间里赶回家，回到那个她离别了十多年的家。

万勇反应过来了，说，你去哪？我跟你去吧！呸！一泡口水算是她的回答。

在机场正要买票，冯天香发觉一个非常严重的问题：她的身份证不在了。她让紧紧跟在她身边的万勇回去找，万勇立即回去，过了半天打电话来，说，你的身份证，没有找到……不是昨天你上街时，包给丢了吗？是不是在里面呀……

她想起自己的包的确掉了，连同身份证。坐不成飞机，怎么办呢？

她问那些服务员，服务员让她找警察。她找到机场派出所，那里的警察倒十分和蔼，说可以办临时身份证，问她身份证号，可她支支吾吾答不上来。事实上，在碴房村真正的身份证号，她根本就不知道。因为，那个号根本就没有用过。

万勇打来电话，猴急急的，还有，喂喂，我的钱，我的钱放在哪儿的，你是不是全都带走啦！

你爹死妈亡啦！冯天香关了手机。出机场来，打车，赶往火车站。年关将至，春运高峰来临，火车站人山人海，挤成了一片毡，要靠近卖票的窗口，怕要下一世。从高处看，整个车站由人头铺成，像家场院里晒豆，成千上万，形态各异。从低处看，到处都是腿的森林，各种各样的裤子、裙子、鞋子构成的森林。

她喊，谁有票？谁有票？她的叫声充其量只能算是山谷里一只虫的鸣叫，大海里一滴水珠的跌落，根本没有人理会。她喊，谁有票？谁有票？谁有多余的票？她一边往人群里钻，一边喊。人们的脸上都是焦虑和麻木，事实上，很多都是没有票的人。她继续喊，谁有票？谁有票？我出高价！大约是她的最后一句起了作用。有人凑了过来说，是真的要票吗？

她一把抓住那人，生怕那人跑掉似的，连连点头说是。那人领着她走到一根巨大的柱子后面。那人说，你是真要票还是假要票？要到什么地方？你不是哄我的吧？

冯天香说了酒州的地名，那人很茫然，说，好像没那里的火车。冯天香再说了昆明。那人点了点头说，这还差不多。

冯天香说，我家里有急事！都到了年关的头上，谁没有急事呀！你看，好多人都没有票的，我看你也不像是公安派出的探子，才给你一个机会。否则……那人摇摇头说。

冯天香说，我哪有那闲心和你玩儿！那人看了看四周，回过头来说，那你出多少？冯天香说，平时的票价是多少？那人转身要走，说，不要说平时，要说平时我就走了，你想在哪买就去哪买！冯天香连忙抓住那人说，不要急，你开个价。那人说，四千。

冯天香吓了一跳。平日里，她听人说好像也就五百多，现在是原来的八倍。

冯天香说，少一点。你不知道现在是春运吗？全国人民都在往家赶。我要不是看到你一个小女孩，人又长得乖，才懒得理，我卖谁不是卖呀！看来你不诚心要！

那人说着，转身就走。冯天香再一次抓住他说，谁说不诚心，拿来。

那人说，一手交钱，一手交票。快！我被警察抓到要被整死！冯天香也不忌讳，当着那人的面，把手伸进贴身短裤里摸出钱，数了数，递给那人。那人连叫晦气，接过钱揣进包里，往地上吐了两口，转身就消失在人的潮流中，眨眼间就不见了。

冯天香笑。这下她心里踏实多了，看来还真是碓房村人说的：有钱能使鬼推磨。她一手提着行李，一手紧紧攥着那票，紧紧张张排了两个小时的队，终于可以上火车了。其间饿了，有人在人缝里窜来窜去，叫卖小吃，冯天香就买上一点。尿急了，又不能离开，居然有人叫卖尿不湿，她就干脆买上一块，塞在裤内，暂时缓解一下内急的痛苦。终于排到检票口，她长长出了一口气，说了句谢天谢地，将票递给检票员。不料检票员一看，将票还给她，还伸手推了她一下：假票！让开！下一个！

没有等她多问，后面的人就将她推开。她头昏，眼前一阵发黑。

她定了定神，把那票往眼前凑近，看了一会，也看不出个名堂。她请值勤的警察看。警察指出了两个明显的问题，将票还给她。

冯天香说，我报案，能帮我抓到票贩子吗？警察说，人流量太大，恐怕一时破不了，到哪去找人呀！冯天香自认倒霉，往那假票上吐了两口，扔在地上，走了两步，又过去踩了它两脚。走出车站，有摩的过来问她，要到哪？坐吗？

冯天香说了往回的地址，摩的要了她五十块钱，她价都没有还就坐上了，她终于大方了一回。今天一出门就损失了这么多钱，还在乎那几块钱呀！

摩的拉着她，专往小巷走。天已擦黑，四下里一片模糊。冯天香说，你走大街，我都给足你钱了。摩的说，走小路近些。冯天香说，不会不安全吧！摩的说，我是乡下人，在这城里混碗饭吃，哪有不安全的，你放心。

冯天香问摩的在城里打工的情况，问到摩托车的价格时，摩的说他五千块钱买的，虽是二手摩托，但驾证齐全，他都开了半年了，还一点问题也没有。冯天香一个念头上来，问他的摩托卖不卖。摩的说，只要有人出五千块钱，他就卖。

在那一瞬间，她做出了一个吓人的决定。冯天香让他停下车来，说，你卖给我吧。摩的睁大眼睛看着她，你不会开玩笑吧？冯天香说，我哪有闲心和你开玩笑！冯天香让他将摩托骑到一个商场门口，那里人还多。冯天香现在有经验了，她让他把证照全都给她看了一下，确证无误，便从裤子里抓出钱来数给他，然后拿过钥匙，将行李捆在车后，骑着就上了路。

这个城市的大致方向她熟悉。遇到报刊亭，她停下来，买了一张全国交通地图，两瓶水，一袋饼干，然后上车，点火，松离合器，加油，摩托居然听她的话，一路平稳。

在这个城市的这些年里，她学会了摩托，没有事的时候，常常将一些人的摩托借出来，在街上溜达，想不到现在这点本事居然派上了用场。

出了城，上了高速，冯天香回家的方向已定。平日里没少听说单身女子在外受害的事，以前不觉得怎么样，与自己无关。现在与自己有关了，这些事情突然跳进脑海，想着想着，禁不住毛骨悚然，背脊发凉，心里一阵阵发堵。

城市渐渐被丢在背后，前面是一个紧急避险的车带，从正常的车带宽出去的。她减速，将车停了下来，喝了口水，解了小便，心情平静了一些。这里更是一片漆黑，偶尔一辆车呼啸而过，车灯在照亮眼前景色的瞬间就消失得无影无踪。

世上没有治后悔病的药。既然已经决定，那就不后悔，就像当年，既然已经走了，就不再后悔。她将身上的衣服换成一件夹克，将不是很长的头发盘进头盔，将头盔压得很低。还好，脚上穿的是一双旅游鞋，没有花纹，从外表上，看不出是女的。

她跨上车，打火，轰油门，又上路了。

路上的艰辛自不必说，她困得受不了，就停下车迷糊一会儿，饿了，就吃上一点干粮，再喝两口瓶装水。越靠近家乡，天气越冷，她不断地往身上套衣服，整个身子就像是个布捆子。第三天，她感冒了，实在受不了，就找了一家小旅社，吃了点药，喝了点开水，睡了四个小时。路上她生怕有人看出她是女的，尽量少喝水，尽量减少上厕所的次数，实在装不住了，就在野地里解决。

五天时间，她走过的是一条生死路。

三十九

冯天香回到了阔别多年的碓房村。这些年过去了，碓房村还是那个样子。她一出酒州城，就能按原来的路线，一点不错地回来，哪里有条河，哪里有片白杨树林，哪里有条峡谷，哪里有片稻田，她都还记得，都还在。就是家门口的那棵老得勾腰塌背的白杨树，从模糊的影子来看，也好像并没有长粗太多。

这天深夜，先是风紧，大团大团的云被卷在碓房村的上空，厚而且黄，不一会儿，忽然下起了大雪。雪花铺天盖地，气势汹汹。冯天香站在院门口的时候，雪正好盖住了她的脚背。院墙还是土墙，院门还是木门，冷冷的、黑黑的，她不由自主地打了个冷战。她摁了摁喇叭，闪了闪摩托车的大灯，拧了拧油门，摩托车发动机的声音在雪夜里软弱无力。没有人开门，她将摩托熄了火，去推门，门闩紧扣，门枋无动于衷，根本就推不开。

她的心一下子提起了老高，十多年了，不知道家里发生了和发生过些什么，看来，她的担心，她的梦境，并不是无缘无故。爹呢？妈呢？维聪，天俊，还有冯春雨呢？她急了，她不敢想了，她猛敲门，猛打门，猛踢门。几声咳嗽，院楼上昏黄的电灯啪的一下亮了。一会儿，院门吱嘎地打开，有人披着衣，踩着咕嘎的雪走来，手里拿着电筒，朝着她晃了晃，是哪个？深更半夜的！

声音很苍老，喉里好像还带着些痰。雪地里的身影，矮小而模糊，不是妈又是谁！

妈！冯天香一下子跪了下去，紧紧抱着妈的腿。冯婶犯了糊涂，好一阵才认出是冯天香，意外的惊喜让她不知所措，她不知道是在梦里还是梦外，娘儿俩哭得惊天动地。

进了屋，冯天香看到瘦、老、病的爹，还有傻里傻气的维聪弟。十多年过去，家里发生了这么多让人难以想象的事，让她一时反应不过来，她无法接受。

她抱着妈，妈抱着她，旁边还有爹和冯维聪，一家人哭了一夜，说了一夜，一直到天亮。说起一家的遭遇，一家子哭得闭气，说起两个弟弟的情况，一家子叹气，说起冯春雨的后来，冯天香咬牙切齿。说起万家的强势，万家打爹的事，冯天香把牙齿咬得嘎巴响。说起万家来借钱的事，她却意外地沉默了。

一夜无法入睡，冯天香觉得自己付出的太多，而回报居然没有。想得到的结果并没有实现。那条通往幸福的大路上，没有因为她的离开而让家人走入半步。

第二天推开门一看，下了一夜的大雪，终于住了。踩着过膝的、咕咕响的白雪，冯天香将爹送到街上的医院里检查治疗，顺便还将妈也做了检查。妈没有多大问题。倒是爹，癞蛤蟆给牛踩着，浑身都是病。风湿、骨折、低血糖、肺上有些病灶……冯天香就给爹住下院来，让医生好好治疗。冯天香骑着摩托，奔走于镇上和碓房村之间，她买了水泥、砖瓦、钢材等建筑材料，请了一些工匠，将家里的地面打上了水泥，屋子内外、院门等都装饰一新，然后再买了一些家具。前前后后弄了近一个月，家里就很时尚、干净、整洁了。

整个过程中体现出冯天香的精明强干。外出打拼过的人，就是不一样。看到冯婶一脸的幸福，赵婶嘀咕说。

冯天香找到万婶。空阔、冷清的家里只她一个人，万婶邋遢得不成样子，蓬头垢面，衣服脏污而陈旧，那样子，比叫花子好不了多少。昔日人人景仰的万家，比牛厕狗窝好不了多少。

冯天香想到自己和万勇的关系，脸红了一下。她将一盒米糕递给万婶。村头的孔庙还是由万婶管着的。二十年前维修孔庙时，他们家出的钱是大头，现在还归他们家管。万礼智来借钱的时候许诺要让给冯家，可钱借到手了，万礼智回家一说，万婶却坚决不同意。

冯天香将米糕递过去的时候，万婶在围腰上擦了擦手，伸出一半的手又缩了回去。

万婶不接。这段时间万婶早知道这个女孩就是当年从冯家跑掉的冯天香。以前的黄毛丫头，现在长得亭亭玉立，出落得仙女一样。身上穿的是穿的，脸上擦的是擦的！脖颈上挂的，手上戴的，更是亮晃晃的。手一伸出来，那种华贵，让人不敢靠近。还特别有钱！掏出钱来都是一摞一摞的，据说上街买肉买菜，从没有讲价。

凭想象，就知道这冯天香这些年在干什么！冯天香说，万婶，你把孔庙给我吧，我会把它管得更好。

万婶终于知道了那盒米糕背后隐藏着的欲望，她说，你不配！

冯天香说，我为啥不配，大伙儿都看重的孔庙，在你家手里，落成个冷坛破庙了，你让我管，我会把它弄好，也算是给碓房村做做好事。

万婶说，你打盆水照照自己，这些年，你都在外干些啥？你配？呸！

冯天香一听，火从心底里一下子冒出来。万家这些年对冯家的压迫也够凶的了，爹的身体差到这一步，就是万家打的。她早与万家不共戴天。

冯天香怒从心起，将手里的东西猛地掼在地上，指着万婶的鼻子说，你再说一句！

万婶也不示弱，双手叉腰，说，要在老娘头上撒尿的人，她妈搭她舅舅还没有日出来！老娘像你，屙泡尿在牛脚迹窝里溺都算了！

冯天香的脸气得青紫，一口恶痰已经备好。想想，她却吐在了地上。

冯天香转身就走。万婶骂，搅家精！万人骑！烂尸板板！柴马儿！

万婶这次骂的柴马儿，是碓房村的一种劳动工具，两根有权的木柴连起来，上面堆柴草，人在下面扛着。碓房村人用来暗指什么人都可以骑、可以用的物品。

出了万家院门，冯天香掏出手机给万勇打电话，你来吧！万勇在那头抑制不住的兴奋，你终于答应了？冯天香说，叫你回你就回！跟老娘啰唆个啥！万勇连连说好。

冯天香说，你知道我家吗？万勇说，你瞒不住我的，我给你说啊，你走的头天夜里，我听到你用碓房村方言说的梦话，还又哭又闹的。我一想，就知道你是谁了。

冯天香发火了，说，你还来不来？万勇说，当然要来，回来就公开我们的关系好吗？冯天香说，放屁！一点风声也不能露！万勇高兴了，当然，当然……我还以为你是放我的飞鸽①了呢！

赵得位给冯维聪送材料回来，这一次是飞机的螺旋桨。以往冯维聪做那种，用木材做的，根本就不行，承受不了风力的。这次，他根据冯维聪的意图设计，用了最好的合金，让手下的小工，一锤一锤，精心敲打出来。

赵得位的车一到冯家门口，就给冯天香撞上。冯天香看了他半天，也不知道他是谁。但赵得位一见面就认出她来。赵得位说，你看我干吗，难道你知道我咯？冯天香说，好多年没有见到你，只是记不得你的名字。赵

---

① 用虚假的婚姻骗人。

得位说，可我认得你，你是冯天香。

哦哦，冯天香挠了挠脑袋说，你是赵、赵……赵得位说，有钱人，大不同，天天穿的灯芯绒。你有钱了，就忘记我们碓房村人了。

冯天香伸手揪住赵得位的耳朵说，你比我小，却这样俏皮！人小鬼大！

赵得位说，我小你一岁多，却比你老。我上街买菜，那些人都叫我老大爹了。

冯维聪听到他们吵嚷，忙出来说，姐，他是赵得位！冯天香说，就是嘛，这个小俏皮，你读出书来了？当官了？

没有，不读了。赵得位脸一黑，转过话题说，冯天香，你呢，听说你读了清华？

冯天香脸一红说，你怎么知道的？赵得位说，纸包不住火嘛！更何况这是好事。冯天香说，当然当然，我让你们看看我的毕业证。

冯天香领着他们进屋，她从旅行包里掏出红红的一摞证书来。赵得位翻开第一个，傻眼了。翻开第二个，嘴都合不拢来。翻开第三个，嘴角上浮起了笑。

冯天香很在意他的表情，冯天香说，你笑啥？赵得位说，姐，你在哪工作呀？冯天香说，我辞职了，不干了，原来是在一家外企。

赵得位说，我有个同学今年大学毕业，想在外资企业找事做，不知哪家最好？你给介绍介绍呀！

冯天香说不上来，说，这不好说，要看他本人的实际情况。冯天香不等赵得位说话，就将话岔开说其他的。

赵得位不再说话。此后的几天时间里，他帮着冯天香拉东西，跑得紧紧张张，冯天香出去这些年，是比乡下长大的女孩子活络得多，做事情风风火火，井井有条。性格还是小时候那样子，敢说话，敢承担，不犹豫，是赵得位喜欢的性格。

这天进酒州城拉仿瓷涂料，那些桶又大又沉重，赵得位突然想起冯天俊就住在这附近，就说，天香，让冯天俊来帮助一下吧。冯天香脸一下子沉住，说，这个人不孝，算了。

赵得位还想说啥，冯天香已经转身，扛起重重的胶桶就往车上扔。

车刚出酒州城，冯天香的电话响了。冯天香看了一下，摁掉。电话又响，冯天香又摁掉。电话再响，冯天香接通电话，发起了火，地震了？塌方了？火烧房子了？那头说，我回酒州城了。冯天香说，你在哪？那头说，刚下车，在车站。冯天香说，你走路回来吧。那头还要说什么，冯天香就再次摁掉。赵得位说，谁呀，我们去接他一下。冯天香一脸的寡淡，说，不必。

和冯天香一起的几天时间里，赵得位和冯天香说得最多的是高考。冯天香说，我们村里好多学生高考时考不好的原因，就是祭孔子祭得少。孔庙都给万家占了，村里的其他姓就只好靠边站。赵得位说，你出去这些年，也没有祭多少，可你不是读了很多大学吗？冯天香顿了一下说，我是例外，出去这些年，可以不算是碓房村的。赵得位说，你是找到钱了，就看不起我们乡下人。冯天香掐了一把赵得位说，你这张嘴，怎么总和我过不去！赵得位说，对不起，对不起。冯天香说，我有一个想法，你支持一下。赵得位说，姐姐，别说十件，就是一百件也依得。冯天香说，你给成贵叔说，到时孔庙重新修好，要请他老人家写副字。赵得位说，那是多好的事！我来撰文！他老人家写。只是你这梦想啥时才会实现？冯天香说，快了。

快了？赵得位看了她半天，碓房村的热头，不是说出就出的啊！冯天香一脸的平静，你不信就算了。我看你不像个扯把子不落实的人啊！赵得位有些纳闷。

春天就来得很快。坐在屋里，也能够听到檐后白杨树叶一张一张长出的声音。一家人的话说完了，冯天香打开包，拿出那些大学毕业证，看一阵，发一阵呆。这时，门被咚咚敲响。自冯天香回来以后，冯家总是宾客盈门。来和冯天香取经的，给他们家借钱的，攀亲叙旧的，不断地来来去去。

可今天晚上，夜已经很深了，居然还有人敲门。敲门的是谁呢？冯天香走出院子，拉开门闩的一半，探出头去，是万勇。

冯天香说，我还以为是谁，贼精精的，原来是烂杆水①回来了。万勇说，你让我进去说好不好，这春天的风，还这么刮骨！冯天香说，谁赏你脸了？还没有到要你进来的时候。那我怎么办？万勇缩了缩脖子。

冯天香说，我们出去一下。冯天香出门，大步走在前边，万勇走在后

① 不务正业、品行不正的人。

面。冯天香是昂着头的，万勇是缩着头的。万勇根本看不清眼下的路，他紧紧跟在冯天香的后面，他几次要拉冯天香的手，可冯天香并不给他机会。

万勇说，又没有人看见，怕啥！冯天香说，这和看见不看见没有关系。他们在村东头停了下来，面前是孔庙。孔庙在黑暗里寂然无声，矮小而孤独。

冯天香说，你看看，这成啥样子？它可是我们碓房村几百年的腰撑①。

万勇点点头，说，是精神支柱。冯天香说，有了它的庇佑，碓房村人全都有出息了。

万勇又点点头。冯天香说，现在是你妈管着，你们家管了几十年了。万勇点点头。冯天香说，可都成这个样子了，你们家却没有钱维护，没有能力管理。连打扫一下灰尘的能力都没有，连组织村里人翻修一下都没有人听了。

万勇说，那你说要怎么办？冯天香说，让你妈放手，让出来。万勇说，这有什么难的。冯天香说，我就听你这句话。

万勇一把抓住冯天香的手，说，我还以为你让我回来结婚呢！冯天香说，你是手闲干疮痒②，你把事情办好再说。一个大男人，啥事重要你都不知道！万勇说，我知道，你等着，明天就给你回话。

第二天，已经到了正午，万勇还没有回话，照万勇那种心急火燎的脾气，如果事情做好了，他早就跑来和冯天香说了。可是没有。冯天香等不及了。冯天香做事都是风风火火的，冯天香想去看看这个二谎谎③把工作做到啥地步了。她出门。走到万家门口，照例拾了根结实的杨树枝在手里，以备恶狗冲出来时敲它的头。她推了推万家的院门，门无声地开了。她踮着脚，一步一步地往里走。没有狗，也没有谁听到她进来。万家失去了从前的势力，连看家狗都养不起一只了。凑近木格窗户，冯天香听到了屋里有人在说话。

万勇说，妈，你就答应了吧，我这就给你跪下，这孔庙在你手上也弄不好。

万婶说，你别再说胡话了，你读这些年的书，花了家里多少钱，让你

---

① 撑腰的东西。
② 闲极无聊的意思。
③ 做事不踏实的人。

爹欠下那么多的债，就挣了个神经病！

万勇说，妈，你不知道我有多喜欢冯天香。万婶说，儿呀，你咋就这样憨戳戳①的，不是我说你，那个冯天香比你大，亏你想得出，呸！万勇说，妈，现在都啥年代了，她比你大，不是啥都可以靠着她吗？我们碓房村不是常说，女大三，抱金砖；女大一，坐着吃嘛……

万婶说，这贱货！听说在深圳那边烂得不行，你是名牌大学的学生，好好读出书来，你还缺媳妇儿呀？讨妻纳妾都可以，讨一百个也没问题。

万勇说，妈，我和她都已经在一起了。万婶突然跳了起来，骂道，搅家精！风摆柳！花狐狸！搅屎棍！

……

都是些把人骂到极致的话，恶毒且不留余地。冯天香怒火中烧，正要冲进去。只见万勇"咕咚"一下跪在了地下，妈，求求你了！你答应我了。你还记得不，当年我在镇上的小学里学习多好，在班上是学习委员。可你们硬要把我送到城里。让我和城里的那些有钱的孩子生活在一起。我心花了，我哪有心读书……

万婶说，都是你爹的主意，哪晓得会是这样。万勇说，过去的事就不说了，你答应我现在的事，我就给爹做工作，让你进城，过干干净净的生活，过清清静静的日子，还在这乡下做啥？在这里扯筋捞绊、渣渣瓦瓦的。你不是一辈子都想离开这乡下吗？

万婶声音哽咽，口里含麻核桃了似的，我习惯住乡下。万勇说，妈，我很快就毕业了，再过两年，我就把你们接到上海，住高高的房子，过无忧无虑的生活。万勇又在撒谎了，真是恬不知耻，用碓房村人的话说，是抬棺材掉裤子，羞死人了。万勇说，妈，你答应我，要不然我就只好死给你了！我也不想读书，不想工作。冯天香定了定神，走进了万家的门。万婶一见她，脸一下子又垮住了，扭开不理。

冯天香说，万婶，都一个村里的，都在一棵树下乘过凉，在一个井里舀过水。

万婶不理。万勇说，冯天香，那些坨坨块块，就不说了。

---

① 憨包，不聪明。

万勇把她推出门来，低声说，我在努力，你暂时不要管。冯天香说，当年你们家把我爹都差点打过串①了，我们不是都没有说啥了，你妈还这样霸道！

冯天香说，你这个骗子，骗钱骗色不说，骗到你爹你妈的头上。

万勇忙推她说，不要扯筋扯绊了，我不都一直在做工作吗？

第三天，万勇来到冯天香家门口，他不敢进冯天香的家。两家的冤事还没有解决，他在冯家眼里还是仇人。他站在门口叫了两声冯天香，冯天香很快出来。

两个人来到谷草堆边，两天前的春雪刚化，湿湿的草堆散着热气。一股草香扑鼻，冯天香想起了小的时候。

万勇把孔庙的钥匙放在手心，张开，铜钥匙上锈色斑驳。冯天香伸手来接，万勇又将手缩了回去。

冯天香说，为啥不给我？万勇说，你答应给我的，还没有给呀！冯天香说，啥？万勇说，猪鼻子里插葱——装象。

冯天香说，你说明白，要天上飞的，还是地上爬的？万勇说，我要你。冯天香笑了，说，要我呀，你真是脱裤子打老虎，一不要脸，二不要命了。不过，你看你，有把钥匙都一躲一藏的，还想要我，呵呵！

万勇脸一红，说，我怕你说话不算话。冯天香说，我是冯天香呀！万勇说，只是，我妈说了，这孔庙的管理，要交给赵成贵老师。冯天香说，那不都一样，他在村里德高望重，让他来管理当然好，你妈以为我会守这庙过一辈子？那我不成尼姑了！万勇说，春天里，万物都在长，可别乱说。

冯天香呸了一口。冯天香拿了钥匙，立马叫来赵老师和赵得位，让他们爷儿俩参与设计。哪里挂块匾，哪里写副对联，哪里的柱子要上朱红，哪里的檐口要雕上龙凤。孔子的像，冯天香觉得有些灰头灰脸，要重新做。赵老师连忙摆手，说圣人的像，不可随便改变。只能给他小心修饰，修补残缺，重新上漆，还特别强调做工的工人，每天干活前都要洗漱干净，这期间不可与女人同房，不可杀生。

其实大伙都懂，对圣人的尊重，不可造次的。

① 打死。

过了正月，天气渐暖，桃红柳绿。通过紧张地忙碌，孔庙修好，恰是孔子生日，赵老师提议，剪彩就定在这一天。这天，全碓房村的人都参加了。还有很多外乡人也闻讯起来。赵老师理了发，剃了胡须，满脸红光，年轻十岁。冯家一家也非常高兴。迎圣、请圣、诵先师赞等一切仪式完毕。经赵老师提议，第一个拜孔子的是冯维聪。

在众目睽睽之下，冯维聪走入庙堂。他磕头、作揖、燃香、焚纸，一切都井然有序。赵得位对站在旁边的冯天香说，看看，维聪多自然，多大方，他有啥病，他一点病也没有，他一定会活得更好。冯天香眼里含着泪花，暗地里拉了拉他的手。

大家依次拜了孔子。冯天香说，让他们拜吧，让所有对孔子尊重的人都来拜，让所有有梦想的人都来拜。赵得位说，看来，在清华大学读过书的人，境界和乡下人就是不同。

冯天香脸红了，说，嘴痒了，要找人撕呀！这段时间，冯天香差不多天天都和赵得位在一起。村里人都在背后指指点点，说他们是一对。赵得位说，冯天香，他们都在说我们呢！冯天香说，你怕了？我知道你怕了。赵得位眼里有了些色彩，说，怕啥，怕你吃了我。冯天香伸手要打。正好万勇过来，她连忙将手放下。

赵老师把赵得位拉到一边，小声说，得位呀，我有一件事儿不踏实。

赵得位把耳朵放在爹的口边，让爹讲。赵老师说，用冯天香的钱来维修孔庙，我觉得不好。有什么不好呀？爹？赵得位问。赵老师说，你不是不知道，一个女孩子，挣钱不容易啊！赵得位说，我已和她说好，我们一起投资。维修孔庙的钱我出，学校里添置的电脑和其他一些教学设施，就用她的钱。一听还要修学校，赵老师高兴了，他揪了一下儿子的耳朵，说，你这狗头，总想在老爹的前边。

万勇好不容易将冯天香叫到僻静的地方。他说，天香，家里的事也差不多了，我们回去吧！

冯天香说，我们？回哪？万勇说，回深圳呀，回去继续干我们的工作。冯天香说，我不回去了。我就在碓房村了。万勇一愣，说，那，我们俩咋办？冯天香说，啥咋办？我们俩没有啥呀？你想去哪就去哪。万勇身子抖了一下，说，冯天香，你要我！冯天香说，没有没有，我哪敢呀！你万家公子，说话可得有分寸。冯天香回头说，得位，请你送我到酒州，我办点事。万勇狠狠打了自己一个耳光，咬着牙说，小烂尸，我是热脸巴贴你的冷屁股，看我不收拾你！晚上冯天香回来，万勇又找到她，恶狠狠地说，冯天香，我告诉你，你的底我最清楚，这你明白，你如果说话不算数，你看我咋个办！

冯天香说，我们不合适的。你妈对我恨之入骨，你说我们能在一起吗？

万勇说，我又不嫌弃你，你要是不同意，我可……冯春雨说，你要识数，你是老几！我怎么了，我怕你吗？万勇说，你在外边这些年干些啥，要不要我抖出来？你的文凭是咋回事，要不要我抖出来？冯天香说，你抖吧，我怕你吗？我告诉你，损坏别人名誉，是犯法的。

万勇说，我豁出去了，我还怕犯法吗？冯天香说，我知道你不怕犯法，你是复旦大学的优秀学生，你在复旦大学读书吗？你是真的在复旦大学读书吗？你要是不怕的话，我就让媒体来采访你，将你所有关于读书的事全抖出来。登登报，上上网，再来个人肉搜索，让酒州、中国甚至全世界的人都知道你。当然，最先告诉的是你爹，他还欠我们家两万块钱呢！

一听到冯天香说爹，万勇口气软了下去，嘟囔说，钱不都在你那儿吗！

冯天香咬着牙说，在，都在我这儿，你要吗？老娘可是啥都贴干净了！你要是再不规矩点，我就找你爹，讲讲你的故事，讲讲你在所谓的复旦大学的生活！有什么了不起，我们鱼死网破。

万勇灰在那里，你，你千万别和我爹说。

万勇下午就赶到酒州城赵得位的广告门市，赵得位自然不在，赵得位在碓房村和冯天香在瞎忙活呢！万勇恨恨地骂了一句，赵得位，棒老二！端飞簸箕！万礼智弯着腰在不锈钢架上蒙喷绘的布料，听见有人在说话，抬起头来。一看是万勇来了，万礼智说，正好，你给我拉住。爷俩弄了半天，出了一身臭汗，终于将广告牌弄好。

万礼智见到万勇，没有了以前的看重和认真，也没有问他为什么还不去上学，甚至没有问他腿伤会不会复发。万礼智刚接到镇上信用社的催款电话，信用社主任很不客气地告诉他，要他在十天之内将欠款全部还掉，要不，就要将他的姓名纳入黑名单，此后他将终生不能在所有银行贷款，哪怕是一分钱。同时还要申请法院对他执行强制还款。事实上，在酒州，因贷款读书而致贫的人家，不止他万礼智一个人。就是碓房村，因此而欠债超过五万元且不能按时还债的，就有九家以上。好多大学生毕业还找不到工作。就是赵得位这个小店，也常常有大学生来找工作，一问，都是本科以上的。叫得欢的雀子没得四两肉。这儿子打小就思维敏捷，能说会道，万礼智在儿子身上下足了功夫，只想到这儿子一定不负众望，飞黄腾达，他打死也想不到自己的儿子会差劲到这一步。真是世事难料啊！眼下，万礼智在酒州城里打工已好一段时间，对生意上的事已相对熟悉。赵得位最近接到一个好几十万的工程，而这家伙整天围着冯天香转来转去，像是个绿头苍蝇，他想好了，等他一来，就和他商量，准备转包过来，这个单弄得好，随便三五万块钱是能赚到的。他现在太需要钱，一是还债，二是眼下他已当爷爷外公了，万家第三代读书人又出来，一辈新鲜一辈蔫，说不准出个达官显贵都难说。没有钱，还真要命。想得多，自然就累。万礼智口苦得厉害，为犒劳没有倒下的自己，他在外面的小摊上选了一个西瓜回来，切开。不想，一股恶臭随着猩红黏液奔泻而出。原来，这个西瓜过了一冬，可能是没有贮藏好的原因，已完全腐败。万礼智觉得这不是个好兆头。就在这时，儿子来了。

儿子来了，他却一句话也说不出。看了看一地的脏物，万勇有些失落，他巴不得爹像以往那样甩自己两耳巴。但爹没有。万勇说，爹，这次我回家来，是想看看你和妈。我先到了碓房村，妈的情况还好，她一个人，还种着五亩稻。万礼智没有吭气，这儿子真是死猪不怕开水烫，而自己呢，只能是捏着鼻子吃臭屁了。万礼智将烟枯巴①丢在地上，伸脚搓掉。从墙脚提过一个塑料酒壶，扭开，咕噜咕噜喝了两大口，袖子一抹，把壶递给万勇说，儿子，该干啥的就干啥吧，不用担心我，你淘你的，我淘我的。以后读出书来，挣到钱，就给你妈一点，也算是给我减轻一点负担。如果不能，就算了。

万勇接过，大大地喝了一口酒，咽酒太猛，呛得他大咳不止，泪眼婆娑。

万礼智哭丧着脸说，儿子，以后你就别再给我打电话了，有事儿自己想办法。你看我这个样儿，穷打工一个，还负债累累，再也不可能有钱给你了。

万礼智摆摆手，低下头，继续干自己的活。

---

① 烟头。

四十

　　高考时间的倒计是一天一天地数的。于冯天俊而言，当然不是第一次，但对于他来说，每次都恨不得这是最后一次。十多年前，第一次预备高考的时候，他就用谷粒的数量来倒计，还差两个月，就将六十粒稻谷装在一个小口袋里，每天早上起床背书时，就从中拿掉一粒。现在他是在墙上的日历上画，过一天，就画掉那一天。那些日子，像是包里的钱，一天抽出一张，一天少掉一分，少到最后，没有了。

　　钱没有了，可以挣，时间没有了，连叹息的机会都没有了。时间没有了，冯天俊就得上考场。考场如战场，冯天俊是何等的害怕。

　　时间快如刮胡刀。冯天俊自言自语。

　　冯天俊在尚霏的陪同下往考场走。这条路他不知走过多少回。这条路的末端，藏着一个好东西。小时候是一只虎，可以一搏，让人兴奋；少年时候是一把钱，让人觉得可以解决很多问题；青年时候是个美女，叫人激情澎湃，夜不能寐；而现在，只觉得像是个尽头，那里有个屋子，屋里有个生着火的火塘，可以坐下来，喝一碗老茶，吃一顿饭，然后倒下睡觉。

　　到不了那地方，觉得睡觉都没个地方，不安稳。走着走着，尚霏发觉了冯天俊的紧张，就往冯天俊身边靠，手伸过去紧紧地攥住他的手。冯天俊心里安静了些，他推了推眼镜，将考试用的文具移到另一只手上，将妻子的腰搂住。冯天俊说，我这不像是去考试，倒像是河埂边谈恋爱。尚霏说，本来就是一场恋爱，你诚实对她，就会有回报。

　　渐近考场，考生多了起来，那都是些花季少年。摸摸头顶，冯天俊感觉到，这几天头发好像少了些。冯天俊说，和他们比，我真的老了。尚霏说，你们碓房村不是说，箍桶还要老篾条吗？你不是老，是成熟。冯天俊说，老婆，谢谢你。两个人说着，冯天俊泪水就像是要出来了。

　　尚霏说，别三心二意，好好考，待会儿我和儿子一起来接你。有妻子那句温暖的话，冯天俊安静了下来。他考得很冷静，前所未有的冷静。那些题，没有他陌生的。写着写着，他居然咯咯地笑出声来。冯天俊是考场名人，监考老师对他早就熟悉得不得了。看到他笑，老师很紧张，忙走过来说，请问有什么事吗？

冯天俊摇摇头，继续做题。看到他镇定下来，监考老师长长地松了一口气。他可是领导安排过的重点保护对象。几天的考试，压力还是挺大的。特别是政治和英语这两只拦路虎。政治需要死记硬背，他这样的年龄，熬够了，淘够了，头也昏了，记忆力减退得厉害，总是丢三落四，能记住的太少。而英语，也让他头疼。多少年来，他一直很排斥，很极端。他想，有一天，中国强大了，全叫老外考中文过六级；全用文言文写作文，全用毛笔答题。再不就一人一把刀，弄一个龟壳，让他们刻甲骨文。论文题目就叫"论儒家思想的再建"，听力全用周杰伦的歌，阅读理解就用《易经》，口试要求唱京剧，面试就考包饺子。

想起这些，他又笑，那种自嘲，再次让监考老师紧张。最后一场考完，从考场里出来，冯天俊远远看到尚霏拉着儿子考考站在学校操场正中间等他。看到他出来，儿子冲了过来。他将儿子抱起，举得高高的。几个记者突然出现，有的扛摄像机，有的举着话筒，有的握着笔记本和录音笔，一拥而上，将冯天俊团团围住，要采访他。要知道，这冯天俊在酒州城，是窗子边吹喇叭——名声在外。记者们七嘴八舌，有的问他这次考试的感觉，有的问他准备报考哪一所学校，有的问他对当下教育特别是高考的看法。冯天俊心生烦躁，但他努力控制住自己的情绪，面无表情，推开他们就走。

记者们追在后面说，名人了！出了名就不要宣传了！一个记者干脆伸手来拉住他，就请你简单说一句，好吗？只一句！冯天俊终于站住了，他抓了抓头发，以至于本来就凌乱的头发更加蓬乱。他说，硬要我说呀，我考了这么多年的试，居然没有实现我的梦想，我笨，我给老师，给学校，给教育，给我们的政府丢脸了！我惭愧，我没有脸见人！行了吧！

不仅是我，我们家也这样，甚至我们碓房村都是这样，为了读书，为了将来出人头地，不再面朝黄土背朝天，我们做出了很多的努力，付出了相当的代价……想起了种种往事，冯天俊悲伤地说：我这半生不算长，也不算短，可我和我们家遇上了两大悲剧，一是教育，二是医疗……

医疗上的事，亦是痛苦不堪，冯维聪的事，还是不说为好。他想。

冯天俊双手一摊，我都这一大把年纪了，还在这条独木桥上挤，我从小吃洋芋长大，脑子笨，体力弱，挤不赢人家，多少次遍体鳞伤，多少次落水而逃，甚至多少次九死一生。我对不起安埋在碓房村山上的祖先，对不起碓房村一直在默默关心我的父老乡亲，对不起我父母、姐姐和哥哥，对不起我的妻子……

说着说着，冯天俊还真动了真情，眼露水流了下来。多少年的有关考试的往事，随着他的陈述，全都涌现在他的眼前。冯天俊有些轻贱自己，自己好比是老奶奶的脚指头，窝囊一辈子。他不能自已，干脆坐在地上，嗷嗷痛哭，像只受伤的野狼。

一些不明真相的人围了过来：这大男人的，是上骗子的当了？是讨薪不着了？是妻子跑掉了？还是爹死妈亡了？

第二天，酒州城的大小报纸纷纷刊载了这条消息，不过角度千奇百怪，其中最吸引人眼球的一个标题是：高考名人再考失利，当街痛哭如丧考妣。

不久，成绩下来，冯天俊的分数不是很低，但要上清华、北大那样的名牌大学，依然只是一个可望而不可即的梦。命中注定，就是这么一回事。填报志愿的时候，他填了省师范大学，就一个志愿。班主任老师一看，将志愿表扔回给他说，冯天俊，你可不可以再好好想一下，报志愿的最后时间还有两天，师范大学肯定没有问题，可是，离你的梦想，好像还很远的，我的意思是，你的志愿，能否往理想再靠近一点。

理想？冯天俊笑了笑，觉得这个时候来谈理想，真是有些滑稽。冯天俊清楚，他现在已经这么一大把年龄，四年的本科读出来，他就超龄了，早过了公务员行业规定的年龄，他根本就进不去。他在心里琢磨，师范大学毕业后，回酒州城找个学校，认真教书，课余陪陪妻子，领领冯考考，也不失为一种好日子。如果找不到工作，就办个课外辅导班什么的，凭他的能耐，要养活一家人，问题不大。

录取通知书下来，意料之中，他被录取，省师范大学的数学系。冯天俊叹了口气，说，当个老师，开奔驰回家的梦想难得实现了。尚霏说，开啥车并不重要，重要的是你开不开心。

冯天俊从碓房村回来后，一直记着天香姐、赵得位他们几个坐了一个通夜所说的话。他们要在碓房村办所私立学校，要冯天俊回去帮助他们。他俩投资，教学上的事由冯天俊负责。冯天俊还真不知道，他们手里会有一笔可以修学校、可以购置教学设施、可以聘请老师的那么庞大的资金。这可是一笔让人恐怖的大数字呀！如果有，那钱又是从哪里来的呢？后来冯天俊从他们三天两头往省城跑、喊喊喳喳的话语里终于明白，他们那么有信心，原来他们得到了省教育厅的支持。

但是冯天俊连个大学文凭也没有，让他来管理一所学校的教学，是件多么滑稽的事情！普天之下，恐怕没有第二。冯天俊不干，他要文凭，他需要一个学识上的证明，他不能老是猥猥琐琐存在于人前人后，特别是碓房村。

冯天香说，文凭？文凭就有那么重要吗？冯天俊当然觉得重要，他脱口而出，文凭不重要？那你手里拿那么多干吗？

冯天香脸白，说，冯天俊，可你不知道，一个人如果没有真本事，拿到这样的东西，也只是堆废纸！

冯天俊还没有那样的感觉，因为他梦想的、为之努力多少年的那一张纸还没有拿到。他清楚，冯天香、赵得位跟他在观念上的不一致，辩也无益，他叹叹气，没有作答。

现在，他觉得有必要回一趟碓房村，将自己的情况和他们说说，听听他们的想法。

四十一

冯天俊回到碓房村，遇上了一件奇怪的事。

这天，清华大学搞科研的几个人坐飞机，再坐汽车，风尘仆仆地赶到了酒州城，他们见到政府接待办的人时，第一句话就是，知道冯维聪吗？我们找冯维聪。

冯维聪？这个人既不是政界要员，也不是文化名宿，还不是排名先前的商贾、投资者、演讲家、制片人、名医，政府办的人当然就不知道。清华大学的人提供的是，他是个乡下人，他在研究飞机，研究机器人。

研究飞机？研究机器人？这更是让他们摸不着头脑。他们询问了科技局、文体局、教育局等多家单位、民间团体和个人，居然一无所获。他们与公安局户籍办联系，查到全县叫冯维聪的有三十九个，农村户籍的有二十二个，年龄接近的有五个。费了好多力，他们查到碓房村有一个叫冯维聪的人。

这个碓房村的冯维聪，就是他们要找的人。他们欣喜若狂，立即出发，颠颠簸簸来到了碓房村。村前大片稻田在，村边的老白杨树在，但就是冯维聪没有在。一行人在冯天香的带领下，逐一看了冯维聪的那些发明：潜水艇、第一次飞翔用过的竹簸箕、飞机，特别是机器人，他们从冯老二一直看到冯四十，这些冯维聪在二十多年里的创造发明，各具形态，真切地记录了一个常人眼里的"疯子"的人生轨迹，一个个仿佛有生命的孩子，生动而可爱，机智而灵动，闪烁着冯维聪智慧的光芒。

他们感动得眼露水都要掉下来了。他们说，找的就是他！就是他！

此时，冯维聪正和赵得位在村后的小山冈上弄他的飞机。他这一次的飞机得到了前所未有的改进。马达、螺旋桨、机翼都是经过精心打磨的。飞机上所有的螺钉都是全新的。一切调试完毕，冯维聪坐在飞机上，掌握着操纵杆，一脸沉着。赵得位坐在副驾驶的位置上，一脸的得意。

冯维聪说，一切检查完毕，正常，我开了。

赵得位挥挥手说，好，启动！点火，发动，马达一阵轰鸣，螺旋桨开始旋转，地上枯败的稻草给旋风搅得四下纷飞。飞机慢慢升了起来，飞机升到碓房村的上空，草垛、人物、房屋、白杨树……一切慢慢变小，眼前的景象全面了起来。

冯维聪说，我再一次飞起来了！赵得位说，我们都飞起来了！

那是一个很好的日子，没有风，天上飘着几朵白云，阳光在干净的高处微笑着，它的笑容落在远处的山山水水和脚下碓房村房屋、树木和田野上，落在飞机上。机翼反射着灼人的金属光泽，让他们俩感觉到很温暖，很真实。他们已经很多年没有感觉到阳光的温暖了，或者是阳光很温暖，而他们却因为种种原因，没有感觉到，来不及感觉到。坐在飞机上，在碓房村的上空感受阳光的温暖，感受天迥地阔，则更是他们从未想过的事。他们舒心，他们笑。原来梗梗的心松软了，他们的笑脸在阳光下灿烂无比，他们的笑声粗野无拘，吓得天空中一群群大雁无所适从。

飞机在天上遨游，慢慢地，像是一只大鸟。他们很想把飞机开得更远，开得更高，加了油，掉了方向，可他们的努力却实在有限，冯维聪想要将飞机开到一团像谷草垛的云层里面，也居然没有实现。

冯维聪拍拍脑袋说，高度控制系统没有研究好，还有问题。赵得位连忙制止他，要他专心驾驶，说能飞起来已经非常不错了，面临的问题可以一个个地解决。

赵得位说，谁说过的？与其诅咒黑暗，不如点亮一根蜡烛。往前走，才是最重要的。

我也不知道，不过这话的确有些道理。冯维聪说。冯维聪和赵得位没有将飞机飞回碓房村，但他们最终还是安全地停在了碓房村后的小山冈上。刚下飞机，他们眼前一片眩晕，差点昏倒。坐在山冈的土堆上，他们很满意，很兴奋，索性摊平浮土，画起改造的图案来。

突然，山下拥来一些不明身份的人，好几个相机对着他们"咔嚓咔嚓"拍了起来。冯维聪害怕那些镁光灯，有些愤怒，喝道，你们干什么！你们干什么！他一边怒喝，一边举起手里的一根白杨树干，朝他们挥去。赵得位则冲上前，拦住他们，说，到底是怎么回事？

冯天香从后面冲了出来，连忙解释，他俩才明白是怎么回事。

弄清楚他们是清华大学搞研究的，冯维聪说，你们录取我吧！你们录取我弟弟冯天俊吧！

冯维聪将赵得位推了出来，你们录取他吧，我们碓房村没有一个孬种！

那些人可从没有见到这么可爱的人，笑得喘不过气来。其中一个说，要上清华读书，这和上其他大学一样，得通过高考的。

听到"高考"一词，冯维聪不再吭气，脸上隐现一片寡绿。那些人和他们俩握手，拥抱。那些人也不怕脏，干脆和他俩一起，坐在泥地上，交谈起来，围绕的核心是冯维聪制造飞机的感受和这些年一路走过的旅程。

这应该是冯维聪最快乐最幸福的一天。当天，清华大学的那些人给冯维聪留下了五万块钱的报酬，试图将冯维聪的发明全都搬上车拉走。五万块，对于冯维聪来说，当然是天文数字。但当那些东西都给搬走的时候，冯维聪一下子觉得心空，无端的焦虑涌了上来。他奔了过去，将其中那个女人一样的机器人要了回来。

那是他的心爱，是他的一个梦，不管是多少钱，他都不能卖。

几天后，就有县、乡政府的领导陪着一个外商到碓房村，他们这里走走，那里看看，一直持续了三天。这个外商是个法国人，叫什么大卫·贝克哈姆。大卫·贝克哈姆到田野里看，看荒芜的田野里的谷桩，再抓起一把泥土来嗅上一阵子；到山冈上看，看四周的通风情况，甚至还测试了太阳起落的时间；到碓房村一家一户看，看他们取暖、生火做饭烧的柴火和煤块；到孔庙去看，看几百年前传承下来的圣人严肃而让人敬仰的形象。大卫·贝克哈姆还深深弯腰，给这位高尚的圣人致以虔诚的鞠躬。他对家家户户院子里的碓窝十分在意，即使被家具掩埋、被谷堆挡住，他也让人清理出来，他蹲下来琢磨个够。当他在场院里看到原来生产队留下的至少要动用二十个劳力才能舂动的大碓窝时，十分感兴趣，立即让陪同的副县长组织人舂给他看。

碓房村的二十多个劳力组织了起来，其中还有冯维聪、赵得位和冯天香，他们快速打扫干净碓窝，修整好粗大的脚踩碓棒，从家里担来稻谷，一边用力舂碓，一边喊着号子，嗨哟，谷子黄哟！嗨哟，碓窝响哟！嗨哟，秋风吹哟！嗨哟，白米香哟！

……

大卫·贝克哈姆不是太懂汉语，但他一看这架势，一听这歌谣，就乐得不得了。他让人给他翻译，对着大家跷大拇指，不断地点头。大卫·贝克哈姆的脸上先前是春意融融，再后来是一脸的悲苦。他对陪行的副县长咕噜了几句，翻译再郑重其事地做了翻译。副县长就安排乡长，乡长就找冯敬谷，要他领着外商去看赵四的坟堆。

面对那一个长满萋萋荒草、三十多年前堆起来的土堆，大卫·贝克哈姆叽里咕噜说了些谁也听不懂的话，对着坟堆鞠了三躬。弄得大家莫名其妙。

大卫·贝克哈姆回去之前，给了冯敬谷两万块钱。这真是个意外，冯敬谷不接，冯敬谷这一生，从没有吃过谁的白，没有占过别人一点点便宜，面对这两大坨钱，面对这个令人费解的外国人，冯敬谷只说了一个不字，便连眼皮都懒得张开。赵成贵连忙帮助他接下，说，你呀，你就不要一辈子都像头生牯牛，别人拿钱给你，特别是这样一个连县里领导都敬重的外国人给你钱，肯定是有原因的，接下再说，钱多不会咬手，不会问你要饭吃。要不，他为啥不给我呀！嘿！

第二天，副县长、乡长一行人来到小学门口的场院里，他们将碓房村的所有户主召集了来，开了一个会。副县长站在高高的台子上，挥着手，笑着，热情洋溢地告诉大家，说那个叫作大卫·贝克哈姆的外商看中了我们这块宝地，看中了我们这里的稻谷。这是外商走遍中国大西南所有产谷的地方之后的抉择。我们这里的稻谷呀，种皮极薄，含有丰富的维生素、蛋白质、尼克酸什么的，特别还有钙、磷、钠等多种矿物质……同时还是当下中国乡村最安全最环保的绿色食品，因为我们没有喷农药，没有转基因。我们碓房村之所以能出去这么多的读书人，就是因为长年吃这个的原因。

　　副县长接着说，基于这些情况，这个大卫·贝克哈姆准备对碓房村大规模投资，修乡村公路，搞饮水工程，将村子里的房屋进行拆迁改造，进行污水和垃圾的再处理，房屋外观一律的红土筑墙，稻草苫顶，内部尽量舒适、实用，富于现代生活气息。特别要做的是，将碓房村的所有稻田进行承包，统一规格，统一品种，统一种植，统一管理，统一征收。外商给出的价格，是碓房村现在农民种植收入的一点五倍。同时，村里的劳力，都参与大规模的农田改造、农田管理，以及村里的春碓的工作。大卫的公司会给你们按月计酬的，也就是说，你们除了土地租金外，每月还要领一笔不小的工资。

　　乡长满脸喜色，接过话大声说，我们碓房村，就要变成农村的城市了！这是眼下城里人都羡慕得很的，下一步的工作中，大伙就有更多的钱来投资教育了，我们的希望还在，明天会更好，大伙一定要配合！用我们碓房村的话来说，是绸子揩屁股——不惜代价。

　　副县长继续说，忘了告诉大伙一个事儿，就是，这个大卫，大卫什么的，他现在的夫人，就是我们碓房村早年走出去的冯春雨。他就是我们碓房村了不起的外国女婿。我们，与国际接轨了。

　　这一切来得突然，来得意外，来得怪。晚上，冯家一家坐在火塘边，一时居然不知道说什么才好，屋里寂静得听得见柴火吱吱燃烧的声音。突然，院外又有人在骂花鸡公了，从先人板板开始骂起，烂的臭的，馊的霉的，贵的贱的，老的小的，男的女的，全都给骂开了。不用看，不用问，就知道是万婶。仔细一听，原来是村上通知万婶要将他们家的房子拆掉，重建与大伙儿都一样的乡村小屋。他们家的房子青砖砌墙，水泥糊顶，高达三层，数年前就是碓房村最好最高的房子，再给多少补偿她都不愿意。

门外一阵狗叫，赵老师、赵婶和赵得位走进屋来，赵婶说，他叔，他婶，这冯春雨，做这样大的事，也不回来一下，也不告知一声，突然间是怎么回事呀？赵成贵说，她还嫁了个外国人，也真是的！冯婶擦了擦眼泪，说，谁知道呢，人心隔肚皮。赵得位说，她会来的。让这个叫大卫什么的来这里投资，这个主意，应该是她出的。要不，啥老外会知道我们这个针鼻子大的小地方？会知道啥碓窝、稻谷？

赵老师心情不大好，有些茫然。最近，全国、全省都在清理代课教师。所谓清理，就是教育局发点补助，让代课老师签个字，承认自愿回家，学校与他们不再有任何瓜葛。学校里上课的小学老师，已逐步专科化甚至本科化了，他这样水平的人，自然难有立锥之地。这下又遇到改造房屋、土地转租的事。他不无忧虑地拍拍脑袋说，我失去工作了，是不是又要失去土地了？我是不是连自己都失去了？

冯天香说，我觉得这倒是应该的，正常的。只要有钱，只要日子好过，土地嘛，他需要就租给他。尊敬的长辈们，你们还没有劳累够吗？有吃的，有穿的，有住的，日子越来越好过，不好吗？

冯天俊在碓房村见证了这一切，这几天突如其来的东西让他心潮起伏。他说，我是不能离开碓房村的，我很快就要上大学了，读完后，我就回来，做碓房村的事。

四十二

一年后，碓房村学校扩建完成，校园面积比原来大了许多，教学楼又高又大，在原来仅有小学的基础上增设初中部。园内花草芬芳，环境幽静。学校增加了许多年轻老师，在外读书的很多孩子都回来了。赵老师又回到了学校，他当的依然是合同工，负责看管大门和校园绿化。赵老师那个笑，像个瘦弥勒。而冯维聪呢，学校里专门在靠边的地方，修有一间大大的房子，挂了一个牌：碓房村航天研究所。冯维聪埋着头，整天就在里面摆弄他的那些东西。

冯春雨终于回来了。她先是在酒州城里待了两天，据说是县里接待，安排她参观县里近几年新兴的几个旅游景点和具有标志性的几个文化建筑，在母校讲了一堂课。冯春雨讲的课，立足点很高，着眼点很小。她讲古今中外的教育，讲眼下世界各国对人才的要求，讲自己小时候的梦想和读书道路的曲折。讲得声泪俱下，全场唏嘘。主持人是县长，县长借题发挥，要全县人向冯春雨学习，狠抓教育，再出成果。课讲完后，一帮子人陪她在母校里走了一圈，十多年过去，学校的改变很大，但她还依稀记得当年的教室位置和宿舍位置，还记得打饭时的拥挤。突然，一股米粉的香味飘进鼻孔，她一下想起冯维聪从家里给她带来米粉的往事，泪一下子流了出来。

冯春雨来到了碓房村。走进村头的学校操场，意外地看到一个年近中年的男人，用一根没有烧尽的火柴头，在偌大的操场上，画一个她儿时曾修过的"天"。那个男人很快画完，再从墙脚拾了块砖头过来，踮起一只脚，沿着格子，一格一格地踢。走过去，她才看清，是冯维聪。

冯春雨顺了顺头发，维聪哥！冯维聪根本就没有听到，背对着冯春雨，继续修天。冯春雨再次叫道，维聪哥！冯维聪终于听到了，他踮着一只脚，慢慢转过头来，在阳光下，一个高贵典雅、气度不凡的女人，在他的面前痴若木鸡。你是？

我是冯春雨，维聪哥！冯春雨？冯春雨是谁呀？冯维聪摇摇头，转身，依然踮起一只脚，将格子里的破瓦砾踢向前边的一个格子里。冯春雨也拾了一块瓦砾放进第一个格子，她将高跟鞋脱下，踮起一只脚，小心翼翼地将瓦砾往前踢。也就踢了三个格子，她踮起的脚还是放了下来，落在格子之外。

唉，"修天"的技术，仅只属于少年。

碓房村的房子变了样，小路变了样。但老家的位置她是记得的，那棵大白杨树她根本就没有忘记。推开院门，冯敬谷和冯婶正在院里晒谷，金色的稻谷在渐渐西斜的阳光下，把耀眼的光芒全反射在了两位老人的身上。

冯春雨说，叔！婶！两个老人敢情是眼花了，根本就没有看清眼前的人是谁。两位老人敢情是耳聋了，根本就没有听到这个漂亮的女人在说什么。他们的眼里呈现更多的是迷惑，干裂的嘴微微张开，却说不出话来。

冯春雨说，爹！妈！

冯春雨说着，屈膝跪在了他们的面前，眼露水哗哗地往下流。冯春雨声音哽咽地说，爹，妈，我是冯春雨。你们的女儿冯春雨。

冯婶一听是冯春雨，扔掉了手里的竹筛，一把抱住冯春雨，呜呜嗷嗷地大哭起来。冯婶说，春雨，真的是你吗？真的是你吗？我这不是在做梦吧？冯春雨说，妈，没有，你没有做梦。是真的。我对不起你们，我真的对不起你们，这些年，在你们最需要的时候，我逃跑了，我没有给过你们一点温暖，没有给过一点帮助……

冯天香和赵得位从县城回来，他们熄火，下车，眼前的这一切，让他们无言以对，欲说还休。冯天香撇撇嘴，满眼的冷色。当冯春雨站起来，悲喜交加地向他们俩走来时，赵得位连忙拉了拉她的衣角，将她推上前。冯天香到底还是忍不住，两个女人对视片刻，相互拥抱，泪如雨下，泣不成声。冯天香哭得昏天黑地，此前的多少委屈，多少辛酸，似乎都和眼前这个没有血缘的妹妹密不可分，世间善与善的冲突，门里门外的冲突与奔波，酿成了难以释怀的纠结……

多年后这碓房村的天空，大片的云团依然升起，黑、红、蓝、紫多种颜色依然相互夹杂，或隐或现，或浓或淡，起起伏伏，参差交错，像山峦的依然像山峦，像兽群的依然像兽群，像神像仙的依然像神像仙……那一群有过无数经历的孩子，现在已长大成人，早已看不出他们年少时的模样。他们不再因为谷壳还是米粒而纠结，不再因为读书还是不读书而苦痛，因为，他们经过春秋，历经风雨，经历过并继续经历着寒冷与苦痛。但是，他们成熟了，就像眼下的一垛垛谷堆，散发着令人迷醉的香味。

（完）

图书在版编目（ＣＩＰ）数据

寒门 / 吕翼著. -- 北京 ： 中国文史出版社，
2018.11

（实力榜·中国当代作家长篇小说文库）

ISBN 978-7-5205-0810-0

Ⅰ．①寒…　Ⅱ．①吕…　Ⅲ．①长篇小说－中国－当代
Ⅳ．①I247.5

中国版本图书馆 CIP 数据核字(2018)第 262491 号

责任编辑：全秋生
封面设计：杨飞羊

出版发行：中国文史出版社
地　　址：北京市海淀区西八里庄路 69 号　　邮编：100142
电　　话：010－81136602　　81136603　　81136606 （发行部）
传　　真：010－81136655
印　　装：北京温林源印刷有限公司
经　　销：全国新华书店
开　　本：787×1092　　1/16
印　　张：16　字数：248 千字
版　　次：2019 年 5 月北京第 1 版
印　　次：2019 年 5 月第 1 次印刷
定　　价：49.80 元